阿卡姆
ARKHAM

本书充满蜘蛛

[美] 贾森·帕金 著　姚向辉 译

JASON PARGIN

THIS BOOK IS FULL OF SPIDERS

北京时代华文书局

图书在版编目（CIP）数据

本书充满蜘蛛 /（美）贾森·帕金著；姚向辉译 . — 北京：北京时代华文书局，2022.9
书名原文：This Book Is Full of Spiders
ISBN 978-7-5699-4279-8

Ⅰ . ①本… Ⅱ . ①贾… ②姚… Ⅲ . ①幻想小说－美国－现代 Ⅳ . ① I712.45

中国版本图书馆 CIP 数据核字（2022）第 153371 号

THIS BOOK IS FULL OF SPIDERS
Copyright © 2012 by Jason Pargin
All rights reserved.

北京市版权局著作权合同登记号　图字：01-2019-4642

拼音书名 | BENSHU CHONGMAN ZHIZHU

出 版 人 | 陈　涛
策划编辑 | 王雅观
责任编辑 | 黄思远
责任校对 | 薛　治
营销编辑 | 俞嘉慧　赵莲溪
装帧设计 | 程　慧　孙丽莉
责任印制 | 訾　敬

出版发行 | 北京时代华文书局 http://www.bjsdsj.com.cn
　　　　　北京市东城区安定门外大街 138 号皇城国际大厦 A 座 8 层
　　　　　邮编：100011　电话：010-64263661　64261528

印　　刷 | 三河市嘉科万达彩色印刷有限公司　电话：0316-3156777
（如发现印装质量问题，请与印刷厂联系调换）

开　　本 | 880 mm×1230 mm　1/32　印　张 | 15　字　数 | 348 千字
版　　次 | 2023 年 1 月第 1 版　　　　　 印　次 | 2023 年 1 月第 1 次印刷
成品尺寸 | 145 mm×210 mm
定　　价 | 69.00 元

版权所有，侵权必究

献给卡莉,她比我为人更好,
尽管她是一条狗

目　录
CONTENTS

序　章 1 / 第一部 3 / 第二部 147 / 第三部 321 / 致　谢 468

目 录
CONTENTS

警告： 本书的叙述中含有对怪物和男性身体的直白描写

序　章

知道吧，有时候你不知不觉睡过去，身体会突然猛地一抖，就好像你开始坠落，却在最后一秒拦住了自己。不过没什么好担心的，这通常只是寄生虫在调整抓手。

我觉得我应该解释得再清楚一点，但解释起来需要花费不少时间，而且你还得必须保证不发火。顺便介绍一下，我叫王大卫。要是你不知道我是谁，那就太好了，这说明你没读过这个口述传奇系列的上一本书，实话实说，那本书并没有给我脸上贴金。不，你现在也别去读它，有个崭新的开始反而比较好。好了，你好，陌生人！很高兴我能得到这个全新的机会，努力地说服你我不是个笨蛋。请略过下一段。

假如你不知道我是谁，想必是因为你没读过上一本书，我知道你在想什么，作为回应，我只能说："不，去你的。"别发仇恨邮件给我了。请记住，与那本书出版所导致的共同起诉有关的所有通信都应该寄往出版社的法务部，而不是我。地址请自己去找，你们这群贪婪的讨厌鬼。

现在，说回咱们的故事。注：我为上面的粗糙语言道歉，你们会发现那不是平时的我。

第一部

第一章

序章之后

那么，我先说说这个小镇到底有多糟糕吧。去年夏天，我和朋友约翰出去庆祝他的生日。那天晚上到最后，我们玩得很爽，喝得醉醺醺地往小镇外面走，打算爬上水塔往底下小便。这是约翰二十年来的习惯（只要你会做算术，就会意识到事情可以追溯到他刚满五岁的那天，因此，与其说这是约翰的问题，还不如说是他父母的责任）。今年是个特殊的年份，因为他们正在拆毁旧水塔，建造一座更现代化的新水塔，新水塔恐怕不会有能让人站在上面小便的平台，毕竟以人为本的世界已经不复存在。

总而言之，这会儿是深夜两点，我们轮流从水塔上往底下小便（我们没有一起小便，因为我们毕竟不是野狼养大的）。现在轮到我了，长长的尿柱把我和底下的地面连接在一起，我进入了一个超凡的神圣时刻。然而此时，远处的公路却出现了一串车头灯，就在距离我小便的玉米地四分之一英里之处。这个景象足以引起我的注意，因为这段公路无论什么时候都不会车来车往，更不用说在工作日的深更半夜了。车头灯渐渐接近，我发现它们属于一排黑色的军用卡车。

我眯起眼睛，说："咱们是被……入侵了吗？我醉得太厉害，演不动《赤色黎明》了。"

约翰在我背后说："你看那辆车，最后那辆……"我的尿憋了回去，因为只要有人和我说话，我就尿不出来。我看向最后一对车头灯，发现它们在懒洋洋地左右摇晃——那辆卡车在失控地摆动。然后，随着微弱的"咣当"一声，那辆车撞上了电线杆。

车队没有理会，其他车辆继续前进。

我还没拉好拉链，约翰就已经顺着梯子往下爬了，完全不顾我大着舌头抗议。天晓得他是怎么做到的，总之他没有一头栽下去摔断脖子，而是跳进了我那辆生锈的旧福特布朗科。我跟着他爬下去，险些没来得及坐上座位，他就沿着小道飞快地开了出去，一排排玉米秆"嗖嗖"掠过。约翰没开车头灯，布朗科进入潜行模式。

我们在公路边找到了那辆撞毁的卡车（构造就像银行使用的那种装甲运钞车，但没有任何标记），进气格栅冒着蒸汽，看着像是木头电线杆吃到一半噎住了。路上只有我们和这辆卡车，其他车都没有折回来查看车祸现场，可惜这会儿我醉得太厉害，没有意识到这件事有多么奇怪。我们小心翼翼地接近那辆车。约翰径直走向驾驶座一侧的车门，我猜他想看看司机有没有受伤。他朝车窗里看了一眼，猛地拉开车门，然后就呆呆地站在那儿，一声不响。

我问："怎么了？"

约翰没有回答。

我紧张地顺着公路向前看，又问了一声："怎么了？他是死了吗？"

他还是没有回答。

我走过去，不情愿地望向驾驶座，现在轮到我傻乎乎地站在那儿合不拢嘴了。空气中弥漫着防冻剂泄漏的怪味。我的第一印象是驾驶座上空无一人，假如是这样，反而没什么好奇怪的——司机也许被撞得神志不清，在我们赶到前便跟跟跄跄地离开了。但驾驶座上不是空的,而是放着一个六英寸高的《特种部队》[1]的人物塑料手办。安全带扣在它身上,遮住了它的半个身子。

约翰和我站在那儿,努力琢磨眼前的谜团,两个脑袋里的齿轮仿佛在伏特加泥浆里艰难地转动。倒不是说我们神志清醒了就能用逻辑解释这一幕——司机开着卡车撞树,在逃离事故现场前,决定拿个玩具放在驾驶座上,然后还给它扣上了安全带。为什么?因此,我们的第一反应当然是想,难道《玩具总动员》的世界是真实的?

约翰拔下点火钥匙,关上车门。他查看四周,寻找司机,但视野内没有任何人。然后他往车尾走,来到没有车窗的上着锁的后门前。他用拳头砸了砸车门,说:"哎,里面的兄弟,你们怎么样?事故好像把司机变成手办了。"

没人回答。假如我们没喝醉酒,应该会意识到,假如这辆外形险恶的无标记的黑色装甲车里有人,等他们端着枪从车厢里跳出来,更有可能踢得我俩大小便失禁,而不是感谢我们的关心。但这种事没有发生,约翰立刻开始找钥匙环上哪一把钥匙能打开车门。他笨拙地尝试了十来次,终于找到正确的钥匙,慢慢地拉开车门。

车厢里空无一人。

底板上放着一个陆军橄榄绿的盒子,像是工具箱,或者一个每逢上班就会胃口大开的工人的餐盒。它顶上有个简单的把手,侧面带箍,说明它经过加固或带有装甲,可没有明显的搭扣或锁,事实

---

[1]《特种部队》(*G. I. Joe*),美国动画剧集,由孩之宝玩具公司制作。——本书如无特殊说明,均为译注

上连能用来插撬棍的明显缝隙都没有。盒子的正面用黄色喷漆喷了一组标记,看上去像是古埃及文字。

约翰爬进车厢,伸手去拿盒子。我笨拙地跟着他爬进去,小腿在保险杠上撞得生疼,我压低声音说:"约翰!不!别碰它!"

来到车上,我发现在场的并非只有我和约翰,还有另外六个《特种部队》手办守卫着神秘的盒子,每个手办都抱着一把小小的塑料突击步枪。它们身穿小小的黑色制服,戴着小小的面罩,所以它们应该属于眼镜蛇部队,而不是特种部队。

约翰拎起盒子,跳下车,走进茫茫黑夜,不顾我大着舌头求他别拿走那东西。

假如你想问约翰究竟希望在车厢里发现什么,最简单的答案无疑是"一大堆现金"。但我们不是罪犯,假如我们发现了一堆印着美元符号的白色口袋,我们只会锁好车门,打电话报警。不,真正的答案要更加复杂。

约翰不知道他会在车里发现什么,这就是他必须打开车门的原因。这世界上有两种人——第一种人见到锁和警示标记会想:"既然锁得这么严实,就说明第一,里面的东西很危险,第二,它和我没关系。"但第二种人会想:"既然他们这么想保守秘密,那里面的东西肯定值得一看。"约翰就是后者。事实上,这正是他没搬出这个糟糕小镇远走高飞的唯一原因。假如你不明白我说的"糟糕"是什么意思,那我要告诉你,我指的可不是失业率。黑色卡车的鬼名堂?这恐怕不是什么孤立事件。

六个世纪前,在此处定居的前哥伦布时代原住民用他们语言中的一个词给这个地区命名,翻译过来是"暗影之口"。后来,易洛魁族忽然出现，难以解释地杀死了那些古老部落的所有男人、女人和孩童，把地名改成了另一个词，翻译过来的字面意义是"说真的，让这个地方见鬼去吧"。法国探险家雅克·马凯特于一六七三年勘察了这个地区，在地图上用一幅简笔画做标记，画的似乎是一团黑乎乎的东西从撒旦的屁眼儿里掉出来。

一八一一年，爆炸导致煤矿坍塌，一群煤矿工人因此被困。救援者来到矿井入口处，发现一个浑身煤灰的少年坐在废墟前，他是那些工人中最年轻的一个。他对救援者说的第一句话是："别把他们挖出来，他们派我出来就是为了告诉你们这个。炸弹是他们自己引爆的，存心要炸塌矿井，免得他们在底下发现的东西逃出来。千万别再去挖开了。好了，你——拿锄头的那位，你过来一下，用锄头砸烂我的脑袋，就像他们炸矿井那样，我会感激不尽的。也许这么一来，就能把我脑袋里使劲瞪我的那颗蓝眼珠子砸出来了。"

从那以后，这里每况愈下。

比方说，在这个小镇上，三个朋友走进一条黑洞洞的小巷，从另一头出来时就只剩下两个人了，而且那两个人对第三个人毫无记忆。有传闻称，一年前，一个五岁大的孩子做脑肿瘤摘除手术时，医生锯开他的脑壳，他的"肿瘤"蹦了出来，那是个肉球，挥舞着许多条触手，直接蹿向医生，径直钻进他的眼窝。两分钟后，医生和两个护士倒毙在手术室里，他们的脑袋从里面被吃得干干净净。我说这件事是"传闻"，因为故事发展到这儿，一群穿防护服的人忽然出现，亮出官气十足的证件，带走了尸体。第二天，报纸上说是氧气瓶爆炸，导致在场的所有人不幸遇难。

但约翰和我知道真相，因为我们在场，我们总是在场。游客来到这座小镇，是因为他们听说这儿"闹鬼"，但这个词完全不能承载实情,"入侵"这个词稍微好点。约翰和我把这种事当成了爱好,因为我们只是凑巧有天赋。

总而言之,约翰为什么非要往卡车里看,为什么要拿起那个盒子——尽管据我们所知,盒子里的东西不是一文不值,就是有毒或有放射性(或者三者皆有)——这就是原因。我们最后确实打开了盒子,琢磨着里面的东西——他们围绕那东西做的安全措施太不到位了。不过,这个故事必须先等一等再说。哦,你是不是在想卡车撞电线杆刚好跟约翰和我庆祝生日、爬上塔小便的时间和地点撞上是个巨大的巧合?别担心,这不是巧合。随着时间流逝,所有事情都会说得通的。嗯,也有可能说不通。

好了,咱们快进到十一月三日,差不多……

爆发前 48 小时

"我没发疯。"我发疯般地对法庭指定的心理医生说。

我们的会面似乎让他感到厌倦。这一点确实让我想假装发疯,只是为了打动他。也许这就是他的策略。我心想,也许我该告诉他,地球上只有我见过他完整的骨架。

或者,我可以另外编个什么故事。心理医生——我早就忘了他叫什么——说:"你认为你在这儿的任务是说服我相信你没发疯?"

"呃……你知道我来这儿不是出于自愿。"

"你不认为你需要心理治疗。"

"我理解法官为什么这么判决。我是说,这总比坐牢强。"

他点了点头。我猜这是示意我继续说下去。哥们,给人看精神病的工作未免也太轻松了。我说:"几个月前,我用十字弓射了一个送比萨的外卖员。当时我喝醉了。"

暂停。医生一言不发。他五十多岁,虽说我只有他一半的年纪,但他看上去依然能在棒球场上干掉我。他花白的头发剪得像是二十世纪九十年代的乔治·克鲁尼,就是完全过着自己预想中生活的那种人。我打赌他从来没用十字弓射过送比萨的外卖员。

我说:"好吧,我没喝醉。我只喝了一瓶啤酒。我以为那家伙在威胁我和我的女朋友埃米,这是个误会。"

"他说你声称他是个怪物。"

"光线太暗。"

"邻居听见你朝他吼叫,引用警方报告的原话,'你这个不洁的渎神怪物,滚回地狱去吧!告诉克洛克,这支箭来的地方还有许多它的伙伴呢'。"

"呃……这句话是有语境的。"

"所以你确实相信存在怪物?"

"不,当然不信。那是个……比喻。"

他的桌上摆着名牌——鲍勃·田纳特医生,旁边是圣路易红雀队某位棒球运动员的弹簧头玩偶。我扫了一眼诊室,窗户上还贴着万圣节留下的装饰,纸板南瓜灯的嘴里爬出一只卡通蜘蛛。医生背后的书架上只有五本书,我觉得很可笑,因为我的书都比这儿的多,而我根本不是医生。随后我意识到,那五本全是他自己的作品,而且书名都很长,例如《人群的疯狂:从动力学的角度解码群体妄想症》和《一个人是聪明的,多个人是愚蠢的:集体癔症和团体思想的分析》。法庭似乎为我指定了一名世界级的专家,他专门研究人们为何相信愚蠢的东西,我该觉得受宠若惊,还是受到了羞辱?

他说:"你要明白,法庭不会因为你相信怪物就判决你接受心理治疗。"

"对,他们想确保我不会再用十字弓射其他人。"

他大笑。我吃了一惊,我以为法律禁止这种人大笑呢。"他们想确保你不会对自己或其他人构成危险。另外,我知道这么说违反直觉,但假如你不认为这是一场你必须过关的考试,事情其实会变得更容易。"

"但假如我射箭是因为一个姑娘或一箱偷来的啤酒,我就不会坐在这儿了。我在这儿是因为怪物,因为我就是我。"

"你想谈谈你相信什么吗?"

我耸了耸肩。"你知道这个小镇流传着什么样的故事。人们在这儿消失得无影无踪,连警察都会失踪,但我能分清现实与幻想。我有工作,有女朋友,我是个有生产力的好公民。好吧,去掉'有生产力',我是说,一边是我带给社会的东西,另一边是我消耗的东西,放一起应该能扯平。另外,我没有发疯,我知道每个人都可以这么说,但疯子无法假装神志清醒,对吧?发疯的重点就在于你无法分辨一个念头是疯狂还是正常。所以,我不认为这个世界充满了伪装成人类的怪物、鬼魂,或者暗影构成的人,我不相信这个小镇——"

* 本故事所发生的小镇名称将不在此透露,以免增加当地的游客流量。*

"——是噩梦咆哮的汇聚之处。我完全明白,只有精神错乱的病患才会相信这些东西。因此,我不相信它们。"

轰!心理治疗结束。

田纳特医生没有吭声。去他的吧。我可以这么坐着直到天荒地老,我很擅长不和任何人说话。

过了一分钟左右,我说:"呃……我先确认一下,在这个房间里说的话绝对不会被传出去,对吧?"

"对,除非我认为有人即将犯罪。"

"我能给你看一样东西吗?是我手机上的一个视频片段,我自己录的。"

"假如对你来说很重要的话。"

我拿出手机,在菜单里点了一阵,终于找到大约一个月前录制的一段三十秒视频。我举起手机给他看。

画面是夜景,拍摄于我家附近的一个二十四小时墨西哥卷饼铺子。卷饼铺子前摆着一张褪色的野餐桌,锈迹斑斑的五十五加仑油桶当垃圾箱,白板上用可擦记号笔写着价格。毫无疑问,在凌晨四点,这是我家周围六个街区内能找到的最好吃的卷饼铺子了。

模糊的画面拍到了车头灯的强光,一辆黑色休旅车徐徐停下。一个穿衬衫、打领带的亚裔年轻人下车,他漫不经心地绕过小小的橘红色建筑物,朝柜台后的小伙子点了点头。他走向卷饼铺子背后的一扇窄门,打开,走进去。

过了大约十秒,镜头晃晃悠悠地向那扇门移动。我的手伸进画面,打开门。里面除了标着"大号盖子"或"医用纸袋"的几个纸板箱,就只有扫帚、拖把和水桶了。

亚裔年轻人不见了。房间里找不到其他出口。

视频片段结束。

我说:"你看见了,对吧?人进去了,但没出来。人不在里面。

他不在卷饼铺子里，就那么消失了。"

"你认为这是超自然现象的证据。"

"我后来还见过这个人，在镇上。那个卷饼铺子不是百慕大三角，会把不知情的路人吸进去。这个人知道他在干什么，所以他径直走向那扇门，进去后从其他地方走出来。另外，我知道他会来，因为每天夜里他都在同一时间做这件事。"

"你认为那儿有条密道什么的。"

"不是物理性的通道，房间里没有翻板活门或者其他机关，我们检查过。应该就像一个……虫洞之类的东西，我说不准。但重点不在于卷饼铺子有个魔法门或者天晓得那是什么鬼玩意儿，而在于这个人知道它是什么和如何使用。镇上有一些这样的人。"

"而你认为这些人很危险。"

"老天在上，我可不会用十字弓射他。你难道不觉得这件事情很奇怪吗？"

"对你来说，我相不相信你很重要。"

我忽然意识到，他把所有问句都说成了陈述句。《爱丽丝漫游奇境》里是不是有个这样的角色？爱丽丝有没有让他的脸挨拳头？

"好吧，视频有可能是我伪造的，你可以选择相信或者不相信。老兄，要是我有得选，要是你有能力让我选，我愿意付出任何代价。假如你说你会把手伸进我的脑袋，关掉我相信这些东西的开关，作为交换，我必须让你……呃，比方说用防暴豆袋枪打我，我愿意此时此刻就跟你签合同，但我做不到。"

"对你来说肯定非常痛苦。"

我嗤之以鼻，低头盯着双膝之间的地面。地毯上有一块褪色的棕色污渍，不知道是不是有个病人在进行心理治疗的时候在那儿大便了。我用双手捋头发,感觉手指揪住头发不放,疼痛从头皮向下辐射。

住手。

他说:"我看得出这件事让你很激动。要是你愿意,咱们可以换个话题。"

我逼着自己坐直,深吸一口气。

"不。咱们在这儿就是为了谈这个,对吧?"

他耸了耸肩。"我觉得对你来说很重要。"

对,就像盐对鼻涕虫那么重要。

他说:"取决于你。"

我叹了口气,思考几秒钟,然后说:"在某个大清早,我准备去上班。我走进卫生间,然后……"

……打开淋浴,但水在半空中停住了。

我说的不是时间停滞导致水悬浮在半空中,那可就太疯狂了,而是水流从水龙头倾泻而下大约十二英寸,然后哗啦啦地溅开,仿佛落在了什么坚硬的东西上,就好像有一只看不见的手放在水龙头底下试水温。

我站在淋浴间外面,赤身裸体,眯着眼睛往里看,感到既困惑又迷惘。即便在正常情况下,我也算不上十分聪明,更何况在清晨六点,我的智商顶多只有六十五。我迷迷瞪瞪地觉得是供水出了问题。我傻乎乎地盯着被挡住的水流在半空中变成伞形,按捺住伸手触摸水似乎无法穿透的那块空间的冲动。恐惧逐渐在我脑袋里蔓延开来,后脖颈的毛发根根竖起。我眨巴着眼睛低头向下看,像是希望身上贴着一张纸条,解释眼前发生的一切。可惜并没有。

就在这时,我听见溅水的声音改变了,水在瓷砖上敲打出的旋律换了个调子。我抬头望去,看到离我最远的水流慢慢地恢复正常,水流画出和缓的弧形,穿过那道看不见的屏障。隐形物体正在离开水流。直到水流完全恢复正常,我才意识到阻挡水流的隐形物体正在向我移动。

我向后跳去,动作极快。我以为是自己迅猛的动作掀起气流,吹开了拉开一半的浴帘。但我错了,因为浴帘没有立刻恢复原先的形状,而是一直向外鼓起。隐形物体挤开浴帘,走了出去。我向后退,贴在墙上,感觉到毛巾杆抵着后背。浴帘落回原处,淋浴间里空空如也,只能听见淋浴水流浇在瓷砖上,那声音仿佛无线电的静电噪音。我站在那儿,无法动弹,心跳剧烈得都开始头晕了。我慢慢抬起一只手,试探性地伸向浴帘,穿过隐形物体刚刚经过的空间。

什么都没有。

我决定不洗澡了。我关掉水龙头,转向房门,却——

我看见了某些东西,或者说险些看见。我从眼角见到一个黑色的东西——一团黑影——蹿出刚好位于视线外的房门,就像人的影子,但没有人。

我顶多只看见了十分之一秒,但我确实看见了,那一眼到的影像烙印在我的脑海里。那团黑影的形状像人,但随即消散,就像一滴黑色食物着色剂在一缸水中溶化之前的那个瞬间。

我曾经见过它。

"……我觉得我在卫生间见到了某些东西。我说不准,也许什么都没有。"

我瘫坐在椅子里,抱起胳膊。

"这对你来说是焦虑的一个源头。你抱着这样的想法,同时觉得就算你说出去,别人也不会当回事。"

我盯着窗外,我的那辆布朗科在停车场上生锈了,金属渴望变回尘土。那时候的生活对它来说肯定比较轻松。

我说:"再问一句,心理治疗由谁来付钱?"

"付钱是你的责任,但费率可以商量。"

"好极了。"

他思忖片刻,然后说:"假如我说我相信怪物,你会稍微自在一些吗?"

"也许我会自在一些,但给精神科医生发执照的人就未必了。"

"我给你讲个故事吧。我知道由于你的……爱好,有些人会联系你,对吧?认为家里有幽灵或魔鬼的那些人。"

"有时候吧。"

"那么请允许我做个假设。假如你去他们家里,说他们焦虑的源头不是超自然现象,他们肯定不会如释重负,对吧?这意味着他们希望阁楼上的砰砰声是幽灵发出的,而不是松鼠被困在了烟囱里。"

"对,应该是的。"

"所以你看,恐惧只是不安全感的另一种表现形式。人类最希望的无非是自己是正确的,哪怕这个正确的东西是我们自身的厄运。假如我们相信怪物埋伏在下一个拐角,准备把我们撕成碎片,那我们事实上就更希望我们对怪物的想象是正确的,而不是让别人证明我们的错误,让我们显得傻乎乎的。"

我没有吭声。我扫视着周围,想看看时间,但他没有钟表。狗娘养的。

"几年前,我去欧洲参加一场研讨会时,我妻子打来电话,坚持说我们家洗衣房的墙壁在搏动。她的原话就是如此——有规则地律动,就像墙壁有了生命。按照她的描述,只要走进那个房间,就能觉察到某种震动,某种能量感。我问会不会是电路问题,她立刻变得……非常生气。三天后,就在我即将回家的时候,她又打来电话。她说问题更加严重了,现在她能听见墙里有嗡嗡声了,她没法睡觉,只要走进屋子,她就能听见那个声音。她还能感觉到震动,就好像某种超自然的东西即将跃入我们的世界。第二天我飞回家,发现她极为烦躁,我马上明白了为什么我说可能是电路问题就像在侮辱她——这确实是某种活物的声音,而且是某种巨大的活物。尽管我很累,还在倒时差,就像个会走路的死人,我依然只有一个念头——去车库里取工具,撬开墙板看一看。你猜我发现了什么?"

我没有回答。

"你猜一猜!"

"我不确定我想不想知道。"

"蜜蜂。它们在墙里筑巢,从天花板到地板铺得满满当当,几千、几万只蜜蜂。"

说到自己的奇闻逸事,他的脸变得容光焕发。为什么不呢?他讲故事要收钱的。

"于是我戴上帽子和手套,用我妻子的围巾裹住脸,用杀虫剂喷蜂巢,杀死了数以千计的蜜蜂。但后来我意识到蜜蜂其实很值钱,当地的养蜂人小心翼翼地来取走蜂巢,不收我的钱。要是我没杀死那么多蜜蜂,我估计他反而要给我钱的。"

"哦。"

"你明白了吗?"

"明白了,你妻子认为有怪物,结果仅仅是蜜蜂。所以我的小问题,很可能也只是蜜蜂,没什么好担心的。"

"不好意思,你误会了。那天的事实证明存在一个非常强大、非常危险的怪物。你问蜜蜂就知道。"

爆发前 36 小时

我说:"你能看见我吗?"

笔记本电脑屏幕上的雀斑红发姑娘说:"当然。"埃米·沙利文把头发扎成马尾——这个我喜欢,穿了一件宽松的讽刺风格 T 恤,上面画着难看的老鹰和美国国旗——这个我讨厌。那东西穿在她身上像一顶帐篷。

她问:"你的心理治疗怎么样?"

"天哪,埃米。和男朋友聊天不能一上来就问法庭强制的心理治疗怎么样,你得慢慢转变话题。"

"哦,对不起。"

"这个话题很敏感的。"

"好吧,当我没说。"

我说:"你回家来过感恩节吗?"

"对。你想我,对吧?"

"你知道我一个人过不下去。"

她顿了顿,喝了一口茶,然后说:"你会没事的,对吧?我说的不只是心理治疗,而是整个……情况。"

"呃,你室友不在旁边,对吧?"

"对。"

"好的。嗯,挺好。天下太平。"

她说:"那天夜里可吓死我了。"

"我知道。"

"很久没有那样的事情发生——"

"我知道。"

"要是那样的事情再发生——"

"我就再用十字弓射他。我跟你说过了。"

"你和你的心理医生谈过这个吗?"

"埃米,别这么直白。"

"我好奇嘛。"

"我怎么会找一个比我还不会说话的姑娘呢?"

她从镜头外拿起茶杯喝了一口。她必须用左腕维持茶杯的平衡,所谓左腕就是曾经连着她左手的残桩。她在还是个少女的时候遇到了车祸,那是我认识她之前的事情了。车祸夺走了她的左手和双亲,留给她慢性腰背疼痛和植入脊椎内的钛合金杆。她拒绝戴仿生假手,因为她认为那东西"让人毛骨悚然"。但在我看来,钛合金脊柱加上机械手,她有百分之十是电子人了,这个想法对我来说不只是有点性感那么简单。

埃米和我是在高中认识的,我们都被分进有"行为问题"的学生上的特殊教育班级。我和她其实都不属于那儿,她去是因为她对疼痛治疗的反应很差,咬了一名教师;我去是因为一个误会(有个校园小霸王总来招惹我,最后我终于爆发了,将拇指按在他的眼珠上——孩子嘛,你知道那是怎么一回事)。我们童话般的浪漫史始于我和她彼此完全视而不见长达五年,在此期间,我只知道她的一个粗鄙外号——那是某个浑蛋给她起的。后来有一天，别人请约翰和我调查她的失踪事件。事情没什么麻烦的，我们只花了几天就查了个水落石出（怪物绑架了她）。

她放下茶杯，说："所以，他怎么样，那位心理医生？"

"和你在电影里看到的一样。他们让你说个没完，直到你忽然跳起来说你想通了。"我思考片刻，然后说，"这位心理医生是个女士，她二十二岁左右，胸部丰满，无论说什么都往性爱的方向打擦边球。"我耸了耸肩，"我说过了，就像电影一样，《肛门治疗6》。"

她叹了口气，接着喝了一口茶。"看来你根本不想我。"

"等一等……埃米，咱们不该和其他人上床的，对吧？不好意思，你好像一直没跟我挑明这个。"

她没有回答，也没有笑。我只好说："别这样，你知道的，假如你和我之中有一个想出去乱搞，你肯定比我容易无数倍。我是个疯子，能看见怪物，还会朝送货员射箭，而你是个可爱的红发姑娘。你去男生宿舍的楼层，说'我是女人，我需要做爱'，立刻就会有二十条好汉手捧玫瑰花排队献殷勤。我就不一样了，我需要使出浑身解数。"

"男人为什么总这么说。这种事对女孩来说同样困难。"

"太可笑了。每一家酒吧都挤满了想睡女人想得发狂的男人，姑娘们必须费尽力气才能挡开那些精虫上脑的家伙。事实如此，这是生物学。对姑娘们来说就是比较容易。"

"事实上这是不可能的。异性之间的性交需要一男一女，因此男人和女人得到的性交次数完全相等。也就是说，男女两边滥交的和睡不到的数量相等。"

"这个……不可能吧。"

她耸了耸肩。"你自己算。"

"好吧,对——咱们不争这个了——我确实很想你。"

"我知道。"

"这儿没人能陪我毁电影。"

埃米有一项能力,她会在一部电影里挑出一个破绽,然后我就不能全情投入地享受这部电影了。有个周末,我们看乔治·卢卡斯的电影,她向我指出,就算印第安纳·琼斯只是待在家里,《夺宝奇兵》也还是会有相同的结果——纳粹打开约柜,一样会被当场汽化。然后《帝国反击战》看到一半,有个角色称卢克的飞船是一艘"X翼",她暂停播放,说这是不可能的,这架战斗机无论如何都不该由于状如英语字母X而被称作"X翼",因为一个遥远的银河系里的一个远古种族绝对不可能见过这个字母。天哪,我把她说得像个贱人。

我对着网络摄像头的窗口说:"课程怎么样?学到怎么制造电脑病毒的部分了吗?有些人,我很想送他们点病毒尝尝。"

"假如你说的'病毒'指的是一运行就会不小心害得整个操作系统瘫痪的程序,那我不得不承认,到现在为止,我编的程序全都算是病毒。哦,知道吗,你用早餐燕麦送的小哨子就能黑进电话系统。"

"呃,你这是黑客俚语,还是……"

"不是,七十年代建设的电话系统用音频完成所有操作,不同的频率和各种特征值告诉系统该怎么转接电话,等等。然后有个叫约翰·德雷珀的黑客发现,早餐燕麦盒里附送的塑料小哨子吹出的频率和音调就是电话系统用来结束通话计费的信号。所以,他打了两年免费的长途电话,每次只需要朝听筒吹玩具哨子就行。"

"啊,我得去试试看。唉,大学就该教这种东西嘛。"

"可惜他们后来升级了电话系统。"

"哦。"

我们默默地坐了几秒钟,她接着说:"给我一秒钟,我正在想办法把话题绕回你的心理治疗去。"

我说:"我爱你。"

她说:"我知道。"

"说起来,明天有一场团体治疗。我得先去脱个毛。"

"恶心。"

"对不起。"

"不过我也没资格说你,因为我坐在摄像头前面没穿裤子。"

我说:"咦,真的吗?"

"想看看?"

"当然,那还用说。"

爆发前 30 小时

世界上有一种蜘蛛的体形足有餐盘那么大,算上腿,直径能达到一英尺。它叫歌利亚食鸟蛛,亲眼见过的人都叫它"歌利亚他妈的食鸟蛛"。

这种蜘蛛不仅吃鸟,而且吃老鼠和昆虫,但人们还是叫它食鸟蛛,因为它能吃鸟是你需要知道的最关键的事实。要是你瞅见这么一只蜘蛛,比方说在你的壁橱里,或者看着它爬出你的汤碗,你说的第一句话肯定是:"快看,哥们,那玩意儿能吃掉一只该死的鸟!"

我不知道它们怎么捕鸟。我知道歌利亚食鸟蛛不会飞，因为假如它会飞，名字肯定就完全不一样了。我们会叫它"大人"，因为它会成为这颗星球的统治物种。除非歌利亚飞行食鸟蛛说可以，否则我们谁也不能走出家门。

我亲眼见过一只这种鬼东西，还好是在动物园里，那会儿我还在念高中。当时我十五岁，满脸青春痘，一天比一天胖，我张着嘴傻乎乎地看着这个怪物抓挠玻璃板的内壁。它和我的两个拳头加起来一样大。我周围的男孩在哧哧笑，捶打彼此的胳膊，我背后有个女孩在尖叫，而我没有发出任何声音。我做不到。我和那东西之间只隔着一块玻璃板。接下来的几个月，每天晚上我都盯着卧室的黑暗角落看，等着手指粗细、毛茸茸的蜘蛛腿从一摞漫画书和游戏杂志的后面伸出来。我想象——不，期待——在壁橱里发现钓鱼线粗细的蛛丝，鼓鼓囊囊地裹着没吃完的麻雀；或是我的鞋里有蜘蛛粪便，小块的粪团里嵌着羽毛碎片或者成堆的粉色蜘蛛卵，孕育着已经长到高尔夫球大小的小蜘蛛。即便到了现在，十年过后，我已经二十五岁，晚上把腿放到被单底下时也要先往里面扫一眼——我的潜意识有一部分还在寻找潜伏于阴影之中的巨型蜘蛛。

我之所以提起这个，是因为我醒来时有东西在床上咬我的腿，而首先蹿进我脑海的就是歌利亚食鸟蛛。

我觉得脚踝一阵刺痛，就像有针在往里扎。歌利亚他妈的食鸟蛛跳出我雾蒙蒙的梦中世界，我一把掀开被单。

房间里黑乎乎的。

灯是黑的，闹钟是黑的，所有东西都是黑的。

我坐起来，眯着眼睛打量我的腿。有东西在动，就在底下的被单旁。我把那条腿从床上放到地上,感觉到一个有分量的东西贴在我的脚踝上,它和一罐啤酒一样重。

恐慌像痉挛似的席卷全身。我抬起那条腿往外踢,在黑乎乎的卧室里呼吸着冰冷的空气,哼哼唧唧地叫唤,企图甩掉那个会咬人的鬼东西。那东西飞过房间,经过从遮光帘的缝隙中照进房间的一束月光。我在那一瞬间见到了许多条有关节的腿和一根尾巴,还有龙虾的那种块状背甲,这鬼东西和一只鞋一样长,是黑色的。

老天在上,那是——

我惊恐的大脑管这东西叫"蜘蛛"——尽管它显然不属于蛛形纲或地球原生的任何物种——它飞到卧室的另一头,撞在墙上,掉到了脏衣服篮后面。我以闪电般的速度跳下床,眯着眼睛张望,用双手摸索墙壁,一点一点向前蹭。我使劲眨眼,企图让眼睛适应黑暗,同时搜寻能当作武器的东西。我在床头柜上那堆乱七八糟的物件之间翻腾,看见一本《娱乐周刊》底下有个什么东西,它线条细长,轮廓圆润,我以为是一把小刀的刀柄。我抓起来就扔了出去。它飞到半空时,我才意识到那是我的哮喘吸入器。我继续翻找,抓起床头柜上看似最重的东西———罐奶酪沙司。

我在踢脚板的另一头听见了动静。我把沙司罐扔了出去。"砰"的一声,发出碎玻璃四散的清脆声响,随后陷入寂静。我抓起台灯,这个新奇物件是一只花玻璃雕塑的火鸡叼着一枚光秃秃的灯泡——约翰送我的生日礼物。我从墙上拔出电源线,揪着火鸡的脖子,把它举过肩头,样子就像四分卫抛球的写真照。

疑似蜘蛛的东西跑过地面,冲出房间,进入客厅。它全身都是长腿,在用半打腿奔跑,另外半打腿像脏辫似的立在半空中,这东西似乎天生翻过来也能继续跑。它的模样吓得我无法动弹。这种难以言喻、令人瘫痪的原始恐惧只会在遭遇彻底陌生之物时出现。我放下台灯，逼着自己向前迈出一步。我努力地控制住呼吸，冒险地低头看了一眼我的脚踝，只见被咬伤之处淌出了一道猩红色的血水。

狗娘养的小怪物。

热乎乎的感觉从伤口向上蔓延，随之而来的是麻木。我不知道这是因为小怪物有毒，还是仅仅出于被咬伤的震惊。我向门口走了三步，走到第四步时，这条腿真的瘸了。

我慢慢地窥探客厅。客厅不像卧室那么黑，外面的路灯在地板上映出半明半暗的光带，在风中树枝的摇曳阴影之间扭摆。蜘蛛不见踪影。我听见左边的厨房地砖上传来爪子抓地的声音，连忙转身去看——

是狗。

莫莉睡意蒙眬地走向我。它那一团红兮兮的影子，个头到我膝盖高，两只眼睛在反射发蓝的月光。我看见它背后晃个不停的尾巴。它盯着我，好像在琢磨我这是在干什么，为什么散发出恐惧的汗味，以及我有没有给它准备点心。我望向前门。我和门之间隔着十英尺的地毯。我半心半意地打定主意——把莫莉塞进车里，飞快开到约翰家，重新组队，明天带着霰弹枪和圣水回来。

我的脚从没这样赤裸过，赤条条的十个小小脚趾，它们在蜘蛛怪物的眼中大概就像巧克力兔子的耳朵。我把鞋脱在哪儿了？我挥舞着火鸡台灯，颤颤巍巍地迈出一步，被咬的左腿已经陷入麻痹状态。我命令它坚持住，至少要陪我走上车道。

我背后响起一声尖叫。

我吓得一抖，转过身，这才意识到是我的手机响了。约翰把我手机的短信铃声设置成了他的尖叫:"有短信!!!出事了!!!"我一直没找到换回去的方法。我从咖啡桌上抓起手机,发现收到的是附带一张照片的空白短信。我打开附件……

男人的阳具。

我立刻关掉文件。搞什么?

手机又响了,这次是来电。我点击接听键。

"大卫!别说话,听我说。你的收件箱里有张照片,千万别打开!我发错号码了。"

"老天在上,约翰,听我说——"

"哥们,你怎么上气不接下气——"

"约翰,我——"

手机从我手里滑出去,我的手指忽然抓不住它了。我向跌落的手机迈出一步,房间忽然在我眼前开始晃动。我失去了平衡——

不!不!你不能倒下!不能倒在这儿,和那东西待在一起!

我在地毯上摔了个跟头。我的左腿是拖在身后的五十磅死肉,右腿开始刺痒,恐怖以可怕的效率推动毒素在血管里流动。我挥动一条胳膊,寻找咖啡桌。我抓住咖啡桌,企图撑起身体,但那只手没有力气。

我再次摔在地上,甚至没感觉到肩膀撞击地面的冲击力。

"救命!来人啊!"我尖叫道。此时我真希望知道邻居都叫什么,"救命啊!"

最后一声尖叫结束于喉咙里的咯咯声。

手机再次响起尖锐的声音。

我挤出右臂里剩下的最后几卡路里能量,伸手去拿似乎远在十英里外的手机。失去知觉的手指落在手机上,拖着它从地毯上拉向我的脸，它沉重得像一袋水泥。指挥手臂做动作就像企图在嘉年华的娃娃机里抓毛绒玩具。我看见收到的短信来自约翰。

"约翰！"我傻乎乎地对着手机叫道，抬起笨拙如娃娃机机械臂的手拍打按键。我勉强从地上抬起脑袋。

屏幕改变，一张图片出现了。

阳具。

我的胳膊彻底不能动了，脑袋砸在地上弹了一下，脊髓神经彻底断线。我盯着在眼前铺开的地毯，看见狗毛像风滚草似的聚集在房间另一头的电视柜底下。我无法移开视线——我连这一丁点肌肉的控制力都没有，也无法闭上眼睛。

但我能听见声音，我觉察到了地毯上极其轻微的"沙沙"摩擦声，许多只小脚穿过织物纤维向我走来。硬邦邦、黑乎乎、有关节的好几条腿进入视线。蜘蛛完全充满了我的视野，它离我的眼睛顶多六英寸远。它浑身长满了腿，其中有半打腿裹着墨西哥奶酪沙司。

怪物的嘴和我的嘴一样大，周围遍布针尖般的口钩。它的两片嘴唇分开，我厌恶地发现它有一条粉红色的舌头，和人类的舌头毫无区别。它的舌头一点一点地伸向我的脸。

蜘蛛就是我的整个世界，许多条闪闪发亮的黑色长腿伸展到地平线的左右两端之外。我能数出它淫荡的粉色长舌上的味蕾，能看清它口腔上颚的湿润突脊。它的外壳上有某种黏液在闪闪发亮。它的两条腿在触碰我的嘴唇，弄得我很痒。

一个毛茸茸的大鼻子从上而下进入我的视野，就像上帝他老人家毛乎乎的口鼻部。这个局面终于勾起了莫莉的好奇心，它从厨房溜了进来。

它抽了抽鼻子，无疑是闻到了墨西哥奶酪沙司的气味。它舔了一下蜘蛛，发现犬类动物最野心勃勃的美梦居然成真了——这个猎物天生就裹着奶酪。它咔嚓一口咬住猎物，脑袋飞快地一拧，撕掉了怪物的四条腿，开始认真而艰难地咀嚼。

蜘蛛尖叫，刺耳的啸叫让我的骨头为之震颤。它从我的视野中消失，动作太快，我甚至不知道它朝哪个方向去了。

爆发前 29 小时

我感到身体瘫痪了。

会是永久性的吗？我想象毒液把我的脊柱变成烂泥。莫莉瞥了我一眼，不出声地评判我的懒惰。它啃了一会儿折断的蜘蛛腿，发觉硬邦邦的外壳里没多少肉，于是趴下来，用前爪按住蜘蛛腿，一板一眼地舔着奶酪沙司。

我在地上躺了一段无法衡量的漫长时间，在现实中其实只有一小时左右。忽然我觉得浑身发痒，在半梦半醒中想象自己掉进了蚂蚁窝，但其实是身体正在恢复知觉。二十分钟左右过后，我发现我的手指能动了。又过了半小时，我坐在沙发上，用双手抱着抽痛的脑袋。我将所有的精神能量都用来阻止大脑思考蜘蛛打算对我无法动弹的身体做些什么。

好的，第一步应该是产卵……

不，等一等。蜘蛛很可能还在屋子里。妈的。

三秒钟后，我跑到了门廊上，透过前门窥视自己家的客厅。没有蜘蛛的踪迹。但话说回来，屋里一片漆黑，只有我背后的一盏路灯,透过门上的小窗,只能看见自己傻乎乎嘴脸的倒影——我的头发像是被我用一只生气的猫咪梳过。我伸手去掏手机,随即想到它掉在客厅的地板上了。

我一把拉开门,跳进去,就地翻滚,抓住手机起身,蹿回室外,一把摔上门。我打给约翰,被转进语音信箱:"我是约翰。假如你打电话是因为找到了我那另外的半把吉他,送到我的公寓来就行。地毯的事我很抱歉。请留言。"

我没留言。就算这是个星期四的夜晚,那家伙也还是有可能喝得醉死过去了。我扫视周围,十一月的寒风中,我紧张地急促呼吸,却几乎看不见白气。为什么只有我的这幢房子没电?我拿起手机,但没拨号。有种感觉是你急需帮助,却不知道该打给谁,因为你不够受欢迎,所以没有朋友;不够富裕,所以没有雇员;不够有权,所以没有奴仆。如果用一个英语词汇来形容这种感觉,这是一杯独特的鸡尾酒,成分包括无能为力、孤独和忽然赤裸裸地意识到你对社会毫无价值。

屎蛋化态?

大门口的墙边立着一把扫帚,几年前我用它扫掉了门廊上的一只死鸟。我拿起扫帚,像长矛似的举在胸前,推开大门进去。莫莉急匆匆地出来,擦着我的小腿过去,多半是去车门口的那个绝妙地点拉屎了,等我下次急着去上班,保准会一脚踩上去。我向室内走了一步,将注意力放在地板上,寻——

蜘蛛"啪"地一下跳到了我的脑袋上,抽动的腿插进我的头发。我扔下扫帚,举起双手,怪物爬过我的耳朵,来到我的肩膀上。许多条小小的腿抓得我的脸和脖子发痒。我抓住蜘蛛的身体,它硬直的腿在我的手掌底下弯折。我想扒开它,但做不到,它的脚钩住了我的身体。我使劲一拉,汗衫和皮肤与我的肩膀分了家。我听见茶壶烧开的那种尖啸声,随即意识到是我在尖叫。

尖锐的口钩充满了我右眼的视线,剧痛刺穿了我的颅骨。我的右眼看不见了——狗娘养的,居然抠我的眼珠。我愤怒地狂吼,用双手一把抓住它的腿,把它们从我的皮肤上撕掉。我感觉湿漉漉的,发现怪物留下了一条腿,那只脚还钩着我的肩膀。但我终于摆脱了怪物,这个渎神的邪门玩意儿在我手里挣扎,朝我扭动它的嘴巴,企图咬我。

那条该死的舌头!

我用剩下的那只眼睛疯狂地扫视四周,寻找能把怪物塞进去的容器。

洗衣篮!卧室的地上!

我跑进卧室,踢翻塑料篮,倒出脏衣服。我把怪物扔进去,把洗衣篮翻过来,把它关在了里面。我扫掉床头柜上的所有东西,把柜子侧过来压在洗衣篮上。够严实,够分量。洗衣篮上有些垂直的狭缝,蜘蛛把一条腿伸了出来。它爬不出来,但我估计它迟早能咬穿塑料。我必须盯着它。

我一屁股坐在床上,胸膛剧烈起伏。我脸上湿漉漉、黏糊糊的。我哆哆嗦嗦地抬起手,试着去摸右脸,以为会发现被压瘪的眼珠挂在面颊上,但其实没有。我沿着眼皮边缘摸索,疼得龇牙咧嘴,手指碰到皮肤上的伤口时,感到阵阵刺痛,摸上去到处皮开肉绽。我眨眨眼,尝试用另一只眼睛看东西,发现能稍微看见一点。我低头望去,想掏出口袋里的手机,但看到的东西让我发出了厌恶的嘘声。

蜘蛛的那条黑腿,就是我扒开蜘蛛时断在我身上的那条腿,依然挂在我的汗衫上。我抓住它，拉了一下，但它没有下来。它不是挂在汗衫上，而是挂在我身上，揪得我的皮肤像帐篷似的隆起。它的脚不知怎么钩住了我，像虱子似的插进我的皮肤。我撕开汗衫上的破洞，用两根手指捏住那块皮肤，想仔细看个清楚。我分不清断腿在何处结束、肩部皮肤在何处开始，感觉就像蜘蛛腿不知怎的和皮肤融合在了一起。我又是拉扯又是转动它，感觉就像企图拔掉自己的一根手指。

这下我是真的生气了。我气冲冲地从卧室走进厨房，拉开几个抽屉，终于找到一把美工刀，有些人喜欢叫它开箱刀。莫莉跟着我跑进厨房，以为我在做夜宵，它可以分几口吃。

我脱掉汗衫，抓起一把长柄木勺，横着塞进嘴里。我把美工刀的刀尖插进蜘蛛腿和我皮肤的交融之处，开始切割。我咬着木勺咆哮咒骂，牙齿嵌入木头，血液像蜡烛熔化似的淌下我的胸膛。

这个活儿花了有二十分钟。最后，六英寸长、带关节的腿被我抓在手里，顶上连着一小块血淋淋的皮肤和脂肪，它们曾经属于我的肉体。我拿了一把湿纸巾按在伤口上，血污使得我的胸腹部像是一幅手指画。我从碗柜里找了个塑料盒，把怪物的腿放进去。我靠在厨台上，闭紧双眼，缓慢地呼吸。

我刚朝卧室走了一步，忽然听见有人敲门。我站住不动，决定不去开门，然后意识到很可能是约翰。我去卧室查看被关住的怪物。它把两条腿伸出了塑料篮上的一条缝，但离咬穿洗衣篮还差得远呢。我穿过客厅向外走，脚磕在了咖啡桌上。我打开大门——

外面有个警察。

一个年轻警察。我认识他，叫弗兰基什么的，之前和我一起念高中。我站直，说："警官先生，有什么事？"

我看见他的视线立刻转向我的躯干——我抓着红通通的湿纸巾按在血流不止的伤口上——然后回到我的脸上,我的一只眼睛肿得睁不开,布满伤口的眼皮上糊满污血。他的一只手放在枪托上,以警察应有的方式保持警觉。

他的第一句话是:"先生,屋子里还有其他人吗?"

"没事。我是说,没人了。我一个人住。我是说,我女朋友和我一起住,但这会儿她在学校,所以现在只有我。一切都很好。我只是和……呃,一个跑进屋里的……东西有点不愉快,算是个……动物吧。"

"先生,介意我进来看看吗?"

这个问题不存在正确答案,因为他显然认为我家里某处有个被残杀的妓女。我一言不发地让开。他叫我"先生"弄得我很恼火。他和我年龄相同,我和这小子在学校里一起参加过派对,看着他头套内裤玩茶包扭扭乐。

伯吉斯,我想到了。他姓这个。弗兰基·伯吉斯。

他从我身边走进屋子。我说:"我很想开灯,但断电了。肯定是因为,你明白的,保险丝烧了之类的原因。"

他看我的眼神像是我的话让他以全新的角度评估了我的精神状态。我能看清他的表情,因为客厅的灯开着。

"哦,好吧,"我结结巴巴地说,"大概是恢复了。"

我使劲眨眼,难道灯一直开着?

屋里一片狼藉。我是说,客厅里本来就是一片狼藉(我滴在地毯上的血和旁边的一块咖啡污渍混在了一起),但从我们所在之处能清楚地看见厨房里的情形:抽屉被拉开,一卷纸巾滚在地上,一摞塑料盖从碗柜里掉了出来。再向前走几步,他就能看见主卧里的情形了，那儿看上去像是引爆过一颗炸弹。哦，对了，有一只异形蜘蛛被扣在洗衣篮里，洗衣篮上还压着一件家具。

警察走进厨房，我跟着他。我听见卧室传来抓挠声，看见蜘蛛疯狂地企图从洗衣篮囚笼的塑料栏杆之间钻出来。警察没有注意到。他望着厨台上血淋淋的美工刀，然后扭头看我和我身上几处血淋淋的伤口。我漫不经心地后退，挡在卧室门口，靠在门框上，就好像我不是存心想用身体挡住他的视线。

"哦，那个，"我边说边朝小刀摆摆头，"我划了自己几刀，没什么大不了的，我只是想……把那东西从我身上弄下来。我认为是负鼠之类的东西，不过我没看清楚。它挠我挠得很凶。"

他的视线越过我看向卧室，他说："先生，你能让开吗？"

去他的，让怪物咬掉他的眼珠子吧，我有什么好在乎的？弗兰基，请进。

我让到一旁，警察弗兰基走进卧室。他扫视惨烈的现场，最后低头望向倒扣的洗衣篮。五条披甲的小腿在塑料狭缝之中蠕动。警察毫不在意地望向别处，漠然地在壁橱里瞥了一眼。最后他的视线回到我身上。

"所以，你杀了它吗？"

怪物就在洗衣篮里，就在他眼皮底下。它的嘴巴在咔嗒咔嗒地啃塑料，声音就像狗嚼骨头。它的几条腿已经完全伸出来了，此刻正在向外拔身体。伯吉斯警员却对这一切视而不见。

他没看见。

"呃，没有。我想抓住它来着。"

怪物的脑袋已经从洗衣篮里出来了。弗兰基低头望去，什么都没看见。他重新望向我。

"先生，你今晚喝了什么东西吗？"

"几杯啤酒，早些时候。"

"你摄入了其他东西吗？"

"没有。"

"你能告诉我今天是几号吗？"

蜘蛛三分之一的身体已经钻出洗衣篮了。它的腹部有一块厚甲，此刻卡在了狭缝中，它正在用四条腿解决这个问题。

"星期四晚——呃，不对，现在应该是星期五的凌晨了。今天应该是十一月四号。我叫王大卫，此刻我站在我家里。我没嗑药。"

"邻居担心你的情况，他们听见你屋里有很多怪声……"

"有个动物在你的睡梦中咬你，你也会想方设法醒来的。"

"这不是我们第一次来这儿出警了，对吧？"

我叹息道："对。"

"你在洗衣篮上压了些重物。"

"我说过了，我想抓住它——"

"不，洗衣篮是用来抓它的。我认为在上面压重物是因为你认为你抓住了它。"

"什么？不。屋里很暗，我——"

怪物把它最宽阔的一块甲壳挤出了狭缝。它的半个身子出来了，而且是比较困难的那半个。

"这些伤口有可能是你自己割的吗，用那把刀？"

"什么？不，我——"

我认为不是……

"你为什么总往下看？"

我从房间里向外退了一步。

"不为什么。"

"王先生，你在地上看见了什么吗？"

我抬起视线望向警察。我又开始出汗了。

"不，没有。"

"今晚你产生了幻觉吗？"

我没有回答。

"因为这应该不是第一次了，对吧？"

"那是……对。我没事，我很好。"

我集中精神不去看洗衣篮。啃咬的声音已经停止。

我再也忍不住了，低头望去。

怪物不见了。

我觉得我的括约肌松开了。我环顾四周，查看天花板。哪里都没有。

警察转身走出房间。

"王先生，你跟我走吧，我送你去急诊室。"

"什么？不，不用，我很好。割伤而已，小事情。"

"看上去似乎不轻。"

"不，没事，我很好。你在报告里写上我拒绝治疗好了。我没事。"

"你有家人住在镇上吗？"

"没有。"

"没有？父母，姨妈，叔伯？"

"说来话长。"

"有可以打电话的朋友吗？"

"约翰，应该算有吧。"

我扫视所有角落，企图寻找蜘蛛，但不知道发现后我该怎么办。

"好的。这样吧,你打电话给他,我待在这儿等他来。让他陪陪你,免得那动物再回来。"

我想不出任何办法能让这家伙离开,除非给他几拳,逼着他带我去拘留所,然而这个方法似乎无法解决问题。

警察老兄,你愿意待多久就待多久吧,我心想,只要你别去工具棚就行。

就在这时,警察弗兰基转向我说:"我去外面看看。"

我带警察从后门出去,但没提出要陪着他。我猜他想做的事情是在院子里转一圈,确定外面没有躺着一具尸体。随便他吧。他刚离开我的视线,我就穿过厨房和客厅跑进卧室。我打开灯,检查天花板,检查每个角落。没有蜘蛛。我听见窸窸窣窣踩过落叶的脚步声,看见警察拿着手电筒在窗外经过。我走向卫生间,打湿毛巾,擦干净身上的血污。我用创可贴盖住肩膀的伤口,清理眼皮的伤口,碰一下就疼得缩一下。我回到卧室,搜寻怪物,甚至往洗衣篮里看了一眼,免得怪物不知为何决定回去蹲着。我穿上汗衫,试了试抚平头发,心想我该在警察面前表现得像个精神稳定的好市民,让他觉得离开不会有任何问题。

在他开口说要看看工具棚之前。

我抓起床上的手机,再一次打给约翰。三声铃响——

"喂?"

"约翰,是我。"

"什么?谁?"

"出状况了。"

"就不能等到明天下班以后吗?"

"不能。我家里有东西,一只——"

我环顾四周找警察。

"一只生物。它先咬掉了我腿上的一块肉,然后直奔我的眼睛而来。"

"真的?你弄死它了?"

"没,它躲起来了。一个小东西。"

"多小?"

"松鼠那么大,身体结构像昆虫,有很多条腿,至少十二条,嘴巴像是——"

我转过身,看见警察站在卧室门口。

我朝手机摆摆头说:"是约翰,他正在过来的路上。"

"很好,"他朝后门摆摆头说,"你有外面那个工具棚的钥匙吗?"

我把手机塞进口袋,没和约翰说"再见"。

"哦,没有,钥匙被我弄丢了。我是说,我几个月没进去过了。"

"我的后备厢里有一把剪锁钳,我替你打开怎么样?"

"不,不用了,没这个必要。"

"我劝你还是打开,没有修草坪的工具,你怎么过日子?到时候你就可以耙干净外面的落叶了。"

我们大眼瞪小眼,都想逼退对方。妈的,真是越来越精彩了。我不由得希望蜘蛛忽然蹿出来吃了这家伙。

"说起来,我好像还有一把钥匙。"

"很好,那就去拿吧。"

我走进厨房,从后门旁的钉子上取下工具棚的钥匙,钥匙一直正大光明地挂在那儿。警察弗兰基让我带路去工具棚。他与我保持几步的距离,要是我忽然决定用狂怒铁拳袭击他,他也来得及开枪毙了我。我拿起钥匙,深吸一口气,把钥匙插进锁眼,打开挂锁。我把工具棚的门拉开一条缝,转向弗兰基。

"这里面是……我搜集的东西……爱好而已。据我所知,没有任何违法物品。"

但其中有些东西,怎么说呢,是进口货。

"先生,你能让开一下吗?"

他打开工具棚的门,手电筒的光束照进黑暗中。我屏住了呼吸。他立刻将光束转向地面,我猜大概他以为那儿躺着一具尸体吧。不,地上没有尸体,此刻没有,光束照亮的是沾在割草机轮子上的干草沫。他将光束转向贴着后墙和侧墙摆放的一组金属置物架,光束落在一个油漆桶大小的玻璃罐上,照亮了里面浑浊的液体。弗兰基·伯吉斯警员盯着玻璃罐,等待眼睛看懂他见到的东西。他很快就会意识到那是个晚期胎儿,拳头大小的脑袋,眼睛闭着,没有胳膊和腿,铰接的金属器具替换了身躯,弯曲的后半截渐渐变小,形状如同海马的尾部。

我挤出一声傻笑,说:"呃,那是在易贝网上买的,是个……电影道具。"

警察瞥了我一眼。我望向别处。

他把光束转回置物架上。玻璃罐旁边是个蚂蚁农场,草皮之间挖出的隧道上整整齐齐地拼出"救命"二字。

它旁边是我的旧 Xbox 游戏机,线缆还缠在上面。

他把光束向下移动了一英尺,落在底下的一层隔板上。光束扫过一摞旧杂志,他没注意到最上面是一本褪色的旧《时代周刊》,封面上有一群特勤局探员围着死去的比尔·克林顿,红色大字"谁干的?"叠加在照片上。那摞杂志旁边是个红色的艾蒙挠痒娃娃[1],尘土让毛皮的颜色变得十分暗淡。光束刚落在挠痒娃娃上,它的音箱就启动了,一个卡通声音说:"哈哈哈!五又四分之三英寸的勃起!"

我说:"呃,它坏了。"

警察弗兰基将光束转向下一个物件,那是个梅森罐,清澈的液体里悬浮着一条扭曲的紫色舌头。它旁边是个一模一样的罐子,里面并排悬浮着两只人眼,底下拖着一大坨神经和血管。警察没注意到光束扫过罐子时,眼睛在随着光束转动。两个罐子旁边是皮卡车的旧电池,上面沾着黑乎乎的污垢。光束来到最底下,红色塑料汽油桶旁边是屏幕被子弹打烂的老式 CRT 显示器,再过去就是我不希望被警察发现的东西了——那个盒子。

我们听见背后传来脚踩落叶的声音。

"哎,怎么了?"警察和我转过身,见到一个黑影挥动着一只手,橘红色的烟头火光画出弧线。是约翰。"嘿,弗兰基。大卫,对不起,不该发我大屌的照片给你的,别跟我说是照片逼得你要戳瞎眼睛。"

警察用手电筒去照约翰,也许是想确定他没带武器。约翰穿着法兰绒汗衫,戴着黑色棒球帽,帽子上绣着三个大写字母——HAT。

警察弗兰基感谢约翰能过来。我希望弗兰基能从工具棚出去,

---

[1] 美国儿童教育电视节目《芝麻街》中的角色艾蒙(Elmo)的著名玩偶,挠一挠,它就会大笑。

因为他待在工具棚的每一分钟都让我变得越来越紧张。我的眼睛和肩膀在抽痛。风向改变,我闻到了约翰身上的酒味。

警察把手电筒光束转回去,再次落在工具棚的地上。光束照亮了盒子——我指的就是那个盒子,我们在无标记的黑色卡车车厢里发现的橄榄绿盒子。它看上去像个很重要的盒子。假如你的工作是保护人们的平安,那么你就肯定想看一看里面是什么。弗兰基朝盒子点了点头。

"那个绿盒子里面是什么?"

"不知道。"

算是真话,我心想。

约翰说:"我们捡到的,你不可能打开它。"

同样是真话。弗兰基不可能打开它。

我说:"要是你愿意,带回去好了。放在警察局的失物招领处。"

警察关掉手电筒,问约翰能不能和他进屋去谈一谈。他用手电筒指了指工具棚,对我说:"我去和约翰谈一谈,你留下锁工具棚,好吗?"

我说这是个好主意。他们的鞋咔嚓咔嚓地踩着落叶走远,最后来到我家后门的灯光底下。我关上工具棚,锁上挂锁,长舒了一口气。解脱感持续了大约四秒,直到我意识到约翰和警察弗兰基在屋子里和嗜血的异形蜘蛛待在一起。我连忙跑进去,看见约翰和警察在客厅交谈,声音低得我听不清楚,我猜警察在请求约翰看护我,要是我显露出发疯的征兆,就打电话给他。我走近他们,刚好听见约翰在说:"……最近他真的很抑郁……"天晓得他正在把我描绘成一个什么形象。

我扫视厨房,寻找蜘蛛,特地多看了几眼高处,依然不见它的踪影。我关上几个打开的抽屉和碗柜，尽量收拾得整齐一些。我都已经走出厨房了，忽然又转过身，意识到碗柜是那个小浑蛋绝妙的藏身之处。明早等我拉开柜门拿燕麦，那个狗娘养的就会扑到我的脸上。我能搜查一遍碗柜而不吸引弗兰基的注意吗？还是等一等吧。于是我去检查卧室，假装在收拾房间。我掀开毯子查看，然后看床底下。我打开壁橱，把衣服拉来拉去，然后我去看了一眼门背后。没有蜘蛛。

我走出卧室，看见约翰和警察站在前门廊上。有进展了。约翰感谢他特地跑一趟，说自己希望弗兰基在祈祷时能记得我，因为我现在确实很需要，因为我的生活一团糟，我是个彻头彻尾的倒霉废物，在和体重、财务问题、酒精还有勃起障碍做斗争。我决定在约翰进一步贬低我之前加入对话。

警察已经开始走向巡逻车了，约翰还在唠叨："……另外，他女朋友不在家，她只有一只手，另一只是在交通事故中坏掉的。你可以想象一下这会导致什么问题。"

弗兰基绝望地想要摆脱这场交谈，他对着肩膀上的小对讲机说话，报告总部这儿一切都在控制之中。约翰和我目送他离开。这时我们听见脚边响起凌乱的脚步声，看见该死的蜘蛛跑过我们的鞋子。它朝着警察的方向跑去，消失在黑暗中。

我跳下门廊，挥舞双手。"等一等！弗兰基！伯吉斯警官！等一等！"

警察在巡逻车前停下，转身看向我。我张开嘴，但想说的话缩回了喉咙口。几条细长的黑腿出现在弗兰基的左肩上，碰到他裸露在外的颈部，他却看上去什么都没感觉到。

约翰在我背后叫道："弗兰基！弗兰基！哥们，别动！你身上有东西!"

弗兰基的手又回到了枪柄上,他警惕的视线时而看向我,时而看向约翰,就好像他需要处理的疯子问题忽然倍增了。怪物爬过弗兰基的肩膀,腿放在了他的面颊上。

约翰尖叫道:"弗兰基!快这么做!"约翰用手扫过面颊,就像在驱赶苍蝇,"我说真的!你脸上有东西!"

弗兰基对局势懵然无知,没有听从约翰的建议。他开始说话,命令我们不得继续靠近。我冲向他,伸出双手去抓那个小恶魔。然而我没能做到。弗兰基对我做了些什么,我跪倒在地,呼吸困难。那一招好像是掌劈喉咙之类的。老兄,还真管用。

我抬起头,想第二次提醒弗兰基,但发现自己做不到。蜘蛛爬过弗兰基的胸膛,然后化作一团虚影,钻进了他的嘴巴。

弗兰基向后挥舞手臂,身体倒向地面,脑袋"砰"的一声撞在巡逻车的车门上。弗兰基用双手抓挠嘴巴,喘息、呛咳、抽搐。我坐在地上后退,屁股蹭过落叶。这时候,约翰冲了上去,叫道:"弗兰基!弗兰基!喂!"

弗兰基毫无反应。他的双臂在身前静止,手指弯曲,就像被电死了。

约翰猛地转向我说:"咱们必须送他去医院!"

我坐在草地上无法动弹,只想爬回屋里,重新钻到被单底下。约翰打开警车的两扇后门,把双手插到弗兰基的腋下。

"大卫!帮我一把!"

我站起来,抓住弗兰基的脚踝。我们好不容易才把他塞进巡逻车的后座,约翰从对面车门退出去。我们关上车门,约翰坐进驾驶座,我坐进他旁边的乘客座。他在控制台上找开关,然后打开。警笛刺破黑夜。他换挡,顺着街道飞驰,红光和蓝光闪烁着照亮了这片住宅区的每一扇窗户。我们呼啸着穿过一个十字路口。我系上安全带,双手撑住仪表盘。

"那东西跑到我家里来了,约翰!跑到我家里来了!"

"我知道,我知道。"

"我醒来时,那东西正在咬我!约翰,在我床上!"

我们拐弯,绕过一家倒闭的餐厅,餐厅的窗户上用白色鞋油写着"待售"二字;然后经过一家熏黑的五金店废墟,五金店是去年毁于火灾的;接着经过拖车住宅区、二手车销售店、二十四小时成人书店和一家破破烂烂的汽车旅馆,旅馆永远没有空房,因为有许多穷人一直住在那儿。

"那东西在我家里,约翰!你明白我想说什么,对吧?弗兰基看不见它,它爬到他脸上,他却看不见!那东西在我家里!"

我感觉我的身体被推到了车门扶手上。轮胎发出吱嘎的摩擦声。约翰在表演急转弯追车。前面再过两个街区就是医院的水泥停车场了,窗户里亮着灯的医院大楼矗立在停车场背后。我扭头隔着铁丝隔离栏看弗兰基,他睁着眼睛,一动不动地躺在后座上。他的胸部在起伏,说明至少他还没死。

"快到了,哥们!撑住!"

我转向约翰。

"它爬进他嘴里去了!你看见了吗?"

"看见了。"

"他们能救他吗?你真的认为医生会有办法?"

我们吱吱嘎嘎地冲进停车场,顺着急诊的指示牌向前走。我们滑行着在急诊室门口的带篷车道上停下,然后打开警车后门,把弗兰基拖出来，再笨拙地扶着他跑向两扇玻璃门。玻璃门自动为我们打开，我们进去还不到五英尺，两个勤杂工就出来了，他们吼叫着问一些我们无法回答的问题。有人推来了一张轮床。

约翰开始说话，说这位警察忽然抽搐倒地，他的喉咙里有东西，一定要记得检查他的喉咙。

我从眼角瞥见了红蓝灯光在闪烁——第二辆警车飞快地穿过停车场附近。他们很可能看见约翰和我发狂般地穿过小镇，然后跟着我们来到了医院。勤杂工推走轮床，这时第三个人出现了，我猜他是医生，他开始查看弗兰基的生命体征。我转身想告诉约翰又来了一辆警车，但他已经看见了。我跟着他出去，走到人行道上。

"你觉得咱们应该留下吗？"他问。

"我觉得不应该，我还在保释期呢。"

"大卫，他们会来找我们的，他们会想知道发生了什么。"

"算了，我看这事儿没有什么大不了的。也许他们还会发张好人卡，感谢咱们送弗兰基来医院。走吧。"

我们步行离开——开着偷来的警车回家似乎不太明智。我们沿着停车场的边缘绕出去，警车从我们身旁呼啸而过，滑行着在弗兰基那辆车的旁边停下。两个警察跳下车，冲进医院。我们默默地穿过草坪，到黄灯闪烁的路口过马路。我们穿过一家中餐厅昏暗的停车场，这家餐厅叫作熊猫盛宴，但就我们所知，它并不出售熊猫肉。餐厅背后是镇上诸多的废弃建筑物之一，两幢压抑的双塔大楼曾经是肺结核医院，于六十年代关闭，灰色砖墙带着苔藓的绿色。

约翰点了一支烟，问："你觉得那东西是什么？"

我没有回答他，只是不由自主地扫视我们经过的每一个黑洞洞的停车场，端详阴影，寻找动静。我注意到自己无意识地走向前面一盏路灯投下的亮光。我们经过一家轮胎店的停车场,街边立着十英尺高的轮胎厂吉祥物。吉祥物是用真轮胎搭建的,回气管充当手臂,镀铬方向盘充当头部,某个爱开玩笑的家伙用白色喷漆在它正面大致相应的位置画了个阳具。

约翰说:"那东西爬进了他的嘴巴,你觉得它想干什么?"

"我怎么知道?"

一团红蓝光影飞速掠过,又是一辆警灯闪烁的警车。三十秒后,又是一辆。约翰说:"哥们,这些家伙对自己人确实很上心,对吧?"

我们继续犹豫地向前走。我心里有种不舒服的感觉。又有两辆警车开过,其中一辆带着不一样的标记,我猜是州警。

"他们只是去医院确认他没事,对吧,约翰?"

"哥们,我不知道。"

"咱们回家吧,看看电视上有没有给出说法。"

但他停下了,说:"没用的,电视上只有经过过滤、允许报道的消息,咱们回到医院才能知道更准确的情况。"

"咱们刚从——"

远处传来的尖叫声让我也停下了脚步。

约翰说:"你听见了吗?"

"没有。"

又有一辆警车呼啸而过。这个小镇到底有多少辆警车?

"大卫,走吧。"

约翰转身沿来路往回走。我站在原处不动。我不想回去,但——我愿意承认,没什么不好意思的——我同样不想一个人在黑暗中走回家。我抬起手去摸被怪物咬伤的眼睛,创可贴底下是皮开肉绽的伤口。我的手还没碰到那儿，肩部的剧痛就让我龇牙咧嘴地停下了。我身上割掉一块肉的地方每分钟都在变得越来越疼。我正想对约翰说"祝你一个人玩得开心"，忽然——

砰！砰砰！

远处传来爆竹爆炸般的枪声。约翰再次穿过轮胎店的停车场，跑向医院。我吐出一口气，跟了上去。

爆发前 27 小时

我们来到医院时，看见这儿已经沦为了人间地狱，闹得不可开交。六辆警车横七竖八地围住急诊室的门口，警灯把停车场照得像是舞池。门前停着一辆救护车，后门敞开着。人们涌出医院的大门，一个个低着脑袋，像是在交战区的战壕中奔逃。有个穿浅蓝色手术服的女人出来，鲜血糊住了她的半头金发。草坪对面簇拥着一群看客，其中有三四个坐轮椅的人，距离医院大楼五十码左右。工作人员似乎正在那里集中患者，让他们远离医院大楼。一名警察在和他们交谈，他一只手指天画地，每吼一声命令就空手劈一掌空气，另一只手拿着枪，枪口向天。

砰！砰！砰！砰！砰！

大楼里又传来一阵枪声。约翰有个天生的基因缺陷，总会诱使他走向危险。此刻他正大踏步地走向几名警察，他们似乎正在尝试设立隔离线，阻止人们接近混乱的现场。查尔斯·达尔文的在天之灵见状大概会额首微笑。

我们撞上了两个堵住人行道的警察，一个是戴眼镜的黑人胖子,另一个是满脸胡须的老家伙。约翰走下人行道,像是打算从草坪上绕过他们。黑人警察伸出一只手,命令我们停下,语气像是在说如果我们不停下,他就要用泰瑟枪电得我们血液沸腾。我们后退,让到一旁,急救人员领着脑袋流血的女人从我们身旁经过。她按住头上的伤口,哭着一遍又一遍地说:"他怎么都不死!无论如何都不死!他们打了他一枪又一枪,但他——"

约翰拍拍我的肩膀,指给我看。一辆厢式货车徐徐停下,蓝色车身上涂写着几个白色字母。我以为那是一辆囚车,但车门打开,特警队员跳了出来。

我的天。

约翰走下人行道,来到医院大楼前的草坪上。这儿有几把长椅,还有一尊十英尺高的铜像,塑造的是一个穿旧式护士服的女人拎着一盏提灯。弗洛伦斯·南丁格尔?我跟着约翰过去,加入一小群看客的行列中。

又是一阵枪声。快速射击,开了几十枪。人群惊呼。我看不清楚前方的情况,但能分辨出人们正发狂般地逃出医院大楼。一个女人摔倒,脸被重重地踢了一脚。两名医院工作人员扶着一个男人出来,他的右腿缺少膝盖以下的部分,至少在我看来是这样。你要记住,我们离现场很远,医院大门看上去只有一张邮票那么大,而且我前方还有越来越壮大的人群。因此,我不敢完全确定接下来发生了什么。

首先,一个穿特种警察黑色制服的男人跑出大楼,在尖叫着什么。我们站得太远,我听不见他在喊什么,但事后约翰坚称他是在喊:"快跑!"

然后是枪声——响、脆、近,接下来是尖叫声。离医院大堂足够近而能看见里面在发生什么事情的每个人都开始尖叫。靠近门口的三名警察躲到巡逻车背后,举起武器,瞄准滑动门。

一个男人拖着沉重的步伐走了出来。

所有的枪都指着他。

这个人是弗兰基·伯吉斯警员。

他身穿警察制服裤和红色汗衫……不,不对,那是他的白色内衣,但百分之八十的面积浸透着血液。

人群聚拢,挡住了我的视线。约翰伸着脖子说:"是弗兰基。所有人都用枪指着他,就好像他很危险。他开枪干掉了那么多人吗?喂,动一动,哥们,我看不见了。"

约翰被挡住了视线,于是走向护士铜像,在我惊恐的视线下爬了上去。他用双手抓住铜像的肩膀,鞋子踩在铜像的手臂上,铜像的脸被埋在约翰的裆下。

我朝他挥手。"约翰!你给我下来!"

"我能看见他了!他们似乎在和他交谈。我没看见他有枪。哦,妈的。看他的胳膊,大卫,他的右胳膊断了。我是说,几乎断成直角了,弗兰基似乎根本不在乎——哦,等一等,有动静了……"

附近有个警察吼道:"下来!你!给我下来!"约翰置之不理。

一阵枪声。所有人都猫着腰躲闪。

"他们朝他开枪!"约翰喊道,"他们开了很多枪!你能看见他身上的肉一块一块飞出去!他还站着!他——我的天!他抓住了一名特种警察,他抓住了特警的脚踝,拿他当棒球棒挥舞!他打倒了其他所有人!"

"狗屁!约翰,你快给我下来!"

"他在咬一个人!一个警察!他咬住了警察的脖子!"

"什么？！"

又是一阵枪声、尖叫声。在惊恐中胡乱挥舞的胳膊肘和肩膀忽然如潮水般包围了我。约翰跳下铜像，以最快的速度跟着人群奔跑，他扭头对我喊道："大卫！他过来了！"

我刚跑出去两步就被人撞倒了。我脸朝下摔在湿漉漉的草地上。我在人潮中爬起来，跪在地上。附近有个女人扯开嗓子号叫。我转过身，在奔跑的人影之间看到一件被血染红的内衣。

弗兰基。

他就站在那儿，右臂从胳膊肘之下弯折成怪异的角度，血液从戳在外面的断骨滴向草地。

警察在一段距离外喊叫，命令我们卧倒。

他怎么会领先他们那么多？他不到五秒就跑完了半个橄榄球场的距离。

弗兰基的身体遍布弹孔，流淌着红色的液体。他胸膛起伏，气息急促，每次吸气，被打穿的肺部都发出哨音。折断的手臂在动——在抽搐——骨头撕开皮肤，像触手似的卷曲。

他妈的，搞什么？

警察跑步就位。我看见一名特种警察摸索着把新弹匣插进他手里的微型冲锋枪。他们互相吼叫下令，朝人群吆喝。弗兰基像打哈欠似的张开嘴。我有一瞬间觉得看见了蜘蛛的脸，它躲藏在他的牙齿之后，黑色的身体填满了弗兰基的整个口腔。

化身怪物的弗兰基忽然发出我从未听见过的奇异怪声，这是某种尖啸声，像是麦克风回馈的噪音，但更加生气和痛苦。鲸鱼若是被火烧，大概就会发出这种声音。

地面随之震颤，我的括约肌也为之一抖。我觉得自己有点拉裤子了。我看见周围的人倒在地上,看见枪从警察手里掉落。我用手掌捂住耳朵,怪物弗兰基痛苦的尖啸声充斥着我的骨骼。弗兰基拱起后背,张开嘴向天空号叫,几十个弹孔喷出鲜血。这是我见到的最后一个景象,整个世界随即仿佛甩着尾巴游走,我的眼前只剩下黑暗。

我恢复知觉,坐了起来。人们站在我的四周,没人逃跑。弗兰基不见了踪影。已经过去了一段时间,太阳从地平线上升起,照亮了一层薄雾,薄雾聚集在低洼之处,模样就像幽灵的尿液。

我看见约翰在十英尺之外。他站着,但弯着腰,双手抓着膝头。他使劲眨眼,像是在让双眼聚焦。

"约翰,你没事吧?"

他点了点头,依然看着地面。

"没事。我还以为那声音会融化咱们的大脑呢。他们逮住他了吗?"

"不知道,我刚醒过来。"

一辆白色卡车停下,车厢上架着碟形天线,侧面涂着电视台的标记。我们要上电视了,我用双手整理头发。

穿浅蓝色手术服的医务人员驱赶着人们返回医院大楼。本州的所有警察似乎都在这儿听取人们的证词。我意识到约翰和我应该尽快离开,免得被人逮住问一堆问题,而我们——再一次地——无法提供任何听上去不疯狂的答案——不仅关于今晚,而是关于所有事情。我转向约翰,但约翰已经不在原处了。我去找他,与两名警察保持安全距离。我考虑要不要甩掉他自己回家,但随即看见他站在路边,正在和一个该死的记者交谈。

我气冲冲地走过去，来到镜头前，正想揪住衣领把他拖走，只听见约翰说："哦，糟糕！"

我顺着约翰的视线望过去。"哦，糟糕。"

记者放下麦克风。"哦——糟糕。"

许许多多的军事人员。我猜是国民警卫队士兵。他们身穿灰扑扑的如今流行的城市迷彩服，把一辆绿色卡车横着停在医院车道与马路交会的路口。想离开的车辆已经排起了队，士兵一边沿着排队的车辆向前走，一边向愤怒的司机发号施令。

卡车旁，一名士兵举起扩音器说："请注意！禁止离开这个区域！你们很有可能正暴露在一种传染性病原体之下，离开此处会导致将疾病传播给你的亲人和朋友。根据疾病控制中心的命令，你们被禁止离开此处，请回到医院的大堂，等待进一步指示！这是为了你们的安全考虑。我们为带来的不便道歉，一旦确定你们不会对周围人群造成危害，我们就会放你们回家。感谢你们的配合。企图离开此处将被追究法律责任，请不要尝试离开。"

约翰扔掉香烟并踩灭，说："咱们快离开这儿。"

"对。"

我们扔下记者，兜了一圈，寻找出路。我们发现一辆悍马车堵住了街区另一头"仅供救护车通行"的出入口。士兵正在布置隔离线，穿迷彩服的小点在医院周围走来走去。我们走到医院大楼的背后张望，这儿有一小片树林将医院与镇区分开。这里有同样的景象，只不过有人正在从一辆卡车里卸下成卷的铁丝网。

约翰啐了一口，说："这话现在说，听起来也许有点奇怪，但我希望这些人穿了生物危害防护服。"

"对，至少用东西挡住嘴巴。"

"这附近不会凑巧有扇门吧,你说呢?"

"什么门?"

"你知道的,那种——"

"哦,据我所知,医院里没有。不然岂不是太方便了?"

约翰思考片刻,然后说:"BB 那儿呢?就在这片树林的另一头。"BB 是一家便利店,离这儿大约两个街区远,刚好隔着那片小树林。树林里还有一条很深的排水沟,我们必须想办法跨过去。

"哥们,我不知道……"

他蹭到拐角前,打量挡在我们和树林之间的国民警卫队士兵。他说:"来吧,等那家伙过去帮忙卸铁丝网时,咱们然后一口气跑过前面的空地。要想逃跑就只能趁现在,在太阳完全升起来之前。"

"你凭什么认为其他人不会朝咱们的脑袋开枪?"

"他们不会开枪的。这些人只知道他们在天还没亮时就被叫来给医院筑防线,因为有个人开枪血洗了这里,上头担心会有某种疾病扩散出去。他们不知道那其实是在……闹怪物。"

"你怎么知道得这么清楚?"

"因为 TJ·弗赖伊就在那头。还记得 TJ 吗?几年前他来参加过派对,老二插在果冻里拔不出来了。他现在好像是中士了,说上面连个屁都没告诉他们。"

"呃,但他们会来追我们。"

"对,但时间足够咱们跑到 BB 便利店里。"

约翰脱掉汗衫,包在头上,像是打算去参加中东的暴乱。"遮住你的脸,否则他们会认出你的身份,一个小时后来敲你家大门。"

我们从包头汗衫留下的一英寸狭缝中往外看,猫着腰在暗处向前走,来到我们与树林之间的一窄条草坪前。我们埋伏了差不多一刻钟，终于有一名士兵离开哨位，去找一个同伴拿咖啡。我们蹚了出去。我一脚踩在湿漉漉的草地上滑倒了，摔了个跟头，导致我的汗衫面罩掉下来遮住了眼睛。我手忙脚乱地爬起来就跑，用上所有力气和最快的速度，哪怕我几乎全盲。我听见有人呼喝下令，但没有枪声。

一根树枝打在我的脸上，我知道自己跑进树林了。我跌跌撞撞地向前跑，扒开遮住眼睛的汗衫，刚好感觉到脚下踩空。我沿着堤岸上湿漉漉的野草和枯叶向下滑，然后"哗啦"一声掉进了与脚踝齐深的刺骨冰水中。周围很暗，外面的草坪上已经能看见初升的太阳，但树木底下还是深夜——我看不见约翰，附近也没有其他人。我蹚过冰水，走上另一侧的河畔，抓着野草向上爬，踢开废弃的购物袋和压扁的可乐瓶。

忽然有一只手攥紧我的脚踝，一只手攥紧我的手腕。约翰在上面，底下是一名士兵。有一个可笑的瞬间，我像动画角色似的被拉向相反的两个方向，两个男人都在疯狂地对着我呼喝。我踢腿想挣脱束缚，结果不小心踢在士兵的脑袋上。成功了。

三秒钟后，我和约翰跑出树林，沿着对角线跑过一个停车场，然后穿过洗车店的工作间，钻进一条小巷，跑向灰扑扑的砖墙和生锈的垃圾箱，那里是BB便利店的背面。我冒险扭头看了一眼——

"妈的！"

现在至少有十名士兵在追我们了。领头的两个人手持黑色塑料武器，枪口是荧光绿的镖尖，它们看着像玩具，但我知道那是泰瑟枪。只要还有一丝可能性，我就想避免这辈子第五次被泰瑟枪击中。

卫生间的门在便利店外，拐过我们左边的转角就到了。我向那扇门冲刺，抓住晃晃悠悠的门把手，但——

"锁住了！"我喘息道，"钥匙在里面！得去里面的柜台拿钥匙！"

约翰推开我，后退一步，使劲踹门。门把手和铰链顿时裂开。我们连忙钻进去，然后把损坏的房门推回原处。

一，二，三……

"喂！你们两个！他妈的滚出来，趴在人行道上！否则我们就——"士兵吼到一半忽然停下了。

我拉开门，发现内衣和内裤包围了我们。

我们来到了小镇另一头沃尔玛超市的女性更衣室。约翰和我刚刚在零秒之内跨越了两英里半的距离。此时此刻在BB便利店，几个非常困惑的国民警卫队士兵正盯着一个极其肮脏且空无一人的公共厕所。

超市里几乎没有人，我们——两个浑身烂泥、汗衫包头的男人——走进一条过道。约翰解开他的汗衫，说："这是哪儿？沃尔玛？"

好吧，关于卷饼铺子的神秘门和消失在门里的亚裔男子，我没有完全对心理医生说实话。约翰和我在镇上找到了六扇这种门，我们知道它们通往何处——它们彼此相通。唯一的问题是，你永远不知道走进一扇门之后，会从另外哪扇门走出来。大体而言，这就是个任意门轮盘赌。我是说，你不可能从北京或者其他哪个地方走出来，终点永远是镇上的另一扇门——至少是我们已经发现的这些门。但一扇门似乎不会连续两次通往同一个地方。为什么？因为这个小镇太糟糕了，这就是原因。我一直在跟你说这个。你不会想来这里的，活在这儿让人心累。

约翰和我穿过店堂，没有引来多少注意，因为在这个特定的小镇的这家特定的超市里,我们根本不是最脏的两个人。我们径直走出正门,沿着公路的路肩返回镇区。这是一个湿冷的清晨,十一月的老天爷昏昏欲睡,他似乎刚起床,套上了一件满是油渍的灰色旧T恤。

约翰说:"你听见了吗?他们说一直没找到弗兰基。"

"好极了。"

"你认为发生了什么?那只虫子抢占了他的大脑?"

"呃,有什么不可能的?"

"你认为他还会出现吗?"

假如你想问拿着枪追我们的士兵为什么不能也使用魔法门,跟着我们冲进沃尔玛,那是因为对绝大多数人来说,这些门仅仅是门而已。正如对绝大多数人来说,在我家冒出来的蜘蛛怪物根本看不见、摸不着。弗兰基就是个好例子。就好比几个月前,假如你和我都在卫生间里,我看见一条黑影跑出淋浴间,你却什么都看不见。你也许会感觉到一点异样,就像日常生活中你坐在暗沉沉的屋子里,觉得自己并不是孤身一人,或者怀疑有某种东西在你望过去的前一个瞬间刚拐过转角溜走。这种感觉通常可以用一句话来概括:"那儿当然什么都没有,没错。"

我澄清一下,即便你确实能看见鬼魂,也不等于你就和我们是一类人。通常来说,看见鬼魂只是大脑企图硬要给某种根本没有面目的事物安上一张脸。

但约翰和我不一样,我们能看见绝大多数人只能感觉到的东西。我们并非天赋异禀,这只是某种药物留下的后遗症。在此奉劝各位一句,假如你们去参加派对,一个梳脏辫的人给你一个针管,里面装满了黏糊糊的黑色物质，它会像《变形怪体》[1]里的怪物那样自己爬来爬去，你们可千万别接过去。另外，也别打电话给我们，我们受够了陌生人打来的这种狗屁电话。

爆发前 25 小时

你在一个陌生的房间里醒来，却完全不知道自己身处何方，英语里应该有个词能用来形容这种感觉。

异惑感？

我很冷，身上的每一英寸都觉得疼。我听见"咔吧"一声，像是猎食者咬穿骨头的那种脆响。我睁开眼睛，看见一条龙骄傲地站在我面前的小山上。

龙在电视屏幕上，底下是一台游戏机，乱七八糟的线缆蜿蜒地铺在绿色地毯上。我使劲眨眼，皱着眉望向窗缝外的烈日。我扭过头，听见脖子咔咔作响。约翰坐在角落的电脑桌前看着显示器，手握一瓶透明液体。我保证你绝对不想用那东西去灭火。我坐起来，发觉有人给睡梦中的我盖上了东西。刚开始我以为是约翰给我盖了条毯子，但仔细一看，发现其实是一条沙滩毛巾。

约翰从电脑椅上扭头看我一眼，说："抱歉，有个家伙在我车

---

[1]《变形怪体》(The Blob)，1958 年发行的美国科幻恐怖片，讲述了从外星来的无定形果冻状怪物占领地球小城的故事。

里撒尿,备用的毯子被我用完了。"

我环顾四周,寻找动物咀嚼声的源头,然后发现莫莉趴在沙发背后,脑袋塞在打开的麦片脆饼盒里。它正在以最快的速度吃东西,同时用爪子按住盒子。

"你让它这么吃东西?"

"嗯,对,反正快过期了。我这儿也没狗粮。"

龙定格在电视屏幕上,这是一个游戏的开场画面,我在沙发上睡觉的时候,约翰大概在玩游戏。

"几点了?"

"八点。"

我站起来,觉得天旋地转。我揉了揉眼睛,伤口疼得我险些尖叫。我的肩膀感觉像是吃了颗子弹,似乎有两个地精正在用小锄头砸我的太阳穴,企图从我的脑袋里逃出去。这不是我第一次在约翰家带着这种感觉醒来。

我的手机响了起来,来电显示是埃米。我闭上眼睛,叹息,接听。

"嘿,宝贝儿。"

"哎!大卫!我在看新闻!发生了什么?"

"你怎么没去上课?"上个学期埃米挂了一门很基础的英语文学课,仅仅因为这门课是在上午的第一节,而她总是睡过头。

她说:"取消了。哦,又在播了。你看有线电视新闻网(CNN)。"

我拿着手机,叫约翰切换到电视信号。他转到CNN,早间新闻正在播放医院的混乱景象。小镇的名字显示在画面底部。国内新闻。

约翰调大音量,我们听见女记者说:"……没有使用药物或精神疾病的历史。弗兰基·伯吉斯加入警察局已经三年。当局正在附近地区搜寻伯吉斯,但警方称他在枪战中被击中的次数使得他能活着现身的可能性'微乎其微'。另一方面,医院依然因不明原因的感染处于隔离之中,进一步加深了惊魂未定的居民的焦虑情绪。"

画面切到我们小镇那位极其肥胖的警长,他正在一排麦克风前做广播讲话。

我对埃米说:"好啊,咱们警长成大人物了。"

埃米说:"电视上说十三人受伤,三人身亡,但数字也许还会增加。你们听说昨晚的事情了吗?是什么时候发生的?"

我停顿了一下。停顿得太久了。最后,我说:"嗯,我们听说了。"

"该死。"

"怎么了?"

"大卫,你在场,对吧?你们和这事有关系?"

"什么?不,没有,当然没有。你怎么会这么想?"

"大卫……"

"不,没有。没什么大不了的。有位老兄发疯了,就这么简单。"

"你在骗我吧?"

"没有,真的没有。"

她不说话了。她和心理医生一样,都会这一招。为了打破沉默,我主动说:"我是说,我们在场,但其实没有卷入……"

"我就知道!我要回来。"

"不,埃米。真的没什么,都已经结束了。我们只是凑巧在那附近。"

我听见约翰说:"快看!是我!"我转向电视。

没错,约翰的大脸充满了屏幕。记者的画外音在说:"……但只要伯吉斯依然下落不明,恐惧和猜疑就注定会在这座小镇生长。"

约翰的声音在电视里渐入:"……然后我们看见一只小动物爬进了他的嘴里。我离他不到两英尺,看得清清楚楚。那东西不是这个世界的生物。我指的不是外星怪物,我的意思是它很可能是跨维度的生物。根据今晚发生的事情,我认为这东西无疑拥有某种思想控制的力量。"

我再次闭上眼睛,呻吟一声。

埃米说:"我要回来。我去坐长途大巴。"

"算了吧,你的课程更加重要。你要是再挂掉英语文学课,他们大概就可以驱逐你出境了。《爱国者法案》应该有这个规定。"

"我得走了,亲爱的。我上课要迟到了。"

"你说你没——"

"回头再聊,拜拜。"

我挂断电话,到处找鞋。

"你要回家去?"

"约翰,我不能待在这儿。"

"随便你。可是,你知道的,你家里有那东西。"

"你觉得还有另外一只?"

"我不知道,但——"

"你要我怎么做,用杀虫剂把屋子喷一遍?"

"不,我只是说说而已。那东西爬进弗兰基的嘴里,似乎控制了他。唔,那东西在你的床上出现,你觉得这是巧合吗?因为咱们必须考虑它原先是冲着你来的可能性。"

约翰嘛,你该能想象到他会这么思考事情。

"无所谓,懂吗?你的沙发不够长,睡在这里我的脖子枕在扶手上都快断了。所以,就这么决定了。"

"呃,反正我不会把床让给你的。"

我拿走莫莉的麦片盒,它现在已经是个被拧成狗头形状的空纸盒了。我说:"另外,你在新闻上说话的样子像个疯子,希望你意识到了。"

"什么?我在说实话啊。"

"有什么意义呢?你的那些话只能说服脑子不正常的家伙。我看见你正在写博客,为了什么呢?这样你就能说出这堆烂事,变成网上又一个胡言乱语的神经病了?对任何人都没有任何好处,只会让你自己显得像疯子,让咱俩看上去像一对疯子。"

"哎,法庭强制你接受的心理治疗,你是不是要迟到了?"

"去你的吧。"

我看看手表。他说对了。

开车穿过小镇有一种超现实的感觉。我必须经过医院(好吧,不是必须,但好奇心战胜了我),医院弥漫着天灾般的气氛。新闻播音车停在堵住街道的路障外。警察把守检查站,指挥车辆远离停车库的出入口。三个街区过后,我不得不在路口等待五分钟,看着绿色卡车的车队隆隆驶过,是军队。忽然间,我只想离这儿远远的。

我有点希望心理医生今天停诊,就好像开枪血洗医院的第二天应该被当作全国性假期对待,可惜我的运气没那么好。人哪,必须想办法挣工资。

我闯进候诊室,这才意识到里面有人。我应该隔着窗户看一眼的,要是知道里面有人,我肯定会在外面等着,因为在心理医生的候诊室里和别人聊得异常尴尬的可能性似乎非常高。我搜肠刮肚,寻找一个能混过去的借口,好让我转身离开。然而我能做的顶多是拎起屋角的盆栽，然后转身就走，就好像那是个租来的物件，我的任务就是帮雇主收回。

我走进候诊室，那位女士甚至没有扭头看我，角落里的电视机调到了福克斯新闻，牢牢地吸引了她的视线。天哪，坏消息横行的日子。每天都有人吃枪子，对吧？我找了一把离她最远的椅子坐下，抓起一本杂志举在面前，杂志里的文章似乎都和婚纱有关。

"知道吗？到处都在发生这种事。"女人在候诊室的另一头说。她大概四十五岁，头发勉强算是金色的。

我说："哪种事？"

"恶魔附体。在全世界的所有地方。你看中东等地方的新闻，会发现事情就像野火一样蔓延。"

"哦哦。"

"现在越来越容易了，因为所有的灵魂都离开了。"

"唔。"我使劲翻手里的婚纱杂志，像是被广告吸引住了。你是房间里最疯狂的人并不可怕，可怕的是，忽然间，房间里除了你之外，有一个比你还疯的人，而且她还在说话。

"被提[1]已经发生了，你知道吗？一九六一年的时候。上帝召唤所有的灵魂回归天堂，但他们的肉体留下了，所以现在的人虽然会走动，但似乎没有灵魂，原因就是真的没有。你看上周的新闻了吧？一个男人开着偷来的车被警察追赶，后排座位上有个新生儿，

---

[1] 被提（Rapture），基督教末世论的概念，认为耶稣再临前，已死的信徒将会被复活高升，活着的信徒也将会一起被送到天上与基督相会。

他抓起来直接扔出车窗。那是一个婴儿啊!现在的人活得就像动物,因为人类的灵魂已经消失了,明白吧?"

我放下杂志,说:"这个……这个理论确实不错。"

"人们管它叫'野兽之印',但其实并不需要印记。给他们一点时间,他们就会暴露出野兽的本来面目。"

医生办公室的门开了,一个美丽的少女走出来。目瞪口呆之余,我有一瞬间以为这就是我的医生,比方说今天她是来顶班什么的。当然了,她只是个患者,田纳特医生就在她背后。候诊室里的疯女人起身,感谢医生后和少女一起离开。这位女士不是来看病的,只是为了陪女儿。

田纳特医生开口就问:"你的眼睛怎么了?"

"和约翰打了一架。他说心理治疗是在浪费时间,我说我宁死也不会任凭他侮辱你和你的职业。"

"看你的样子,似乎没睡过觉。"

"发生了那些事,我怎么可能睡觉?你今天没看新闻吗?他们有没有找到弗兰基?"

"他应该不可能还活着吧。你认识他?"

"什么?不,我怎么可能认识他。"

"你叫他弗兰基。"

"呃,我和他是高中同学,但那是好些年前了。我和发生的事情没有任何关系。你不是想问这个吧?"

"当然不是。"

"因为真的没关系。"

"抱歉,我害你觉得被指责了。"

我望向窗外,一辆绿色卡车刚好隆隆驶过。

"为什么来了这么多军用卡车?这似乎有点反应过度,你不觉得吗?"

田纳特没有允许我改变话题,他说:"我想继续谈谈你上次说到的话题,关于在世界面前隐藏真实的自我。我觉得你无法成为不需要隐藏自我的那种人。刚才你似乎感觉我在指责你。假如可以的话,我想谈谈这个。"

我盯着窗外,开始咬指甲。哥们,我根本不想待在这儿。这间办公室,这座小镇,这种人生。我想站起来走出去。我知道警察迟早会去找约翰——他出现在该死的电视屏幕上,背景就是他们想隔离的那片区域——这意味着他们迟早也会来找我。我他妈到底在这儿干什么?

因为你没有其他地方可去。

我说:"我不知道。二十四小时前,我坐在这儿,企图证明我有正当理由相信疯狂的事情,一天之后,整座小镇都陷入了疯狂。因此在我眼中,除我之外的整个世界已经赶上了我的疯狂,意味着我应该获得自由。"我揉了揉发痒的眼睛,"医生,世上存在真正的怪物。今天我太累了,不想说其他的。"

他说:"我读过你和你朋友发在网上的一些东西,有时候你们把自己描述得像疯子或者怪物。"

"哦,那是一种隐喻。我是说,咱们谁不是呢?刚才候诊室里的女人和我说了差不多相同的话。"

"我猜,昨晚那种事件总会唤起这样的情绪。"

我思考片刻,然后问:"医生,能问你个问题吗?"

"当然可以。"

"假如我说，我想用一下你桌上的这台电脑，就现在，不给你机会删除任何东西，你觉得怎么样呢？"

"患者的资料需要保密，我当然不能——"

"这样吧，我保证我绝对不会看那些内容。事实上，假如我只想看你的浏览记录，你有什么感想？"

"这当然是侵犯隐私的行为。另外，还有我的信用卡和登录账号——"

"医生，我说的是色情内容。我会在其中找到下流的女学生色情片吗？或者跨种族性交？乱伦幻想？"

"我觉得你是想激起我的反应。假如你今天不想治疗，咱们可以星期一继续——"

"不，听我说。我和埃米在一起的时候，我向她借电脑，她想也不想就递给了我。不问任何问题，也毫不犹豫。她可以坐在我旁边，从我背后看我浏览每一个文件，连眉头都不会皱一下。她没有东西需要向我隐瞒。假如我有一台能窥视人心的机器，情况也还是这样——她不会介意。她能接受她的自我。但是反过来，假如她来找我借电脑，哥们，我电脑里糟糕的东西太多了，要是她全看见了，肯定会报警。假如她能看穿我见到另一个姑娘走过时的心思，她会当场痛哭的。"

医生点了点头。"所以你感觉你必须隐藏一部分自我，而她不需要。"

"我想说的是，所有人其实都这样。地球上有两种人，蝙蝠侠和钢铁侠。蝙蝠侠是个秘密身份，对吧？布鲁斯·韦恩每天走来走去，每时每刻都知道假如有人发现他的秘密，他的家人会死，他的朋友会死，他爱的所有人都会被打扮得稀奇古怪的超级恶棍折磨致死。他每天必须带着这个秘密的重负生活，压力啃噬他的内心。但托尼·斯塔克不一样，他公开自己的身份，他告诉全世界自己就是钢铁侠，他根本不在乎。没有阴影笼罩在他的头顶上，他不需要费时费力地在自我周围筑起谎言的高墙。你不是前者，就是后者——要么你必须隐藏真实的自我，一旦泄露，就会毁了你，因为你秘密的性癖、嗜好或罪行；要么你根本不是这种人。这两个群体甚至不生活在同一个宇宙里。"

"你相信你是蝙蝠侠。"

我闭上眼睛。"你说你的心理治疗每小时收多少钱来着？"

"我的意思是，你属于这个类型——你觉得假如周围的人知道了你的真实想法和信念，就会做出很不好的反应。"

"不是因为他们会认为我发疯了——他们已经这么认为了——而是因为假如他们知道了真相会有什么反应。你知道人是什么样的，你写的书不就是关于这个的吗，群体恐慌？"

"你认为真相会导致群体歇斯底里。"

我耸了耸肩，朝窗外摆摆头说："你看外面，你会明白的。"

他说："这话比你想象得还正确。别重复我的话，但他们似乎会让我去处理这个案子。我说的是医院枪击案。"

"做什么？侧写师，还是什么？"

"哦，不，不是的。我的任务是协助安抚大众。你要明白，现在最让人担心的是恐慌情绪。我要确保不会有人乱开枪——某个倒霉蛋抱着猎枪守在后门口，见到后院有黑影就扣动扳机，结果是邻居吃了枪子。恐惧能够致命，正如你在我的书架上见到的，我……算是个专家。"

我心想，在你的工作里，恐惧只会发生在别人身上，这个感觉肯定很不赖。

我盯着窗外说："田纳特医生，你有没有害怕过？"

"当然了，但你知道心理治疗关注的不是我——"

"另外，在你的世界里，所有事情都有个无害的解释，对吧？永远是蜜蜂。即便是弗兰基这种事情。你的工作就像……怎么说呢，走到一排麦克风前，安慰所有人说那其实只是蜜蜂。"

"你觉得我轻视了你的恐惧。很抱歉我给你造成了这种印象。"

"所以，医生，有什么东西会让你感到害怕吗？任何非理性的东西。"

"当然有了。来，我给你说说我最尴尬的经历。我觉得这是我欠你的，算是弥补一下蜜蜂故事对你的伤害。你喜欢科幻吗？"

"我说不准，但我女朋友喜欢。"

"好的，但你肯定知道《星际迷航》和'斯科蒂，传送我上去'吧？他们能把人远距离地传来传去。"

"知道。是传送装置。"

"你知道它的工作原理吗？"

"就是……特效吧？电脑成像或者天晓得是什么。"

"不，我是说在电视剧的宇宙里，工作原理是把你打碎到原子级别，通过光束传送，然后在另一头重新组合起来。"

"对。"

"让我害怕的就是这个，我没法看它。这东西太让人不安了。"

我耸了耸肩。"我不明白。"

"你想想看，你的身体仅仅由几种不同的原子组成——碳、氢、氧，等等。因此，这台传送机根本没有任何理由把你打碎成原子，然后将这些特定的原子送到几千英里之外。一个氧原子和另一个氧原子毫无区别,因此机器通过光束传送的是身体的蓝图。然后,传送终点的机器重新组装你,使用它在附近找到的其他原子。因此,假如你被传送去的星球有碳和氢,它只会用手头的材料把你拼凑起来,因为得到的结果反正是一样的。"

"没错。"

"所以,它其实更像用传真发送信件,但传送机是一台会粉碎原件的传真机。你原先的身体,包括你的大脑在内,被瞬间气化。这意味着从另一头出来的并不是你,而是机器制造的拷贝件,作为原件的那个人已经死了,他的原子在飞船内部自由飘荡,然而在电视剧的宇宙里,没人知道这一点。

"与此同时,你死了,永远地死了。你所有的记忆、情绪和人格都永远地消亡了,就在那个平台上。你的妻子、孩子和朋友永远不会再见到你了,他们见到的是从另一头出来的你的非自然复制品。事实上,由于传送技术的频繁使用,你在飞船上见到的只是船员的复制品的复制品的复制品,而原件早已死去,化为乌有。但从来没有人想到过这一点。他们继续喜气洋洋地走进那台会百分之百杀死使用者的机器,而且没人意识到它每次都会从另一头吐出一个完美的复制品来代替死者。"

我瞪着他。

"你为什么要告诉我这个?"

他耸了耸肩。"你问我的。"

他的脸上毫无表情。我想到那个亚裔男子,想到他漫不经心地走进卷饼铺子的魔法门并消失,然后从另一个地方走出来。有一瞬间,我险些问田纳特他到底知道什么,他究竟是谁。

谁知道呢?也许什么都改变不了。

爆发前 18 小时

几个小时过去了，警察还是没在我家和约翰的公寓出现。整个上午我一直担心得要死，思考着等他们把我抓回去，我该说些什么。然而等到下午，我更担心的是警察为什么没来找我们。这意味着事态已经失控，我们已经不是他们需要优先处理的问题了。

下午三四点，我回去上班，站在柜台里面，用指甲剥 DVD 上的磁性防盗标签（解释一下，DVD 是用来播放电影的碟片，阅读本书时你们家里未必还有这种东西）。我知道我不止一次抱怨过眼睛和肩膀的疼痛，但我也想指出，腿上的咬伤渐渐疼得我死去活来。

我本来想打电话请假，但我已经用完了今年的所有病假，而且在一月前不能再旷工了。我请了很多病假，其中大多数出于自认为的精神健康问题，也就是说我醒来时情绪不佳。这种情况下，我知道只要有人问我两天租期是必须周三还是周四返还时，我就会毫不犹豫地攻击他。

我在沃利的租片店工作了五年，当过两年经理。从大学退学后，我就开始在这儿工作。当时，我听说昆汀·塔伦蒂诺是在租片店里工作时被发掘的，我的想法大致就是一边在这儿工作一边写剧本。故事围绕一个未来警察，他的一条胳膊是有感知力的喷火器。在十九岁的时候，这个计划听起来相当有可行性。没父母的问题就在于这儿，没人会告诉你走上了一条不归路，脚下都是不现实得可怕的期待，满脑子只有这个世界如何亏欠你。

抚养我的那些人——请允许我在此略去他们的名字——已经尽其所能，他们都是好人，非常虔诚，对待我就好像我是他们在非洲拯救的难民孩子。他们知道我的经历，知道我没见过自己的父亲。

几年后我在中学惹上麻烦，由于一个孩子死去而被开除，他们依然非常支持我。他们坚定不移地站在我这一边，但不久后他们搬家去了佛罗里达，暗示说我留下也许对所有人都更好。

我的生母好像住在亚利桑那，和另外十几个人待在一个不妨称为"公社"的地方。两年前她寄了一封信给我，三十页笔记纸写得密密麻麻。我连第一段都没看完，直接跳到最后一句："希望你像我建议你的那样在囤积弹药，反基督势力首先要做的就是解除我们的武装。"

我剥掉 DVD 上的磁性防盗标签，把碟片放回盒子里，然后从一摞碟片里拿起另一张。我取出碟片，开始剥标签。我环顾四周，发现店里只有一名顾客。那是个戴牛仔帽的男人，牛仔裤紧得像是画在腿上的。

我们在店堂对面角落里安装的电视机本应该播放宣传片，但今天我切到了头条新闻节目，调低音量，开着字幕。他们每隔二十分钟左右就要跟进一下"医院枪击案"。穿紧身牛仔裤的牛仔拿着《本能 2》和《2001：太空漫游》来到柜台前。他穿这样的裤子怎么还能走路？他要是放个屁，裤子难道不会充气膨胀吗？

我抬头瞥向电视，看见记者站在街头的路障前。字幕说警察驱散了想进医院探望亲人的愤怒民众。牛仔拿出会员卡，我输入号码。他的账户信息如下：

姓名：詹姆斯·杜普里
过期：∅
账户状态：A
备注：这位老兄从幼儿时期就穿同一条裤子。

沃利店里发过许多条备忘录,说的都是滥用顾客备注栏的问题。为此我们要感谢约翰。几年前他在店里工作,因为我恳求经理给他一个机会。但几个月后他就被开除了,在被开除前,他在他服务过的许多顾客的备注栏里添加了各种骚话。

姓名: 卡尔·加斯
备注: 假如他没有延期费用,但你说他有,他会他妈的彻底失控。

姓名: 莉莎·弗兰克斯
备注: 十一月十五日和她上床了。

姓名: 卡拉·布洛克
备注: 认为我有英国口音。别忘了。

姓名: 切特·贝拉齐
备注: 身上总有一股鱼腥味。我认为他以打鱼为业。他对此很敏感,所以别提这个。

姓名: 罗布·阿诺德
备注: 完全是白皮肤的帕特里克·尤因[1]!

---

[1] 帕特里克·尤因(Patrick Ewing, 1962—),著名的美籍牙买加裔美国职业篮球联赛(NBA)球员。

姓名： 谢里尔·麦凯

备注： 七月十六日和她上床了。

我给牛仔找零钱，一有机会就看一眼他背后的电视。节目在重播先前拍摄的画面，近景镜头里是医院墙上的弹孔和地上的弹壳。牛仔顺着我的视线扭头望向电视。"真他妈吓人，对吧？"

我说："是啊。"

"世界末日快到了，这就是我的想法。"

"嗯，有可能。"

"黑鬼进了白宫。"

"对。"

牛仔走了。他把钱包塞进屁股口袋，我想象它受到织物的挤压，就那么弹了出来。我拿起一张碟片，继续剥标签。

六周前我被点名批评，因为我值班时遭窃的 DVD 比另外两个经理在时要多。我不知道该怎么做才能止住这个势头，除非我每次都跑出去撂倒企图拿着东西溜走的孩子。我觉得问题在于触发门口警报器的磁性防盗标签是贴在 DVD 盒子上，而不是贴在碟片上，窃贼只花几分钟就会想到，他们只需要把碟片从盒子里取出来塞进口袋，把盒子连同防盗标签留在店里。对，这个小镇的一些居民就是这么穷，甚至没钱买电脑，从网上下载盗版电影。

于是我愤怒地写信给总部，说防盗系统非常愚蠢，假如他们想认真解决碟片失窃的问题，那就应该把防盗标签贴在碟片上。他们同意了，于是我和另外两名员工花了十二个小时，把硬邦邦的小标签贴在店里所有新到的碟片上。计划实现得很完美。直到上周四，一名顾客拿着一张碟片进来，碟片被划得一塌糊涂，因为防盗标签在他的 DVD 播放器里掉了下来，碟片出仓时，标签卡住了托盘，他不得不动手撬出碟片。两天后，一名顾客拿着损坏的 DVD 播放器找上门。标签导致碟片被卡在机器里，他在尝试取出碟片时扳断了托盘。

那天是我许多个病假中的一天，我不在店里。等我回去上班时，迎接我的是二十七封电子邮件，来自经理、地区经理和我闻所未闻的其他人，命令我在十一月五日之前去掉碟片上的所有防盗标签。

我之所以提起此事，是因为也许你正在琢磨，出了怪物感染人类的大事情，我他妈为什么非得来上班不可。答案是，我再请一天病假就会被解雇，我不在截止日期前剥掉所有标签就会被解雇，就算我能说得天花乱坠，逃脱被解雇的厄运，但绝对不可能凭嘴皮子连闯两关。假如我被解雇，社会很快就会判定我不配使用供电、供水、住宅和食物。不得不说，他们是正确的。假如你认为我因为这些烂事来上班的理由不够充分，那么我猜你多半还和爸爸妈妈住在一起。

我抬头望向电视，看见了新的画面——安保摄像头拍摄的医院内部情况。彩色的，但帧率很低，人们像是在走廊上频闪跳跃，每次传送五英尺左右。画面里有个女人在惊恐地奔跑。电视台切回演播室，一个穿正装的老家伙开始说话，大概是他们请来的什么专家。画面随即切回安保摄像头，我愣住了。

我听见我手里的 DVD 掉在了柜台上。

我刚才没看错吧？

他们再次播放那段视频。第一帧是弗兰基，他在医院走廊里掐着一名护士的喉咙。继续播放。一名保安进入画面，他伸出手，企图安抚弗兰基。下一帧,还是这几个人,不过肢体的位置发生了改变。摄像头似乎每秒拍摄一帧,但让我愣住的是再下一帧。

画面顶部出现了一个黑色的人。我指的是全身黑,从头到脚,像一个实心的黑色物体。再下一帧,过了一秒,他消失了。

我盯着电视。画面切换回播音员,字幕略有延迟,但我不认为他们提到了走廊里的那个神秘人。

我的手机尖叫起来。我接听电话。

"喂?"

约翰说:"大卫,你能找台电视机吗?"

"店里就有。我看见了。"

"走廊里的那东西?"

"对,黑色人。"

"影子人。"

"随便怎么叫。"

"哥们,这事现在不是开玩笑了。"

"以前也不是开玩笑,约翰,死了好多人。"

"你明白我是什么意思。今晚你最好枕着十字弓睡觉。"

"十字弓已经没了,被警察没收了,记得吗?"

"好吧,那我过去。我带上喷火器。咱们轮流睡觉。"

"不用。等一等,你带上你的什么?"

"别傻了,哥们,你怎么知道弗兰基不会去你家?"

"他现在肯定已经死了。"

"我可没说他没死。"

"约翰,我正忙着呢。"

"行啊,那我来想个计划。"

"随便你。"

"当心影子。"

"喂,约翰,别干傻事——"

电话已经挂断了。

爆发前 17 小时

免责声明:以下事件由约翰在事后向笔者叙述,无法保证完全符合通过目击者访谈所重建的版本。尽管没有证据能够直接推翻文本中的任何细节,但其可信度极低。

最后约翰发现他花了五个小时才找到弗兰基·伯吉斯。

在你看来这似乎没什么稀奇的,因为许多训练有素的穿制服的人员排成扇形队列,用一整个星期五找遍了医院周围数英里的土地却一无所获,但这段时间长得超过了约翰的预期。直到晚上八点,他才隔着一块脏兮兮的玻璃和弗兰基大眼瞪小眼,而他原本希望能在太阳落山前搞定这整件事。在不具名小镇,夜晚是坏事发生的时候。好吧,坏事同样会在白天发生,但白天至少你能一边逃跑一边看见自己究竟在躲什么。

总而言之,十一月初,夜晚在六点左右降临。下午三点,约翰给身在租片店的大卫打完电话后,开着凯迪拉克转悠了一个小时,感受小镇的局势。搜捕似乎集中在医院以东树木覆盖的地区和它周围的空置房屋及拖车住宅,他觉得从他们的角度来思考,这么做符合逻辑。他们在寻找一个受伤的疯子会躲进去等死的地方,然而他们不可能找到弗兰基。事情没那么简单。

当地警察肯定更明白事理，知道医院的灾难其实是另一种坏事——每隔几年，只要不具名小镇觉得应该给大家一点颜色看看了，这种事就会突然冒出来。约翰想象警长正在把国民警卫队引向那条路，建议他们也许应该扩大搜索范围，也许应该对隔离区域多采取一些预防措施，比方说特制的听力保护装备，或者生物隔离防护服。另外，不仅应该隔离医院，还应该把整个小镇都围起来，甚至是整个州。然而这么做会引出一大堆让人尴尬的问题，警长会立刻缩回去，祈祷事情最终能大事化小，小事化了。只可惜情况从来不会这么发展。

但约翰不一样，他从一开始就在考虑"怪物"，你明白的，是怪物导致了现在的局势。问题仅仅在于搞清楚究竟是什么怪物。实际上，怪物只有两类——增殖者和非增殖者，假如你喜欢看恐怖电影，肯定明白我是什么意思。举例来说，要是弗兰肯斯坦的怪物确实存在，就应该被列入第二类。他是个独一无二的反常存在，你杀死他，他就消失了，问题也就解决了。

但增殖者的麻烦会以指数级增加。这个群体中有慢速增殖者，例如吸血鬼（假如它们是真的，实际不然），它们以受控的小规模方式增殖，主要是为了避免绝种，而非扩大种群。然而也有快速增殖者，例如丧尸（假如它们存在，实际不然），增殖就是它们的存在目标。丧尸大体而言就是会走动的传染病，同时也是最糟糕的情境，因为这么一个怪物从理论上说能灭绝文明。这是人类最深的恐惧，所以全世界现在有一半的恐怖小说、恐怖电影海报和恐怖游戏的封面上印着丧尸。因此，当你遇到类似的情况，第一步是必须搞清楚你在和哪个类型的怪物打交道。第二步是根据你在第一步中确定的情报,预测怪物接下来会做什么。接下来的第三步是看你能不能用链锯干掉怪物。

眼前的局面其实相当简单,就是一个小怪物占据了一个人的头脑,正在控制他的身体。约翰认为,对寄生的动物来说,这是一种极其特殊的能力,它需要数不胜数的特定生物学适应。因此,情况不太可能是弗兰肯斯坦式的基因突变,没有任何目标,只是跑来跑去咬人,等着挨许许多多的枪子。因此,根据逻辑推断,它必定是增殖者,占据人类躯体就是为了帮助增殖。约翰担心这个鬼东西看上去像昆虫,因为从一般性的角度而言,昆虫是臭名昭著的快速增殖者。因此,这就有可能是那种噩梦情境了。约翰估计指挥链往上已经有人得出了相同的结论,所以在这个美好的秋日下午,无论你在不具名小镇的哪个路口停车,都会发现自己被两辆悍马夹在中间。这大概也是医院被拉绳隔离的原因。

那么,我们该怎么找弗兰基呢?

在约翰的猜测中,这取决于弗兰基的大脑还有多少是完好无损的。尽管他的身体创伤累累,却依然能正常运转,因此基础神经和肌肉系统应该依然在他的人类大脑的操纵之下,他必定还有部分残余的本能和冲动,而且弗兰基是个警察。

约翰想到镇上有五家店卖甜甜圈,他打电话询问,店家都说没见过弗兰基。警察还喜欢吃什么?约翰开车去了五六家快餐连锁店,经过时都没在店里看见弗兰基。他开始灰心丧气,白天只剩下两个小时了。这时约翰凑巧经过一家华夫饼屋,发现了他在找的东西:

华夫饼。

这会儿他已经饥肠辘辘了,另外,实话实说,这是个"把早饭当晚饭吃"的那种日子。蓝莓华夫饼、烤薯饼,再配上他在外衣口袋里找到的一瓶啤酒。

大约五点,约翰来到芒奇的拖车住宅。约翰有个叫作三臂莎莉的乐队,米奇·"芒奇"·隆巴德是三名贝斯手之一,他们从高中就认识。芒奇是义务消防员,也就是说,他家里能收听警用频道。约翰觉得他可以先听听搜捕行动的进展,然后再制订新的计划。

芒奇家已经有一帮人了,大家在玩游戏《吉他英雄》,喝七喜兑咳嗽糖浆的紫色液体,去年就是这东西让约翰进了医院。史蒂夫·加曼带来了一大袋冰冻麦乐鸡,那是他从打工的麦当劳偷来的。他们打开油炸锅,吃了足足一个小时麦乐鸡。有个日本小妞,不知道是喝醉了还是嗑药嗑傻了,反正她几乎站不起来,无论发生什么都哈哈大笑。约翰嗑了些什么东西,然后意识到那东西给了他说日语的能力,至少他这么认为。他对女孩说听上去像日语的词句,每次他这么做,女孩都笑得像是要小便失禁。

他没忘记自己的使命。约翰偶尔会在警用频道上听见激动的叫喊声,刚开始大家还会安静下来,但后来他们都玩得忘乎所以,便不再这么做了。黑德·范戈尔德和女朋友珍妮·麦考密克路过这里,他们带来了一箱葡萄酒,那是珍妮在某个竞赛里赢的。忽然间这儿变成了一场派对。过了一阵,黑德出去呕吐,倒在露台上睡着了。约翰在和日本妞亲热,但她用另一个名字叫他,他才忽然意识到她一整晚都把他认成了另一个男人。白人在日本人眼中是不是都一个样?约翰跳下沙发,说他要去洗手间,然后悄悄穿上外衣走向大门。

天已经黑了。该死。

约翰发现黑德在露台上,他躺在烧烤炉底下不省人事。约翰回到拖车里，找了条毯子和枕头，给他盖上毯子，把枕头塞在他脑袋底下。约翰正要离开，这时无线电在他背后响了。调度员报告称，小镇西边火鸡场的工作人员来电说有流浪汉偷火鸡。接警的警员用警用代码回应，称他们有更重要的事要做。

约翰立刻跳下露台，冲进他的旧凯迪拉克。他系上安全带——这是他的习惯，因为他从不知道什么时候会需要撞什么东西。引擎咆哮起来，指挥车头灯破坏了黑夜。

约翰从去年过世的一位叔祖父那里继承了这辆旧凯迪拉克。关于这辆破车该扔给谁的问题，他们家里争吵得相当凶，因为没人想去办理报废车辆的各种手续。约翰自告奋勇，从此就开上了这辆车。

克里登斯清水复兴乐队的旧磁带在轰鸣，约翰沿着公路颠簸前进。他讨厌清水乐队，但叔祖父帕特显然很喜欢他们，也可能只是古老的音响系统失灵那天，他凑巧在听这盘磁带。反正无论如何，这盘磁带永远处于播放模式——A 面放到头，自动翻面放 B 面——永远，而且是最大音量，既无法停止播放，也无法弹出磁带。原先是音量旋钮的地方，现在只有一个窟窿，连你能用尖嘴钳夹住拧的那根小杆也没了。仪表盘两端有两大块凸起物——约翰用毛巾捂在扬声器上，然后用电工胶带贴住，希望能抑制声音。然而这样做毫无用处，清水乐队下定决心要钻进他的耳朵。

约翰沿着公路向南走，驶上一段弯道，跨过立交桥，开上路面没有黄线的乡村柏油路。他绕过湖泊，驶向一排低矮且庞大的蓝色建筑物——火鸡场。右边有一条砾石小径，约翰拐弯太急，他以为车子要双轮离地了。凯迪拉克在土路上颠簸咆哮，像开上冰面似的左右摆动车尾，砾石打在底盘上的声音像是在炸爆米花。

约翰在周围搜寻弗兰基的踪迹。他感觉不太好,华夫饼、烤薯饼、啤酒、麦乐鸡、红酒和日本姐的口红在他的胃里翻腾——

砰!

"啊,该死!该死!"

他撞到人了。被撞的人在引擎盖上扭动,约翰的脚踩来踩去在寻找刹车踏板。一张脸贴在挡风玻璃上,正是——

"弗兰基!该死!"

约翰猛踩刹车,旧凯迪拉克在砾石路面上打转。弗兰基抓住引擎盖不放。

约翰伸手去拿后座上的链锯,然后意识到后座上没有链锯,因为他忘记去大卫家的工具棚里取了。

弗兰基从驾驶座一侧的车窗伸手进来,抓住约翰的汗衫。约翰挣脱开那只手,扑向另一侧的车门,挤出去,滚到地上。他起身就跑。约翰挥动着胳膊跑向火鸡场的灯光,堆积着烟灰的肺汲取着冰冷的空气。他听见了背后的脚步声。

约翰跑到了建筑物前。他看见一道门,然后猛地拉开门。

这股该死的气味真是难闻,这属于那种似乎会自发生热的恶臭——霉菌、粪便、肉类腐烂,臭味像一堵墙似的撞上他。他有一瞬间觉得建筑物里积着一英尺厚的雪,在广阔得一眼看不到头的室内空间里,到处都是一片雪白——火鸡。火鸡密密麻麻的,你无法看见地面,白色的羽毛和抽动不已的小脑袋,时而有翅膀或这儿或那儿地掀起波澜。火鸡跳跃飞扑,怪叫着在半空中扑腾,向你展示上帝如何搞砸了火鸡的飞行能力。

约翰又开始奔跑,他踢开火鸡,呼吸空气,不小心吃下去了一根羽毛。他在寻找武器。火鸡场的链锯会被放在哪儿呢?约翰的脑袋转得飞快,他抓起身边的一只火鸡,转身扔向追逐者。弗兰基像接会扑腾的实心球似的接住火鸡,打量片刻,转身跑了出去。

"该死!"约翰背后有人喊道,"你又给了他一只火鸡,你要付钱的!"

说话的是两个穿灰色工装服的男人。约翰对其中一个似乎会说英语的人叫道:"武器!我们需要武器!就是那家伙!弗兰基!他吃完火鸡还会回来的!去找链——啊——"

一只火鸡咬了他的脚踝。

等一等,不是火鸡。

是一只蜘蛛怪物。

"妈的!"约翰把蜘蛛从鞋上甩出去,他用力很大,以为它会像个凌空球似的飞出去,但它攀附在他的鞋上,落在仅仅十英尺外。他背后一个穿工装服的男人开始用西班牙语叫喊。

约翰转过身,对他们叫道:"杀了它!帮我杀了那东西!我猜是弗兰基生的!"

他们似乎在逃跑,约翰希望他们能带着链锯回来。约翰向后退,意识到他把蜘蛛踢到了他和大门之间的某处。

又是一阵扑腾声和咯咯叫。蜘蛛落地之处的几只火鸡发狂了。约翰看见蜘蛛似乎贴在了一只火鸡身上。蜘蛛忽然弹出一条腿,这条腿变得硬直,比原先长了十倍,像烧烤扦子似的刺穿了四只火鸡,扎得干净利落,只喷出少量鲜血和羽毛。蜘蛛弹出另一条触须,同样刺穿了四只火鸡。然后它故技重施。现在有四串火鸡连接着蜘蛛身躯所在的中心点了。

十字形的火鸡集群像一个身体似的立起来,高度和一个人差不多。两串火鸡组成双腿,另外两串是双臂。"火鸡战神金刚"尝试着笨拙地走向约翰。他不由自主地注意到，怪物走出几步之后，垫在最底下当脚的两只火鸡被磨成了羽毛加肉的粉色血泥。约翰傻站了几秒钟，大脑努力思考着眼前这一切是否真的在发生。他认为无论真假，逃跑都是最优选择。

他穿过火鸡场，看见对面墙上还有一扇门，他边跑边踢开火鸡，撞开那扇门冲出去，老天仿佛回应了他由于醉酒和嗑药而忘记做出的祈祷，他看见外面停着一辆肮脏的白色皮卡，车门上画着褪色的火鸡卡通画，引擎已经启动。约翰跳上驾驶座，伸手去抓变速杆，却发现那是转弯信号。他低下头，看见变速杆打到了底，就在这时，一坨恶臭的翅膀、羽毛打在他的脸上———只火鸡拳头击中了他的下巴。

约翰拍开火鸡，企图把它推出车窗，却没能做到。他找到摇动车窗的曲柄，车窗挤压火鸡的身体，火鸡疯狂地咯咯叫。它背后是一串火鸡和"火鸡人"身体的其他部分。约翰把皮卡挂上挡，踩油门，拖着被怪物附体、胡乱扑腾的那些火鸡向前开。

他用右手操作方向盘，用左手揍被怪物当作拳头的一只迷糊火鸡。约翰冲破铁网护栏，撞倒了一摞袋装的火鸡饲料。他猛打方向盘，险些撞上刚逃离的建筑物。他驶向立交桥，狂风从车窗缝里灌进来，车厢里羽毛乱飞。

道路打弯，但约翰没有拐弯，他开上了坑洼不平的土地，车每颠簸一下，火鸡集群就会爆发出一阵愤怒的咯咯声。车轮下的土地忽然消失。他在半空中倒向一侧。

撞击。方向盘给他当脸一拳。约翰听见了溅水声。他只来得及想：弗兰基活着，但大卫还不知道。然后整个世界就变黑了。

爆发前 12 小时

晚上九点左右,我锁门打烊。自从下午约翰打来电话,我就再也没收到过他的消息,我觉得这是好事,因为这说明他已经忘了这堆烂事,躺在沙发上看终极格斗冠军赛时睡着了。

当心影子。

这是约翰给我的建议。算了吧,这里是该死的不具名小镇,这么说就相当于提醒布鲁克林地铁上的乘客别去抚弄流浪汉的隐私部位。我回到家,一个房间接一个房间地搜查整幢屋子,没什么不正常的。壁橱里同样风平浪静,还有阁楼上,至少我从走廊里的翻板活门那儿用手电筒照了一遍,没发现什么不该发现的东西。我觉得我该去检查屋子底下的爬行空隙,但转念一想,去他的吧。

不过,我打开了所有的灯。我记得上次那个小浑蛋出现时的断电情况,我为此做好了准备。我口袋里有个便携式 LED 手电筒,功率足以照亮半个后院;我还在床头放了一捆六个手持火焰信号棒,那是我从工具棚里翻出来的存货。我坐在床上,背靠屋角,将整个房间纳入视野,然后取出笔记本电脑。

埃米在视频聊天窗里问:"你的眼睛怎么了?"

"我和心理医生说起你,她太嫉妒了,抓起刀扑向我。"

"是医院的事情,对吧?"

"不是。"

"我买好车票了,明天回来。"

"埃米,别回来,去退票。这件事被夸大了,就是有人发疯,开枪打了几个人。"

"约翰在电视上可不是这么说的。"

"那是我和约翰的问题,你知道他有时候就喜欢说怪话。"

"新闻说军队在镇上。"

"是国民警卫队,他们来是为了安抚民众,'九一一'事件以后的政策就是无论发生什么事都要过度反应,总好过再犯一次错误。"

"到底发生了什么?"

"我被……真的没什么。有人发疯,当时很吓人,现在已经结束了。真的。"

"好的,反正我要回来。你需要我。你很不安,我看得出来。我见过你这个样子。你在害怕,但是企图假装你不怕。"

我叹息道:"假如我告诉你发生了什么,你能不回来吗?"

"也许吧。"

我沉吟良久,制造戏剧性的效果,最后说:"昨晚我见到一些东西,给我造成了困扰。"

她眼睛一亮。"真的?是什么?"

"约翰,他……他不小心发了他那东西的照片给我。"

她皱起鼻子。"哇哦,你确定是不小心吗?"

"唉,亲爱的,我就知道你有办法火上浇油。"

她说:"你看上去很糟糕。"

"我只是需要睡觉,但在睡觉前,我想听一听你的声音。"

"哈哈,嘴真甜。你想谈什么?"

我再次望向窗外,今夜没有星光。我说:"只是假设一下,没了我,你一样活得下去,对吧?我说正经的,要是我出了什么事,你会继续好好地活下去,对吧?找个更好的男人。"

"大卫,我不喜欢你陷入这种情绪。"

"你就说你会好好的,这样能让我睡得更香。"

"我爱你。"

"我也爱你。"

"我明天回来。"

爆发前 11 小时 45 分钟

约翰觉得脚湿漉漉的。周围一片漆黑。他努力回忆自己在哪儿。难道他又在玩具游泳池里睡死过去了?水从他的肩头流过。

咦,怎么有个方向盘?

好的,所以他在某种车辆里。挡风玻璃外什么都看不见。脚冻得要死。车窗外有东西漂过……

气泡?

约翰感觉膝盖也变得冰凉。他往下摸,手泡在了水里。他心想:哦,该死,我在水底下。天哪,我的天哪!

他脑袋里像是灌满了糨糊,傻乎乎地乱拍陌生的仪表盘。他打开了挡风玻璃的雨刷,这毫无意义,更多的气泡漂过挡风玻璃,宝贵的空气通过上百条缝隙向外泄漏,这个交通工具不是用来在水下行驶的。

我的空气,约翰发疯般地想,我的空气逃跑了。

这时他才意识到浸泡左臂的水是从身旁半开的车窗里流进来的。他转向那扇车门,吃了一脸湿乎乎的火鸡羽毛。

约翰推开火鸡,抓住门把手。他使劲踹门,但感觉像是有人在车门外堆了两吨沙子。他用两条腿使劲蹬,惊恐地发现更多的冰水涌入车内,很快冰水就充满了车厢。冷水已经淹到了他的胸口,像针扎似的刺激着每一寸肌肉。约翰气喘吁吁的,他疯狂地试图重新拉上车门,不让水流进来。

五秒钟后,他贴在车顶上,呼吸只剩下一条缝隙的空气,每次呼吸都会喝到金属味的陈腐河水。周围一片死寂。

他在水下使劲眨眼,从头到脚冻得发疼。这是从娘胎里出来第一次,约翰想呼吸却无法呼吸。

我的最后一口气,我的天哪,我吸完了我的最后一口气!我肺里的空气就是我的最后一口气了,我再也吸不到空气了,这他妈太扯了,哥们!

忽然,他的左侧变成了开阔的水域,刚才还无法推开的车门自己轻飘飘地打开了,一大团彼此相连的溺水火鸡在外面浮沉。约翰扑向那扇车门,但惊恐地发现自己被固定在原处,他斩钉截铁地断定这是个噩梦。

安全带,你还没解开安全带呢,愚蠢的浑球!

冰冷的河水泡得他手指麻木,解开安全带变成了无法完成的任务。这里太暗了。约翰意识到只有仪表盘的灯光在提供照明,天晓得为什么它还在工作。他乱按安全带搭扣,仿佛过了一个永恒那么长的时间,他终于感觉到安全带松开了。他过于激动,为了庆祝这个胜利,他释放出了屏在嘴里的所有空气。约翰看着他的生命化作一群银色气泡游走。

不,快回来,我的最后一口气!快回来,空气!

约翰忙乱地跟着他的气泡游出去,推开挡路的死火鸡。水侵入鼻孔,灼烧他的身体。气泡没有浮上去,而是漂向他的左侧。狗娘养的。他继续追赶,必须抢回空气。

他见到了光,难道是大脑正在失灵?约翰跟着气泡游向光,忽然就破开了水面。

他眨掉眼睛里的水,看见头顶上的路灯。他扭头望去,看到一对红色的车尾灯就在水下一两英尺处,仿佛潜伏的海怪的眼睛。河水只有八英尺深,他却只差顶多五秒钟就淹死在里面了。天哪。

约翰蹚水走到岸边,抓着野草爬上河堤,红蓝灯光闪烁着从公路驶向他。

他们总算来了。

一小时后,约翰戴着手铐坐在一辆巡逻车的后座上。他试图说服警察在十英里半径范围内设立隔离圈,然后焚毁其中的所有东西,但全是白费唇舌。他又企图说服警察允许他借用手机,可惜同样无济于事。他的手机没法开机,一拿起来就往下滴水。他必须联系大卫。

又一辆车停下了,这辆不是警车,而是一辆光鲜的银色运动轿车。一个穿便服的男人下车,亮出徽章,和警察交谈片刻。啊哈,终于有个高调的警察来管这个案子了,他们总算能做点实事了。高调的警察来到约翰所在的巡逻车旁,打开车门。

"你叫约翰,对吧?"

约翰说:"听我说,你们必须去王大卫的家里。"约翰把地址报给他,"弗兰基还活着,还能活动,有鬼东西从他身上爬出来,不过他现在浑身是火鸡。我认为他接下来会去大卫家。"

"呃,你稍微冷静一下。我看你今晚喝了不少酒。"

"不比平时多。咱们在浪费时间——"

"谁带你来这儿的？"

"我自己开车来的。我觉得能在这儿找到弗兰基，我确实找到——"

"你开的是什么车？"

"我的凯迪拉克。"

"唔，车不在这儿。你确定你不是和你的朋友大卫一起来的？你们俩是猎魔人，对吧？有网站什么的。"

"听我说，我认为大卫在家，假如弗兰基在去那儿的路上，你们肯定愿意抢先他一步。"

"嗯哼。因为你觉得弗兰基会伤害大卫，因为有鬼东西从他身上爬出来。"

"你不是听说过我们吗？朋友，要是你不立刻过去，会遇到危险的就是弗兰基了。"

爆发前6小时

我在卫生间醒来，吓了自己一跳。我在大便的时候睡着了。这一天真他妈漫长。

凌晨三点。我打电话给约翰，却被转到语音信箱，这倒是很正常。约翰把生活安排得那叫一个好，无论什么时候，他需要什么都能联系到我，但我打给他的电话会经过仔细筛选，所有事情都是他说了算。我跌跌撞撞地穿过屋子，知道天没亮我绝对不能睡觉，但我也不知道除此之外还能干什么。笔记本电脑还在床上，我打开CNN网站，找到安保摄像头拍摄的那段视频。行走的黑影，沿着走廊向前移动。画面里还有另外三个人,他们既不看黑影,也没有任何反应,正如外星怪虫爬到弗兰基面前时他也毫无反应一样。这对他们来说不可见。

我来回拉动网站上那段视频的进度条。退回、播放、退回、播放。黑色幽灵在医院走廊里飘过,但没人注意到。

算了吧,太荒唐了。

我关上笔记本电脑,穿上外衣,把手电筒和信号棒塞进内袋。我走到门口,莫莉跑过来蹭我的膝盖。它使劲地摇尾巴,似乎感觉到了要外出探险。我们一起走进黑夜。

我们走了六个街区,来到深夜还在营业的卷饼铺子。我靠在墙上,吃用铝箔纸包着的卷饼,偶尔抓一块腊肠扔给莫莉,它飞快地吞下每一块,然后立刻讨要下一块。我脚边有一瓶红色激浪汽水。我不时地看表。

离天亮还有三个小时需要消磨。我把剩下的半个卷饼包起来扔进垃圾箱。莫莉看着我的浪费行径,表情像是亲眼看见了全家被活活烧死。我用了五六张纸巾才擦干净手上的橙色油脂。

深夜的这个钟点,卷饼铺子前面的餐桌旁还有五个人在吃东西——这家小店的商业模式就是收留酒吧两点打烊后被赶出门的醉鬼。有两对男女似乎是大学生的年纪,全都喝得酩酊大醉,似乎在庆祝他们势将永远年轻美丽的事实。另外还有一个单独来的矮胖男人,穿着机车夹克。我在他背后的停车场里看见了他的哈雷摩托车,不知道他有什么人生故事。也许他在骑车横穿全国,明天这会儿就在俄亥俄州了。

我琢磨他们中的哪一个会是蝙蝠侠,每个人都有什么样的秘密。可光凭外表是看不出来的,而这就是关键所在。

莫莉和我晃晃悠悠地往回走,我注意到我家那条街上停着一辆银白色的保时捷。说这事不寻常简直是轻描淡写到了可笑的地步。这是一条垃圾白人居住的街道,一幢屋子没有前门,另一幢被警用黄色胶带封锁。我的小房子门前停着我那辆一九九八年生产的福特布朗科。隔壁三幢屋子的车道上分别停着一九八五年的庞蒂亚克菲罗、一九九五年的雪佛兰追踪者和二〇〇四年的克莱斯勒PT漫步者。至少这儿的物业税很低。

低底盘的保时捷贴着砾石路肩停车,停在离我家三个门牌号之外,就在我以为已经荒弃的没有前门的屋子前。微光闪烁的跑车像是从展示厅直接传送到这儿来的,连轮胎都似乎贴着一层工厂的保护橡胶。

我走到家门口,扫视院子。没什么不寻常的,不过我很快注意到要花点时间清理排水沟了。院子里的大树正在死去,十月第一周就落尽了所有的叶子。树叶深及脚踝,但我知道,风迟早会把它们送到邻居的院子里。隔壁那位老先生似乎很喜欢拾掇院子,因此我觉得这么处理对大家都好。我放狗在院子里拉屎,自己从后门进屋。我来到客厅里,发现一个吓人的家伙坐在那儿。

他坐在破旧的躺椅里,舒服得像是回到了自己家。他约莫四十来岁,深色头发,鬓角有点花白,下颌棱角分明,胡茬像是留了三天,下巴有美人沟。他穿着存心做旧的褪色皮夹克,黑色衬衫的领口敞开,最上面的三颗纽扣没系。他穿牛仔裤和牛仔靴,满不在乎地跷着腿,看起来像是从邮购目录上剪下来的模特。我立刻知道那辆保时捷肯定是他的。

我说:"老兄,我猜你走错屋子了。"

他做了我知道他肯定会做的事情，也就是伸手从内袋里掏出装证件的小皮夹打开。

"早上好，王先生，我是兰斯·福尔克纳警探。我需要和你谈一谈。"

爆发前 5 小时

莫莉进门就跑向客厅里的陌生人。陌生人挠了挠它的耳后，它在他脚边蜷缩着趴下。

"狗很漂亮，养多久了？"

我犹豫了片刻，刚开始我以为这是个陷阱问题，毕竟他是警察，然后我觉得自己傻乎乎的，可能他只是想表示友好。再然后我意识到他表示友好只是一种手段，目的是让我放松，习惯于回答他的问题。事实上，这就是陷阱的一部分。

"这是我女朋友的狗，最喜欢莫名其妙地咬人裆部。你知道现在快凌晨四点了吗？"

兰斯·福尔克纳望向电视机上方的带框照片，照片里是我和埃米。我矮胖、苍白，头发像是被龙卷风吹过，站在埃米背后，用双臂搂着她，下巴底下是她蓬乱的红发。埃米戴着墨镜，笑得很灿烂，我的表情则看上去像是在担心陌生人会拿着相机跑掉。

"你女朋友？"

"对，我们订婚了。"

"她住在这儿？"

"她在学校，学习当程序员。你找我干什么？"

"能问问她的手怎么了吗?"

这家伙很厉害。照片里,埃米用完好的右手拿着一个五块钱的毛绒大象,那是她在嘉年华玩游戏赢来的,门票只花了我们区区三十六块,而她的左臂垂下去,几乎出了画面。但假如你观察力超群,就会注意到那条胳膊在手腕处结束,能看见底下的一小条蓝天。

"她多年前因出车祸失去了那只手。"

"你去见她了?你今晚去找她了?"

"没有。"

"你去哪儿了?"

"卷饼铺子。你是怎么进来的,破门而入?"

"大门没锁。我有理由认为你是暴力犯罪的受害者,于是就自己进来了。"

"警探先生,我很确定你没有这个权力。"

"我会给你一个电话号码让你去投诉,语音信箱的流程里专门给我开了一栏。你的朋友担心弗兰基·伯吉斯会来找你,你知道的,就是昨天在医院袭击了二十个人的那个家伙。然后我问当地警察,有没有人来找你谈过,却吃惊地发现没有。事实上,在警察局只要提到你的名字,四周就会陷入尴尬的沉默。"

"呃,如你所见,我很好。那扇门你能进来也就能出去。"

"请稍微给我一点时间。你知道我们正在进行本州历史上最浩大的一场搜捕行动。我不认为弗兰基还有可能活着,但你能想象我们为什么想找到他,平息所有人的恐惧。"

"那你为什么不在外面帮忙找人?"

"我必须确定他不在这儿,对吧?"

"行吧,你随便走走看看。"

"谢谢,我已经看过了。昨天他来过这儿,对不对?"

"对。"

"不久之后他就在医院开枪和咬人,事实上,中间只隔了几分钟。"

"对。"

"当时他有什么奇怪的表现吗?"

我能感觉到自己的脸在发烫,热量从下巴底下升腾起来。我似乎即将被逼入死角。

也许你应该说弗兰基从没来过这儿……

"不,他没有胡言乱语,他没说什么。"

"他出警来这儿是因为邻居打电话说你发出许多噪音和怪叫。"

"对。我是说,不完全是这样。我家里进东西了,我被它弄醒了。它咬我。"

"'东西'?"

"我觉得可能是松鼠或者浣熊。"

"伯吉斯警员离开时看上去正常吗?"

"正常,很正常,就像我说过的。他只让我当心一点,他特别担心我好不好。"

"所以你和你的朋友约翰没有开车送弗兰基去医院?可是有八名证人声称见到了你,安保摄像头也拍到了你。还有,你的朋友告诉一名工作人员弗兰基忽然抽搐倒地,然后他在镜头前对新闻记者说弗兰基被外星来的小寄生虫感染了。"

"哦,对,约翰……很奇怪。你知道的,他有药物问题。"

"但你说弗兰基离开时看着很正常。"

"我是说……他走出我家时一切正常,走到他的车旁边时才开始出现问题。后来我们把他抬上车,开车送他去医院了。"

"他在抽搐倒地之前没有预兆吗?没有做出奇怪的行为?没有抽搐、痉挛或说令人无法理解的话?"

"没有,完全没有。他看上去很健康,你明白的,他似乎不像在嗑药。"

"他的喉咙里有什么?"

我被问了个措手不及。我正在扫视房间,避免与警探对视。然而听见他的这个问题,我的注意力一下子回到了他身上。他发现了。

"你是什么意思?"

"你的朋友约翰让医院里的人检查弗兰基的喉咙。"

"哦,对,对。我不知道,他在抽搐倒地或者发什么病的时候,抓着喉咙不放,就好像他被噎住了。"

"他当时在吃东西吗?"

"没有。"

"或者在抽大雪茄,受到惊吓吞了下去?也许他正在嚼烟草。"

"我不知道,真的不知道。我们只是想帮忙。"

"你在隐藏什么?"

"什么都没有。"

我险些喊出这几个字。

我镇定了一下,说:"我只是……我只是被这件事吓坏了,和所有人一样。现在你跑来指责我,但我和这事情毫无关系——"

"你听说过伦纳德·法姆汉德案吗?"

"没有。等一等……是不是有人绑架女性,在芝加哥北部的地下室对她们做手术?"

"很正确。嗯,法姆汉德是被我逮住的。他的智商高达一百七十五,但我逮住了他。知道我为什么能做到吗？因为我和他待在同一个房间里，只需要做到这个就行。你要明白，我生下来就有谎话感应器，至今从未失灵过。王大卫，每次你张开嘴，感应器上所有的灯就都亮了，还呼哧呼哧地直冒烟。"

福尔克纳从椅子上起身，他足足比我高四英寸，其中有一部分来自牛仔靴。他继续说道："我的推测是这样的，目前看来站得住脚。我认为你在此之前本来就认识弗兰基，你和你的朋友都认识他。我认为你和他发疯有某种关系。"

"呃，这是你的看法。"我无力地说，"说真的，我和弗兰基根本不认识。我有六七年没见过他了，自从高中毕业应该就没见过。另外，你觉得我做了什么能把弗兰基逼疯？意识控制吗？"

没错，浑球，祝你玩连连看玩得开心。把你的手塞进这个黑窟窿，缩回去时就是血淋淋的残肢了。

"也许他不是你的朋友，而是你的崇拜者。"

"我没有崇拜者，警探先生，我在租片店打工。约翰玩乐队，他有粉丝。你可以去问他。"

"我问过了，我盘问了他两个小时。所以，你们认为这座小镇在闹鬼？"

我叹了口气。

"不是。"

"真的？你和约翰从不谈论这个？他可满肚子都是疯狂故事。"

"我们没疯，至少我不是疯子。"

"奥氮平是什么？"

"什么？"

"你的药柜里有这个。"

"哦,对。那是……没什么,就是……解决压力问题的药,我在看心理医生。"

"你用弓射过一个人,因为你认为他是怪物?"

"十字弓。误会而已。"

"我听见警察局的那些人议论你和你的朋友,他们认为你们加入了某种邪教。他们说光是去年你就有三个邻居搬走,因为他们害怕你。弗兰基在出事前,最后见到他的人就是你们,我问为什么还没找你问话,每个人都找出了一堆烂借口,就好像他们很害怕你。"

"人们……会犯傻。"

"知道吗,弗兰基在医院用牙齿咬破了一个老女人的喉咙。"

我不由自主地朝房门退了一步。这家伙快把我的空气都吸完了。

"是吗?太恐怖了。"

"还有人听见他用另一种语言说话。"

我没有吭声。

"所以这是我的推测,王大卫。按照我的推测,昨晚不是弗兰基第一次来找你,我认为他是你们加入的邪教的成员。我认为你和你的朋友搞坏了他的脑子,很可能给他下了药,说这东西能赋予他魔法力量或者你们相信的某种东西。我认为这就是他伤害了那么多人的原因。"

"你声称有最高级的谎话感应器,却允许这种话从你嘴里冒出来。两个本地笨蛋有意识控制的能力?现在我有点希望你用这个罪名指控我了,审判肯定会很有看头。"

他对我露出我见过的最令人不安的笑容,说:"我很欣赏这次交谈,我说真的。你给出了我最喜欢的东西———个谜。你要明白,我很容易觉得无聊，绝大多数案件都会让我昏昏欲睡。所有人都知道是谁干的，剩下的全是水磨工夫，将检察官能用来起诉的证据填满档案柜。但现在呢？就像我是个孩子，再过一周才到圣诞节，我摇晃圣诞树底下的礼物盒，猜测里面是什么东西。我刚刚摇晃了你的礼物盒，小子，里面的东西肯定很酷。"

他打开前门，一张名片出现在他手里。

"假如你想找我谈谈，节省你我的时间，那就打电话给我。否则就等着我再来找你吧。"

十分钟后，我听见保时捷呼啸着离开。我依然站在客厅里，盯着警探刚刚出去时经过的那扇门。

我汗流浃背，就像海滩上的冰镇啤酒。

我掏出手机打给约翰。

又是语音信箱。

爆发前 2 小时

虽然这不是我人生中最漫长的夜晚，但也差不多了。我有过很多惊恐的不眠之夜，已经进化出了相当优秀的求生体系，其中包括的无非是精神警觉练习、正能量思考和安非他命。别担心，我有医生的处方，至少卖药给我的那个人有。

晚些时候我必须直面一场惨烈的冲撞，但那是白天大卫的问题了，夜晚大卫只想努力地活下去。当然，我做到了。当黎明的阳光穿过前院的树木时，我正待在门廊上，见到此情此景的我险些哭出来——这是我记忆中第一次连续两天看到日出。

讽刺的是,这会儿我反而兴奋得睡不着了。正在我身体里溶化的橙色胶囊只是一部分原因。我在漫长的等待中制订了一个行动计划。首先,取出工具棚里的那个鬼东西,找个地方把它扔掉,比方说河里。然后离开小镇躲一阵,等风头过去再说。我该去哪儿?不重要,我什么都能做——搭车去旧金山,住在海滩上,加入马戏团,去哪儿不是重点。我生活在刻板、乏味之中,这是我忽然意识到的,我需要换换空气,卸下重负,学习空手道。等一等,我是不是吃了四粒药而不是两粒?哇哦。

现在似乎是洗澡的好时间。我的洗衣篮还倒扣在地上。我把它抬起来几英寸,将我身上的所有衣服脱下并塞进去,然后走向卫生间。

莫莉在汪汪叫,它在守门。我听见一辆车停下。清水乐队的音乐声传来,隔着窗帘,我看见了约翰的旧凯迪拉克。谢天谢地。

门廊上响起脚步声。我喊道:"先别开门,我光着呢。给我一分钟。"

大门在我背后打开了。

我转过身,和弗兰基·伯吉斯打了个照面。

弗兰基张开嘴,喷出一股细细的液体,像是在问候我。我刚产生抬起胳膊遮脸挡住那个鬼东西的念头,肌肉还没来得及采取行动,只听见"轰隆"一声,一道蓝色的闪光在眼前炸开。我觉得地板狠狠地给了我后背一掌。我盯着天花板,耳朵里嗡嗡响,模糊地意识到弗兰基吐出的东西在半空中爆炸了,威力足够把我掀翻在地。

我使劲眨眼,感到天旋地转。弗兰基从我身上跨过,两条胳膊上拎着几个红白相间的购物袋,他走进卧室。我躺在地上,看见凯迪拉克停在大门口,脑子里想到我应该冲出去,光着身子开车穿过美国,这时感到一条胳膊在贴近我的脖子。

弗兰基现在的力气比原来大了几倍,他把我拽起来,推着我走向卧室。

莫莉不停地汪汪叫。它跑向我们,从我们身旁过去,跑出大门,跑进院子,跑向远方,一路叫个不停。恐怕它不能找到帮手。

我望向卧室,但无法理解里面是什么东西。我的床上有四只血淋淋的白色死鸟。

鸡?火鸡?

我努力琢磨眼前的谜团。这些鸟是给我的吗?礼物,或者祭品?它们被一字排开,血淌到我的被单上,就像阿兹特克人祭坛上的牲畜。

我说:"呃,来就来了,还这么客气,弗兰基,谢谢你的火鸡——你还叫弗兰基,对吧?"

"闭嘴。"

弗兰基的声音发闷,像是嘴里塞满了食物。他按住我,我和他一起专心致志地看着我的床,为了……什么呢?弗兰基被折断的那条胳膊看起来很古怪。有个干干硬硬的长东西蠕动着绕过我的身体,我没有低头去看。

床上有了动静,被单掀起波澜,就好像有几个人从床垫底下竖起几十根手指扭动一般。

我听见布料被撕破的声音。被单上出现一道口子,一只缩小版的蜘蛛爬了出来,顶多两英寸长。它径直跑向最近的一只火鸡。第二只小蜘蛛跟着爬出来,然后是第三只。几秒钟后,几十只蜘蛛幼体在我的床上蠕动,就像一块肉上的蛆虫。

我使出所有的力气,在肾上腺素和恐惧的帮助下,挣脱弗兰基的魔爪,冲向房门。我才跑到客厅,就被弗兰基的擒抱撂倒了。我扭动翻身，平躺在地上，使出浑身力气一拳打在他的脸上。我觉得自己的手断了。他耸耸肩抖掉我的手，按住我的双臂，两腿骑在我的胸口上。我直视他的眼睛，看见一个惊恐的年轻人在傻乎乎地瞪着我。他从齿缝里挤出对我说的话，嘶嘶的声音来自喉咙深处，俯首把脸凑向我的脸。我听不清他在说什么，听上去像是连着呼吸机的老人发出的哽咽声音。他继续凑近我，我能闻到他的气息。

"它们无处不在，"他从齿缝挤出一句话，"你明白我的意思吗？它们无处不在。"

"弗兰基！你能听见吗？从我身上下来！"

这时我看见了。弗兰基张开嘴的时候，我一眼就看见了蜘蛛。弗兰基牙齿后面曾经长着舌头的地方，现在变成了蜘蛛的舌头。它占据了他的下半个头颅。我回想它的腿如何与我的肩膀融为一体，忍不住浑身颤抖。蜘蛛现在是弗兰基的一部分了。也许此刻的弗兰基就是蜘蛛。

门廊传来奔跑的脚步声。弗兰基和我一起抬起头，看见约翰冲进我家的大门。

我尖叫道："约翰！是增殖者！"

约翰没有停下，他跳过咖啡桌，嘴里喊着："你的钥匙！我需要工具棚的钥匙！"

工具棚的钥匙？他要干什么？借我的割草机？

"听着。"弗兰基嘶嘶地说，注意力回到我身上。我意识到他在努力隔着寄生虫说话，为此付出了全部力气，"它们无所不在。有可能是任何人，你明白吗？任何人。"

弗兰基尖叫起来。从他嘴里爬出一只长形的分节生物，是躲在他嘴里的寄生虫。它看上去像一条黑色蚯蚓，但比蚯蚓更长，身体尽头长着一个小倒钩,就像蝎子的尾巴。我以为它会下来叮我或者攻击我,但它没有,而是向上弯曲身体,爬向弗兰基的眼睛。弗兰基再次尖叫。虫子一头扎进他的眼球。

我听见屋外传来小型引擎发动的声音。在我脑海里的疯狂画面中,约翰骑在我的割草机上绕着屋子疾驰,嚷嚷着:"谢谢你借给我!"然后他把割草机扔进他的车里,扬长而去。

弗兰基被刺穿的眼珠淌出鲜血,滴在我的脸上。他的双手在我的脸和喉咙上毫无意识地抓挠,手指企图撬开我的嘴。

引擎声来到了屋里,震耳欲聋。一道黑影落在我们身上。

约翰。

他手里拿着一个东西,一个发出噪音的东西。

引擎声变成机械的尖啸,然后音量降低,像是卡在了什么东西里面,听上去仿佛在用搅拌机打胡萝卜。液体像雨点似的浇在我的身上。

链锯飞速转动的金属齿穿透了弗兰基的颈部。约翰按住机器不放,前后晃动,让它割断脊椎、肌肉和筋腱,他的双手染上了一条一条的红色。弗兰基的脑袋从肩膀上掉下来,湿乎乎的头发砸在我的脸上。

弗兰基剩下的身体在我身上坚持了几秒钟,然后轰然倒下,尸体的重量压得我无法喘息。

链锯关闭,我听见约翰嚷嚷着向我提问。他的手出现在弗兰基的肩膀上,我们一起把尸体从我身上搬开。我一跃而起,厌恶地低头打量自己的身体。我看着像个婴儿,天晓得谁发神经带我去参加了"肋排尽情吃到饱"的饕餮之夜。

约翰说:"你……呃,还好吧?"

我跑过去一把摔上卧室门,气喘吁吁地说:"我的卧室……被蜘蛛怪物的幼体侵占了,爬得满床都是……它们正在吃火鸡。约翰,那是我的床啊!它们在我床上!幼体!一直在吃!咱们必须做些什么!"

"它们有没有……吃你的衣服?"

"听我说。军队将医院隔离了,但没有用,因为蜘蛛已经跑出来了。它们在这儿。约翰,就在这儿!咱们该怎么办?只要放一只那种东西跑到外面的世界去……"

"好的,首先,我们——等一等,脑袋在哪儿?"

我和他同时低头去看弗兰基的无头尸体,尸体躺在客厅里,身下的血泊正在扩散,但没有脑袋。搞什么——

"看!该死!"

弗兰基的脑袋正在逃跑。

蜘蛛腿从切断的脖子里伸出来,扛着脑袋跑出敞开的大门。我跟着爬行的脑袋跑到门廊,光脚踩住它,把它按在门口的地垫上。我正要叫约翰拿链锯来,这该死的脑袋咬住了我的脚。

我从弗兰基的牙齿里挣脱出来,抬起另一条腿踢在脑袋上,痛得让我觉得折断了四根脚趾。脑袋在半空中飞出去十英尺,撞在兰斯·福尔克纳警探那辆保时捷的挡风玻璃上弹开——他刚好选择这个时间点拐上车道。

脑袋在挡风玻璃上留下了一团粉色污渍,然后顺着引擎盖滚下来,掉在我的脚边。我用双手捡起脑袋,让它的牙齿远离我,免得咬掉我的那玩意儿。困惑的福尔克纳从车里出来,见到我赤条条地站在车道上,浑身鲜血,用一颗脑袋挡住了裆部。

我是王大卫,我带来了安非他命的神谕。

"放下!"

福尔克纳拔出枪。

我说:"等一下。"

我跑回屋里,打开卧室门,把脑袋扔进去,然后重新摔上门。短暂的一瞥告诉我,孵化出来的幼体已经爬过了半个房间。我跑进卫生间,抓起两条毛巾,回来堵住门底下的缝隙,但毛巾撑不了多久。

"浑蛋!举、起、双、手。快!"

福尔克纳来到了室内,依然将枪口瞄准我。

我说:"好的,冷静一下。有好消息,也有坏消息。好消息是我们找到弗兰基了,坏消息是我们有个更大的麻烦。"

"等一等,"约翰从警探背后插嘴道,"你是兰斯·福尔克纳!"

"闭嘴!否则我爆了你的头。"

"就是这个,我想了一个晚上想得都快发疯了。逮住父亲节杀手的警探就是你,对吧?你真的把他从直升机上扔下去了?"

福尔克纳没有回答。约翰对我说:"他很有名,我在 A&E 电视频道上看过他的事迹——"

"他妈的闭嘴!你杀了弗兰基?"

约翰说:"那是自卫。还有,他偷了我的车开到这里,我只好从警察局一路走过来。刚好赶到,我进门的时候他正在强奸大卫。"

"他没有——"

"你们两个闭嘴!你们跟我走。"然后福尔克纳对我说,"去穿条裤子。"

"去你的,这是我家,我说了算。你脱光衣服。约翰,拿扭扭乐的垫子来。"

福尔克纳问:"你嗑嗨了?"

"有点儿。"

"房间里是什么?为什么要封死?"

约翰的脑子转得很快,他说:"是感染源,弗兰基被感染了。所以他们才会隔离医院。它——它就像一种病毒,会——"

"够了,别想骗我。"

他对我说:"房间里有什么?"

"听我说,我尊重你的谎话感应器,不过接下来我要说的都是实话,你看我的眼睛就知道了。这儿有些起作用的因素超出了你的理解范畴,但我们没时间解释了。这里没有你能做的事情,警探,除了碍我们的事情。你来这儿找人,你找到他了,他就躺在你的脚边。现在立刻回家吧。"

福尔克纳恶狠狠地瞪了我一眼。他放下枪,大踏步从我身旁走过,一把拉开卧室门。

他的视线立刻落在床上。他看到的是四只血淋淋的火鸡——不,不对,他看到的是四只血淋淋的火鸡骨架,躺在四堆羽毛中间。蜘蛛幼体在几分钟之内就把火鸡吃了个干净。我看见——但福尔克纳看不见——许多小蜘蛛在地毯上、墙上和卧室窗户上爬来爬去,它们在以难以想象的速度生长,有几只已经长到了拳头大小。

我感觉到一滴冷汗淌下后脖颈,顺着脊梁骨向下流。我不由自主地后退一步。一只蜘蛛爬过福尔克纳的鞋子,但就算它就在他的眼前,他也不可能看见。

"这是在搞什么名堂,某种巫毒仪式?召唤幽灵或恶魔,还是你们相信的什么东西?"

"不,我说过了,警探……这个案子不是你能破的。"

"当然，我知道。"他收起枪。

然后他以闪电般的速度抓住我的胳膊，扯着我转过身，重重地把我按在卧室的门框上。他把我的右臂向背后拉，剧痛在我的肩关节处爆发，韧带和骨头错位。

福尔克纳对约翰吼道："后退！"

我的右手腕感觉到了冰凉的金属——手铐。福尔克纳推着我走进卧室，按着我在初生的小蜘蛛之间跪下。我听见约翰大喊："不！不！"福尔克纳转身用枪指着他，另一只手把手铐链绕在金属床框上，然后铐住我的左手。

我光着膝盖跪在地上，双手被铐在床框上，感觉到蜘蛛爬上我的一条大腿，爬过我的一只脚，爬得我浑身发痒。

福尔克纳起身，将枪口瞄准约翰，说："好了，除非你们给我解释清楚，否则我是不会打开手铐的。"

爆发前100分钟

埃米一紧张就要小便。

有紧张症的膀胱和三小时的长途车程实在不是个好组合，但她不是想放下就能放下担忧的人（她的大学室友教她打太极拳排解，但在车上做这种事恐怕会被赶下车）。她打不通大卫和约翰的电话，这一点很奇怪，非常奇怪。大卫总会接电话，除非他在洗澡或手机没电了，但她从一大早就开始打他的电话了。至于约翰，尽管他喜欢自由，但埃米在他的必接电话名单之中。他知道除非有重要的事情或找不到大卫，否则埃米是肯定不会打给他的，她从不滥用这项特权。

大卫昨晚的电话听上去很不吉利,他陷入了自己特有的情绪中,觉得全世界的安危都依赖他,而他即将辜负所有人。每次他变成这样,埃米的任务就是打消他的这种念头,通常来说,这并不困难,毕竟他是个男人,红色内衣是男人的命门。但这次不管用,距离再次让埃米感到泄气。

大卫需要她,有些事情就是没法通过电话或摄像头来做。学校仅仅在一百三十英里之外,但她不会开车。另一方面,实话实说,大卫花不起来找她的代价,这不仅因为每次来找她要烧掉六十块钱的汽油,更是因为他需要请假。因此,昨天挂电话不到五分钟,她就买好了灰狗巴士的车票。

她坐在靠窗的座位上,再次打电话给他。她把手机按在耳朵上,眼睛望着树木一棵一棵掠过,想象有个小人在外面奔跑,努力跟上大巴的速度,跃过一闪而过的障碍物。四声铃响,语音信箱。还是一样。

她努力当个不黏人的女朋友。她的前男友曾经很黏人,他以前从没碰过女孩,好像觉得要是把她切开,流淌出来的会是彩虹和独角兽。他每天打五次电话,动不动就不告而来,表现得像是跟踪名人的下三烂摄影师,毫无乐趣可言。而另一方面,大卫比绝大多数人都懂得保持距离。他属于会本能地推开别人的那种人,但他一直没有想通,他内心逼得他想要发疯的情绪就是其他人所谓的"孤独"。你必须哄骗这种人走出来,这需要时间。

然而,根据大卫的过往来看,失去他的消息后,她有理由设想最坏的情况已经发生。最坏的情况已经发生不止一次了。

她感觉到膀胱在膨胀。她的身体从哪儿来的这么多液体?早饭过后她就没喝过东西。距离下次停车休息不知道还要多久。大巴上有卫生间，但里面很恶心，真的很恶心，医学级别的恶心。看上去自从布什任期起就没打扫过了，说不定有东西在马桶座上爬过，她可不想让私处靠近那地方。

爆发前90分钟

异形蜘蛛爬向我的卵蛋。有一只似乎爬上了我的肩膀，我耸肩甩掉。我觉得还有一只爬进了我的头发。有一只钻进我的腋窝，我用肱二头肌把它挤死在肋骨上。我企图用膝盖夹死另一只。福尔克纳肯定认为我在抽筋。

约翰尝试构建论点，以此劝阻福尔克纳，他说："啊——该死！警探！不！这么做不对！"

我努力控制说话的声音："听我说，有东西钻进弗兰基的身体，占据了他的大脑。它产的卵孵化了，它们就在这儿，它们——"

我停下来，甩掉耳朵上的一只蜘蛛，动作就像狗洗完澡抖身体。

"——它们爬来爬去，但你看不见。"

"因为它们是隐形的，对吧？"

"对！对！它们——啊——"

有一只咬住了我的耳朵，我用肩膀挤死它。

我背后响起"轰隆"的一声，然后是搏斗声和闷哼声。我扭头望去，看见约翰扑在福尔克纳身上。福尔克纳挣脱他，胳膊肘重重地撞在他的鼻梁上。他抬起枪指着约翰的面门。

"你他妈的疯了！你们两个都是。你给他嗑了什么药？你们给弗兰基嗑了什么药？"

"真该死,咱们在原地兜圈。医院扣留了他很长一段时间,足够给他验血了,新闻上这么说过!验血有结果吗?任何结果?"

"所以你们能理解我的困惑。"

一只蜘蛛爬上我的脖子,来到我下巴上。它企图钻进我的嘴里,我啐了一口,用脸蹭床罩,想把它弄掉,但我没能成功。它细小的腿伸进了我的嘴巴。

我一口咬下去。我用门牙把它咬成两半,用臼齿研磨,然后吐掉。浓烈的咸腥味使我忍不住反胃,全身抽搐。

一只蜘蛛从床上爬过手铐链,来到我的前臂底下。我正要刮掉它,但想了想停下了。

我转动身体,面对福尔克纳,说:"看,看我的胳膊,仔细看。"

"我什么都没看——"

"对,我知道你还什么都看不见。等着,你等着。一只那种东西——它们长得像小蜘蛛或甲虫——就趴在那儿,它很快就要……开始吃我了。我很确定你会看见——啊!"

我倒吸一口气,咬紧牙关。一英寸长的幼体用细小的口钩咬下去,撕开一块皮肤,它用两条前腿抓住这块皮肤,开始啃我的身体。一秒钟后,它重复这个过程,用口钩扯破我的身体,提起一小块组织,然后吃下去。如此周而复始。

我闭紧双眼,企图驱走剧痛。它们细小的腿爬过我的脚、小腿、大腿、臀部和后背。我想逃离现实,忘记我正在被蛛状怪物活活吃掉的事实。天晓得为什么,我只能用自己被小丑活活吃掉的画面取而代之。

哥们,我都不确定那些药片真是安非他命……

我睁开眼睛,光是看福尔克纳的表情,我就觉得差不多值了。

在他眼中，我胳膊上有一条铅笔粗细的皮肤忽然自行消失，留下一道血槽和粉色的脂肪。他在想什么？我感染了食肉细菌？约翰和我用恐怖电影的道具伪装了这出戏？这是一个精心策划的恶心玩笑的一部分？

我说："你把我留在这儿，到下午就会变得像床上的火鸡，只剩下红通通、血淋淋的骨头，而它们爬遍了我的全身。我看见至少三只爬上你的裤子，有一只就在你的衣袖上，假如我们不想办法……消灭这些狗娘养的，它们就会繁殖得到处都是，而且没有人能够阻止，因为你们看不见它们。"

他放下枪。

"警探，只有房间里的咱们三个人明白正在发生什么——啊！"我吼道，虫子又咬了我一口。狗娘养的小饿死鬼。"而且……只有咱们能阻止它。要是你不肯帮忙，那就只有约翰和我了，但我们只是两个窝囊废。求你了，先解开这该死的手铐。"

福尔克纳思考了像是足足一天半那么久，但其实应该只有短短几秒。他从外衣口袋里掏出一副小钥匙扔给约翰，朝我的方向摆摆头。

约翰没有打开手铐，而是说："你先别动。"然后他抓起一只鞋，拍在我的胳膊上。

"啊！真他妈疼——"

小蜘蛛掉了下去，约翰把它踩死在地毯上。然后他用小钥匙开手铐，大概只尝试了一百三十七次就成功了。

我抓起挂在身旁椅子上的卡其裤和T恤，飞奔逃出房间。我们摔上门，重新用毛巾堵住门缝。约翰打死了五六只逃进走廊的虫子，又清理了趴在福尔克纳身上的那几只。我套上衣服，立刻从大门走出屋子。

三个人都站在院子里了。约翰对我说:"好吧。现在把你在乎的所有东西全搬出来,我去拿喷火器。你的保险条款里有没有说遇到蓄意纵火该怎么办?"

福尔克纳说:"闭嘴。什么都别做,让我想一想。"他从口袋里掏出手机,"我告诉你们一个秘密吧。并不是整个世界都和你们过不去。我们在这座小镇里有帮手,拿工资的职业人员,他们专门操心公共安全问题。他们给了我一个联邦政府的热线电话号码,我拨过去,描述我在这儿见到的情况,他们十分钟之内就会包围并封锁现场。我会把你们说的告诉他们,大家像职业人员一样想个解决方法。听我说,朋友,外面有一整个不像垃圾白人那么过日子的世界呢。"

我端详着胳膊上那条参差不齐的血槽,说:"警探,你还是……怎么说呢,没有完全理解这个局势。我们没有从一开始就这么做是有理由的。有些……就这么说吧,有些有权势的人不但知道这座小镇在发生什么,而且故意纵容。"

"我们想说的是,"约翰补充道,"整个世界就是在和我们过不去。"

我说:"无论如何,我要去收拾东西了。我才不会待在这个等着被感染的鬼地方。"我对约翰说,"你的后备厢里还有地方吧?"

"有。"

"等我收拾好,咱们去卷饼铺子怎么样?"

"我离说这句话只差了五秒钟。"

福尔克纳的注意力已经转向手机通话,但他依然保持警惕。我觉得这家伙在睡觉时都会保持警惕,所以我们做事必须非常小心。

我在地板上搜寻怪虫爬动的迹象,飞快地穿过屋子,带着笔记本电脑、从干衣机里扒出来的一垃圾袋衣服和我在冰箱里找到的大半瓶灰雁伏特加回来。我又从厨房拿了半袋狗粮，说不定莫莉还会回来呢。

我想我已经收拾好了，正准备离开，但我险些扇自己一耳光，因为我意识到自己忘了一件重要的东西。

它挂在客厅墙上，是家居装潢中埃米贡献的一部分力量——一幅耶稣植绒画，看上去像是摸着黑从货车车尾的喷罐涂鸦上复制下来的。它曾经属于她的父母，多半是他们在新墨西哥的某个路边摊买的。埃米的父母已经永远离开，这幅难看的植绒画是她从他们老家保留下来的仅有的几件物品之一。我回去从墙上取下这幅画，最后扫视四周。至于其他的东西，有和没有对我来说都差不多。

回到外面，福尔克纳正在收起手机，我对他说："跟我来，我要给你看一样东西。在工具棚里。"

"什么东西？"

"呃，我也不知道。这就是重点。但我认为你应该在联邦政府工作人员来之前先看一看。"我对约翰说，"你把我的东西放到后备厢里，我想给他看看那个盒子。"

约翰掏出车钥匙，去开后备厢的锁。我领着福尔克纳绕过院子，走向还开着门的工具棚。我指了指砾石地面上的绿色盒子，尤其是盒子正面那些古怪的象形文字符号。

"很古怪，对吧？我捡到的。"

"然后呢？"

"打不开。我打不开，你同样打不开。我们只打开过一次，里面的东西太古怪了。"

"好的，等联邦人员到了，我会给他们看的——"

挠痒娃娃在架子上说："八英寸长的勃起！"

"——但我不明白这会有什么关……"

福尔克纳停下了，很可能是因为他和我一样也闻到了烟味。他瞪我的眼神足以让癌症道歉，然后发疯似的撤退。福尔克纳绕过屋角，刚好看见约翰带着他的"喷火器"走出大门，那是他在易贝网上买的越战时期的火焰喷射器。顺便说一句，手续完全合法。

在他背后，火焰正在把我的世俗财产变成浓烟和灰烬。

福尔克纳咬紧牙关说："唉，你们这对愚蠢的垃圾白人，你们干了什么？"

我说："我们解决了问题，我们干的就是这个，和平时一样。警察来到这儿什么都做不了，国民警卫队和其他人也一样。"

警笛声逐渐驶近。不得不说，消防队的反应比其他人都快。

福尔克纳抓住我，把我转过来，再次给我戴上手铐。我根本不在乎。两天来我第一次感到如释重负，吞噬一切的烈火在被感染的屋子里咆哮，整件烂事终于画上句号了。弗兰基和蜘蛛幼体会被烧成灰烬，爆发不会发生了。

爆发前10分钟

福尔克纳的保时捷底盘太低，我不得不蹲下去才能钻进车门。车里闻着像是购物中心里的皮革制品商店。我发现我把几片沾着泥浆的树叶带到了一尘不染的地毯上，不禁觉得自己玷污了这辆好车。他开这么一辆车，怎么能不担心得发狂呢？坐在这么一辆车里，你怎么可能吃墨西哥卷饼？你每时每刻都会害怕自己把煎豆泥喷得到处都是。我不知道他怎么会有钱开这么一辆车，而且问他好像不太礼貌。也许他的副业是贩毒。

手铐顶着我的腰眼，我坐得很难受。从保时捷停车的地方，我能看见家里卧室的窗户，橘红色的火焰在玻璃里面舔舐，吞噬了窗帘。

约翰坐在保时捷前的人行道上，另一副手铐把他的双手铐在背后（事实上，他戴的是白色塑料束线带，而我戴的是金属手铐，福尔克纳显然认为我这个嫌犯比较危险）。约翰看着我家被烧成空地，十几位消防员从两辆消防车上抬出水枪。场景有一种奇异的静谧感。假如这件烂事发生在电影里，现在就该出字幕了。

但福尔克纳暴跳如雷，他在消防员之间穿梭，亮出警徽，吼叫着命令他们退后，可他们才不会乖乖听话呢。据芒奇（约翰的朋友与乐队伙伴，兼职消防员）所说，警察和消防员碰到对方来教他们怎么做本职工作，态度只怕都不会太友好。这是着火，他们是消防员，以上帝的名义发誓，他们必须扑灭火焰。

邻居开始聚集。在这样的居住区，主要的休闲方式就是喝酒和捏造借口以维持失业救济金，房屋着火是个够好的娱乐项目了，而着火的地点更令人兴奋——他们知道谁住在这儿，所有人都听说过传闻。我看见两个人在用手机拍摄这一幕。

又一辆消防车停下，一名消防员跑向约翰。我认出那是披挂着消防员装备的芒奇，脖子上的刺青使他看上去不太像消防员，更像消防员主题的创新饶舌、金属乐队的主唱，乐队的名字多半像是"华氏一百八十七度"这种。两个人聊了几句，漫不经心得令人吃惊，就好像其中一个不是戴着手铐坐在地上，另一个背后不是烈焰地狱，正在把一幢单层住宅通过滚滚烟柱慢慢送进大气层。水枪喷出的水在空中画出弧线。卧室的窗户炸裂，烈火的手指抓住墙板，留下黑乎乎的指印。

福尔克纳又在打电话，更多的看客出现，事情似乎全都无所谓了。等到今天结束，唯一重要的就是弗兰基遭遇了某种凶恶的、名称不详的东西，他的这份工作在这个小镇有一些职业风险，这就是其中之一。有些人受到了伤害，但现在弗兰基死了，他体内的凶恶东西正在一个屋子形状的一千两百度火炉内化作灰烬。至于兰斯·福尔克纳警探，好吧，他气得发疯，很可能是因为他的证据也灰飞烟灭了。他很可能会找出几十项罪名控告我和约翰，从妨碍警方调查到当众裸露身体，不一而足。随便他吧，不会有结果的。警长了解他工作的这座小镇。当然了，他会找个人负责查案，一个月后告诉检察官没有足够的证据可供上法庭，然后事情会再一次无声无息地过去。我有过类似的经历。没人希望这座小镇里发生的事情泄露出去，他们会掩盖秘密，就像比萨外卖员的那档子事——强制让我接受几个小时的心理治疗，就是为了不让我把真实情况说出去，引起大众恐慌。

我望着烈焰在前方的每一扇窗户里狂舞。家被烧毁在我的生活中算不上什么大事。我可以待在约翰家，直到我找到一套公寓或拖车住宅搬进去。再说了，屋子那块即将用灰烬施肥的土地依然归我所有，卖掉应该还能换几千块，对吧？你看，一切都会好的。我缓缓地闭上眼睛。自从那只蜘蛛出现在我的床上，三十多个小时里我几乎没合过眼。

手机忽然在我上衣口袋里尖叫起来。肯定是埃米，因为除了她只有一个人会打给我，而这个人现在正坐在人行道上，双手被铐在背后。我的手也被铐着,所以只能随它去了。

外面有一个细节吸引了我的注意。

在拐过卧室的屋角之处,一名消防员倒在地上,他脸朝下趴在草坪上。我正要喊站在附近的消防员去帮忙,另一名消防员已经跑了过去。他把同伴扶得跪坐起来,但后者抓着自己的喉咙,多半是被烟呛住了,或者来之前吃东西太快。

除了他,没人过去帮忙,因为门前的局势忽然变得非常复杂。

一辆市局警车首先赶到,算上我的皮卡和约翰的凯迪拉克,街上现在一共停着六辆车。随后是一辆房车,车身上画着方方正正的蓝色徽标,这应该就是福尔克纳所谓的"联邦人员",不过我猜是疾病控制中心。我忽然意识到这件事给这么多人带去了这么多麻烦。

从房车里鱼贯而出的人身穿白色密封防护服,就是用来防护细菌感染的那种,有头套和透明塑料的护面罩。他们看到应该隔离的建筑物燃起了熊熊大火,消防员正在灭火,几十个中西部乡巴佬正看得开心,顿时傻站在那儿不知所措了。有几个穿防护服的家伙走近消防员,肯定在解释他们除非也穿上同样的防护服,否则不能留在现场,因为此处有一种未知的食肉病原体,场地必须进行隔离。消防员大概在说他们手头没有这种防护服,而且他们不会离开,因为火还没被扑灭呢。福尔克纳和两名当地警察也加入对话,很可能是在说:哦,对了,这儿还是一个犯罪现场,有一具无头的警察尸体,罪名包括纵火和蓄意销毁证据。

在他们背后,一辆悍马隆隆驶近,我家门前的街道成了该死的阅兵场。国民警卫队的一名军官下了车,我猜他是负责搜捕弗兰基的指挥官,他一出场就大声地宣布这儿他说了算,因为屋里正在被火烧的就是他负责搜寻的人。他们背后的一辆白色的第五频道新闻直播车驶近,车轮都还没停止转动,一名摄像师就从后门蹦了出来。与此同时,围观者每五分钟就增加一倍,因为消息随着短信满天飞,告诉大家有史以来最带劲的好戏此刻正在王大卫家上演,整个局面逐渐演变成约翰后来称之为的"一场智他妈障马戏"。

我将视线重新转向屋后。

糟糕。

消防员又平躺在了地上,头盔在几英尺之外。他的朋友不知去向,也许是找人帮忙去了。

忽然,我注意到了几个细节:

1. 消防员的脑袋没了。
2. 一个事实——脑袋依然在几英尺外的头盔里。
3. 一点领悟——尸体不是先前受伤的那个人,而是去帮忙的那个人。
4. 一个拳头砸穿车窗,将我打昏了。

几秒钟后,我恢复了意识,我正被拖出车窗,人们在尖叫。我"咣当"一下落在保时捷外的草坪上。裹在消防员制服黑色袖筒里的两条胳膊箍住我的胸膛,裹着我穿过草坪,两只手之中的一只攥着一个红白相间、状如马蹄的东西。视线重新聚焦后,我意识到那是一块人类的下颌骨,齐齐整整,连牙齿都在,一颗白齿里有银色的填料。

我们每走一英尺,周围就变得更热一点,烟雾也更浓一点,我嗡嗡作响的大脑终于意识到我正在被拖向火场。我挣扎着想摆脱对方的铁掌,但双手仍然被手铐固定在背后。惊恐赋予我的爆发力让我恢复自由——至少恢复了一瞬间——我企图从他身旁爬开。一只脚踩在我的背上，我扭动着翻了个身。

消防员是个魁梧且健壮的男人，然而他的下半张脸不见了。仅仅几分钟前他还是个活蹦乱跳的人，他曾经长着下颌骨的地方，现在是蜘蛛的嘴巴和十几只挥舞不休的黑色小脚。它有些地方似乎被烧焦了。

半脸消防员脱掉制服上衣，抬起右臂，从手腕处弹出两个又细又尖的白色突出物，有点像金刚狼的爪子，只是金刚狼会把爪子从身体里推出来，而他的手不会像消防员这样截断掉落。手腕残肢上的两个突出物变长、变尖。紧接着，一道红色裂缝出现在他的腕部，然后向上延伸到肘部。随着湿乎乎的撕裂声响，他的前臂自行纵向劈裂，前臂的两根骨头像剪刀似的张开。

半脸剪刀臂消防员挥舞着他的新肢体，俯身逼近我。

他的前额爆开了。

枪声震响，尖叫四起。半脸血头消防员踉跄后退。

开枪的是福尔克纳，他举着偌大的镀铬手枪前进。他又开了一枪，然后又一枪，子弹在消防局配发的T恤上打出两个血窟窿，但那家伙就是不肯倒下。

我爬起来就跑，但双手被铐在背后，我难以保持平衡，跑得踉踉跄跄。我听见福尔克纳失望地咆哮一声。我转过身，看见半脸消防员抓住警探的后脖颈，把福尔克纳的脑袋按到腰部高度，然后转过身去，把福尔克纳的脸压到屁股下，最后放了个屁。福尔克纳瘫倒在落叶上，像是死了。

又一颗子弹击中了半脸消防员的肩部。他生气地举起剪刀臂，两条变尖的骨头从肘关节旋转起来，刚开始很慢，然后越来越快，像指挥棒似的在肘部嗖嗖飞转,甩出斑斑点点的血与肉。

半脸血头旋转骨消防员大踏步地走向着火的屋子,他的意图明显,径直朝着卧室窗户而去,火柱从那里直冲云霄,上方的排水槽像盐水太妃糖似的熔化变形。

他将旋转的附肢插进墙壁,从靠近地基之处开始,撕破墙板和里面的隔热层,扯出一个边缘参差不齐的窟窿,那声音仿佛是在用冲击钻打洞。他向上划出一个高及胸部的垂直破口,通向破碎窗户的左下角。

警察在我身旁吼叫下令,一个跑去照看福尔克纳,另一个在呼叫救援。

半脸消防员划完这道口子,然后在右边几英尺处又划了一道,同样结束于窗户底下。他要把窗户变成门。

"喂!大卫!"

是约翰。他的手铐被剪开了,但依然套在手腕上,就像一双廉价手镯。芒奇从他背后跑过来,看上去惊恐万分。他拿着一把大号剪线钳。

"转过去!"

半脸消防员用断手扫掉剩下的玻璃,然后探身到窗户里面,用力向外扳。

一块正在燃烧的墙体倒在他的脚下,里面有一团烧焦熔化的弹簧和框架,那曾经是我的床。火焰咆哮,新鲜空气涌入房间,给它提供了弹药。

约翰抢过芒奇手里的剪线钳,开始剪我的手铐。他对芒奇吼道:"快跑!开大卫的布朗科,钥匙在车里!一直开,到没人说英语的地方再停下!"

我的双手终于恢复自由。几英尺外传来几声爆炸声———名警察在用防暴枪收拾半脸消防员。他跪倒在地。我看见一颗子弹在他脖子上打了个洞,他的脑袋翻过去,靠筋腱挂在脖子上。

胜利只维持了大概三秒钟,然后……

警察开始尖叫。

他身旁的警察开始尖叫。

离他们最近的消防员开始尖叫。

他们抓挠、拍打自己的身体,企图赶开他们看不见的咬人的小恶魔。我抬头望向我的屋子,忽然明白了。

我刚刚杀死了整个世界。

蠕动的黑色身影从墙洞呈扇形涌出屋子,潮水般一波又一波地爬过草坪上破碎的墙体和石膏,消失在草丛之中。

一名消防员拿着扩音器跑过来,他举起扩音器喊道:"警告!这里有毒烟!没有呼吸器具的人——我说的是所有人——立刻离开这儿——啊——"

一只蜘蛛在咬他的眼珠。

一个旁观者正在用手机拍摄,一只小蜘蛛爬上他的手,另一只钻进他的头发。

我感到无法呼吸。这不可能是真的,绝对不可能。

一只手抓住我的胳膊肘,拽着我离开。约翰说了句什么,我没听清。万籁俱寂。我的大脑僵住了。人们四散奔逃。

一切似乎都很眼熟。

约翰拖着我走。我看见了福尔克纳警探的眼睛,他退到了后面,正在徒劳无功地帮一个超重少女弄掉她脖子上的蜘蛛。他的眼神明显在说:

好好看清楚吧，垃圾白人。都怪你们。

他说得对。着火前，这些寄生虫被关在屋子里，联邦人员可以围上警戒线，封锁现场，禁止看客靠近，他们可以花时间思考该如何消灭威胁。我们可以把知道的情况告诉他们，告诉他们保护好嘴部再走到屋子的一百码之内，把屋子埋在一座混凝土小山底下，但我们没有这么做。大火引来了人群，首先是毫无防备的消防员，然后看客云集，为寄生虫准备了一场自助盛宴。他们全都会丧命，说不定所有人都会丧命，寄生虫也许会占领这颗星球，而这些全都是我的错。DVD标签的烂事再次上演。

我们开始逃跑，撞上了疾病控制中心的人，他们的密封防护服被咬出了窟窿。我们挤开困惑的国民警卫队士兵，躲过第五台新闻的摄像师和女播音员——他们希望能找个人采访一下，随便什么人都行。

我们爬进旧凯迪拉克，车里一股火鸡的臭味，很可能是因为后座上有两只活的火鸡正在啄坐垫。约翰发动引擎，克里登斯清水复兴乐队开始在仪表盘上咆哮。他猛踩油门，车子撞开了有人正在拉起的黄色警用隔离带。

朋友，你稍微晚了一点呢。

爆　发

埃米认为她正在打人类最古老的战争：生理冲动对抗人性尊严。她觉得膀胱里装满了小刀，但大巴上的马桶是必须穿上潜水服才能碰的那种东西，她应该向动物性的本能认输，放弃人类的尊严吗？不，她做不到。事实上，十五分钟之前她尝试过，但厕所里有人，一个男人在里面制造古怪的声音，因此她回到了座位上，计算离最近的卫生间还有多少英里。已经不远了，他们就在镇界之外，拖拉机经销店都过去了。

她旁边的座位上有个白色纸盒，来自大学旁边的一家烘焙店，里面装着人类有史以来制作过的最好吃的食物——芝士馅、奶油芝士霜的红色天鹅绒蛋糕。盒子里只有六枚蛋糕，但你吃不完一个就必须找地方坐下，望着天花板发呆。它会像一袋水泥似的坠在你肚子里，但你绝对不会后悔。脂肪和糖分猛烈攻击你的身体，你每咬一口都想给全世界一个拥抱——

哦，不……

大巴停下了。

埃米起身，看见了许多车辆。大车、小车、各种车，全都一动不动地停在通向小镇的公路上。

她的心沉了下去。

这……肯定只是出了车祸，不是每件坏事都必然发生在大卫身上。这毫无疑问。

毫无疑问。

她已经开始拨号了，但这次不是语音信箱，而是手机运营商的预录信息，说线路此刻全忙。

一架直升机从头顶掠过，飞得很低。

哦——该死。

隔着大巴的中央过道坐了两个大学生模样的男人，他们穿着中古衣服，戴厚角质框眼镜，挤在手机屏幕前，正疯狂地低声交谈。

"不好意思，你们的手机有信号吗？"

"网络还是能用的,你看。"

一个人拿起手机给她看,屏幕上是推特页面。假如你读这本书的时候推特热潮已经过去,请听我解释一下。推特是个网站,人们可以把简短的信息发上去——通常是从手机客户端——供全世界观看。你随时都能登录这个网站,实时观看全世界在谈论什么。推特首页总会列出当前的热门或"热搜"话题。因此,每次发生大新闻,都会首先在推特上形成热点——比方说飞机在纽约附近坠毁,在场的人会在几秒钟内开始发推,比第一批新闻摄影师早得多。几分钟后,你就会在热搜榜里看见"#纽约坠机"的标签。

此刻推特上排行第一的话题是:#丧尸爆发。

出埃及记

约翰的旧凯迪拉克有个超大功率的引擎,若是在今天制造的,多半会被认定为违反人权。它在公路上呼啸疾驰,痛饮汽油,喷出凝聚着恐龙灵魂的蓝色烟雾。

"他们在封锁全镇!"约翰用压过约翰·弗格蒂[1]的声音吼道,"芒奇告诉我的!他们堵死了高速公路和四十四号公路!"

但我们并没有开向高速公路,就算没有路障,我们也不可能开

---

[1] 约翰·弗格蒂(John Fogerty, 1945—),美国音乐人,克里登斯清水复兴乐队的主唱、主音吉他手。

上高速公路。约翰的旧凯迪拉克过于显眼,而我们正受到追捕。幸运的是,我们有条捷径。

约翰把他的手机扔到我的大腿上,说:"打给湿婆!叫她去水塔见我们!"

"谁?"

"湿婆!我女朋友!"

"她真的叫这个?"

"应该是!"

"你的手机连一格信号都没有。"我掏出手机说,"妈的,我的也没有!"

"该死,这儿的电话信号很差劲!"

到达卷饼铺子,轮胎吱吱嘎嘎地急刹车停下。我们跳下车,我喊道:"后备厢!后备厢!"

约翰忽然停下,叫道:"莫莉!"

我一转身就看见了它。它站在垃圾箱旁,爪子按住一块铝箔纸,正在心急火燎地吃剩下的半个香肠卷饼。

约翰掏出钥匙,打开后备厢,但就在这时,我们听见不远处有人大喝一声:"他妈的不许动!"

该死的兰斯·福尔克纳从街上跑来,他手里拿着枪。这家伙跑得真快。

我扔下我的那些破烂,跑向卷饼铺子的后门。好消息是我们能从这儿离开,坏消息是目的地全凭概率,而且只有一条路对我们有用。

千万要是水塔,水塔,水塔……

我们打开门,挤进杂物间。一眨眼的工夫,我们面前的门就改变了形状,我们走进——

"内衣!该死!"

我们来到了沃尔玛的更衣室。没用。假如联邦人员已经封锁了镇界的高速公路,那我们依然在封锁线之内。约翰说:"回去!回去!"

我们回到更衣室里。一眨眼,卷饼的气味扑鼻而来。我们走出那扇门,福尔克纳刚好滑行着在我们面前停下。他举起大号自动手枪瞄准我的脸,说:"不许动!"

我们躲回杂物间里。我听见福尔克纳开门的声音,但千分之一秒之后,我们已经来到了目的地,呼吸着烈酒和消毒水的气味。

"该死!"约翰扫视着一排野格利口酒,咬牙道,"我们到酒铺子了。"确切地说,是店堂最里面的卫生间。"现在怎么办?"

"咱们在这儿等一会儿,说不定他会走开。"

"他不会走开的,他会在卷饼铺子里搜寻暗门之类的东西,然后他会搜我们的车,盘问店老板,看他和事情有没有关系。"

我环顾四周。"发生什么了?"

酒铺子里挤满了人。人们抱着满怀的酒瓶往柜台挤,有人在和收银员吵架。

"他们在囤积物品。"

"去他的,他不会猜到我们会杀个回马枪。咱们出去再立刻回来,再一再二大不了再三,总会成功的。"

我们挤回酒铺子的卫生间,旁边的一个男人把野格利口酒和半打红牛装进购物篮。

一眨眼,又是卷饼的气味。

我从杂物间向外偷看。一只手揪住我的衣领,把我掀翻在地,摔得我无法呼吸。我的腰眼被膝盖抵住。

福尔克纳吼道:"你们是怎么做到的?"

"我们告诉过你了!放我们走!"

"狗娘养的!"福尔克纳咆哮道,"你们要明白,一个小时内这儿就会戒严和发生骚乱了。也就是说,假如我一枪一个崩了你们并扔在这儿,根本不会有人在乎。"

我说:"听我说!你听清楚了!事情之所以会这么发生,就是因为他们希望这么发生。"

"'他们'是谁?"

"我不知道!你去搞清楚啊!你是兰斯·福尔克纳!"

约翰说:"你还不明白吗?你在浪费时间!我们在整件事里只是两个无关紧要的小蠢蛋,幕后黑手会做掉咱们三个,我们全都是小卒子。好吧,你是小卒子,我们是一对妙妙熊软糖,被你的弱智弟弟粘在棋盘上。"

我感觉他松开了抵在我腰眼上的膝盖。我抬头望去,看见福尔克纳俯视着我。我和他对视,觉得还是他的枪口比较容易接受。

他说:"你看,我放你们走,你们就会想办法逃出隔离区,但我今天可不想为毁灭世界负责。我宁可让镇上的所有人离开,也不愿意放你们两个浑球走。我不知道你们有没有注意到,不管你俩走到哪儿,灾难就他妈跟到哪儿!现在咱们——啊啊啊!"

一团模糊的橘色影子出现在福尔克纳的胯下。是莫莉,它的牙齿深深埋进了警探的那地方。

约翰抓住我的上衣,我们一个跟头摔进杂物间。我关上门——

玉米地。

"对!"约翰叫道。

我们走出一个蓝色的简易厕所，它们一排三个，摆在建筑工地的边缘，而我们这个位于正中间。我们右边是一座建到半截的水塔的支撑架。

这几个月我们用这些门做了许多次实验，发现只有一个（就是这个）能带你去镇界之外，但离得并不远。我们向南望去，不到四分之一英里处有几辆军车停在将玉米田一分为二的公路旁。小镇周围已经拉起了警戒线。约翰掏出手机说："没信号。哥们，他们是不是屏蔽了信号？"

"不知道。咱们继续往外走，他们不可能屏蔽整个美国，对吧？"

"有道理。往那个方向走四分之一英里就是高速公路。"

我们踩着截断的玉米秆和收割过的烂泥地穿过农田，脚下的路很像夏夜我们走过的田间小径，就在我们看见黑色卡车和发现盒子的那个夜晚。十五分钟后，我们看见了高速公路上交通堵塞，排队的车辆延伸到了地平线上我们能看见的两端之外。我们左边一段距离外是路障、一片闪烁的警灯和几辆悍马，有人用扩音器嚷嚷的声音依稀可辨，他们正努力说服排队车辆掉头，按原路返回，但由于有些人不愿配合，也由于人们不明所以和必然会随着人群诞生的机能失调，整条高速公路都陷入了瘫痪。一架直升机从头顶掠过，我们都缩了缩脖子。

一天半以前，我还在上班，用电脑玩网页小游戏，思考该给埃米买什么生日礼物，然而此刻却置身于一场史诗级的灾难之中。

约翰看了一眼手机，然后把手机塞回口袋里。十分钟后，我们终于钻出玉米地，走上路肩的草地。我们向右转，把不具名小镇抛在身后。我们左边是轿车和卡车构成的车辆长城，"长城"蜿蜒着越过下一个山头。

等我们爬上那个山头,我们看见小镇外的购物中心变成了难民聚集的场所,那是个 U 字形的商场,围绕一个巨型停车场的三条边而建。停车场里挤满了车辆,更多的车辆停在入口旁的草地上。我们走近购物中心,看见人们站在那儿打电话,尝试联系路障另一头的亲人。

约翰见状也掏出了手机。

"有信号了!呃,一格。"

他拨打电话,说:"哎!湿婆,是我。什么?不,没有。听我说,湿婆,大卫和我需要搭一程,我们就在有百思买商店的购物中心。他们封锁了所有道路——什么?呃,我不知道。你说丧尸?不,你的朋友可能是白痴。什么?不,我们怎么可能和这件事有关系?嗯哼。可以。所以你能不能来接我们?喂?湿婆?"

他放下手机,说:"电话挂断了。另外,她好像和我分手了。"

"我没想偷听的,可是,你们刚才是不是谈到了丧尸?"

"对,网上似乎全都是丧尸的传闻。人啊,真是愚蠢。"

"我觉得未必比真相更愚蠢。"

我们来到购物中心的停车场。停车场的一头是百思买,另一头是已歇业的电影院,两者之间是一排店铺,其中半数处在闲置中。

约翰说:"我都不知道这儿有一家桂香卷[1]。"

"咱们需要搭车,约翰。我的脚要疼死了。"

我们经过一辆停着的灰狗巴士,约翰说:"你说司机会让咱们

---

1 桂香卷(Cinnabon),美国连锁快餐厅,招牌商品是肉桂卷。

上车吗？"

车里没人。我说："不知道。车是要去哪儿？"

"谁在乎呢？"

"说得好。咱们去找司机，看能不能买票上车。或者贿赂他，我有四块钱。"

"我一块钱都没有。你说不定得给他吹一管。"

我隔着百思买的茶色橱窗向里看，发现店里挤满了人，他们都盯着店铺最里面的电视墙看。

我们走进去，挤过人群。他们在尺寸各异的三四十台平板电视上看正在报道的"不具名小镇大混乱"。第五台新闻的团队搜肠刮肚，用尽可能多的说法反复叙述相同的内容——小镇发生了某种无法界定的危机，他们不知道具体情况，只知道事态既严重又可怕，大家应该保持冷静，关注电视中事情的动态。然后他们把画面切换到明星记者凯西·博茨，她站在离我家一个街区的地方。

"谢谢，迈克尔。请看我背后。消防车、警车、军用悍马、一辆大型房车——似乎是疾病控制中心的移动指挥站，还有大量民用车辆，它们背后是一幢熊熊燃烧的房屋。观众朋友，这里陷入了巨大的混乱。我们刚赶到时听见了枪声，有人说现场至少有三具尸体，但我们知道的只有这些。各方人员——那是什么？史蒂夫，你拍到了吗？镜头回来继续拍我吧。准备好了吗？各方人员齐聚现场，他们试图阻止围观者靠近。如大家所见，这里聚集了数量相当可观的人。现在很难获取消息，但我们知道不到一小时之前，同一个地点的邻居报警称一个浑身血污的赤裸男人叫喊着跑出屋子，怀抱着一个似乎是——那是什么，史蒂夫？不，有东西在我——啊！"

凯西拍打头发，就像一个女人忽然意识到她的头发里有只蜜蜂。整个百思买里只有两个人看见了,那其实不是蜜蜂。

她尖叫起来。然后又是一声尖叫,是个男人的声音。估计是她的摄像师,因为画面忽然抖动起来,我们只能看见记者的脚了。她穿的是网球鞋,我永远不会忘记这个细节。

随后进入画面的是凯西的裤腿和膝盖。她在尖叫和抽搐,然后直挺挺地倒在草地上。就在第五台新闻的观众眼前,凯西·博茨的面容进入画面。她的额头上缺少了一条三英寸长的血肉,伤口中能看见粉色的颅骨。

我们周围的人齐齐倒吸凉气。电视屏幕上,博茨发出一声又一声尖叫。她脸上被吞噬的那条血肉越来越长,向下越过眉头。其他人都看不见的食肉怪物咬开她的眼皮,插进她的一颗眼珠,浅白色的液体喷出来,溅在她的鼻梁上。

镜头忽然切回男女播音员。头发梳得整整齐齐的迈克尔·麦克里里目瞪口呆,望着镜头外说:"这他妈是什么?"女播音员在台前转过身去,吐了一地。

店里顿时充满了恐慌的气氛——人们不知该如何是好时就会变成这种无助的惊恐困兽状。他们会发生骚乱吗?洗劫店铺?把它烧成空地?还是像龙卷风似的逃跑?去哪儿?桂香卷?

他们无法采取任何行动,只能一个挨一个地站在那儿交头接耳。我身旁的一个非洲裔女人在用一只手捂住嘴哭。

我的手机尖叫起来,我周围有五六个人明显被吓到。屏幕上显示:埃米。

"埃米!你能听见吗?"

"能!"

"你听说新闻了吗?"

"对,大卫——"

"听我说,我们没事!约翰和我都从镇上出来了。我们可能会去找你,在那儿待一阵,我们不能回镇上去,因为——"

"大卫,你先别说话,你没收到我的留言吗?我今天一早坐长途车回不具名小镇了——"

"该死!快掉头!埃米,这儿天下大乱了!下一站就下车,然后——"

她那头的背景噪音突然停顿,我知道电话挂断了。手机连一格信号也没有了。

"该死!约翰,她正在回来的路上!"

"哥们,这是好消息。她肯定会走高速公路的,对吧?咱们搞清楚她的大巴到哪儿了,然后过去找她。见鬼,咱们往北走,肯定会在什么地方撞见她。"

我的手机尖叫起来。这次是埃米发来的短信。

文字很简短:发生什么了?

附件是一张图片。我打开照片。

我的体温顿时从脚底流失了,我的全部生机和力量在地上淌成了一汪死水。

照片里是我那燃烧的屋子,距离拍摄地点还不到二十英尺。

我不由自主地一屁股坐在了地上,周围是腿脚组成的森林。我的脑袋昏沉沉的。

约翰对我说:"大卫?大卫,发生什么了?"

"她在我……"

我咽了口唾沫。

"她在我家,约翰。埃米,她今天一早搭大巴回来,然后去我家了,去找我。"

"她……我确定她肯定没事。她比你和我加起来都聪明,她不会——"

"我必须回去找她!"

"太他妈对了。"

他拉我起来。我们挤过人群向外走,粗鲁地推开碍事的肩膀和胳膊肘。

来到停车场,约翰说:"咱们只需要回水塔去,进门,回卷饼铺子。要是运气好,凯迪拉克应该还在——"

"走路来不及了,咱们必须……呃,借一辆车,能直接穿过玉米地的车。"

"看,"他指给我看,"灰狗巴士左边。"

那儿有一辆车身满是泥点的皮卡,被千斤顶架了起来,车厢里有一辆同样满是泥点的越野摩托车。

我祈祷钥匙在皮卡车里,可惜不在,而且车门被锁上了。

我们紧张地左右看看,把摩托车从车厢里推下来。我这辈子只骑过两次摩托,而且两次都没撞车。约翰几年前有过一辆摩托,但他撞过两次。我们没有商量,我直接跳上驾驶座,约翰爬上后面的乘客座,我发动引擎出发了。摩托车驶过停车场,开上草地,来到满是玉米秆和烂泥的玉米地。

我们颠簸着沿车辙行驶,约翰紧紧地搂住我,我觉得自己的肋骨都快被他勒断了。我让他别这么使劲,否则我都没法呼吸了。我骑着摩托车径直驶向水塔的垂直立柱,钢板焊接之处现在已经变成了棕色。我在水塔底下看见了蓝色的移动式厕所,它从远处的一个小点开始逐渐变大。十一月的寒风冻得我耳朵和面颊发疼。我仿佛在其他地方看着自己做这些事。

他们不能带走埃米，他们可以带走我，可以带走约翰，可以带走整个不具名小镇、中西部和美国。我可以把所有这些献给他们，无论他们是谁，但他们不能带走埃米。她不在讨论的范围之内。

多年前埃米已经在车祸中失去了家人和一只手，害得她无法允许止疼药离开视线范围。她失去了兄弟，失去了家。这个世界亏欠她的只有上帝才有可能补偿，他老人家还必须非常努力才行。

记者的脸不停地在我脑海里闪现。食肉蜘蛛咬穿她的眼球——

你给我停下。

——而埃米比记者更接近被感染的屋子，她怎么可能走到那么近的地方去？为什么没人拦住她？也许国民警卫队或者疾病控制中心的人现在已经抓住她了。也许他们会拘押她，直到完全控制住事态。

他们永远不可能控制住事态的。

我感到浑身麻木，那是寒冷、震颤、惊恐和疲惫的共同作用。我感觉不到摩托车颠簸着驶过田间的车辙，感觉不到约翰的胳膊搂着我，感觉不到浑身上下的半打伤口在同时向我抱怨。

我在移动式厕所前停下，找到摩托车的撑脚架，说："假如看上去联邦人员已经控制住了局势，咱们就去找负责人，然后——"

约翰不在车上。

我跳下摩托车，扭头向后望去——远处一个小小的人影在疯狂地挥舞手臂和奔跑。他在车程三分之一处前后就从车上掉下去了。

没时间等他了。我掏出手机，用未发送短信写了条留言，让约翰给我们三十分钟，要是我们到时候没回来，那他能走多远就走多远。必须有个人留在路障的这一头。我把留言留在屏幕上，把手机放在越野摩托的车座上,反正到了小镇也用不上。

我走向中间那个移动式厕所,小声说:"卷饼铺子。"

澄清一下,这些门绝对不是这么运行的。这只是我的希望,或者祈祷。

我打开门,走进去。

移动式厕所的塑料门在背后关紧。我知道自己没有来到卷饼铺子,因为没有卷饼的气味。有纷乱的噪音,外面是惊恐的人群。我打开门冲出去,随即意识到自己来到了 BB 便利店的卫生间。

有人呼喝下令,有人惊恐尖叫,还有枪声。

我想回去重新开门,撤回到野地里,但我发现有一把枪指着我的脸。我举起双手。

"不!别——"

利未记

约翰跑向厕所,听见了发闷的枪声,枪声似乎很近。声波的传播很有意思,但他敢发誓这些枪声就来自蓝色塑料厕所。

他跑到门口,正要拉开门,却忽然想到一个问题。等一等,假如"门"、通道或虫洞的另一头有人开枪,子弹能射穿它吗?他听见的会不会就是这个声音?他打开门,子弹会不会像冰雹似的飞出来?会不会有一个人抱着冲锋枪扑向他?或者大卫进去的时候正好有个士兵或警察在大便,此刻他们正在狭小的斗室里胸贴胸地枪战搏斗?

约翰没有武器,但今天也没别的计划,于是他深吸一口气,拉开了塑料门。

肮脏的化学厕所。塑料地板上有一个皱巴巴的多力多滋玉米片包装袋和一个空荡荡的厕纸卷。

约翰钻进去，关上门。

毫无反应。

他能感觉到门在运转，因为这时气氛会发生改变，还能闻到一丝气味，味道就像按下掼奶油喷罐的按钮，在奶油涌出前出来的气体。可他打开门，发现外面依然是玉米地，并没有感到吃惊。

他又试了十次。

最后他放弃了，走出厕所，第一次注意到了异常。

鲜血。

喷溅在厕所门的内侧。除了鲜血外，还有一小块一小块粉红色的——

大脑。

——他认不出的东西。

瞬间，整件事忽然变得明朗。约翰在玉米地里坐下，想出了十几种可能性来说服自己事实并非如此。同样的合理化思考过程——真的与他完全相同——此刻正在军队路障内的几十、几百人的脑袋里转动。那些消防员的家人、那位记者的朋友和同事、天下大乱那一刻死去的其他所有人——死亡是发生在其他人身上的事情，如陌生人，背景里的临时演员，我们不会死，死的永远是别人。

约翰点了支烟。他抽完烟，起来爬上越野摩托车，大声宣布："所有的王八蛋，你们必须付出代价。"

三十分钟前……

半小时前，大卫和约翰走出水塔下的移动式厕所，还在玉米地里艰难跋涉……

埃米发现她难以呼吸。大巴上的所有人都紧张不安，他们卡在半路上，与外部世界切断了联系。手机没有信号，交通完全停滞——前面是车龙，后面还是车龙。她担心得要死，而且非常想小便，她不知道自己能不能憋住，完成起立、走到车厢尾部和坐在马桶上的整个流程。

司机起身，宣布他听到的电台消息：由于化学物品泄漏，高速公路在今天剩下的时间和明天将彻底关闭。过道对面的两个小伙子咻咻地笑，他们显然更希望是丧尸爆发。

司机说前面有个购物中心，车流正在被导向那里，乘客到购物中心后有两个选择，一是换乘其他交通工具，二是重新上车，按原路返回到各个站点。埃米只知道购物中心里有商店，而商店有卫生间。

等她上完厕所，接下来的就是另找办法进入镇区了。要是必须走路，那她就走回去。她没带徒步鞋，但路程并不远。她会带着蛋糕敲开大卫的家门，给他看脚上磨出的水泡，而他会拥抱她，企图立刻脱光她的衣服。然后他们会坐在门廊上，吹着秋天的凉风，吃蛋糕，喝古巴小店的美味咖啡，聊……这个天晓得的什么局面，嘲笑网络蠢蛋传播的丧尸谣言。

大巴拐上路肩，沿路肩行驶到通向购物中心的转弯车道。大巴车刚一停下，埃米就颤颤巍巍地走向最近的一扇车门。她甚至没注意自己走进了哪家店铺，只知道自己正昏昏沉沉地走向卫生间，经过了许多手机摊位、电视机和喃喃交谈的担忧人群。她把蛋糕放在门口的架子上，因为把蛋糕带进厕所似乎有点奇怪。

说来很有意思，身体会极大地影响你对外部世界的看法。她上完厕所，出来洗了把脸，整个世界变得完全不一样了。生理压力消失后，局势也显得没那么令人绝望了，她甚至觉得未必非要一路走回镇上去，肯定还有其他的路线，再不济也可以走玉米地里蜿蜒迂回的砾石小道——她只需要在停车场里找个走那条路的人就行。她不确定大巴为什么不走那些路线，也许公司规定不许离开主要道路吧。

埃米走出卫生间，拿起蛋糕，发现某种怪异的新气氛笼罩了店铺。所有人都傻站着凝视同一个方向。她顺着他们的视线望过去，发现他们在看百思买的电视墙，所有电视都调到了本地新闻台。画面切到播音员，播音员说出她从没在新闻节目里听见过的骂人话，他的同伴则在俯身呕吐。

究竟发生了什么？

埃米正要问旁边的女人，但她注意到有人在打电话，她掏出手机。啊哈，信号回来了。她拨号，然后——

"埃米！你能听见吗？"

"能！"

"你听说新闻了吗？"

"对，大卫——"

"听我说，我们没事！约翰和我都从镇上出来了。我们可能会去找你,在那儿待一阵,我们不能回镇上去,因为——"

"大卫,你先别说话,你没收到我的留言吗?我今天一早坐长途车回不具名小镇了——"

"该死……"

电话断了。

"大卫,你能听见吗?发生什么了?网上说镇上有丧尸——"

不行,通话已经结束。她重新拨号,却立刻听见了"线路此刻全忙"的提示信息。

电视上的画面变了,忽然间她看到了大卫家……

我的天哪。

屋子着火了。

为什么会发生这种事?大卫知道吗?她举起手机,放到电视屏幕前,拍了一张燃烧的屋子。她勉强抱着蛋糕盒,用一只手写短信给大卫,文字很简单:发生什么了?

手机显示短信已发出,可天晓得能不能送到。与此同时,她周围的人群陷入恐慌,他们喃喃自语、哭泣、争论、咒骂手机。有人粗鲁地从背后撞开她,跑向店门。蛋糕盒掉了,还好它正面朝上落在地上,因此她觉得蛋糕应该没事。她必须找一把椅子。她需要坐下,需要呼吸,等待大卫的消息,把注意力集中在不哭出来上。

店铺的另一头在出售办公椅,有几个人坐在椅子上,埃米看到一个矮个子红发姑娘在努力地克制眼泪,三个男人同时放弃了座位。她坐进中间的一把椅子。

她等了又等。她拨打电话,线路全忙。

情况应该没有她想象中那么糟糕。大卫不是说他们已经从镇上出来了,还说他们没事吗?这才是最重要的。她忽然意识到自己有多饿。购物中心有什么可吃的,除了桂香卷店里让人反胃的肉桂卷?

事实上并没有。十分钟后,她坐在窗口的餐桌前,小口小口地咬着一个硬邦邦的特大号肉桂卷,望着外面停车场上惊恐的人群。她必须盯着长途大巴,她的行李箱还在车上,可不能让大巴带着行李箱离她而去。

司机回到车上,打开行李舱,为打算中途下车的人取出行李。一个裤子上全是泥点的高个子长发男人在纠缠司机,司机在拒绝他。这家伙让她想起了——

"约翰!"

埃米冲出店门,以那双设计师认为可爱的鞋子所允许的最快速度跑过沥青地面。约翰见到她非常震惊。还没等他开口,埃米就抱住了他。

"谢天谢地。哦,约翰,谢天谢地!我都不敢相信,你居然在这儿!"

约翰依然一脸困惑,说:"呃,对,我掉下来了,但……我是说很糟糕,埃米,我以为你……总而言之,结果挺好。非常好。唉,我的天。"

"对。"

约翰说:"咱们应该往北走,尽可能远离这里,然后重新制订计划。我需要搭个车,我想在大巴上买个座位,但规定似乎不允许……"

约翰左顾右盼,埃米也左顾右盼。两人同时问:"大卫在哪儿?"

启示录

秃鹫，巨大、吵闹、盘旋的机械秃鹫。埃米这辈子第一次见到六架直升机在同一片天空盘旋，这就是她此刻的念头。其中两架属于电视台，其他的似乎是军用直升机。它们嗡嗡盘旋，柔和的突突声随着桨叶切割空气而起起落落。假如你看见超过两架直升机飞过头顶，那就可以肯定发生了什么可怕的大事。

埃米逼着约翰带她去水塔和移动式厕所。约翰走向最右边的一个，开门，给她看这只是个普普通通的厕所，他进去站在里面，什么也不会发生。她逼着他重复了二十遍。她说他可以试试另外两个，他说他试过了，它们也只是普普通通的厕所。

埃米讨厌哭泣，比讨厌呕吐还要讨厌哭泣。此刻她宁可在电视镜头前呕吐，也不愿意在约翰面前哭泣。她在普通情况下也算不上气势逼人，但一旦开始哭泣，她就会觉得自己又缩水了两英尺。她会立刻降格成孩子，所有人会开始安慰她，为他们没做过的事情道歉。陌生人会主动伸出胳膊搂住她的肩膀，就好像她是在车站走丢的五岁儿童。

然而她又是个爱哭鬼——有人朝她嚷嚷时会哭，她犯难时会哭，看见特别悲伤的广告时也会哭。不过那仅仅是哭泣，她不会歇斯底里地发作，不会当场崩溃。然而所有人对待她的态度就像她会那么做一样，因为只要一个不对，她的眼睛就会立刻开始冒水。此刻，约翰打开厕所门，她看到的依然是蓝色塑料墙壁，同时闻到处理粪便的化学药品的气味，她只觉得泪腺开始刺痛，知道它们即将第一万次背叛她。

轰轰声变得更响了，一架直升机在经过时似乎俯冲得特别低。

这是一架大型直升机,有两个螺旋桨。她的内脏都能感觉到引擎的震动。

一辆黑色半挂卡车拐上小径,朝他们驶来。约翰警惕地望着它,说:"咱们必须从这儿离开,然后换个地方重新制订计划。要是被他们抓住那就全完了,咱们就没法帮助他了。"

"再试一次。"

约翰扭头望向卡车,然后望向远处士兵的小小身影和横贯视野的亮橙色隔离栏,他们已经封锁了小镇。风吹来了扩音器里微弱的喊话声、愤怒、惊慌的人们的叫声,还有汽车喇叭声。直升机可怕的轰轰声压过了这些声音——这是噩梦情境的背景音轨。

约翰照她说的做,但厕所依然只是厕所。

你坐在一辆越野摩托车的后座上,为了自己宝贵的生命而抱紧前面的人,在刺骨寒风中颠簸地驶过玉米地,同时哭得连眼珠子都快掉出来了,直到这种时候,你才有可能体验到一套完整的人类情绪。埃米和约翰回到购物中心,人群正在快速散去。他们把摩托车开回皮卡旁,靠在后挡板上,因为他们没法把它搬进车厢。希望车主认为摩托车是自己掉下来的吧。

车辆鱼贯而出,驶上高速公路,因为流言四起,称当局打算扩大隔离区,将购物中心以及它之外数英里内的全部区域都纳入进来,但天晓得这是真是假。

灰狗巴士的乘客正回到车上,准备回到各自上车的车站。埃米认为她能说服司机允许约翰上车,司机并不是天生一副铁石心肠,但约翰认为假如那个警探紧追不舍,这样做会让他们过于容易被找到。他说得有道理,于是埃米取出行李,两人目送大巴驶向高速公路。这个决定固然正确,但他们的计划搁浅了。

埃米这辈子都不可能再去桂香卷吃东西了。他们坐在店里,还是坐在一小时前她看见约翰的那张桌子旁。约翰的手机时通时不通,只能用一会儿停一会儿。他首先尝试联系镇上的朋友,看天下大乱时他们会不会凑巧在小镇外面,然而这些人的电话根本打不通。然后他尝试联系小镇外的熟人,但接电话的人都在面临自己的难题。

埃米建议搭车去十英里外的机场租车店租一辆车,但约翰说他的驾驶记录有问题,这辈子都不可能租用车辆了。埃米没有驾照,因此这个主意就被枪毙了。眼前的情况实在令人沮丧,大卫需要突破军队设立的丧尸隔离线,而想去救他的人被困在桂香卷店里搭不到车。

约翰打够了电话停下,把剩下的三分之一个肉桂卷塞进嘴里,这时他的手机响了。他接起电话,口齿不清地说:"芒奇!你在哪儿?"

事实上,约翰的朋友芒奇没有听约翰的话,开着大卫的皮卡逃出这个国家,而是去了镇外他父母的农场。他答应十五分钟左右来接埃米和约翰,但约翰不愿意在购物中心干等这么久,于是两人约定在沿公路向北一英里处的约翰迪尔经销店见面。约翰和埃米开始步行。埃米感觉左脚黏糊糊的,她很确定这双傻乎乎的鞋磨破了她的脚,但她没说什么,因为全世界正危在旦夕,水泡破裂根本不重要。她一遍又一遍地这么告诉自己,沿着公路每走一步就皱一下眉头。

经过他们向北而去的车辆越来越少,经过他们向南而去的卡车越来越多。她很确定,到日落时分,围困不具名小镇的军事人员会比里面的市民还要多,而他们正是她和大卫之间的阻碍。

没过多久,约翰就坐在了大卫那辆布朗科的驾驶座上,芒奇坐乘客座,埃米独占臭烘烘的后排。出于无人能够解释的原因,这辆皮卡多年来一直散发出臭鸡蛋的怪味。他们从公路拐上一条蜿蜒进入浓密树林的砾石小径,树冠挡住阳光,将时间快进到了傍晚时分。小径的宽度勉强能容纳一辆车,埃米琢磨要是两辆车相向而行该怎么办。其中一辆只能一直慢速地后退出去,或者双方抛硬币决定谁后退。

埃米转向芒奇和约翰,她听见芒奇在说:"对,我是说他们每隔五分钟就重播一遍记者的脸被啃掉的片段。"

"他们说这是怎么一回事?"

"某种病毒,也许是恐怖分子释放的,它会吃掉你的皮肤,吃掉你的大脑,让你发疯。"

"天哪,他们为了安抚民众,居然讲这种故事,这比直接说丧尸还要糟糕。"

"自从这件事开始,我老爸和爷爷就一直趴在电视机前,他们觉得这是《启示录》在上演。不过我不记得《圣经》里预言过这么恐怖的事情,我指的是啃脸怪物那部分。"

他们绕过几棵树,来到一扇紧闭的大门前,门里面停着一辆闪闪发亮的黑色皮卡。驾驶座上坐着一个大块头男人,他留黑胡子,戴飞行员墨镜,埃米觉得他很像《谋杀绿脚趾》里约翰·古德曼扮演的角色。

芒奇低声咒骂，跳下布朗科。男人从黑色皮卡上下来，然后从车里拿出一把霰弹枪。约翰下车，埃米紧随其后，心想文明社会只花了两小时就退化到霰弹枪说了算的阶段。

约翰对拿着霰弹枪的男人说："达里尔，你好。"

达里尔随便点点头，没有应声。芒奇说："别这样，老爸，别让我丢人。放我们过去。"

拿霰弹枪的男人——埃米猜他是芒奇的父亲，名叫达里尔，除非约翰弄错了——说："他们是从镇上来的，对吧？爆发开始的时候，他们就在镇上。"

"约翰在镇上，她不在。埃米是他的朋友。"

埃米挥了挥手。

达里尔说："咱们这么办吧。你开车送他去国民警卫队在镇外设立的检查站，让他们从头到脚检查他，假如他们发给他一张健康证明，咱们再谈也不迟。但在此之前，他绝对不能进这扇门，无论是他还是其他任何人。已经有难民在附近晃悠了，寻摸有什么东西可以偷。"

"别这样，老爸。他们没地方去。他们不能回镇上，他们什么都没有，扔下了所有东西。你别这么浑蛋。"

"米奇，你别逼我。我们已经谈过了。"

约翰说："假如能让你感觉好点，那就听我一句吧，你看得出一个人有没有被感染。我看见一个人就在我眼前受到攻击，他不到一分钟就被干掉了。"

"你叫什么来着？"

芒奇说："该死，老爸，这是约翰，我的乐队伙伴，你见过五六次了。"

达里尔点点头说:"啊,是乐队伙伴。"

约翰说:"这样吧,我不进去,没关系。但她需要有个地方待着,而且她没进过小镇,高速公路关闭的时候,她正在回小镇的路上。"

埃米想开口说话。她可不想和这种神经病待在这儿,整个地方越看越像个强奸女性的末日邪教之地,由达里尔一个人说了算。

"也许她确实不在镇上,但她一直和你待在一起,对吧?"

芒奇大笑着摇头说:"难以置信,真他妈难以置信。"

约翰说:"不,没事,没关系。我来不是想挑起你们家庭纠纷的。我不该来找你们,我们这就走。"

达里尔说:"这就对了,你们赶紧走。无论是你还是其他人来到这个门口,我都会说同样的话,直到穿制服的人宣布解除警戒——不过到时候也未必行。假如你再敢出现,我会直接用子弹警告你。"

约翰的表情像是在考虑能不能抢下达里尔的霰弹枪,一枪托砸烂他的鼻梁。埃米很确定约翰能做到,因为那家伙看上去肥胖且迟钝。不过约翰立刻醒过神来,转身走向布朗科。

他们做了个三点掉头,重新驶向混乱的世界。埃米叹道:"现在该怎么办?"

"按原先的计划办。咱们往北走,与这堆烂事拉开一段距离。假如我们被逮住,无论进监狱还是受到隔离,那就全完了,因此现在的目标暂时是避免被逮住。"

她抱起手臂,吹开挡住眼睛的乱发,说:"我不愿意离开他。我是说,大卫有可能受伤或者逃出来,而我们就这么……扔下了他。"

约翰沉默片刻，埃米觉察到约翰有事情瞒着她。然而无论他不愿说还是不能说，她都知道她不能像逼大卫那样逼约翰。他们谈什么全由他说了算。

约翰说："哎，别担心，咱们会回来的。但咱们要强势反扑，回来消灭所有这些烂事，因此必须先补充弹药。"

然而埃米心想：他根本不相信自己说的话。

地图及其他

他们坐在车里向北开，但约翰眼前没有公路，他只能看见鲜血和脑浆溅在肮脏的蓝色塑料门上。

第二部

五十五页　　　　科技的彼方　　　　艾伯特·马尔科尼博士

　　丧尸这个概念的由来可以追溯到两个源头，一是蚂蚁，二是死于大约一万年前的一条狗。咱们先说这条狗。

　　首先，请你想象一下生活在那个时代的人类。农业是个全新的概念，是一种激进的活动，看上去就像变魔术。定居点的规模正在扩大。各个地方的人正在经历痛苦的转变，原先是人口稀少的游牧部落，以猎羚羊和采集树林里的浆果为生；现在是与几十个陌生人一起日夜生活在一个或可称之为村落的地方。

　　对于我们的远古祖先来说，这是一个令人震惊、压力巨大的转变。是的，一方面，这个物种忽然前所未有地得到了更多的食物和闲暇时间，生活得更加舒适。但另一方面，生活无论从哪个角度说，都变得无与伦比的复杂。语言爆炸式发展，人们演化出用词句思考的能力，从本质上说就是大脑产生了全新的结构，使得人类能够第一次创造出抽象的念头。疑问也随之而来。人类需要理解自身在宇宙中所处的位置，还有和创造者之间的关系。但这并不是科学的起源，而是迷信的起源。遇到无法理解的事物，人类会用新得到的认知能力加以填补。人所栖息的宇宙因名为"想象力"的这种令人惊愕的新能力而诞生。

　　在这个时代，围绕死亡的迷信已经诞生。腐肉是传染病和细菌的游乐场——人类用不了多久就会意识到，若和死物待得太久，就会被疾病甚至死亡缠上。他们发现，在远离部落的特定地点埋葬或焚烧尸体能够防止此事。

于是有一天，某个无名无姓、早已被人遗忘的人死了。他的朋友按照习俗挖了个浅坑埋葬他。然而墓地跑来了一条狗（或狼），它闻到松软的泥土底下散发出略微腐败的肉类那无法阻止的气味。狗便开始挖土，发现一只手。狗咬住手，试图把它从土里拽出来，然后忽然分神跑掉了。死者的朋友又回到墓地，你猜他们发现了什么？尸体的一只惨白的手从泥土里钻出来，像是想去抓天空。他们的朋友无疑已经死了，却想从坟墓里爬出来行走！于是，不死者这个概念永远进入了我们的文化记忆。一只苍白腐烂的手从坟墓里伸出来的画面直到今天依然出现在无数电影海报和恐怖小说里。这种原始的恐惧多年来在各种文化中催生了丧尸、吸血鬼和不计其数的其他化身。

然而，这种恐惧为什么会如此深入人心地纠缠我们呢？说到底，比起一具蹒跚行走的腐烂尸体，一个企图伤害我们的敏捷、强壮的活人无疑会带来更大的危险。别的不说，你肯定更容易甩掉、智胜甚至消灭一具尸体。人类为什么会在上万年的时间内痴迷于如此容易征服的一个对手呢？

为了寻找答案，咱们必须来看看蚂蚁。

如前所述，在文明诞生之前，农业对早期人类来说相当于企图费时费力且厚颜无耻地扮演天神。为什么要拒绝大自然出于天意摆在你面前的坚果、浆果和猎物，而要自己种植和培育作物呢？这就像远古版的疯狂科学家，妄想在罐子里培育孩童。早期人类之间的这种观念冲突随着亚当与夏娃的故事进入了神话——人类决定放弃自给自足的伊甸园，转而追求大地上经由"汗流满面"的劳作才不情愿地生长出的食物。然而如此胆大妄为地侵犯大自然需要人类接受（或者换种说法，相信）——我们在世间其他生物身上都没有见到类似的行为——这是独一无二的，受到祝福的，有神性的。这颗星球在这里供我们采撷，人类必须相信这是他们应该承担的天命。于是人类接受了作为永恒造物的身份，我们是凌驾于物理世界之上和之外的存在。我们有能力做出选择，而其他兽类和鱼类仅仅受到本能的粗糙算法的驱使。熊的行为可以归结为饥饿或恐惧。但人有能力选择，因为他们拥有这种无法定义但无所不能的智慧火花。人因此而成为人。

然而人开始观察蚂蚁的行为。

显而易见，蚂蚁个体并不拥有这种智慧火花。没有一只蚂蚁创作出艺术作品，或者表现出爱和忠诚。也没有一只蚂蚁通过选择来思考——蚂蚁毫无意识地跟随费洛蒙的轨迹，甚至假如领袖画出一个圈，整个群体就会跟随它一圈一圈永无止境地转下去，直到全体力竭而死。

可是，蚂蚁却会建造出巨大的蚁穴，里面有彼此分隔的空间供孵卵、排泄和储存之用。它们会将培植和收获的真菌当作食物。设计隧道时，它们考虑到了通往地面的通风口，可以精确地调整温度和送气量。"毫无意识"的蚂蚁创造的建筑物异常复杂，人类要经过多年的系统学习才有可能学会所需的各种规则和技术。

因此，究竟是什么使得人类如此特殊？我们称之为"想象力"的这种爆发性奇迹，还有我们称之为"意识"或"人格"的内心独白到底有什么用处？我们相信让我们统御万物（包括蚂蚁）的神性"火花"有什么价值？没有它们，我们所有的伟大成就似乎同样有可能出现。

这就是我们害怕丧尸的原因。丧尸看着像人类，行走像人类，需要进食，一切功能都正常，但没有任何智慧火花。它代表着潜伏于心灵深处、啃噬我们灵魂的疑问，连最狂热的信徒也不例外：在所有的美妙歌曲和染色玻璃背后，这就是你的真实本质——蹒跚行走的死肉。我们对丧尸最大的恐惧其实并不是被它咬一口就会变成丧尸，而是我们本来就是丧尸。

费尔斯救济院大屠杀前8天12小时

约翰发现有人真的能测量出惊恐和谎言从不具名小镇向外以每小时多少英里的速度扩散。

他们离开小镇向北开了一个小时，下高速公路加油，此处与正常的差别似乎只有几小格刻度。便利店很繁忙，但不疯狂。约翰买了香烟和两罐红牛，甚至和收银的姑娘聊了几句正在发生什么。她说服他买了已经在烤炉里缓慢旋转了一周左右的两根热狗。埃米拿了一大袋草莓多滋乐糖果和店里最大瓶的激浪轻怡汽水。埃米付钱，约翰保证会还给她。然后他惊恐了一下，因为他想到万一每周签薪水支票给他的那个人已经不在了怎么办，或者万一他开储蓄账户的那家银行倒闭了怎么办，那样他可就一无所有了，只剩下身上的这几件衣服。

向北又开了二十五英里，他和埃米在另一家便利店停车，因为两人出于不同的原因都急需使用卫生间，但这地方简直像个疯人院。油泵前的车龙一直排到公路上，等待进加油站的车辆堵塞了交通。货架上的所有瓶装水、牛奶和面包都被抢光了。收银的印度男人在和一个人争吵，因为他刚刚给店里的全部商品拟定了每人可购买的限额。所有人都在打电话，嚷嚷着快收拾行李、接孩子下篮球课、去老妈家。"对，就现在。"他们说。宵禁要开始了。政府即将宣布在三县区域内实行军事管制，甚至整个州，乃至全国。

"恐怖袭击"是所有通话中的关键词。一名警察发疯，成为圣战分子，释放了生物武器。这鬼东西不仅能让皮肤从骨头上烂掉，蚀穿大脑，让人杀死家人，而且传染性极高。政府封锁小镇前已有数量不明的感染者离开，我们有可能已经被不自觉地传染了。还有人认为这正是政府的目的,有人认为是政府释放了病原体。

约翰和埃米以最快速度离开,甚至没有礼貌性地买点东西——埃米说这是她在商业场所借用卫生间的习惯。约翰说灾难当前,这种规矩可以暂时放下。

约翰尽量保持冷静,因为埃米正变得越来越紧张,而惊恐能够倍增,两个人的恐惧会来回流动,形成反馈环。她没完没了地问他无法回答的问题。他们突破隔离线,政府会不会派人来抓他们?政府会不会来找这辆布朗科?他不知道。

两人返回埃米的大学宿舍,因为他们实在无处可去。然而埃米对这一步也有无数疑问。政府的人会不会去大学找他们?既然感染这么危险,他们该不该囤几把枪或者其他武器?约翰认为这些问题都很好,但没有一个是他明确知道应该如何解答的。比方说扔掉这辆布朗科。然后呢?走路?偷一辆车?

对,假如他们在大学宿舍待得太久,迟早会有人来敲门(不过他认为政府此刻有更大的火需要扑灭),但是去他妈的,他们必须找个地方歇一歇,坐下来重整旗鼓。昨天夜里他只睡了两个小时,而且还是坐在警察局的椅子上。他真的必须……休息一下了,喝点什么解解乏。

对,要是他们有火焰喷射器加霰弹枪加十盒或二十盒弹药就好了。可惜他们没有。他也没有现金可以买枪,而且就算他有钱,他确定假如他们走进沃尔玛,肯定会发现购买运动器材的队伍在店里绕了几圈。枪支肯定已经售罄,还有所有弹药、清洁用品和刀具。野营装备、净水药片、丙烷气瓶、电池和手摇应急电台之类的东西也一样。这个地区是个什么样的地方?他们见到非白人总统当选后造成了全国性的弹药短缺。他们早就在等这种烂事发生了。

当然了，约翰没资格批评他们，因为他比他们当中的任何人都清楚正在发生什么——究竟正在发生什么——而他有什么呢？他开着大卫的破烂布朗科在夜色下赶路，应急物资方面连个手电筒都没有。当然了，他不可能这么对埃米说。真该死，他需要喝一杯，只是为了把感觉扳回正轨。

约翰暗骂自己。更确切地说，他咒骂过去的自己，因为那家伙毫无头脑，让现在的自己陷入了困境。所有能派上用场的东西此刻都在凯迪拉克的后备厢里，而上次他看见凯迪拉克的时候，它还停在卷饼铺子旁边，但这会儿不是已被政府扣留，就是在骚乱中被偷、被烧或被掀翻了。

他们驶上通往埃米学校的下匝道，她的手机响了，通知她收到一条短信（铃声是《曼谷一夜》，这是一个只有她和大卫才懂的笑话）。埃米打开短信，皱起眉头，像是在餐馆里看见侍者把一头叽叽叫的活猪摔在面前的桌上。

约翰问："怎么了？"

"是……一条短信，大卫发的……"

她没有说下去。约翰的大脑顿时失灵。

"然后呢？"

她读出屏幕上的文字："'我希望你知道我很好。他们请我们待在这里，作为预防措施。不要理会谣言，一切都好，他们待我很好。'"

约翰和埃米沉默了几秒钟，然后一起爆发出一阵大笑。

埃米说："这要真是大卫发的，我就把手机吃下去。"

约翰说："'他们待我很好'？你认真想象一下这些话是从大卫嘴里说出来的。就算他们真的待他很好，他也不会这么说的。"

"他们还不如让他说日语呢。"

"还有，他的手机在我口袋里。"

笑声来得快，去得更快。埃米说："他们为什么给我发伪造短信？"

"我打赌他们给关系网上的所有人都发了短信，很可能是同样的内容。试图安抚外面的人，免得他们冲破路障进入小镇。想象一下，那儿有与妻子分离的丈夫、与父母分离的子女。想象你出城去看演唱会什么的，把孩子留给保姆，然后等你回家却发现国民警卫队的卡车守着路障，告诉你不能见你的孩子，还有你的孩子被困在生物武器爆发的原爆点了。"

"你能想象如果大卫看见这短信，他会有多生气吗？用他的名字发这种玩意儿。"

约翰没有说话，就这样让对话结束。他此刻的目标是带她安全离开，找个安静的地方坐下，考虑接下来该怎么办。顺便喝杯啤酒。

谣言比他们先抵达埃米的宿舍，因此约翰的最终估算是谣言在以每小时八十英里的速度传播。当然了，在这个信息时代，谣言的传播会以指数级加速——不具名小镇的局势将在未来两小时内登上日本的新闻节目，网络传闻会让每一个地方的每一个人相信他们同样处于恐怖袭击与丧尸潮的危险之中。

埃米那一层的公共休息室里挤满了学生，他们围在一台固定在墙上的电视前。电视调到 CNN 新闻频道，约翰估计这是宿舍楼里多年来第一次有这么多人同时看 CNN。从新闻报道来看，第五台新闻团队被活活吃掉后，就再也没有其他电视台把现场采访人员送进小镇了。他们有三段短视频，正在循环播放，全都是手机拍摄的晃动画面，应该是在通讯彻底中断前传到互联网的。第一段视频最平淡无奇，拍的是国民警卫队环绕医院设立临时围栏。他们动作飞快，用挖土机装载的巨型钻头在地面上打洞，起重机将人类身高三倍长的竖杆插进打出来的洞里。镜头转向地上的一卷怎么看怎么凶险的刀片刺网，然后转向一组站岗的士兵，他们抱着突击步枪——约翰一眼认出那是M4卡宾枪，因为他前一年夏天买过一把。

他们依然没穿戴生物防护装备。天哪。

最后，一名士兵朝拿着手机的人吼了句什么，短视频突然结束。

接下来的两段短视频之前，有播音员警告称随后的画面会非常令人不安，假如你是个没骨头的娘娘腔，应该立刻离开房间。画面随后切到第二段视频，镜头是从一辆缓行于商业区的车里拍摄的，司机一边驾驶汽车，一边把手机伸到窗外，拍摄躺在一家被捣毁的商铺门前的几具尸体（约翰认出那是主大道上的黑圈唱片店，其实没比他上次见到时破烂到哪儿去）。镜头拉近到一具受到损毁的俯卧尸体上。更确切地说，它只有一部分——躯干部分——趴在地上。尸体的骨盆是一团扭曲的粉色烂肉，双腿完全拧了过来，因此脚趾对着天空。一条腿突然动了起来，膝盖开始弯曲，就好像两条腿想自己起身，撇下身体的其余部分扬长而去。镜头突然变暗，我们没看见它们有没有成功。

最后一段视频是从高处窗口拍摄的中景镜头，俯瞰底下的街道，画面的颗粒感很重。三名士兵在与一个男人僵持，男人手持仿佛镰刀的弯曲东西——距离太远，看不清究竟是什么。士兵对男人呼喝下令，命令他趴在地上。他走向他们，三名士兵同时开火。这段视频没有音轨，但你能看见一团团硝烟飘上半空，碎肉从男人身上飞溅出去。他一直没有倒下，甚至都没有晃一下。他向后一跳，朝最近的士兵扔出镰刀。士兵捂住脖子倒下了。

另外两名士兵拔腿就跑。

镜头开始颤抖。约翰认为拍摄者被吓得发疯，正在喊叫着告诉房间里的其他人发生了什么。他的叫声引来了底下怪物的注意，怪物转身向上看，视线落在镜头上，望着宿舍楼公共休息室里每一个人的眼睛。

男人从衣服里又抽出一把镰刀。约翰在这个瞬间意识到他其实拔出了自己的一根肋骨，然后扔向窗户，砸碎了玻璃。

房间里的所有人都被吓得一抖。

画面变暗。

最前排一个戴角质框眼镜的黑发大胡子年轻人说："还跟我说这不是丧尸。"

约翰的大学生涯非常短暂，他没住过宿舍。这个宿舍房间让他想起牢房。埃米和室友睡上下床的铺位，没有电视，与隔壁共用卫生间和淋浴间。窗口有个小冰箱，上面摆着一台轻便电炉。地上连做俯卧撑的空间都没有。当然了，他住过更差劲的地方。

约翰在一个角落里看到了熟悉的景象，那是他称之为埃米"巢穴"的布置。正中央是一张旧懒人沙发，像是来自车库甩卖或旧货商店。周围是她的苹果笔记本电脑、半袋奇多粟米脆、一盒打开的可可燕麦圈（她喜欢干吃）和四个空瓶——橙汁、橙汁、激浪轻怡汽水和矿泉水。假如她在家里，你还会看见两瓶处方药，一瓶是止疼药，另一瓶是肌肉松弛剂。约翰知道她吃药是为了治腰背疼痛。药多半在她的手包里，这种好货在大学宿舍里很容易失窃。奥施康定在这儿一片能卖出十到二十块。灭世灾难迫在眉睫，价钱说不定还会涨十倍。

你专门阻止灭世灾难。约翰，你别犯迷糊。

埃米睡下铺。约翰之所以知道，是因为床旁边的墙上贴着一小张世界地图，她用记号笔在欧洲和澳洲的十几个城市上画了红星，都是她想去看看的城市。约翰注意到，自从上次见到这张地图，她在日本境内加了一颗星。他想象大卫在东京街头闲逛，感觉就像机械战警来到中土——

"约翰，你见过尼莎，对吧？"约翰见过她——埃米那位美艳绝伦的印度室友。她躺在上铺，身穿睡裤和背心，盯着手机，猛刷脸书的更新。她身旁的墙上靠着一瓶苦艾酒，用一本教科书充当托盘，摆着精雕玻璃杯、方糖和一次性打火机。周六狂欢夜！

尼莎说："好吧，这事情快把我吓瘫了。你们看见那段丧尸视频了吗？"

埃米说："是啊，太疯狂了。大卫还在镇上呢。"

"谁？"

"我男朋友。"

"呃，太同情你了。他还好吧？"

"不知道。没人知道。事情发生的时候约翰就在镇上，他险些没能逃出来。"

尼莎望向约翰。"哦，哇。他没有……被感染或者被咬吧？"

"不，没有。事情发生的时候他离现场远着呢。他们在检查站放他出来的，他们检查了他的身体，说他没问题。"

"哦，那就好。"

"但你别告诉任何人，可以吗？人们会一惊一乍的。你知道大家都是什么样。"

"唉,太知道了。"

"你介意他今晚打个地铺吗?明天我们打几个电话,然后回去接大卫。"

接大卫,约翰心想,就好像他只需要搭个顺风车似的。

约翰觉得她似乎还没碰过那瓶苦艾酒。

"没问题。"埃米的室友说,然后更加心不在焉地说,"哎,比萨工坊今晚买一送一。"

约翰心想:脑浆,溅在蓝色塑料门上。

这时埃米说:"好的。是的,我们需要吃东西。呃,约翰,你的比萨要什么料?"

约翰有一半大脑知道这很疯狂,但另一半大脑在琢磨一周后比萨这东西还存不存在,或者一个月后。

"约翰?"

"肉,我要肉。有什么肉就要什么肉。"

埃米躺进懒人沙发,约翰注意到她在用快速拨号打给比萨店。尼莎朝苦艾酒摆摆头,问约翰:"一起喝一杯?"

唔……这会儿拒绝好像不太礼貌。

费尔斯救济院大屠杀前8天1小时

埃米忍不住注意到一点,尽管约翰没完没了地说他有多么疲倦,有多久没睡过觉了,因为昨晚他忙着跑来跑去救大卫,但到了午夜,他依然精神头十足。他和尼莎喝完了那瓶苦艾酒,尼莎去走廊里转了一圈,又拎了一瓶烈酒回来。酒瓶上有个海盗。约翰变得健谈，忽然进入动作英雄模式。"咱们需要武器，这是第一步。"他说，"咱们必须见招拆招，那些浑球都要付出代价。"

付出什么代价？

他的嗓门越来越大，埃米紧张起来，因为无论有没有灭世灾难，留校外访客过夜都违反了校纪，要是被巡查的助教逮住，她会命令他离开。到时候他该怎么办？在皮卡里过夜？然而他和埃米的室友越喝越开心，一块接一块吃比萨，像是在宿舍里开起了派对。

呃，每个人应对危机的方法都不一样……对吧？

他们问埃米能不能借用一下笔记本电脑，然后趴在电脑前一遍又一遍地刷新闻网站和各种社交网络，却没有任何不具名小镇的新消息。埃米确信天亮前不可能出现任何新消息。小镇没有任何一方的记者在报道，电话线路也被切断，那么能够传播的就只有愚蠢的谣言了。坐在这儿一条不落地看流言对任何人都没有任何好处，那只是像追娱乐节目似的观赏危机。而大卫就被困在这场危机之中。埃米觉得他们两个甚至没注意到她起床并穿上衣服出门了。

公共休息室里还有很多人。电视被调到福克斯新闻，专家团体正在绞尽脑汁用各种方式一遍又一遍地夸夸其谈，填补播音时间。她觉得有一点非常奇妙，互联网和电视上的报道完全在两个宇宙里。电视里充满了"恐怖、恐怖分子、基地组织……"，而互联网上则是"丧尸、丧尸、丧尸……"。

埃米径直走向电梯，下楼，走出宿舍楼。她需要新鲜空气。

校园里一片繁忙的景象。卖热狗的卡车停在大楼前，三人一排的队伍排了十排。埃米走了过去，因为她想祝热狗小贩斯皮罗生日快乐——她手机的日历应用上记录了两百多个人的生日，他只是其中之一。他微笑着说热狗今晚免费，顾客每人一个。不过他这么做不是因为他过生日，而是因为另一件事。

她经过一张贴在电线杆上的海报，海报上是个大大的字母 Z，她没有理会，但很快她接二连三地经过了另外几张。她来到访客停车场，发现大卫那辆皮卡（还有其他所有车辆）的雨刷底下也压着一张，上面写着：

集会

Z

火药桶

第二大街
每天晚上

- 生存
- 基础的武器训练
- 一般准备

就在这里。请准备好。

丧尸宅。他们多半早就为这种情形印好了海报。没有比丧尸宅更恶心的家伙了,这些大学生不但看丧尸电影、读丧尸小说、玩丧尸游戏,而且还组织俱乐部,搜集能杀死丧尸的武器。附近的枪械店真的出售丧尸标靶,以及子弹头会在黑暗中发光的特制杀丧尸子弹。提醒你一句,不是玩具子弹。这些家伙会去树林里训练和射击,誓死捍卫他们在三十五岁前不走出童年的权利。

她钻进皮卡里,哪儿都不打算去。她没学过开车,发生车祸后不久,她就到了在中学上驾驶课的年龄。重返校园后,她始终没能迈过这个坎,一想到开车就会感到惶恐。她不知道别人是怎么做到的,在公路上以六十五英里的时速疾驰,其他车辆像巨型炮弹似的向你驶来,在隔壁车道与你擦肩而过,离你的血肉之躯仅仅隔着五英尺。会车的那个瞬间,双方只要有一个在错误的时间点上稍微打一下方向盘,两秒钟后你的身体就会变成与扭曲钢铁难分彼此的一坨肉酱。她偶尔会吼大卫,因为他喜欢边开夜车边吃东西,两腿之间夹着一罐可乐,一只手拿汉堡包,两根手指打方向盘。全世界似乎没人知道生命有多么脆弱,我们的身体有多么脆弱。

十分钟后,埃米命令自己停止哭泣。她的泪腺已经开始酸痛。她把海报翻过来,在钱包里找到一支笔。她用残疾的左腕把海报按在大腿上,用右手写字,列出待办事项。

1. 打电话给疾病控制中心。

约翰说屋子着火时他们在场——符合逻辑,因为这也算是某种疾病。假如确实如此,他们迟早会设立热线电话,供人们联系隔离区内的亲友，否则肯定会酿成暴乱。他们依然是美国人，美国依然要遵守宪法。她只需要跟他们确认大卫没事，哪怕不允许她去见他或和他交谈。

2. 用尽所有手段联系大卫。

无论如何，政府似乎都不可能封锁所有类型的交流工具。现在毕竟是二十一世纪了，她可以请约翰在他的博客上发文章给大卫留言，可以在脸书上发帖，可以写邮件给他，可以继续打他的手机，也可以用纸写信寄到不具名小镇的隔离区指挥部，并注明：转交王大卫。

不知道他的情况让她急得发疯。他此刻在哪儿？在小镇各处自由自在地乱逛？在疾病控制中心的临时防疫帐篷里？在约翰家待着？她思考片刻，写下：

3. 假如大卫在疾病控制中心的监管中，搞个补给包裹投给他。

他家已经烧成了空地。因此他需要……所有东西：衣物、胃药、替换的隐形眼镜——免得他弄丢身上那副，去头屑的洗发水、奥利奥饼干、一本书。

她忽然想到一个主意。她应该早点想到才对。她写下：

4. 联系马尔科尼？

给没听说过他的人补一下课，马尔科尼全名艾伯特·马尔科尼博士。他写书,在历史频道主持一个讲妖魔鬼怪的节目。大卫和约翰认识他,他们打过几次交道。假如说有谁知道该怎么办,他肯定是其中之一。糟糕,他多半正在来这儿的路上。新闻刚播出"丧尸"的视频,他大概就会打电话给制作人,开始收拾行李了。然后,埃米下定决心,写下最后一项:

5. 假如以上各项均告失败,就自己进入隔离区。

离开隔离区很难,但进去恐怕是全世界最容易的事情了,对吧?只需要走过去说自己被感染了就可以,她甚至不需要撒谎——她和一个曾出现在原爆点的人一起待了十二个小时。告诉他们,然后立刻就能被送进去。问题在于进去以后该怎么找到大卫——假如政府把他扣在某个地方,他们未必会允许两人待在一起,因为他们并没有结婚。假如他们没有扣留他,在镇上找他恐怕会很麻烦。然而,只要能进入小镇,她离他就近了百分之九十。

她叠好这张纸塞进钱包。好了,现在她有计划了。她感觉好多了。她要睡一觉,然后明天和约翰一起行动起来。

费尔斯救济院大屠杀前7天13小时

上午九点,埃米开始叫约翰起床,可他直到下午两点才起来。他既暴躁又沮丧。她建议打电话给马尔科尼博士,问约翰有没有他的电话号码,约翰嘟囔说"他会解决的"。接下来的两个小时,她又提醒了他六次,最后他终于拿过她的笔记本电脑,开始做这做那。

她觉得算是有了进展，直到她凑过去一看，才意识到他打开了马尔科尼那个电视节目的官网，企图在上面找电话号码。这种事情她自己就能做，而且是在八个小时之前。约翰最终打给一个号码，她确信那是节目 DVD 套装的订购热线。约翰在语音信箱里前言不搭后语地留言，神志清醒的人绝对不可能给他回电。

那天傍晚接下来的时间花在给约翰找地方过夜上。然而附近的所有旅馆都没房间了，住满了无法返回不具名小镇的居民和前来报道的各路媒体。最终他住进了一个小时车程外的汽车旅馆，因此现在无论两人要做什么，约翰都必须来回开车两个小时。其他所有人都在恐慌中跑来跑去为世界末日囤积物资，埃米和约翰却在忙着找旅馆，而且……唉。

她不允许自己哭。

哦，付款的是埃米。所有东西。约翰说他在打零工，老板是个 DJ，主持派对、婚礼和其他活动，还没付他工钱。当然了，这位 DJ 住在不具名小镇，因此天晓得他是逃出来了还是已经死了，抑或变成了怪物。

总而言之，星期日就这么过去了。

费尔斯救济院大屠杀前 6 天 18 小时

埃米尽量避开公共休息室，因为那里洋溢着某种近乎派对的气氛。没错，人们交谈时的语气就好像那是一场全国性的大悲剧，但能看得出他们乐在其中，就好像那是他们用来打破无聊生活的东西。那仅仅是平板大电视上播放的小小悲剧。

星期一上午的大新闻是政府准备召开新闻发布会，这是整件事情发生以来的第一次。新闻发布会通过流媒体直播，因此埃米可以在宿舍房间里用手机看，远离那些看热闹的家伙。由于某些互联网技术原因，手机直播延迟七八秒钟，因此制造出了一种古怪的效果：她先是模糊地听见新闻发布会的发言人在走廊尽头说一句话，几秒钟后又在她的手机上听到一遍。她单独一人，约翰在旅馆，她的室友在走廊尽头的人群里。

发言人是个中年人，留着乔治·克鲁尼年轻时的发型，他首先宣布政府设立了一条热线电话，但请不要打来询问亲友的情况。这个号码只有一个用途，那就是报告你或你认识的人表现出了被感染的症状，线路必须保持畅通，因为控制感染毕竟是第一要务。他念出号码，埃米连忙从钱包里取出丧尸宅的海报，记下那几个数字。

发言人还说，政府在不具名小镇医院设立了患者诊治处，所有感染者和疑似感染者会被转入那里，接受全世界最好的照护与治疗。另一方面，政府在镇内实施了严格的宵禁，他们会挨家挨户搜寻感染者。这家伙很擅长他的工作，埃米不由自主地觉得情况有所改善。尽管约翰将局势和他们见到的情况描述得如此恐怖，这家伙却似乎依然胜券在握。

就在这时，发生了一件怪事。

发言人正在用套话为新闻发布会收尾，说政府正在认真研究这场事件的情况，敦促人们不要相信和传播不负责任的网络谣言。这时 CNN 忽然切回演播室，而公共休息室里的所有人都开始扯开嗓门尖叫。埃米困惑不已，因为播音员是个穿裤装的普通女人。她随即想到了延迟。她有足足五秒钟可以绷紧身体，等待见到他们目睹的景象。

播音员飞快地说他们收到独家新闻,是一条刚刚流出原爆点的视频。她的话说到一半,镜头切到一个颗粒感很重的画面,是夜间从车里拍摄的。手机打开应用前,混乱就已经开始了。车里有尖叫和惊恐的喊声,车外有非人类的咆哮声。玻璃破碎。一个拳头打穿车窗,一张怪诞的脸龇着牙来咬拍摄者。一道光和一声巨响充斥着车厢——有人开枪。怪物从窗前退开,但它背后还有许多同伴,五六只手同时伸进车窗。接着是更多的枪声。

车里的一个女人喊道:"开车!快开车!"

轮胎吱嘎地摩擦地面。另一个沙哑的声音如释重负道:"哦,我的天,哦,我的天,就差一点……"

镜头扫过街道。埃米觉得她看见了一条红毛小狗跑过。她心想:莫莉?

拿着手机的女人放下手臂,镜头从大腿指向上方,但还在拍摄——因此观众比她先知道她要大难临头了。女人和驾驶员紧张地交谈,她的腹部开始出现一团猩红色的湿斑。然后一个窟窿由内而外在她的肚子上打开,就好像全世界最慢的子弹从背后击中了她。

内脏流出来掉在她的大腿上,仿佛一团湿漉漉的纠结香肠。

女人尖叫。

画面变暗。

埃米关掉手机,她使劲呼吸。她打给约翰,被转到语音信箱。她在宿舍房间里踱了几分钟,努力思考接下来该怎么办。然后她走进卫生间,大吐特吐。

费尔斯救济院大屠杀前6天6小时

约翰看着埃米的短信在屏幕上堆积,到了星期一晚上,他恨不得把手机从该死的窗户扔出去。他知道该死的局势有多么严重,只需要打开电视或往窗外看就行——汽车旅馆和一家五旬节教会在同一个街区上,他能看见人们涌入教堂大门。今天可是星期一。

哦,对了,他很想说,在埃米还不知道大卫叫什么的时候,他和大卫就已经是十年老友了。对于他失去大卫的感受,她是无法想象的。他不需要她每隔五秒钟打一个电话教他做事,再说他们能做什么呢?

约翰向自己保证过今天不喝酒,因为星期六晚上他喝过量了。然而到了星期一晚上,他的脑袋产生了那种晕晕乎乎的流感症状的感觉,他意识到在必须保持百分之一百一十警醒的时候尝试戒酒纯属犯蠢。但他下定决心,只喝啤酒。他买了十二瓶一件的啤酒,准备待在旅馆房间里过夜,等着看新闻节目上的最新情况。

明天再打给埃米好了。

埃米·沙利文的日记摘抄

十一月八日,星期二

到处都在排队。人们在商店排队,在加油站排队。所有人都陷入了恐慌。人们出镇向北而去,南边的人像难民似的来到镇上。国民警卫队将隔离区从不具名小镇向外扩大了五英里。学校停课。我没睡觉。

约翰一整天都没回电话。我尝试自己打给马尔科尼博士。语音留言。

十一月九日，星期三
　　我给约翰留了九条留言。学校和其他镇区开始实行宵禁。我认为他们会来找我们，我们不该继续待在这儿。
　　我决定不回宿舍了，和住在学校外的几个人待在一起，但我没把去向告诉宿舍楼里的任何人。
　　来自隔离区内的传闻已经疯了。新闻说有传闻称疾病控制中心已经从医院的患者诊治处撤出了所有人员。政府否认。无论如何，我希望大卫不在那儿。

十一月十日，星期四
　　下午终于联系上了约翰。他忽然满嘴大话，说要是星期六晚上（整件事情开始一周后）还没得到任何消息，他就和我返回不具名小镇，星期日把大卫救出来。我说没必要把他救出来，我只想知道他好不好。
　　另一方面，有无名号码拨打我的手机，我没接。

十一月十一日，星期五
　　接到尼莎的电话，说有政府人员来宿舍找我。
　　我打给约翰。语音信箱。一整天都是语音信箱。
　　我又哭了。打破了自己的誓言。

十一月十二日，星期六
　　不具名小镇现在完全信息静默。没有更多的短视频，没有新消息。我要疯了，我没法吃东西。一个星期了。这段时间大卫在哪儿睡觉？他受伤了吗？他饿肚子了吗？
　　政府终于开设网站，供爆发事件受害者的亲友按姓名寻人，分三个大类——已隔离、状态未知和已身故。已隔离名单长极了，有成百上千个名字，里面没有大卫。姓名按字母顺序排列，我来回看了四遍，确定他们没把他的名字放错位置。然后我去看状态未知的名单，他也不在里面。然后我心想这个名单很愚蠢，因为我们怎么能知道一个人在任何给定时间的状

> 态呢？他们可以把全世界所有的人都放进去。我直接关掉了浏览器。
>
> 马尔科尼没有回电话。我试着打给约翰，只有语音信箱。依然如此。
>
> 留言提醒他明天就是星期六了。我给他一个地址，叫他明天上午十一点去那儿接我。他没有理由不在那个时间前后出现。
>
> 害怕，兴奋。无论如何，我就快见到大卫了。

费尔斯救济院大屠杀前 18 小时

埃米不确定更让她害怕的是本周早些时候喧闹的疯狂校园，还是此时此刻的这座鬼镇。校园空空荡荡的，学生担心持续扩大的隔离区会吞噬学校，于是都回家去找爸爸妈妈了。好吧，说的是有父母的那些学生。

今天早上，埃米光是说服自己穿衣服就花了整整一个小时，站在她躲藏的这幢屋子（一幢庞大的老宅，住着她在陶器课上认识的三个同性恋男人）的客房里。所谓的"客房"其实是阁楼改建而成的，墙上贴满宝莱坞电影海报，房间塞满了被丢弃的运动器材，它们一个个都曾经是各自广告中的明星主角。这一个小时她几乎全花在身穿内衣站在手提箱前，努力思考穿什么衣服在这种局势下最实用。她想象了上百种来到目的地后的不同情境，最终意识到防疫人员多半会没收所有人的衣服，给他们一身病号服之类的东西穿。因此最合适的选择是穿那些扔进焚化炉也不会令她心疼的衣服。

她出发得有点晚了，但她还要去一趟药店。这周她一直没敢去药店，因为她觉得那里肯定和其他地方一样，也变成了疯人院。然而和其他地方一样，药店同样空荡荡得瘆人。

还有哪里是空荡荡的？货架。到处都贴着手写的限量供应告示牌。她想配两种处方药，但奥施康定没货了，肌肉松弛剂也只能给她一半定额。她尽量不让售货员看出来这个结果让她多么惊慌，她心算止疼药还能坚持多久，然后她就基本上只能平躺着无法起身了（答案是九天）。不过，隔离区里有无数医生，他们肯定什么都不缺。

她买了通气鼻贴，离开这东西她就没法睡觉。她想买非处方抗过敏药，但全都卖完了。她为大卫找抗酸药，同样全都卖完了，只剩下热带水果口味的 Tums[1]，哪怕在危急时刻也没人买这东西。

卫生棉条的货架空空如也。她还注意到安全套的架子也空了，不过她觉得这倒是挺……呃，让人乐观的。她买到了舒敏牙膏和不会让她起疹子的一个品牌的除臭剂。最后，糖果货架。多滋乐卖完了，不过还有红藤糖，它吃起来和放久了的多滋乐味道差不多。

她可以在店里一圈一圈转到今天结束，思考她和大卫有可能需要什么东西，但她已经有点晚了，假如约翰按时赶到集合地点，发现她不在，那家伙也许会惊慌失措的。

埃米在短信里请约翰在一家大型墨西哥餐厅门前的公共汽车站接她，只要有眼睛就不可能看漏这地方。她只带了一身换洗衣服，包里装满了各种药品和她的枕头。她的腰背情况堪忧，枕头是必需品。换个枕头她就没法睡觉了。他们可以没收她的其他所有东西，可以让她套着麻袋走进隔离区，但绝对不能夺走她的枕头。

---

1 美国的一种抗胃酸咀嚼钙片。

差三分十一点,她来到汽车站。十一点整,她看见那辆布朗科拐过转弯。她深吸一口气,默默祈祷。

费尔斯救济院大屠杀前 14 小时

两小时后,埃米依然坐在公共汽车站前。

先前拐弯的不是约翰,车也不是布朗科,而是另一个型号。开车的是个山地乡巴佬。

她第五次打给约翰,又是语音信箱。

她挂断电话,两个挎着霰弹枪的男人在人行道上从她身旁走过,就在光天化日之下。

她冷得要死,坐在车站长凳上的屁股已经发麻,枕头搁在大腿上。她打给约翰住的汽车旅馆的前台,问他们能不能去看一眼约翰在不在(他们不肯)。她打给尼莎,问她有没有约翰的消息(她没有)。

不能哭。她给自己下了禁令,在得到进一步的消息之前不许哭。她已经吃掉了六根红藤糖。

一辆休旅车在一个街区外停下。四个男人下车,他们都拎着硬塑料箱子,看形状像是用来装步枪的。有两个人还拎着公文包形状的箱子,她估计里面是手枪或其他小型枪械。他们走向同一个地方。

她盯着手机,期待电话打进来。

下午一点半左右,约翰终于接电话了。

"谁啊?"

"约翰!我的天。你在哪儿?"

"我?呃,汽车旅馆。怎么了?"

"'怎么了'是什么意思?我在公共汽车站。"

"好的,你要坐公共汽车过来,还是……"

"什么?约翰,今天是星期日。"

停顿。

"星期日没有公共汽车?"

"约翰……"

"什么?怎么了?你在哭吗?"

她花了几秒钟想镇定下来,却没能做到。

"喂,埃米?"

"约翰,咱们今天应该去镇上的。去找大卫。"

"哦,对,好的。我一直没听到你的留言。我的手机出问题了,我觉得网络丢了很多通话,因为——"

"你到底来不来?"

"呃,我好像没法来了。今天不对劲,我真的很难受,感觉是食物中毒。多半是汽车旅馆有什么传染病,所有人都感染了。不过这样也好,我认为咱们应该按兵不动。我做了很多研究,发现政府在他们的网站上发布了几个名单。我还没看过,你等着,我给你找网址——"

埃米挂断电话,然后关掉手机。

不得不说,她这辈子都没这么生气过。她做了十几次深呼吸,努力回忆冥想课上学到的技巧(有人声称冥想控制疼痛的效果和处方止疼药一样好,哈哈)。

只剩下一个选择了。她从钱包里取出丧尸宅的海报,拨打新闻发布会上发言人念出的号码。

她在语音提示的选项中做了一系列选择，最后对人工话务员说："呃，你好，我叫埃米·沙利文。我男朋友叫王大卫。他家就是传染开始的那个地方，我们两人当时都在。我出现了症状。我认为我应该接受隔离，但我在两小时的车程外，而且没有交通工具。"

电话另一头沉默了很久。

"请稍等。"

大约一分钟后，电话里传来一个友好的男声："沙利文女士？"

"是的，先生。"

"我们来接你，待在原地别动。不要惊慌。"

"好的。你知道这个公共汽车站吗？就在——"

"我们知道你的方位。我们会在三十分钟内赶到，请待在原地别动。假如其他人接近你，请让他们与你保持至少五十英尺的距离。请保持冷静。"

三十分钟？所以这儿也有他们的人。

她挂断电话，咬了一口红藤糖。她觉得自己傻乎乎的——早就应该这么做了。天黑之前她就能回到不具名小镇。

费尔斯救济院大屠杀前13小时30分钟

黑暗。口渴。

我以前只住过一次医院，因为脑震荡、几处割伤和眼窝骨折——这是车祸的结果，也因为一处不太严重的枪伤——这和车祸无关。我不怎么记得具体情况了，事情发生的那段人生基本上在我的记忆中消失了。然而有一点我记得很清楚,那就是从麻醉药诱发的昏迷中苏醒后,我是在一个漫长、缓慢、时起时落的过程中恢复的意识。视觉与嗅觉偶尔飘进毫无逻辑的迷梦雾霭,还有一种除我之外的世界在时间中向前跳跃的感觉。在这一切的底下:口渴。此刻就是这样。

我最后一段连贯的记忆是我穿过移动式厕所,走出 BB 便利店的卫生间,迎面撞上在商店后面大喊大叫、推来搡去的人群。国民警卫队把人群驱赶到这个地方,那些士兵也只是一些惶惑惊恐的年轻人,抱着突击步枪,没有穿戴防护装备。有人开枪,我身旁的一颗脑袋像气球似的爆炸,尸体向后倒下,掉进我刚刚走出的那扇门。

从那以后已经过去了好几天。这一点我知道。我能在自己酸痛的关节之中感觉到,我模糊地感觉到某种循环,意识与无意识交替出现——在夜里睡觉,在同样黑暗的白天时醒时睡。我被搬动过,然后再次被搬动,在轮床上顺着走廊前进。我记得胳膊上插着静脉注射的针头,后来被拔掉了,后来又被插上。有段时间我来到室外,在围栏后面和其他人交谈。我记得有人尖叫,人群惊恐。所有这些在我的脑海里一闪而过,就像夜里扫过卧室窗户的车灯光束,刚出现就消失。没有任何意义。

沉睡。

醒来。

黑暗。

我有眼睛。我感觉到眼皮抽搐着睁开又闭上,但眼前的景象始终如一。我瞎了?

我移动右臂,没感觉到塑料输液管连在胳膊上的拖拽力量,因此针头在某个时候已经被拔掉了。我花了些力气,抬起手摸脸,想知道有没有戴眼罩。并没有。我使劲眨眼。我试着抬起脑袋,然而立刻呻吟起来——剧痛顺着脖子向上扩散。我环顾四周,寻找数字台钟的亮光,发现门缝里的一丝光芒或测量生命体征的闪烁绿光。

什么都没有。

我试着坐起来。我把后背从被单上抬起来,但另一条胳膊不肯跟着我动。我拉了拉那条胳膊,听见金属碰撞的声音,手腕上感觉到金属的凉意。我被铐在了床上。

这从来就不是什么好兆头。

我张开干裂的嘴唇,发出嘶哑的声音:"喂?"

除非你就坐在我的床上,否则不太可能听见我的声音。我勉强吞了口唾沫,再次尝试。

"喂?有人吗?"

回声的特征告诉我,我在一个小房间里。

"喂?"

我等待着,希望外面能传来护士的脚步声,实在不行,钥匙叮当响,魁梧的狱卒命令我闭嘴,否则就关我禁闭也可以。

什么都没有。我好像听见了某处有水流的滴答声。

忽然我确定了——百分之百确定——我被遗弃在了这儿。毫无疑问,他们把我扔在某个建筑物里,铐在床上,任由我被渴死。他们甚至没留下一盏灯。我只能在这儿躺上天晓得多少天,屎尿拉在身上,就像拖车公园里被抛弃的小狗,主人不知道去哪儿嗑药了。

"喂!有人吗?"

我使劲拽手铐。除了发出难听的声音,这么做毫无用处。我甚至看不见房门。

不,没有门,他们直接用砖墙砌死了门洞,或者把我锁在集装箱里,埋在一千吨泥土之下或沉入洋底。

"喂!喂!"

我抬起一条腿——就我能感觉到的,两条腿都没被固定住——使劲踹手铐铐住的栏杆。我腿上没力气,栏杆纹丝不动。

"喂!该死!"

"先生?"

一个细小的声音。我愣住了。

我真的听到了吗?

我使劲眨眼,傻乎乎地盯着黑暗,寻找动静。就算有人坐在我大腿上,我也不可能看得见。

"喂?这儿有人吗?"

"只有我。"听上去像个小女孩,"你能安静一点吗?你吓坏我们了。"

"你是谁?"

"我是安娜。你叫沃尔特吗?"

"不,我叫大卫。沃尔特是谁?"

"他们之前好像叫你沃尔特,他们送你进来的时候。"

"不。哦,好吧。王……他们也许叫我王,我姓王,王大卫。"

"你是日本人?"

"不是。这儿还有谁?"

"只有我们。你、我和熊先生。"

"好的,安娜,接下来的问题也许有点奇怪,但我想知道熊先生是真熊,还是毛绒玩具?"

"附近有成年人的时候,他就是毛绒玩具。对不起,希望我没吓坏你。"

"安娜,你在这儿干什么?"

"和你一样。咱们好像生病了,他们希望确保其他人不会被感染。"

"咱们在哪儿?"

"为什么要先问前面的问题?"

"什么?"

"既然你不知道咱们在哪儿,问我在这儿干什么又有什么意义呢?"

"咱们在医院里吗?"

她没有回答。

"安娜,你在吗?"

"在,对不起,我在点头,但忘了你看不见我。咱们在旧医院的地下室里。"

"其他人呢?为什么没有灯?"

"等太空人下次过来,你问他好了。之前这儿有很多太空人,但现在他们都走了,已经有段时间了。"

我不需要问太空人是谁,肯定是穿隔离防护服的人。

"他们上次来是多久以前?"

"不知道,我没有手机。应该是在两次睡觉之前。肯定很快就会回来的。也许他们周末休息。"

"你记得他们是什么时候送你来这儿的吗?"

"算是记得吧。他们来接走我父亲,说我们不能回家,然后让所有人下楼去专科医院。对,就是咱们身处的这个地方。"她压低声音说,"咱们现在要保持安静了。"

"安娜,你几岁了?"

她悄声道:"八岁。"

"听我说。我不希望你听了害怕,但他们把我们扔在这儿,没有电,没有食物和水。咱们可以希望他们会回来照顾我们,但必须为他们不会回来做好打算。"

"要是你喝完了你的水,我可以分你一点我的。"

"我……我有水?在哪儿?"

"你旁边的桌子上。"

我伸出右手,碰到了连塑料包装膜都没撕掉的一排瓶装水。我掏出一瓶水,一口气灌下半瓶,然后咳嗽起来。

"嘘——咱们真的不能再出声了。桌上还有一盒什锦麦片条和其他东西,但不怎么好吃。"

"为什么要保持安静?"

"我觉得我听见了影子人。"

我险些被喝的水呛住。

"嘘——"

"安娜,我们——"

"求求你了。"

我们默默地躺在那儿,悬浮于凝滞的黑暗之中,就像两条没眼睛的洞穴鱼。

安娜终于说:"我觉得它走了。"

"影子人?"

"对。"

"向我描述一下它。"

"它是一团黑影,有眼睛。"

"你在哪儿见过它?"

"就在那儿。"

"我看不见你指的方向。"

"那边的角落里。"

"什么时候?我是说,你上次见到它是什么时候?"

她叹息道:"我没有表。"

"呃,它做了什么?"

"只是站在那儿。我很害怕。熊先生朝它咆哮,最后它走了。"

我在某处读到过,折断大拇指根部的骨头,你就能挣脱手铐。还是只需要脱臼就行?无论如何,我都必须搞清楚我的腿有没有足够的力量。接下来的难题是单手打开无疑锁着的房门。也许安娜能帮忙。

我说:"好吧。咱们必须离开这儿。"

"他们说我们不能离开。"

"安娜,你很快就会发现成年人未必总是正确的。咱们……这么说吧,等影子人回来,咱们最好已经不在这儿了。但假如它回来,我也希望你不要惊慌。我不认为它来是为了找你,我觉得它是来找我的。"

"对,它就是这么说的。"

"它和你说话了?"

她犹豫片刻。"算是吧。我能听见它的声音,但它好像没有嘴,就像凯蒂猫。"

"那……它说了什么?"

"我不想复述,但我认为它不喜欢你。"

我没有说话。

安娜问:"你想要熊先生吗?"

"不用了,谢谢你。"

我在手铐允许的范围内尽可能伸直那只手,当然距离并不远。我能感觉到一个小骨节挡住了手铐,它位于大拇指之下两英寸处。要是我使劲一拽,手铐肯定会刮掉那块骨头,血液还能起到润滑的作用。但前提有两个,一是我别疼晕过去,二是我不像实际上这么胆小。

金属刮擦的声音。我正要问安娜在干什么,却意识到了——

天啊,是门的声音,门要开了。

我坐起来,掀开毯子。光线照进房间,来自门口的一对强力手电筒,它们并排着,就好像有个巨型机器人用脑袋顶破地板伸上来,而手电筒是它的眼睛。光线一瞬间照得我什么都看不见,但我眯起眼睛,望向墙角,喊道:"安娜!你——"

后面的话卡在了嗓子眼里。手电筒照亮了我所在的房间,房间里有一张小床头桌、一个马桶、一个肮脏的水槽和一张床,也就是我躺的这张床。

房间里只有我一个人。

地上扔着一只破破烂烂、脏兮兮的旧泰迪熊。

戴着手套的手抓住我,把我按在床上。来的是两个穿着全封闭隔离防护服的男人,但防护服不是白色的,而是黑色的,手臂、躯干和大腿部位有装甲般的软垫。他们的护面罩是带颜色的,因此看不见里面的人脸。

他们把手铐从床栏杆上解开,铐住我的另一只手。然后他们给我戴上脚镣,把我从床上拖到地上,押着我走进一条长长的走廊。走廊两侧都是锈迹斑斑的铁门,和他们刚拖着我走出来的那扇一模一样。

这里还有其他人,我们经过牢房的声音惊醒了他们。我听见一个老人喊叫妻子或女儿的名字("凯蒂!凯——蒂!能听见我吗?!"),但无人回应。我听见背后的一扇门上响起刮擦声,像是有人在挠门,企图逃出来。我听见有人在恳求吃的,有人在恳求止疼药。

这时,我经过了一扇特定的铁门,里面有个男人喊道:"喂!哥们!喂!给我开门,求你们了!是我妻子,我妻子在这儿,她在流血!我求求你们了。"

我停下脚步。

"是我。到底怎——"

戴着手套的手再次抓紧我,拖着我向前走。

"喂!你们就不能帮帮他吗?喂!"

两名警卫不理我。绝望的声音在我背后恳求、号叫、哭泣。

走廊拐弯,继续向右延伸,有一台电视机被固定在墙上,我在电视前停下。电视底下有扬声器和"按下通话"的按钮。屏幕亮了起来,里面还是个穿防护服的男人,这是一件正常而友好的白色防护服,在你的想象中,政府机构人员就该穿这个。透明有机玻璃面罩背后的面容很眼熟,尤其是剪得整整齐齐的银发和脸上久经风霜的皱纹。

"早上好,王先生。今天感觉如何?"

"田纳特医生?你他妈在这儿干什么?"

我在做梦吗?

"假如咱们总是用问题回答对方的问题,那就谈不下去了,你说呢?"

"我感觉一塌糊涂。你为什么会在这儿?"

"你不记得了?"

"显然不记得。"

"你记得什么?"

"一群穿密封防护服的家伙在 BB 便利店的停车场朝人开枪,溅得我浑身都是内脏。然后我就被手铐铐在牢房的床上了。现在天晓得我的心理医生又为什么冒了出来。"

"牢房?你认为这里是监狱?"

"房间很小,铁门上锁,我戴着手铐,不能离开,这不是牢房还能是什么?我在这儿待了多久?"

"你真的不记得了?完全不记得了?"

"对。"

"你失去了抵达后的所有记忆?你给我好好想一想。"

"真该死,我什么都想不起来。"

"我完全理解你的苦恼。不过我想恳求你再多给我们一点耐心。我是前来观察你和其他人情况的团队成员。我们在努力治好你们。"

他低下头,双手在做什么事情——使用笔记本电脑做记录。发闷的痛苦叫声在我背后的走廊里回荡,他似乎对此无动于衷。

"医生,有人能帮助这里的那些人吗?"

"那是……不明智的。我向你保证,真正需要帮助的患者都在接受治疗。另外,这里不是监狱。"

"我能离开吗?"

"假如我确定你的情况已经稳定下来了,你就可以重新加入隔离区里的其他人了。"

"隔离区在哪儿?"

"就在医院的范围内,一级隔离区。"

"我也不能离开那里?"

"恐怕不能。假如我允许你们之中的任何人出去,政府恐怕会严厉斥责我。"

"我在哪儿?"

"旧费尔斯救济院,就是废弃的肺结核医院。这是临时的REPER指挥中心和患者诊治处。"

我以为他在说"raper",随即觉得自己肯定是发疯了。

"什么指挥中心?"

"REPER,外来病原体快速根除研究机构。这是一支不怎么公开露面的快速反应队伍,专门处理这种情况。"

"什么叫'这种情况'?"

"顺便说一句,咱们谈过这个了。我知道你接下来要问什么。"

"约翰和埃米在这儿吗?"

"那我再回答一遍,这里有三个约翰,分别姓华盛顿、罗尔斯和佩尔津斯基。没有叫埃米的。"

接下来我还有几十个问题:他们没事吧?他们离开小镇了吗?他们此刻在哪儿……但我知道这个浑蛋不会回答我。

"等一等,你说'重新加入'?我以前接受过隔离?"

"我们带你过来接受测试,现在准备送你回去了。"

"测试?"

"对,我们还在尽量完善探测感染的方法。"

"这个测试会消除我的记忆?"

"仅仅是副作用,而且我认为是暂时性的。"

"我在这儿待了多久了?"

"此处,还是整个隔离区?"

"先说后者吧。"

"自从爆发开始。"

"那是多久以前?"

"咱们先这么说吧,比绝大多数人愿意待在这儿的时间更久。"

唉,去你妈的。

"你要把我们关到永远,直到搞清楚该怎么治疗感染?"

"假如你有更好的主意,千万记得要告诉我们。相信我,没人乐在其中。你和其他人好好配合我们就行了。"

他噼里啪啦地敲打键盘,完成笔记本电脑上的操作,然后望着我的眼睛。

"那么,趁着这个精神头,说说你感觉如何。"

"这底下为什么这么暗?"

"镇上基本全部断电了。尽管我们有柴油发电机,但无法支撑整个医院的运转,所以我们只能选择性地供电。除了记忆缺失,你还有其他症状吗?做梦?出现幻觉?"

"呃,就算有我也不可能记得,对吧?你应该知道,因为我失去了该死的记忆。"

"很有道理。你感觉身体如何?"

"头疼,关节痛。"

"这是镇静剂和卧床不起的常见副作用,很快就会过去的。你记得为什么要给你用镇静剂吗?"

"你的任何问题只要以'你记得吗'开头,答案都是'不记得'。"

"哈,懂了!你觉得你能重新加入其他人了吗?"

"其他人?这儿有多少人?这个总能告诉我吧?"

"一级隔离区?近五百人。曾经是。"

我的天。

"他们中间有多少人和我一样?你很清楚,我说的是没有被感染的。"

"唉,大卫,你还不明白吗?我不知道你有没有被感染。"

"我看上去像是他妈的被感染了?"

"哦,我明白了。由于药物对大脑的影响,你丢失了有关我们处境的一些关键信息。事实证明,外表并不是感染与否的完美特征。唉,非常不幸,我们知道的时候已经来不及了。因此,希望你能够理解,我们必须采取预防措施。"

"田纳特医生,你没听见我背后的人在求助吗?内线电话里听不见他们的声音吗?"

"什么人?那位求人帮助他妻子的先生?我们尝试帮助他可怜的'妻子',结果失去了两名工作人员。你打开那扇门,确实会看到一个看上去非常可怜的受伤女人。但假如你走到被攻击的范围之内,就会发现那个女人是一只碾磨虫的舌头变形而成的。"

"一只什么虫?"

"非常抱歉,寄生虫将受害者转变为形形色色的有机体,我们必须给它们起名。我就不描述具体细节了。这么说吧,我们花了十六个小时企图从怪物那里拯救那两名工作人员,他们的叫声在这条走廊里回荡了一整夜,直到第二天,怪物慢慢地把两个人拧成碎块。从那天开始,怪物时不时把他们的碎骨头从门底下吐出来。因此,希望你能理解我们为什么锁着那扇门。就像老话说的,'愚弄我一次'[1]。"

"所以……你们就把所有人关起来,等我们变成怪物?"

"如我所说,我们已经有进展了。但是,就此时此刻而言,咱们的交谈只是在浪费时间和纳税人的金钱,我只想知道你觉得自己能不能重新加入其他人,在医院的草坪上享受新鲜空气和阳光。实话实说,我们需要你的房间。"

"我觉得能。随便你吧。"

"好,很好。你向右转,顺着走廊向前走,会看见一部电梯。"

"上了电梯我就——"

电视屏幕闪烁一下,关闭了。

我背后的两人之一命令我站着别动,然后打开我的手铐和脚镣。他指着前方,通过头罩上的扬声器说:"走廊尽头。"

我问:"小女孩呢?"

"先生,请走到走廊尽头。"

"我房间里有个小女孩,她叫安娜。我不知道她是不是躲起来,等你们走了再出来,反正你们来的时候她就在我旁边。"

男人瞥了一眼同伴。不确定?他的同伴说:"去上电梯,否则就回房间。"

我听从命令,摇摇晃晃地向前走,脚步声回荡在昏暗的走廊里,唯一的光源是我左手边的一组应急灯。走廊尽头是一部照明很差的电梯,门开着。

---

1 此句谚语完整的意思是:愚弄我一次,其错在人;愚弄我两次,其错在我。

走到一半，我扭头去看那两名警卫，他们已经不在了。应急灯的光线之外，只有寂寥的茫茫黑暗。

真该死，这段路走起来可真长。我的腿虚弱得直发抖——我在床上躺了多久？他们给我使用了什么镇静剂？我摸了摸脸，没摸到绷带，被蜘蛛咬伤的地方只剩下一个小小的隆起。约翰和埃米在哪儿？小镇发生了什么？世界毁灭了吗？这条走廊为什么有一股屎味？

"沃尔特。"

耳语声从我背后传来。我停下，屏住呼吸。我真的听见了吗？

我继续向前走，电梯在正前方的黑暗中等我，里面的光线勉强填满了狭小的空间。

我再次停下。我仿佛听见有更小、更轻的脚步声跟着我。也可能是回声。

我低声说："安娜？"

我不确定声音有没有从我的嘴里发出来。

我转过身，以最快的速度走向电梯，只差一点就要跑起来了。我走进电梯，转身猛按标着"1"的按钮。一楼以上的按钮都用电工胶带贴住了。

什么都没有发生。我头顶上的灯泡似乎只有二十五瓦，比蜡烛亮不到哪儿去。一片死寂。

不，等一等。有某种微弱的声音。不是脚步声。轻轻的刮擦声，暂时停顿，然后又是刮擦声。不规则的节奏，仿佛有人拽着或背着难以承担的重负，也可能是拖着一条严重受伤的腿在行走。

越来越响，越来越近。现在我能分辨出某种黏糊糊的咂嘴声了，就像有人在你耳边大声吃意大利面。

我猛按按钮"1",然后猛按"关门"按钮。我再次猛按"1",然后乱按电工胶带底下的按钮——所有按钮。

"沃尔特。"

那个湿漉漉的声音——刮擦声朝我移动。我现在听得很清楚了,离我还不到十英尺,而且速度越来越快。

"沃尔特,沃尔特,沃尔特。"

电梯门关上了。

假如他们不希望不具名小镇费尔斯救济院的REPER指挥中心兼患者诊治处的患者觉得自己像囚犯,那这个活儿只怕做得不能更糟糕了。借着灯光,我发现自己身穿绿色的囚犯连体服。电梯到达终点后,另外两个穿黑色防护服的家伙粗暴地把我拽出去,给我戴上黑色头套,把我扔进一辆军用卡车的车厢。

医院就在几个街区外,但这段路开了有二十分钟。车子启动,停下,等待,再启动,再次等待,然后响起警报声,我听见车库门打开的马达声。车子向前开了五秒钟,相同的声音再次响起,最后是锁销拉开的咔咔声。随后又打开了一道门,紧接着车厢门打开了。我感觉到阳光和一股寒风落在我的头套上。他们把我拽下车,叫我平躺在草地上,说假如我胆敢在得到命令前抬起任何一部分身体,就等着挨枪子吧。

天啊。

他们摘掉我的头套。卡车离开了,我冒险转动脖子,刚好看见铁丝网门徐徐关闭。我朝另一个方向转动脖子,看见了……另一道铁丝网。我在两道铁丝网之间的空隙之中——铁丝网顶上都是展开的夺命刀片刺网——空隙宽度和镇上的街道差不多。与卡车刚开出去的铁丝网相对的内侧铁丝网是不透明的,他们在上面贴了防水油布或某种塑料布，用意无疑是百分之百确保医院隔离区与外部世界之间的隔断。塑料布五颜六色，印着各种各样的文字。离我最近的一块上面印的是：91.9 K - 摇滚，十月摇滚节，末日摇滚。

我正琢磨着他们打算晾着我躺多久，内侧铁丝网的一道门徐徐打开，广播喇叭里的一个声音命令我进去。我乖乖听话，进入隔离区。显然这是我的二进宫。

我不知道自己指望在门里看见什么，但我只看到了草坪。医院大楼在我的右手边，医院楼前的大草坪在我左侧绵延伸展。可憎的太阳把光线照进我的眼睛，我有多久没见过阳光了？我猜此刻大概是下午三四点钟。

我的第一个念头是烤肋排。因为烤肉的气味飘进我的鼻孔，我感觉就像站在烧烤店的下风处。我听见人声，有人在笑。

妈的，他们在开派对。

更奇怪的是这儿缺少一些什么——身穿密封防护服的持枪士兵。我以为他们会粗暴地把我拖进场地，命令我去某个帐篷报到，或者去做这个测试、那个测试，但根本没人搭理我。这里没有士兵，没有看着像政府雇员的人，也没有医护人员。

只有一小群脸色疲惫的人，他们身穿连体服，有几个人用医院的盖毯裹着肩膀，看我的眼神像是在等其他人。他们意识到来的是我，全都一言不发地踟蹰走开了。

行吧，去你们的。

我看见一百码左右之外有一股烟柱，离沿医院边界而建的铁丝网不远。上次我来医院的时候，这道铁丝网还不存在，它上面贴满了喜气洋洋的广告，每一个都……不怎么对劲，就好像政府找不到足够大的防水油布，于是用别人扔在仓库里积灰的弃用广告代替（赛百味：来尝尝我们的新面包！）。我完全不知道该干什么，于是抬脚走向篝火。这是我在派对上遵循的战略——先找食物。寒风吹得我的肺部微微颤抖。这个感觉并不坏，有点像重获自由。

"喂！蜘蛛侠！蜘蛛侠回来了！"

声音来自我上方。我不得不承认，我的第一反应是环顾四周，寻找真正的蜘蛛侠。很容易理解，对吧？

但蜘蛛侠不在这儿。我找到了声音的源头，一个黑人从医院五楼的窗户探出脑袋。我不知道他是在和我说话，还是在和谁说话，于是继续向前走。我不由自主地注意到他所在的那扇窗户没有打开，而是从内部砸破了玻璃。我觉得挺奇怪的。

我经过一个和我一样穿深绿色勤杂工连体服的胖女人，她裹着毛毯睡在沙发上，沙发怎么看都像是从候诊室拖到院子里来的。沙发垫已经褪色，像是淋过雨。我踢到一个空水瓶。水瓶滚出去，撞上另一个空水瓶。满地都是垃圾。我看见有人推倒了南丁格尔的雕像，它侧躺在地上，就好像他们刚刚推翻了一个独裁者。

我拖着脚走向篝火，许多人聚在那儿。所有人都身穿连体服，不是我这种绿色的就是血红色的。

田纳特，你居然说这不是监狱。

我走过医院正门。两个满溢的垃圾箱顶开了玻璃滑动门。里面的接待区光线昏暗，看得出整座建筑物都没有供电。末日废土。多久了？一年？不知道白宫是不是也被毁成了这样，林肯的卧室挤满了避难者，或者丧尸。

我闻到一股烤肉的香味，肚子饿得咕咕叫。我多久没吃过东西了？我觉得自己瘦了一圈，不过也许是因为我这身连体服尺码太大。前方有一群穿红色连体服的男人挤在一起交谈，捧着碗吃东西。我想问他们去哪儿领取口粮，但他们见到我便立刻停止了交谈，看我的眼神仿佛我是警察，而他们身上都有大麻烟卷。所有人都留着络腮胡，头发油腻腻的。没人刮脸，没人洗澡。塑料叉和纸盘被扔在地上，纸盘上能看见陈年油渍和泥鞋印，一看就知道被踩过几十次了。

聚在篝火另一侧的一帮穿红色连体服的人同样陷入了沉默。顺便提一句，噼啪作响的篝火里有被砸烂的家具、木质的货物托盘、至少一个床垫和几捆似乎是熏黑的棍子的东西。

现在所有人都在看我了。我扫视周围，寻找和我一样穿绿色连体服的人，只看见一个八十来岁的老人和一个像是教师的中年女人。她的眼神对这个局面没有表现出哪怕一丝兴趣。块头最大的一个红色连体服人，金发披在肩膀上，脖子比脑袋还粗，他说："咱们这儿是有什么问题吗？"听他的声音，这位老兄至少有四颗睾丸。他的连体服拉链拉开了一点，露出纹在胸口上的铁十字。

"至少我不知道。有人能告诉我哪儿有吃的吗？"

紧张兮兮的对视。难道食物在这儿是个敏感话题？似乎没人在吃烤肋排。

四蛋大汉说："朋友，你跟我逗闷子，是吧？"

"咱们见过？"

"哥们，快他妈滚开。"

"要是我答应滚蛋，你会告诉我哪儿有吃的吗？"

大汉怒目而视，说："去找萨尔要吃的。滚吧，他就在那儿。"

他朝篝火摆了摆头。那是个皮包骨头的男人，一只眼睛缠着绷带。他对我说："算了，哥们。走远点。"

"凭什么叫我走远点?也许我想烤烤火呢。"

四蛋大汉走向我,说:"老弟,给你五秒钟滚蛋,否则就和萨尔做伴去。我不在乎别人怎么说。"

"等一等,你是不是把我和其他人弄混了?"

"哇!哇!"我背后有人叫道——楼上窗口的那个黑人。他穿着绿色连体服。"悠着点,朋友,悠着点。哥们刚从地洞里出来。"

四蛋大汉说:"我他妈不在乎。"

黑人抓住我的袖子,拖着我走开,说:"咱们到里面去,外面太冷了。"

我跟着他走,意识到他不是一个人来的,另外还有四个绿色连体服。怎么,我们分成不同的队伍了?这他妈是搞什么名堂?我一脚跨进了什么古怪的平行宇宙?再一次?

"哥们,我们以为你不会回来了。"他说,"你刚好赶上。四十五分钟前拉过警笛,所以卡车随时都会到。"

我说:"我一个字都没听明白。"

他在医院正门前停下,凑到我的耳畔喊道:"四十五分钟前拉过警笛,所以卡——"

"我听力正常。我不知道你是谁。我丢失了一段时间的记忆,什么都不记得了。我记得的最后一件事情是小镇即将天下大乱。然后我在旧费尔斯救济院的地下室醒来,那儿太他妈吓人了。'地洞',这是你们的叫法吗?"

黑人揉着脑袋说:"该死。你是撞到头了,还是怎么了?"

"没有,他们说是给我用的什么鬼药的副作用。"

他吐出一口气,紧张兮兮地环顾四周,拖着我走进医院。大堂已经被彻底捣毁。刚进门的地方曾经有一张椭圆形的大桌子,有一排前台接待人员，负责用电脑登记，给你套上手环，过滤掉没有保险的病人。现在这儿只有木头碎片，瓷砖地上有几道深沟，有人野蛮地把桌子撬了出来。

黑人说："当木柴了。你看，他们的计划是先烧最容易找到的东西，也就是最靠近大门的那些。这么一来，过上一个月，等我们都又累又病的时候，就只剩下十楼最难搞到的木头了。只有白痴才能理解这个逻辑。"

"多久了？告诉我，爆发开始多久了？"

"差不多九天。你什么都不记得了？"

"见鬼，才九天我们就把医院毁成这样了？"

"哦，不是的，哥们，刚开始几天，疾病控制中心人员还在这儿维持秩序。后来他们都溜了。我们是从星期三开始动手的。今天星期日。"

"我回答你的问题，我从回到镇上开始就什么都不记得了。我甚至不知道你叫什么。"

"叫我TJ。这些烂事之前我就认识约翰。你和我在一个派对上见过，但出于另一个原因，你很可能不记得了。"

"等一等，约翰在这儿？那家伙说——"

"不在。咱们有很多要谈的。来，跟我上楼，去我的房间。"

他领着我走进楼梯间，这里伸手不见五指，但散发出的所有气味闻上去依然像是医院——陈旧的食物、化学药品、死亡。要是我能发明一种闻上去不像绝望的医院消毒剂，肯定会发财。

我们走进五楼的走廊，这儿的所有人都身穿绿色连体服。TJ大声说："看看谁回来了！"一个似乎正在轮椅上打瞌睡的矮胖黑人说："蜘蛛侠！你是逃出来的，还是他们放你回来了？"

还没等我开口，TJ 就说："放他回来的，刚把他从卡车里扔出来。他们给他用了镇静剂，他还晕晕乎乎的呢。"接着 TJ 对我说："饿不饿？他们给你吃东西了吗？"

"你有食物我就吃。"

"跟我来。"他沿着走廊继续向前走。我觉得他是不想让我和轮椅老兄聊下去。轮椅老兄在我背后说："十分钟后他得去院子里。前面警笛响过了。"

TJ 说："我们听见了。会去的。"

我们来到走廊尽头的最后一扇门前。里面有两张病床，地上的几个纸板箱里似乎装满了方便面、压缩饼干和瓶装水。对面角落里有十几个纯白色的塑料罐，看着像是用过的次氯酸钠消毒水容器，上面的标签被撕掉了。罐身上用记号笔写了些什么，不过我看不清楚。

"大卫！啊哈！"

喊我的是个白人女孩，她躺在一张病床上，头发梳成脏辫，戴角质框眼镜，穿了个鼻环，手里正在折纸鹤。她脖子上有条项链，我花了几秒钟才意识到，她把五六个注射器的红色塑料盖用绳子串在了一起。她对我微笑，这个笑容能让我们肩膀上落满动画片里会唱歌的小鸟。

TJ 飞快地关上门，说："宝贝儿，情况有点复杂。"

脏辫姑娘露出沮丧的表情，说："天哪，不，别告诉我——"

"不，不是，不是那个。他什么都不记得了。"

TJ 望着我说："对吧？"

"对。"

"你认得她吗？"

195

"抱歉,不认得。"

脏辫姑娘说:"就像失忆症?连自己的名字都不记得了?"

"不,其他事情我都记得,直到……呃,这件烂事开始,国民警卫队进驻,等等。我记得我被几个人抓住,再醒来就在地牢里了——一小段时间之前。"

"你不知道他们在那儿对你做了什么?"

"不知道,抱歉。"

她说:"对了,我叫霍普。"然后她对 TJ 说:"他以后也许还会想起来。"

TJ 耸了耸肩,走到窗口,就是我刚走上草坪时他大喊大叫的那扇窗户。

我说:"希望你不介意重复一下我确定咱们已经谈过的内容,我能问一问这他妈到底在发生什么吗?"

TJ 说:"唔,咱们在隔离区内,除此之外我们什么也不知道。刚开始几天,医院里挤满了穿防护服的疾病控制中心人员,他们把我们所有人关进房间,士兵守在走廊里。但随后有些士兵被感染了,场面弄得很难看。走廊里有人惨叫。你看那儿,地砖上的印子不是咖啡。然后所有工作人员就撤离了。有些人被紧急疏散,你能听见直升机落在屋顶上,有些人留在这儿,现在成了我们的狱友。还有些人被带走,就像你那样。政府把医院扔给了我们。"

我走到窗口,站在 TJ 身旁,扫视院子尽头的铁丝网,想看清铁丝网外有什么。我看见白色帐篷的顶端,但此外就没什么了。我们站得不够高,看不见远处的景象。

我说:"这么说,疾病控制中心撤离到其他的建筑物里了?"

"疾病控制中心的人走了,哥们。他们离开后,另一批人——

REPER——进场。国民警卫队也走了,他们退到了镇区周围的边界线上。把老哥我扔在了这儿。"

我说:"等一等,你就是约翰说的那个 TJ?这件烂事开幕的时候你在现场。"

"是的,先生,国民警卫队的。被认为有可能受到了感染。REPER 的某个浑球感谢我为国效力,拿走我的步枪和手枪,把我留在铁丝网的这一头。这儿还有十几个我们的人——至少曾经有。我们最先赶到现场的这批人没有 C 级防护服。去他祖宗的。"

霍普在我背后说:"给你。"她递给我一根松脆的什锦麦片条、一小袋花生和一块迷你装士力架。

"没有午饭时剩下的热水了,否则可以给你泡个方便面。咖啡也没了,没供应多久。地上那儿有瓶装水。"

TJ 惊骇道:"真该死,姑娘。你把最后一块士力架给他了?我险些为这东西和人打架。"然后又对我说:"别和任何人多说话,记住了吗?看底下的欧文——那个大块头,长头发,粗脖子——你就知道局势有点紧张。有人找你,你就说你累了、肠胃流感或者偏头痛,千万别把失忆的事说出去,没必要让情况变得更复杂。无论红方还是绿方,他们依然需要你,所以如果没必要,就别打破平衡。你是我们的蜘蛛侠,我们没有后备人选。"

"好吧,为什么大家都叫我——"

蜂鸣器响了,狂躁的声音仿佛篮球赛场上的超时警告。

TJ 说:"演出开始了。下楼的路上你继续吃吧。跟着我做就好。没必要的话别乱说。"

他从墙角拎起两个漂白水罐子,快步出门。

等我们走到楼下，身边多了五六个同伴。轮椅男人起身跟上我们时，我吓了一跳，不知为何，我根本没想到他有可能只是坐在轮椅上休息，其实并没有残疾。轮椅男人在楼梯间里说："欧文在到处说他要治好下面一批的所有人，说不值得冒险。"

TJ说："唔，咱们必须找欧文谈谈。不过现在也无所谓了，因为蜘蛛侠回来了。他还没失败过。你不会失败的，小蜘蛛，对吧？"

我正要回答，他打断了我："等你做完，给你找个地方休息。你肯定是脱水了。"

我们从大堂回到草坪上。底下所有人都站在那儿傻看。不是看我，而是看铁丝网和我刚进来的那道门。

哥们，又没有瞭望塔什么的，假如我们企图逃跑，他们会怎么做？他们打开门，我们就一拥而上……

没人说话。我能听见篝火烧得噼啪响。后来有人又扔了些可燃物进去，他们把柴火堆成金字塔形，制造出喷气引擎的尾焰效果——当你想生一堆温度特别高的篝火时才会这么做。就算铁丝网的另一侧有士兵，他们也没有闲聊、呼喝下令或做其他事情。我甚至没听见引擎空转的声音。感觉就好像这儿只有我们，我无法摆脱我们可以径直走出去的念头。也许武装人员都撤退了，认为他们应该在小镇边界处控制爆发。所以我们为什么不从这儿出去？

另外，你凭什么认为"感染"到小镇边界就会停下？上次你看见这些人采取行动的时候，他们根本没有控制住局势。

草坪上画着一条褪色的白线，白线呈半圆形包围那道门，就像篮球场上的三分线。没人越过那条线，甚至没人靠近它二十英尺之内。我拆开包装，把整块士力架塞进嘴里。我从口袋里掏出那袋花生——包装上印着美国航空的徽标——然后坐在草坪上。

TJ恶狠狠地抓住我的胳膊肘，把我拽了起来。

"别这么做，"他咬牙切齿道，"该死，哥们，你真的全忘了？"

我开口想问他，我们和自由之间是不是真的只隔着这两道毫无意义的铁丝网，但他让我闭嘴。他凑到我耳边低声说："听着，哥们，新人到来前一小时拉警笛。警笛的意思就是禁止靠近能跑出大门的那块区域。大门打开前还会拉一次警笛，作为最后的警告。几秒钟后，卡车就会开进来。车上会装满新囚犯，都是从街上抓来的，因为他们有可能被感染了。他们在救济院接受处理，然后被送到这儿来。你的任务是检查他们，确定他们是否干净。明白了？"

"我怎么能确定——"

我不需要说完这句话。

检查他们身上有没有蜘蛛。

因为我能看见蜘蛛。

我是蜘蛛侠。

我低头看TJ放在脚边的两个白色塑料罐，然后发现霍普站在我背后，她在啃大拇指的指甲。紧张，所有人都很紧张。空气中弥漫着紧张的气息。离我最近的铁丝网上贴着女人只穿内衣的下半身海报，粉红色的广告语写着：维多利亚的秘密圣诞节内衣盛会。

不远处传来微弱的咔咔声和金属碰撞声——我听见过，知道这是外侧铁丝网的大门在徐徐打开。隔着内侧铁丝网的塑料布，我们听见一辆军用卡车隆隆地开进来。卡车的车门打开又关上。引擎声。外侧大门重新关上。寂静。

超时警告的蜂鸣声再次响起，内侧大门终于哗啦啦地打开了。四个人躺在草坪上，就是不久前我所躺的那个位置。都是年轻人，大学生的年纪，三男一女。三个男人穿绿色连体服，女人穿红色的。

他们的手被绑在背后。

"该死,"轮椅男人在我背后的某处说,"希望他们别再让人这么躺在地上了。哪天卡洛斯上来找东西吃,肯定会把这些人吓个半死。"

我发誓,自从来到这个鬼地方,他们无论说什么,我听着都像外国话。这让我越来越生气。

不具名小镇蜘蛛隔离区的四位新居民笨拙地晃晃悠悠爬起来,蹒跚着走进院子。最后一个人刚穿过铁丝网,大门就自动关上了。速度很快,它从完全打开到关闭只用了短短两秒。

金发大块头——TJ说过他叫欧文——对他们吼道:"欢迎来到隔离区。仔细听我要说的话,我说完之前别开口。这样能节省你们很多提问的时间。"

他的声音回荡在草坪上,铁肺吐出的字词劈裂空气,就像森林里的猎枪枪声。

"如你们所见,这里没有看守,没有联邦人员,没有士兵。他们几天前就跑掉了。我们当然无所谓,我们有食物、水和医疗物资,基本需求都能得到满足。以上是好消息。坏消息是无法通信。没有电话、互联网、电视和收音机。就算有设备,也收不到信号。我们被切断了联系。"

欧文停顿片刻,让他们理解这段话。

"另外,这里也没有供电。电力也许能恢复,也许不能。没有电,我们活了下来,也还能继续活下去,直到外面的人搞明白,来放我们离开这个监狱。好了,现在你们了解情况了,我要说最重要的部分——我们这里有三百多个人。你们见到的所有人都没被感染。"

再次停顿。他依次与四人对视。

我记得田纳特说过有五百……

"对,没错。我们还被关在这儿,因为过了九天,联邦人员也没有研究出有效的检测方法,他们只能瞎猜。我不敢打赌你们几个都没被感染。因此我们的办法是这样的——我们这儿有个专家,他能凭肉眼分辨感染与否。让他从头到脚查看你们,假如他说你身体健康,我们就剪断手铐,带你进大楼,给你安排房间,发放毛毯和需要的其他东西。听懂了吗?"

没人回答。

欧文望向我,新来的年轻人跟着看向我。其他所有人都盯着我。我没法呼吸了。

TJ说:"去吧,做该做的事情。"

TJ陪我走向第一个男人,他看着像个电脑宅,脸上长着青春痘。他眯着眼睛看我们,估计把眼镜丢在什么地方了。TJ说:"先生,请张开嘴给我们看看。"他的声音忽然提醒我他在军队里待过好几年。

年轻人的眼睛转来转去,似乎在寻找能救他脱离苦海的神仙。

朋友,请冷静一下。我只想看看有没有能控制意识的蜘蛛怪物寄生在你的脑袋里。

他张开嘴。看上去像是普通人的嘴巴,后槽牙上有许多龋洞。

我说:"他没事。"

年轻人同时闭上了嘴巴和眼睛,如释重负的感觉像是卸下背负的巨石。我突然意识到自己是隔离区里权力最大的一个人。

TJ说:"先生,你叫什么名字?"

"蒂姆。"电脑宅说。

"蒂姆,欢迎来到隔离区。我们很高兴接待你。"TJ把他转过来,掏出剪线钳,剪断充当手铐的束线带。年轻人开始揉搓他手腕上的深红色印痕。

我走向下一个小伙子。他身材高大,方下巴,很可能在高中或大学里打篮球。我还没开口,他就主动张开嘴,转动舌头,确保我看得清清楚楚。他非常自信。他属于一辈子从来不会无法通过测试的那种人,无论是生理方面还是心理方面。也许有朝一日他能当上参议员。他的牙齿毫无瑕疵。

我说:"行,他没事。"

剪断手铐的时候,他自我介绍道:"我叫凯文,凯文·罗斯。要是能找点东西搭在刀片刺网上,我十秒钟之内就能翻过去。弄几块毯子之类的东西挂上去。"

TJ说:"嗯,我们动过这个念头,结果不怎么好看。"

还剩下两个人,那个姑娘,还有个卷毛小子,他让我想到乔纳·希尔在《太坏了》里扮演的角色。

接下来轮到姑娘。她是个嬉皮妹,尽管穿着红色连体服,我还是能看出来。她头发里随机编了些辫子,眼睛里有那种毒虫的信任眼神,就好像她一眼就能看见你灵魂里的良善。

她对我露出我只能称之为惨笑的笑容,用颤抖的声音说:"嗨,你叫什么?"

"大卫。张开嘴给我看一眼就行。"

"大卫,我想吐。"

"那我就站到旁边好了。只需要一秒钟。"

她再次微笑。一滴眼泪淌下面颊。

我说:"来吧,张嘴。"

她张开嘴。她显然抽烟,门牙有些黄渍,但没有蛀牙。好事。

她在痛哭。

我说:"没事,看着挺好。你冷静一下,可以吗?很快就过去了。"我伸手按住她的胳膊。看看我,我表现得像个掌控全局的职业人士。

别担心!我是专家!

她在啜泣之间低声说着什么,我听不清楚。

"你说什么?"

"再看一次。"

"要是你坚持,当然可以,但——"

"一周前我做了舌头穿刺,上面有个舌钉。"她闭紧双眼抽泣,努力吸气,吐出想说的话,"但现在没有了。"

"什么?我不明——"

但我明白。

一天早晨她醒来后,意识到嘴巴不再属于自己。

天哪,不,千万不要。

她张开嘴,这次张到最大。我不想看,但我不得不看。对,当然了,我看见了。她的下门牙和下嘴唇之间有两个黑色口钩。

我惊恐地向后一缩,周围的所有人跟着向后缩。

欧文已经动了起来,他大踏步从背后走向女孩,用意明确。她跪倒在地,泪流满面。

TJ走到我面前,把我从她身旁推开。我说:"好的,好的。你……呃,你说你能治好他们,对吧?这儿有什么治疗手段吗?"

TJ说:"哥们,捂住耳朵。"他把看着像棉球的东西塞进耳朵。我周围的人都用手捂住耳朵。

"为什么要——"

欧文走到女孩背后,从腰间拔出一把自动手枪,她的脑浆顿时溅在了面前的草地上。

她的尸体"扑通"一声倒下。另外三个新来的惊恐狂呼。

我以为大家捂住耳朵是害怕枪声,但刺耳的尖啸随即开始,那是蜘蛛怪物的叫声。我尽可能使劲地把手指插进耳道,但依然能感觉尖啸让我的骨头颤抖。

他们的动作飞快。欧文——我注意到他耳朵里塞的是烟头——把女孩翻过来。我看见蜘蛛正在钻出她的颅骨,它从女孩的嘴里向外爬,就像一条怪诞、巨大的黑色舌头。TJ拧开两个塑料罐的盖子,小心翼翼地把一罐液体倒进另外一罐里,他在混合某种东西。过了一会儿,装混合液的塑料罐冒出蒸汽或烟雾。欧文后退,TJ把塑料罐里的所有液体都倒进女孩的嘴巴。

尖啸声提升了几个等级,连我的内脏都开始跟着颤抖。蜘蛛挣扎扑腾。女孩的面颊和嘴唇被酸液溶解,液体蚀穿她的皮肤,流淌出来。蜘蛛也在溶解,扑腾的长腿一根根断落。

恐怖的叫声渐渐平息,它不再动弹了。

欧文把枪插回腰间,抓住女孩的双脚。他说:"快点,免得卡洛斯跑来叫喊。"

我在心里称为轮椅男人的那家伙挤开我,抓住女孩的手腕。两人拖着她走向呼呼燃烧的篝火。他们数到三,把尸体扔进烈焰,火花向天空爆开。火焰撕扯她的血肉,我闻到了不久前我误以为是烤肋排的味道。

这时我终于看清了。

骨头。

篝火里是许许多多的骨头,全都是骨头。被烧黑的颅骨、肋骨、骨盆、腿骨和肱骨像棍子似的戳在外面。数以百计的骨头。

女孩的头发在燃烧。连体服化作黑色的布条,从她身上剥落下来,仿佛被烤得脱去肠衣的热狗。我刚刚还在和她交谈。

我这辈子都不会忘记这股气味。我这辈子都不可能吃肉了。

欧文对我说:"坚持一下,哥们。还有一个呢。"

"不,不。这个……肯定还有其他的办法。"

欧文吼道:"狗屁。你把萨尔挑出来的时候一点问题都没有。现在怎么他妈的没勇气了?"

"老兄,我不记得了——好吧,哎,以前是以前。那……都是过去了,现在无所谓了。我没法再做下去了。非常抱歉。"

我背后骚动起来。TJ 喊道:"喂!停下!别跑!"

他在朝像是篮球运动员的凯文喊叫。凯文跑向铁丝网,跳起来,落在铁丝网一半高度的地方,用手指钩住铁丝。他爬向刀片刺网——

他掉下来了,摔在地上,像是撞击测试使用的假人,软绵绵的,像一堆死肉。血泊在他面部底下扩散。他的头盖骨缺了一大块。

我根本没听见干掉他的枪声。我转来转去寻找枪手,可没看见任何人。天空中只有几只鸟,它们舒展着翅膀,乘着热气在我们头顶上懒洋洋地盘旋。也许是秃鹫,象征死亡的枪声对它们来说就是开饭的铃声。

TJ 说:"白痴。怎么,他以为我们待在这儿是因为没人会爬铁丝网?该死。维修室里有延长扶梯,我可以送他一架的。"

乔纳·希尔长相的小伙子被吓得无法动弹。他的双手还被绑在背后。他瞪大眼睛,嘴唇发白,抿得太紧的嘴巴把血液全都挤了出来。欧文走到他背后,用枪口顶着他的后脑勺。

"你检查他,否则我现在就治好他。从那道门进来的人都是一样的待遇。狗娘养的卡洛斯钻来钻去就已经够糟糕了,如果变成三个、六个甚至一打,那还得了?联邦人员过一个月再进来,只会找到尸块、碎骨头和会爬的噩梦。我有老婆,我想回去和她团聚,还想再见到我的孩子。联邦人员把我们扔在这儿,等着看我们被撕成碎片,但是我们会出去的。等那道门终于打开,他们发出安全信号,我要自己走出去——作为一个人。你要么帮我,要么不帮,你自己选。"

我对年轻人说:"你张嘴,否则他会一枪崩了你。"

年轻人张开嘴。我拉开他的下嘴唇和上嘴唇。年轻人戴着牙箍,除此之外我没看见任何异物。

"他没事。"

欧文说:"你确定吗?"

"确定。"

欧文收起枪,用折刀割断捆住年轻人双手的束线带。

"小子,你叫什么?"

"科里。我好像要晕过去了。"

欧文拎起一把翻倒的轮椅,正过来放下。"坐下,别摔在地上。"

科里坐下,用双手抱住脑袋,努力想清醒过来,他肯定觉得自己在做噩梦。欧文、TJ 和轮椅男人布鲁斯走向铁丝网,去给篮球小子收尸。我估计是抬去烧掉。那堆骨头里又要多几根了。

我背后有个颤抖的声音说:"这么做不对。他们怎么可能允许这么做?政府在哪儿?军队呢?警察呢?"

说话的是我检查的第一个年轻人,电脑宅蒂姆。我连头也没回就对他说:"朋友,我看我们只能自生自灭了。"

他们拖着篮球小子的尸体走向篝火。我没法再看第二次了。我转身面对蒂姆,他正盘着腿坐在地上。

"喂,我看你最好别坐在草地上。他们忌讳这个。"

"为什么?"

"因为……似乎会招来卡洛斯。"

"卡洛斯是谁?"

"不知道。看守?我也才刚来。"

我感觉到某种东西在脚下隆隆震动,很微弱,就好像附近有人在使用手提钻或播放咚咚咚的重低音舞曲。但我没听见声音,只感到土地在震颤。人们开始奔逃呼喊。TJ跑向我们,挥舞着手臂说:"快起来!从地上起来!"

蒂姆终于被说服了,他打开双腿,准备起身——

他的面容凝固在一个惶惑而震惊的表情上。他张开下巴,嘴唇翕动,发出无声的尖叫。他的眼睛与我对视,我猜人们在小巷里被人从背后捅刀子大概就是这个模样。

"喂,你怎么——"

他惨叫。他用手撑住身体,但屁股像被胶水粘在了地上。他再次惨叫,叫声断断续续,就好像来自总是被切断信号的麦克风。

像狐狸咬断自己的腿以摆脱捕兽夹那样,蒂姆使出了动物求生的力量挣扎,终于双脚踩到地上,用剩下的全部力量将身体推离了地面。他从草地上起来了一英尺左右,有那么一瞬间,我看见某种东西把他拴在地上。他仿佛在排泄意大利面。一团蠕动的细长触手,转动、卷曲、盘旋,从底下钻进他的腹部,就像在操纵木偶。

蒂姆重重地坐回地上。他最后尖叫了一声,然后开始痉挛,尖叫变成了一下下的"啊"。他翻了白眼,嘴里喷出鲜血。我好像看见一根细长的黄色触手在他牙齿之间一闪而过。蒂姆的身体抖了一次、两次、三次。随着一声湿漉漉的吸食声响,他软绵绵地朝着侧面倒下。

他倒下以后,地上多了马铃薯袋那么大的一堆内脏。黄色触手上来,把那堆粉色东西拖下去。除了地面上那个血糊糊的洞口,没有痕迹能证明它曾经来过。

轮椅男人气喘吁吁地在 TJ 背后站住,说:"他妈的卡洛斯,哥们,我说过了,咱们还有机会的时候就该弄死他。"

TJ 似乎非常冷静——

因为他不止一次见过这个景象了,真该死!

他叹息道:"唉。我们当时还不知道现在会发生的事情,对吧?重要的是咱们现在知道了,就得按照流程办事。"

他望着我,说:"对吧,蜘蛛侠?"

我没有回答。

欧文气呼呼地走到他们背后,指着我说:"他没发现那个姑娘,你们没注意到吗?要我说,哥们,我没兴趣再听他所谓的百分之百命中率了。"

"我说过了,他刚从地洞里回来,还晕晕乎乎的呢。"

"哦,对,说到地洞,那儿究竟发生了什么?咱们不知道,对吧?说不定根本不是同一个人了呢!我看他连自己叫什么都不知道。"

TJ 反驳道:"对啊,那姑娘是穿红衣服的。还是你没注意到你也穿着红色的?这就是一连三个红衣服了。感染率少说也有四分之三,被烧的却是个红衣服。你不觉得有问题吗?"

"TJ,你想谈这个是吧?咱们开个研讨会好了,你、我还有我的贝瑞塔 M9 手枪。你说怎么样?"

"去你妈的。"

我就喜欢黑人说"去你妈的"的语气。重音放在第一个音节上,就像把语言变成了拳头。不知道他们会不会在镜子前练习。TJ 和欧文互相瞪了一分钟,然后 TJ 将视线转向卷毛小子科里。

"来吧,咱们去里面。三具尸体烧起来味道会很难闻。哦,对了,欢迎来到隔离区。"

大家都往楼上走。TJ 说:"你该去二楼看看医生。他一直在问你的情况,你可以让他看看你的记忆什么的。"

去他的吧。我既不去二楼,也不去五楼。我要去屋顶。

我必须离开这个该死的疯人院。我想去最高处看看外面,搞清楚究竟是什么把我们困在里面。TJ 跟着我,想让我相信我们早就上去看过了,而且是我本人宣布的"没什么可看的"。听他说完,我依然坚持要去,他甚至都没有吃惊。

五分钟后,我们来到十层楼上,站在鸟粪和沉寂的空调机之间,望着底下院子里闲逛的红色和绿色人影。起风了,垃圾滚过草坪,纸盘和食物包装袋像风雪堆似的在西面铁丝网前越积越多。囚犯红的和红的在一起,绿的和绿的在一起,三五成群聊天,就像全世界最糟糕的圣诞庆典。今天是个暖和的日子(呃,十一月中?),但黄昏将近,屋顶上能冻死人。不过我不在乎。我从屋顶一侧走到另一侧,扫视底下的景象。惊恐发作随着心跳慢慢攥紧了我的大脑。

以前那个大卫没说错,这儿没什么可看的。一道铁丝网,又一道铁丝网,然后是镇区。铁门外有几顶白色帐篷,但没有卫兵背着步枪沿铁丝网巡逻,什么都没有。

这还不够,这他妈不够把我关在这儿。我为什么还待在这儿?老天在上,那姑娘头发燃烧的气味……

我问 TJ："射手在哪儿？"

"什么手？"

"枪手，哥们。狙击手，干掉那小子的家伙。他们不可能从救济院开枪，那儿太远了。"

我望向救济院，巨大的四方形灰色砖石建筑物，长着青苔，令人感到压抑，盘踞在一些树木之中，旁边一座比较小但样式相同的方形建筑物，就好像盖完主楼后还剩下一些砖块，但不够盖另一幢完整的大楼了。那里的屋顶上没有背着步枪的士兵。事实上一个人也没有。

TJ 指了指天空。

我顺着他的手指往上看，见到了在我们头顶上慵懒盘旋的大鸟。我耸了耸肩。"你要我看什么？"

"哥们，和你说话……"他微笑着摇了摇头，"就好像你是时间旅行者。不，不对，就好像你是刚解冻的穴居人。'未来人，这是什么奇怪的妖法？'"

他又指了指天空。

"狙击无人机。338 口径的步枪安装在无人机底下，电脑辅助瞄准系统，能在一千码外把杀伤性子弹打进你的大脑。它在阿富汗执行过刺杀任务。当初坦戈去参加一个小子的生日派对，地狱火导弹把他们连锅端掉。无人机比那东西利落多了。"

我抬头望向在云层下滑翔的两个小黑点，我宁可希望它们是秃鹫。他继续道："倒不是说它们没有携带导弹。无人机飞上去后看起来很小，但落下来其实相当大，和真飞机尺寸差不多，机翼下挂着地狱火，那东西立起来差不多和你一样高。要是底下事态失控，无人机朝院子里射一发就能做掉我们三十个人。"

"无人机？所以这地方由机器人控场？"

"不，不是的，通过遥控。有人坐在某个地方的控制台前，右手边是一杯咖啡，左手边是果酱甜甜圈，屏幕上是医院缓慢转动的黑白画面。夜里他可以看红外画面。要是起雾或我们发神经制造烟雾遮蔽踪迹，他就会切到热成像。也许这会儿他正在看我们。挥手和他打个招呼吧，但别做有威胁性的动作，他能拉近镜头，让你的脑袋充满屏幕。枪管由电脑保证稳定性，自动补偿颤抖、风速和其他因素。"

"行吧。"我用双手捋头发，努力思考，"好的，那么，操作人员就在底下的帐篷里？要是咱们把人弄过去，揍得他满地找牙……"

"不，不行，我们试过了。无人机操作员在几个州之外的内华达，信不信由你。第十七侦察中队。克里奇空军基地，就在拉斯维加斯郊外。尽管基地离这儿一千八百英里左右，但他只要按下红色的'开火'按钮，零点七五秒后，指令就会送达无人机。"

"见鬼。"我弯腰歇气。

呼吸。好好呼吸。

"我明白你的感受。你和我这辈子缴的全部税加起来都不够那东西换个翅膀的，想一想就不舒服。你冷静一下，好吗？"

"好的，所以上面有两架无人机？"

他点点头说："我看其中一架负责侦察，很可能设定为同时扫描整片区域，另一架有武器——"

"好的，那咱们怎么——"

"你用不着问，我告诉你，不行，我们不可能同时跑向铁丝网的各个地点，希望他们无法同时攻击太多目标。他们在铁丝网外部署了地面系统，名叫'角斗士'的地面火力单元。看上去像小型吉普车,但没有驾驶座,后排座位安装了枪械。他们在角斗士之间的地面上安装了震动感应器、活动感应器和体热感应器,激光等应有尽有。只要有比小兔子更大的物体企图溜出去,它就会遇到非常倒霉的事情。另外,不,我们没有办法挖隧道。就算我们有工具——其实并没有;有办法躲过无人机的注意——同样没有,我们能挖隧道去哪儿呢?除了那儿有个该死的 REPER 控制中心,我们对外界的情况一无所知。我是说,我知道地形,你应该也知道,但即便我们能找到一个出口地点,土质疏松,足够隐蔽,而且不太远,你怎么能知道你钻上去不会碰到巡逻车?六个星期的挖掘眨眼间就白费了。"

"又是那个缩写。REPER。本周之前你听说过这个名字吗?"

他摇摇头说:"没有。上周情况彻底恶化,疾病控制中心撤走后,这个 REPER 立刻取而代之。你看见这些人的装备了吧?凯芙拉涂层的生物防护服,改装版 M4,护面罩带有该死的平行显示瞄准系统。你觉得他们是一夜之间搞到这些装备的吗?这些防护服,一身大概就要五十万美元,是特制装备。这些人很清楚他们在干什么。他们冲进来,忽然就控制局势了。他们命令国民警卫队做这做那,就好像我们应该听他们指挥,其他人连屁也没放一个。他们叫我留下,我说'别废话,老子要上直升机'。结果你猜怎么着?我待在这儿了。从没见过这种事。"

我穿过屋顶向后走,望向建筑物后侧和那一小片树林。从高处望去,这片树林稀稀落落的,就像巴西式比基尼除毛的结果。远处升起烟柱,估计是什么人的屋子着火了,但我没听见警笛声。

TJ 跟着我,说:"知道吗?这种对话说到第二遍尤其让人气馁。"

我说:"但这儿一个人也没有,我想不通的事情就是这个。里面的全部活动似乎只有两个人在控制,所以怎么着?全凭无人机和感应器之类的东西了?"

"嗯,对,他们想尽量降低感染风险。他们不希望我这样的人继续扩大感染群体。要我说,自动机制似乎工作得挺好。你看见那小子企图爬铁丝网的下场了。"

一个女人在我们背后说:"你应该把他现在说的话记下来,下周你的脑子再被搞坏,就不需要他从头重复一遍了。"

霍普也来到了屋顶上。

我说:"我只是不能接受我们无法逃出这个鬼地方。我是说,这地方不是按监狱建造的,对吧?它是按医院建造的。他们不可能面面俱到。"

霍普大笑,对 TJ 说:"看着他再次经历五个阶段还挺好玩的。"

我说:"那是什么?"

TJ 解释道:"被他们扔到这儿来的所有人都一样。首先是困惑,明白吧?'发生什么了?我在哪儿?'这是第一阶段。然后你会进入第二阶段——生气。'他们怎么能这么对我们?我有人权。'好,然后是第三阶段——反抗。'我必须逃出去,肯定有办法逃出去。'第四阶段是沮丧。'为什么是我,哥们?真他妈的。我想回家,想见我女朋友。'然后你有可能会进入第五阶段,也就是'咱们必须努力适应这个局面,机敏行事'。"

"我以前真的打通关到了第五阶段?"

霍普说:"哦,没有。你卡在第二和第三阶段之间的某处了。"

费尔斯救济院大屠杀前 12 小时

　　约翰的脑袋涨得发疼。

　　他打电话给埃米，但埃米不理他。想吐的感觉从肚脐眼附近升起，一直涌到头皮。毫无疑问，有一小半原因是天亮时他吃的超大份蛋奶早餐——用来代谢他倒进体内的伏特加和皇冠威士忌，但主要还是因为他再次踏上了他标志性的倒霉大道。他的人生中存在这种片段，各种坏运气像线头似的汇聚成一个恐怖的结，所有人都指责他犯了错。就好像是他选择要事情变成这样似的。不，埃米，不是我决定让世界末日在本月降临的。

　　每次碰到这种时候，他就会切断与外部世界的联系，让事情自己过去。这是他和大卫的应对方法——他俩基本上不会同时坠入低谷，因此总有一个能给另一个鼓劲，把另一个从沙发里拔出来，去"镇上"寻欢作乐。（大卫提到不具名小镇永远要在半空中打引号，因为派对快车顶多只会经过两家酒吧和芒奇的拖车。）

　　约翰环顾四周，有点希望看见胡子拉碴的大卫也从地上爬起来。他会眯着眼睛左右看，头发乱得像野草，看着像是刚从恐龙肚子里被排泄出来的。他当然不在，永远也不会在了。约翰立刻想继续在地上睡下去。

　　等一等。地上？我他妈在哪儿？约翰在电话里告诉埃米说他回到旅馆了，但那是因为他不想承认他其实不知道自己在哪儿。他在某人家的地下室里。这底下有一整个酒吧。也许是兄弟会的窝点。他离学校很近，他只知道这一点。他最后的记忆是来到地下室，在六十英尺的电视上看二十四小时直播的世界末日，然后有人请他见识了名叫"爱尔兰汽车炸弹"的当代奇迹（健力士啤酒与百利甜酒兑尊美醇威士忌）。等他恢复意识，手机正在往他的太阳穴里发射噪音子弹，时间显示已经到了下午。约翰扫视周围的地面，看见好几个高个子黑人。他似乎和篮球队喝了一场。

约翰晃晃悠悠地起身，花了几分钟找鞋。他没找到，觉得和这儿的某位老兄换双鞋穿也不错。他在门口捡了双耐克穿上，这双鞋太大了，至少有十八码，看上去比他的鞋新，但他觉得可以回头再来找鞋的主人，问问他愿不愿意换回来。有人就喜欢稍微有点破的鞋子……

约翰意识到他在盯着墙看，不知不觉间已经看了好一会儿。他的大脑还在尝试启动，运行任务栏上的所有附加程序。最后，他逼着自己起身向外走。要是他不过去安抚一下，埃米肯定会心急火燎地做出些傻事来。冷风迎面而来，他看见布朗科随随便便横在草坪上，车门被喷上了"丧尸攻击车"这几个字，他忍不住骂了一句，但随即发现那是他自己的字迹。

他发动皮卡，看见宿舍楼就耸立在前方。他离埃米说的墨西哥餐厅门口的车站其实只有五六个街区。太好了。他让布朗科空转了一会儿，等空调吹出暖风。

约翰很容易就找到了公共汽车站，但那儿没有公共汽车，而是停着四辆没有窗户的黑色厢式货车。黄色胶带的绳圈包围了整条人行道和另一侧的停车场。到处都是穿黑色密封防护服的怪人。

埃米不见踪影。

约翰在马路中间急刹车，推开布朗科的车门，跑向第一辆厢式货车。他一把拉开货车的后门。

"埃米！喂！"

车里没人。他跑向第二辆货车。还没等他打开车门，两个穿密封防护服的男人就抓住了他。

"先生！先生！你这么做有感染的风——"

"埃米！"

他们拖着约翰离开货车，把他按倒在人行道上。约翰看清楚了他们的打扮——真吓人。他们的头罩上镶着染色玻璃，光线照上去会反射出血红色。他们穿防弹背心，背冲锋枪，佩戴无线电和其他零碎设备，像是正要赶赴火星战场。

第三个穿密封防护服的男人走过来，问："怎么，他是家人吗？"

约翰说："对！我是埃米·沙利文的……老爸。"

"先生！你知道——"

"听我说！我被感染了！带我走，放她离开！感染，我浑身都是。看看我这双脚，大得不像人类！"

男人对同伴说："好吧，确认一下他的身份，让他和奥托坐一辆车。"

九天以来的第二次，约翰的双手被束线带手铐捆在了背后。他被塞进第三辆厢式货车，但埃米依然不在车里。二十分钟后，货车启动，他知道再过两个多小时，他和埃米就会回到不具名小镇了。他必须在这段时间内想出一个计划。

四十五分钟前……

约翰被厢式货车拉走前四十五分钟……

埃米正坐在车站长椅上等政府人员赶来,看见另外四个人拎着装枪的箱子和军用背包走过。他们是什么人?民兵吗?比起丧尸爆发,见到普通人带着武器走来走去更让她害怕。假如社会崩溃,文明堕落到这个地步,人人带枪,为了食品和药物殊死搏斗,她该何去何从呢?她不够强壮,也没有强壮的朋友,更没有家人。与她关系最亲近的是大卫,假如他受伤或者——

"不好意思,请问你叫什么?"

埃米抬起头,以为会看见穿连体服、戴防毒面具的角色,但站在她面前的男人打扮得像嬉皮士——留大胡子,戴眼镜,穿黑色呢子短大衣。

"埃米。"

"你好。我叫乔希。咱们总能碰上。Z日那天的长途车上,咱们的座位隔着一条过道,记得吗?然后我回到学校,发现你就住在我楼下。"

埃米想起他了,但要是他不提,她恐怕永远也想不起来。他长得挺好看,但和校园里的另外七百个男人没什么区别——同样的体格,同样的胡子,同样的眼镜。

Z日?

"哦，对，我想起来了。"

"你有认识的人被困在不具名小镇吗？"

"我男朋友在那儿。"

"我也是。不，不是我男朋友。我不是同性恋。是我弟弟、我侄子和我最好的朋友。当然了，他们是三个不同的人。你来这儿是为了集会吗？"

"哦，不。我在等人来接我。"她忽然意识到乔希肩膀上的带子不是背包，而是装步枪的箱子。"等一等，你是说所有人都去参加的枪支大会吗？我把枪全留在家里了。"

"你还是应该去看看。"他从内袋里掏出一张纸，她都不需要仔细看，他一打开，她就认出了上面巨大的Z字。"等接你的人来了，也叫上他们。"

"哦，依我看，他们是不会想去的。疾病控制中心的什么人要来接我去隔离区。"

乔希警觉起来。"你说什么？"

"对，我在这儿浪费了一个星期，最后我说，去他的吧，既然大卫在里面，那我也进去好了。所以我请他们来接我。"

乔希紧张兮兮地扫视街道，然后说："听着，埃米，你必须跟我走。给我十分钟，听我解释正在发生什么。假如听我说完，你认为我不对，那我就送你回来。该死，我们亲自开车送你去检查站。看来你没有掌握全部情况，现在我必须告诉你，假如你跟来接你的人走，就永远也见不到你男朋友了。"

他再次紧张地扫视街道。

"来吧。咱们先离开人行道，然后我向你解释所有事情。"

埃米叹了口气，撩开眼前的头发。"知道吗？很多绑架案就是这么开始的。"

"咱们一直往前走,去火药桶那儿。那里会有很多人,全都是带突击步枪和霰弹枪的红脖子,谁敢碰你就会变成筛子。走吧。没时间了。"

他把一只手插进她的腋窝。

"起来。"

她跟着他走了。两人顺着人行道匆忙前进,乔希的一只手按在她背上,推着她向前走。他们缩着脖子,像是在躲避机关枪的火力。

火药桶是一家枪店兼射击场,不是埃米想象中的同性恋俱乐部(这不是什么无聊的小圈子笑话,她要过上好几天才会想起来,她印象中的那家夜店名叫防空洞)。店里人满为患,所有人都武装到了牙齿。换到地球上任何一个其他国家,这种集会都会引来全面的军事打击。

乔希推着她进门,钻进人群。他停下来,对两个带霰弹枪的魁梧壮汉说:"REPER 在找她。要是他们在门口出现,就说我们从没见过她。"

埃米心想,他在说掠夺者吗?《萤火虫》剧集里的那个?

乔希往里面走,拉着埃米穿过人群,来到店堂最前面。埃米依然拎着她的一袋药品和傻乎乎的枕头。

他来到一个角落里,白色被单被挂在一排耳罩和护目镜前。乔希靠在墙上,走上一个装陶土飞靶的大纸板箱,他的脑袋比整个人群高出了两英尺。他示意所有人安静,然后说:"好了,各位,咱们没多少时间。首先我要说清楚一点,每次集会开始我都这么说,你们有些人是被亲戚朋友拉来的,听见'丧尸'这件事就翻白眼。

假如你们不喜欢这个词,随便选个其他的说法好了。'丧尸反应别动队'是个俱乐部,目标是提高体能,提供武器与安全训练以及野外求生技巧。我认为有些技能是每个人无论如何都应该具备的,因为它们能在各种自然灾害和社会动荡的情况下救人一命。将丧尸作为切入点只是我们的乐趣所在,显而易见,我们不可能知道会有现在这种事发生。"

他停顿片刻。对他来说,这一点似乎极其重要。

"因此,假如你们不喜欢'丧尸'这个说法,请随便在心里换成你们愿意听的任何字眼。然而就讨论所希望达到的目标而言,我会继续使用'丧尸'这个词。被感染者有传染性,呈现出兽性,对其他人有掠食行为,能在极端的脏器与组织创伤的情况下继续生存。因此,无论科学最终会给这场爆发找到什么理由,此刻这些怪物对你的人身安全构成的危险和处理它们的手段,都完全符合'丧尸'一词的内涵。所以,各位就担待着点吧。"

乔希朝人群中的一个人打了个手势,说:"弗雷多?"弗雷多应该在等他的信号,于是立刻打开连接着笔记本电脑的投影仪。乔希身旁的幕布上出现了一幅画面。

我亲爱的上帝啊,埃米心想,他们居然做了幻灯片演示。

乔希说:"好的,咱们飞快地过一遍。这是我们已知的情况。有些人肯定已经听过一遍了,请稍微等待一下。"

一张蓝色幻灯片出现 Comic Sans 字体的文字——起源?

"我们不知道感染是如何开始的,我们或许永远也不会知道。因为它的表现与科学所知的一切疾病都不一样,我倾向于认为这是人为的。事实上,我甚至认为这种病原体经过特别的设计,出于心理冲击的目的,会将受害者化作'丧尸'。自从狩猎-采集的年代,人类就开始害怕活死人。丧尸被烙印在我们的基因记忆之中。我刚在一本书里读到这些内容。弗雷多……"

下一张幻灯片。这张上有一幅线图,从零开始,迅速向上增长。从左到右的横坐标是从爆发开始的天数。

"OGZA 估计不具名小镇内边界的感染率截至上周三为百分之二十。到昨天已经超过百分之五十,并且将在四十八小时内达到百分之九十甚至百分之百。"

人群惊呼。埃米心想:这有可能是真的吗?有可能吗?还有,谁是 OGZA?

弗雷多切到下一张幻灯片,上面写着:谁是 OGZA?

"假如你没参加过上次集会,通过主流媒体跟踪事态发展,我来补充说明一下。镇上有一群抵抗战士组织起来,搜集补给品,寻找安全地点,待局势恶化时可以转入地下。他们自称'原爆点阿尔法军'。"

弗雷多切到最后一张幻灯片,上面写着:那么,政府是什么态度?

"这是我想说明的最后一点。之所以留在最后,是因为我希望你们今晚看电视时能记住这些话。政府内的一个匿名情报源泄露了疾病控制中心与一支特遣部队之间的一系列邮件,这支部队隶属于外来病原体快速根除研究机构,邮件中描述了他们称之为'莱帕德行动'的计划。从这些邮件中我们得知,爆发开始后的四十八小时内,根据对被感染者尸体的解剖,REPER 确定感染会引起极为剧烈的生理改变,而且是不可逆的。"

乔希再次停顿,让听众消化信息。

"即便他们能够杀死引起改变的生物——无论是细菌、病毒,还是寄生虫——宿主的整体神经系统都会失去人类的特征，被感染者无药可救。据此他们得出符合逻辑的结论，隔离区不是为了隔离被感染者并治疗他们，而是为了把他们集中在一个地方，一劳永逸地消灭他们，就像截去被感染的肢体。"

他又给了他们一点思考的时间。

"而我们此时的目标就是尽我们所能去帮他们实现这个目标。"

店堂里欢声雷动。

费尔斯救济院大屠杀前8小时

约翰发现他被塞进了他这辈子待过的最压抑的一个房间——在不具名小镇，这确实很能说明问题。房间曾经是活动室，属于压抑的旧费尔斯救济院。在他父亲还小的时候，这座建筑物就是个古老的闹鬼的地方了。比起外观，它的内部才是个真正的腐烂生霉的粪坑。活动室的长木条地板由于年代久远而翘曲变形、高低起伏，若是涂成蓝色，看上去和大风天的洋面不会有什么区别。

他没在这儿看见埃米，然而即便她在，他也不可能看见她——活动室被帘布分隔成几十个内有简易床的小隔间。身穿达斯·维德般密封防护服的工作人员推着小车挨个拜访这些所谓的房间，采集所有人的血样。约翰琢磨他们到底想查什么，而他很想知道自己血液中的酒精含量。

约翰的双手依然被绑在背后。工作人员拿着写字板向其他所有人念一张标准核查单上的问题（"你出现幻觉了吗？有无法解释的冲动或情绪波动吗？口部出现过任何不寻常的疼痛或皮损吗？"）。

但盘问过约翰之后，他们又回来过两次，询问他的姓名和他怎么会认识大卫和埃米，等等等等。最后他们问他知不知道埃米的下落。约翰只觉得解脱感从脑袋上涌了下来。

埃米不在他们手上。

第四次多了一个穿白色密封防护服的灰发笑面男人，约翰第一眼就讨厌上了他。

"嗨，约翰，你好。我是鲍勃·田纳特医生。今天感觉如何？"

"我好像认识你……"

"我不认为我有幸见过你，但我认识你的朋友大卫。"

"对，对，你是他的十字弓心理医生。"

田纳特拉过来一把办公室转椅，倒着骑在椅子上，双臂看似漫不经心、无拘无束地搁在椅背上，只可惜他身穿笨重而庞大的生物隔离防护服，因此显得荒谬可笑。他掏出一个小装置，上面用细导线连着一组夹子。

"请伸出你的左手。"

田纳特把五个夹子夹在约翰的手指上。导线的另一头连着一个带小屏幕的方盒，田纳特已设定好参数。这是要给他修剪指甲吗？

"现在请诚实地回答下列问题。你也许会觉得这些问题很古怪，但通过分析你的反应，我们能够知道你的情况的一些关键要素。"

约翰说："随你的便。等一等，你说你'认识'大卫，用的是现在时。大卫还……在吗？"

"这个问题等会儿再讨论。正如你所想，约翰，我们正在尽可能地给不需要我们帮助的人签发健康证明，这样就能将更多的时间和精力放在需要我们帮助的人身上了。"

"说到'帮助'，你指的是把他们扔进你们建立的那个该死的集中营吧?"

"你认为我们在这里做的事情不符合伦理。"

"这是……在开玩笑吗?你不会想说,政府知道这里究竟在发生什么吧?我们有……人权的。"

"你为什么这么说?"

"我为什么说我们有人权?等一等,这到底是搞什么?你是什么人?"

"你明白你这么问有多么讽刺吗?因为我在这儿完全是为了搞清楚你是谁——或者什么东西。不但是你,还有这个设施内的其他患者。"

"但我们依然有人权。"

"人类的权利。"

"对。"

"但你也许已经不是人类了。"

"我的天。你看看我,你他妈很清楚我没有任何问题。我坐在这儿用理性和你交谈,说的是英语。"

"有一种食肉龟,它们的舌头在演化中变得很像一种蠕虫,而生活在它们附近的鱼类喜欢吃这种蠕虫。鱼在追逐所谓'蠕虫'的时候会径直游入它的嘴巴,结果被强健的上下颚咬掉脑袋。假如有一种人类的捕猎者为了更有效率地猎食人类,学会了如何模仿人类的语言和行为方式,这恐怕无法让它变成人类,它的权利也不会受到宪法或一般道德体系的保护。"

"天啊,整个世界都他妈发疯了,对吧?所以你们就把所有人都关进集中营,觉得可以之后再甄别谁是谁?你们就是这么做的,对吧?"

"啊哈,你的朋友将隔离区称为监狱,但你更进一步叫它集中营!你们这一代在描述自己的倒霉处境时确实很有一套。"

"等一等,所以你确实和大卫谈过?他还活着?"

田纳特的目光从小屏幕上抬起来。"咱们来谈这个吧。这会是一个很好的切入点。假如大卫在这儿,但他被感染了,他依然还是大卫吗?"

"什么?"

"假如他的人格没有发生任何改变,但寄生虫使得他的头部变形,面部变成了水蛭的脸,嘴里长满一圈圈小尖牙,专门吸食人类的血液。你依然会认为那是你的老朋友吗?"

"你是想说他被感染了,还是在他妈的搞我?"

田纳特没有回答,而是低头去看连接约翰手指的设备屏幕,然后在写字板上做笔记。"很好。假如情况恰恰相反,比方说他的相貌和言谈举止依然像大卫,但事实上变成了一个非人类的猎食者。你会有什么感觉?请回答。"

"你是认真的吗?"

"请回答,我们还有许多患者要处理呢。"

"我会觉得很难过。"

田纳特点点头,在写字板上勾掉什么东西。

"再假如,他没有受到感染,但被送进隔离区,和几百个感染者待在一起,感染侵蚀了他们大脑中负责做出道德决定的区域。假如他们制伏了大卫,捆住他,在他嘴里排便,用胶带封住他的嘴巴,让他一整个星期躺在那儿扭动,慢慢吞咽粪便,你会有什么感觉?"

"你到底是什么人?"

田纳特在屏幕上点一下,接着在写字板上画一下。"快好了。

那么,假如让你选择,一边是二十七个感染者在镇上轮奸埃米·沙利文十天,一边是做手术把大卫的大肠和嘴巴连接在一起,让他消化粪便,你会怎么选择?请用论据支撑你的答案。"

"你真是疯了。"

田纳特看一眼写字板,说:"假如让你选择,在无法预见未来和没有其他信息可供考虑的情况下,意志神鸦和贡纳杜鲁斯,你愿意和哪一个打?"

"这根本不是政府行动,对吧?"

"假如真的不是,说一说你对此有什么感受。"

"你们是整件事情的幕后黑手。你们在大卫家释放了那东西,并推动事态发展。你真正的名字是什么?"

田纳特漫不经心地看了一眼写字板上的下一页问卷,说:"可以了。约翰,你看起来挺健康的。接下来我们要观察你一夜,这是标准流程,别多想,明天上午咱们再重复一遍,交叉对比一下结果。从现在到那时候,我希望你认真思考一个问题:假如你此刻就携带着那种寄生虫,你怎么能够知道?"

约翰没有回答。田纳特起身,从约翰的手指上取下夹子,他的告别语是:"现在你大概会意识到你的下巴有重量,你需要花力气才能托住它不掉下去。晚安。"

费尔斯救济院大屠杀前7小时

埃米待在丧尸反应别动队的总部,其实是乔希父母给他的一辆旧房车。埃米估计他父母相当有钱。一面墙镶着枪架,摆着埃米从没在动作电影或电子游戏之外见过的五把枪。乔希坚持要向她展示这些枪械，还有他们囤积的成箱子弹和霰弹。她使劲点头，假装非常敬佩，其实她根本不知道自己究竟看见了什么。假如她拿起这些枪并扣动扳机，每一把的后坐力都能把她掀翻在地。乔希坚持认为这无关紧要，只要她想学，他就可以教她射击。他说她要喝什么、吃什么或者做什么事，他都乐意效劳——按摩，胸部摸查，随便什么都行。

埃米打不通约翰的电话，但此刻她有了心理准备，实话实说，她对约翰讨厌到骨头里去了。乔希打开笔记本电脑，向她展示不具名小镇的地图，某某人在不断更新丧尸目击事件的资料。地图一角有个大红圈，埃米问那里是有很多丧尸，还是有一个一眼就能看见的显眼丧尸。

"哦，那是医院，政府用铁丝网围了起来，当作隔离区。他们把那儿改造得像个超级监狱，情况太糟糕了，连疾病控制中心人员也没法待在里面。现在那里是垃圾场，只要发现市区内有人受到感染，就把他们送进铁丝网里。因此那块区域的感染率差不多就是百分之百，因为就算你没受到感染，他们把你扔进去，又能坚持多久不被感染呢？"

"但他们无法确定谁是感染者，谁不是，对吧？"

"对。"

"所以，假如你的邻居打电话给他们，说他们怀疑你是感染者，你就会被扔进那个营地。而营地里有几百个真正的感染者，已经变成了怪物。"

"我们听到的情况就是这样。"

"呃，这大概是我听说过的最可怕的事情了。"

"我今天在集会上说的就是这个。假如你是政府,你的任务是确保这东西不会扩散,一旦你结束清扫镇区,把所有疑似感染者关进这个大红点,你知道他们绝对不可能被治愈,那么你该拿这个大红点怎么办?我猜一颗 MOAB 炸弹就能解决问题——燃料空气炸弹能够把一平方英里内的所有东西都加热到四千度。"

"我打赌这炸弹的发明者和他老妈的关系肯定非常古怪。"

"什么?"

"你知道他们计划在什么时候动手吗?"

"非常可惜,不知道。"

"我查过他们网站上的名单,大卫不在里面。你认为这说明什么?"

"我认为这说明保持信息畅通不是他们优先考虑的问题。你看这个。"

埃米从乔希背后望过去,看见屏幕上在播放一段黑白画面的视频。看上去没有任何意义——有几个黑乎乎的方块和许多小点,正中央是白色准星,角落里有数字在变动。

"这是空中拍摄的画面,一名军机驾驶员泄露出来的,我认为是枪械的瞄准摄像头。这几个黑乎乎的方块是医院。假如他们拉远镜头,你会在左上角看见 REPER 总部,但这会儿不在屏幕上。看见这个了吗?你能大致看见隔离区边缘的铁丝网和其他东西。他很快就会拉近镜头,观察院子里……"

镜头闪烁着推近,驾驶员提高放大倍率。现在比较清晰了——埃米能分辨出那些小点是人,铁丝网外的物体是帐篷和卡车。

镜头再次推近。现在埃米能看见人的细节了,甚至能区分出坐着的和站着的人,有个人抬起手凑到嘴边,他在抽烟或吃东西。

她说:"等一等,铁丝网内是什么?是被感染的怪物丧尸?他们只是站在院子里,看上去就像普通人。"

"不。你看见这个斑块了吗?正中央的白色区域,那是热气,是火。看见从四面八方戳出来的东西了吗?那是尸体,是骨架或他们杀死的没被感染的人。他们似乎在焚烧尸体,算是某种原始的仪式——"

"大卫!看!"

"什么?"

"那是大卫!我看见他了!"

"你……你确定?这个清晰度我连男女都分不清——"

"我的天,他就在那儿。我的天,我必须告诉约翰。"

乔希依然不肯相信,埃米竟然能从外太空认出大卫的肢体语言。他盯着铁丝网看,抱着胳膊,而且非常生气。

她说:"咱们必须把他从里面弄出来,今晚或者明早。咱们多快能进去?"

"埃米……就算我们愿意冒险闯进隔离区,你还需要我告诉你有多少辆军车包围那地方吗?加上这段视频来源的飞行器。你听见我说这是枪械的瞄准摄像头了吧?"

"那我就自己去。我本来就想这么做,让他们带我去那地方。我本来就在等他们,却被你拦住了,结果我在这儿,大卫在里面,而他们打算把那地方烧到四千度。"

"埃米……就算那真的是他,但他在那儿和那些……东西在一起,他有可能已经不是自己了。事实上,几乎可以肯定不是了。"

"嗯哼,所以咱们多快能到那儿?"

费尔斯救济院大屠杀前 6 小时

TJ 声称现在是晚上九点左右,他说他看月亮就知道。听着像是鬼扯,但感觉应该差不多。他和霍普在我的房间里,霍普用固体酒精罐和咖啡壶烧开水。她说:"上一批补给品里有几箱通心粉和奶酪,但我们没有足够的燃料去煮面条。说起来,直到现在我才意识到烧水需要多少能量。我是说,我上过科学课,明白人们为什么用水灭火,但你在家里时不会思考这种问题。比如你冲热水澡,开着水槽的热水龙头刷牙,不会意识到为了加热这些水,需要某处烧好几磅煤去发电。我们过得太浪费了。"

TJ 说:"真该死,霍普,你为什么非得提到热水澡?今晚你是存心要对我展开心理折磨攻势,是吧?我做什么惹你生气了?"

她用手指试了试水温。"好了,我们有两种口味的方便面,不过吃起来都是一个味道。"

没过多久,我们坐在房间里用咖啡杯吃面条,听着走廊里隐约的交谈声,生活有一小会儿仿佛恢复了正常。就当我们在野营好了。我有一种奇异的超脱感,意识到这是卸下责任的感觉。没人指望我明天去上班,不会有人打电话找我,也不需要查看电子邮件,鬼魂爱好者更不会在脸书上跟踪我。我们的责任被剥夺得只剩下了最基本的生物需求——饥渴冷热。我明白了为什么一辈子坐牢的人出狱后反而无法生存。人的机能基本上只是在大脑所适应的水平上运转。

我问 TJ:"颜色是怎么一回事?红色和绿色。我们为什么会分成两个群体?"

"唔,问得好。没人知道。每个人都要进消毒室,你从消毒淋浴底下走出来,他们会递给你连体服。一半红,一半绿。他们什么都不告诉我们,也没有把我们分开关押。就是一句'来,穿上'。但你不需要是豪斯医生也能猜到,红色更有可能被蜘蛛寄生。卡洛斯是红色的,萨尔是红色的,还有丹尼、马库斯和那个胖子穆斯林。不是百分之百,但也超出了边际误差。红色意味着'高危',这大概是个普通常识。所有人都猜到了,但谁也不会说出来。颜色让我们自己分成两个群体。这就是颜色的用意。"

"唯一的枪在欧文手上?"

"对,除非其他人能找到第二把。欧文任命自己担任隔离区的'实际总统',因为他凑巧找到了在混战中留下的一把枪。人类历史差不多就是这么一回事。"

我们用木板钉钉上了破损的窗户,但依然能听见院子里的篝火烧得噼啪响。TJ继续说道:"大堂和大堂外的那块草坪、整个天井是共享领地。二楼是依然发挥医院功能的地方,他们留下了医生和两个护士负责照护病人。当然了,一般的病人。人们经常被碎玻璃割破手脚,有十来个人搞到了还能找到的违禁品。说起来,你回来以后和医生谈过吗?"

"没有,明天。"出于某个非常好的理由,我对医生有看法。

TJ接着说:"三楼和四楼是红衣服的领地,五楼及以上楼层属于穿绿衣服的。红绿两边,我们不至于一见面就想弄死对方,但如你所见,气氛会很紧张。另外,从比较低的楼层归谁所有就能看出枪在谁手里。"

"为什么?"

霍普插嘴道:"因为没电梯。没人想爬上爬下一百万级台阶回房间。人人都想待在下面。欧文宣布好楼层归他的人所有。"

我说:"我为什么会被再次送进救济院?"

TJ耸了耸肩。"他们难道会告诉我们?扬声器响起,命令你去大门口,然后卡车把你拉走了。那是星期五上午。不过现在你回来了。"

"我们能这样坚持多久?食物和其他东西总会用完吧?"

TJ说:"政府会送补给品来。卡车把成箱的各种东西倒在地上。我猜他们还会再送一次。"

"唔,但我想说的是……假如他们找不到治疗方法,连可靠的检测手段都研究不出来,只是不停地把疑似患者送进隔离区,然后……怎么办?十年后我们还待在这儿?肯定要想办法处理一下,对吧?"

TJ看着杯子,说:"换了你会怎么做?"

"扔核弹,写信向死难者的家人道歉,补偿几张内陆牛排屋的优惠券。全国其他所有地方都会长舒一口气。"

他耸耸肩说:"爆发开始后两分钟,这个谣言就冒出来了。无论走到哪儿都会听到这种鬼话。哥们,大家都看不起武装力量,对吧?丧尸电影看多了。在现实生活中,丧尸根本逃不掉。"

霍普说:"万一他们想掩盖呢?弄得像是出了什么意外。"

我说:"怎么,伪装成煤气管道爆炸?"

"不,他们只需要给我们的食物下毒,然后宣布我们死于感染。"

整个房间陷入沉默。

TJ说:"你们两个以为你们很愤世嫉俗,对吧?但还差得远呢。事实上,假如他们想要我们死,什么都不需要做。我们现在的处境,警察称之为'自清洁烤炉'。黑帮活动的一些区域,警察根本不会去管。过五年再回来,已经天下太平了,全靠自己的力量。明白吗？所有人都因为自相残杀死绝了。这儿的情况完全相同，因为我们不会组织起来，考虑如何并肩作战，而是会互相猜疑，就像欧文那样。"

他站起身。

"时间还早，不过我要去休息了。没电视，光线太暗，不能读书。我还能干什么？"

霍普说："唉，夜晚是最难熬的。只要没人送命，白天忍一忍总能过去，但夜晚似乎永远不会结束。"

TJ 说："同意。话虽如此，到了时间天还是会黑。地球才不管我们怎么想，只顾自己转个不停。"

霍普说夜晚是最难熬的，这话实在太轻描淡写了。TJ 离开，我意识到自己也筋疲力尽，然而在床上躺下以后我才切身体会到这儿没有照明和取暖，就好像生活在第三世界的集中营里。我努力回想 TJ 说的今天是星期几。星期日？所以全美国的其他地方都在看周末橄榄球狂欢夜。应该是吧？也许所有地方都变成了这样。全美国的每一个人都瑟缩在黑暗中等待。

TJ 和霍普在就寝时间离开这个房间，因此我猜这儿就是我的房间。我把能找到的所有毯子都裹在身上。我知道该去哪儿找毯子，就像我知道该去哪儿找三合板来钉窗户。我的记忆一直没有恢复，但按部就班的事情依然写在潜意识里。我忽然想到窗户是我自己打破的，我把一台小电视扔了出去。然而我不记得原因了。

我冷得发抖，把毛毯裹得更严实了。

医院仓库里有一堆应急煤油取暖器，但没有足够的煤油。五楼的走廊里有两台，他们每晚烧几个小时驱走寒气，然而也就如此了。

人们把水壶放在取暖器上，算是一石二鸟。有些人睡在走廊里，尽量靠近取暖器，但煤油燃烧的气味太难闻，那股怪味钻进我的脑袋，害得我头疼。TJ说这东西毕竟是航空燃料。

我继续颤抖，暖和不过来。颤抖也许另有原因。这里太安静了。没有电视，没有钟表滴答走动，没有通风口吹出暖风的呼呼声响，甚至没有无数电子设备那令人安心的运转声。直到它们消失，你才会注意到它们的存在。

有人在走廊里咳嗽。远处有条狗汪汪叫。

我还在颤抖。

记得有一次我喝醉酒之后和人探讨美国的监狱，他唠叨司法体系的不公，我唠叨政府每年在一名囚犯身上花四万块，为强奸犯和毒贩提供超级干净的旅馆，外加电脑室、电视室和桌球房。但现在我能理解他的意思了。知道你无法离开，感觉就像一把刀插在你肚子里转动。我只能想到铁丝网顶上的刀片刺网，爬上去就会割断你手上的筋腱。那是我们的政府架设的，在我脑海里就是我亲自动手的。数以百计的凶险刀片悬在半空中，最后一个企图逃跑之人的鲜血和脑浆洒在它底下十五英尺的草地上。然而，即便囚犯也知道刑期何时结束，他们可以在日历上数时间，觉得自己正在走向自由。但这地方呢？他们可以把我们关到老死。或者就像霍普说的，给食物下毒，又或者饿死我们，让无人机拿我们练习打靶，在院子里释放神经毒气。

我继续颤抖。

我停不下来。我侧躺着，把膝盖提到胸口，尝试止住颤抖。埃米此刻在哪儿？她离开镇区了吗？政府封锁了整座小镇，她怎么可能离开？

我猜我会躺在床上发抖，盯着墙壁，直到太阳升起。我能感觉到睡眠不会降临。然而后来等我听见房间里响起脚步声时，才意识到我已经睡着了。

我没有动。我睁开眼睛，盯着墙壁。没听见任何声音，心想我肯定是在做梦。我的眼皮渐渐合上——

我的床动了一下，体重的感觉。动作很温柔，慢慢地躺上来。

我心想：霍普？

早些时候她很友好，但我们是……那种友好吗？有那种可能性吗？我认为我不可能背叛埃米，但……孤零零地待在这么一个寒冷的地方，我能拒绝一个热乎乎的姑娘、柔软的皮肤和做唯一能让我忘记这一切的事情的机会吗？我承认我不讨厌这个想法。我一动不动，侧躺在床上，不确定自己该怎么做。我想向后伸出手，寻找大腿或臀部。漫不经心地，你明白的。只是为了确定一下背后是谁。不知道我会不会摸到她的裸体。想到这儿，我神经系统独立运转的一部分忽然活跃了起来。我慢慢伸出手，心脏怦怦跳。

不过也可能翻个身发现是TJ，身穿小小的豹纹丁字裤。

我伸出手，同时翻了个身。

我抓住的是一把红色软毛。

莫　莉

按：不要问作者以下事件的细节是如何得到的。比起你能凭借想象力得出的任何推测，他的解释只会让你更加困惑和不满。

有经验的宠物主人都知道，假如宠物走失，第一步就是不要惊慌。绝大多数情况下，宠物会自己找到办法回家。

莫莉知道这个道理，因此九天前它的男性人类宠物首先失踪时，它并不怎么着急。刚开始，莫莉无论走到哪儿，见到的都是一片混乱，因此它认为他的失踪与此有关。

那天所有人都在彼此叫骂，奔跑和倒下，它很难找到一个安静的地方睡觉。不过它最后还是在两座建筑物之间找到了一个阴凉的地方，蜷缩在人们用来存放多余食物的绿色大箱子的阴影里躺下。这个大箱子里有些很好闻的禽肉，也许已经放了四五天，不过这种箱子进去容易出来难，再说它也不饿——它刚吃完它的人类宠物昨天忘记奉上的剩余晚饭。

狗之间的语言——主要由两部分构成，一是细节极其丰富的嗅觉，二是对所有活物的良好但审慎的移情能力——无法完全翻译成英语。然而假如能够翻译，莫莉给它的人类宠物（也就是其他人称之为大卫的那个）起的名字大致可以翻译成"肉味"。他的呼吸中总是带着肉味——无论你什么时候遇到他，他都是这股气味，就好像他刚刚吃过肉。对于狗来说，这是一项令狗敬畏的巨大成就。它为"肉味"总能享受到如此盛宴的能力而感到自豪。它知道它把他训练得很好。

但它也知道"肉味"经常会惹麻烦，知道他没法照顾好自己，他很依赖它。每晚它守护他的屋子，赶走所有猎食者和坏家伙。莫莉偶尔会让他爱抚自己，感觉他的压力和愤懑会随之消解。它还负责捡起他不小心掉在地上的食物，他经常不小心把食物掉进透明的大口袋拎到院子里（任何人都能随便拿走），它必须把食物拣出来。

莫莉很确定,"肉味"自己一个人待着,顶多能坚持一两天。

天下大乱的那天晚上,莫莉在天黑后醒来,身体底下的硬地面变得很凉。开始下雨了。它找路回家,但花了很长时间,它不断停下来,探索各种气味。无论走到哪儿都能闻到刺鼻的烟味,到处都有东西在燃烧,它知道这肯定不是好消息,因为人类已经开始激动了。着火很少能让人类冷静下来。它停下来闻了闻一块新鲜食物,还有在食物旁淋雨的新鲜人类尸体。顺着这条路继续向前走了一小会儿,它停下来闻另一具尸体,这具尸体里面的一部分东西流出来淌到了地上。

来到离家很近的地方,又有几具这样的尸体躺在地上,身体的部件分离,有些被火烧过。其中一个非常小。没有一个是"肉味",否则它从远处就会闻到。这儿也有烟味,但没有着火,只是不久前焚烧过。你看,所有东西都在冒烟,泡在冷水里湿乎乎的。门开着,它走进屋子,径直走向它那装食物和水的盘子。

全都不对劲了。所有东西都黑乎乎地变形了。它那装水的盘子里有水,但那是雨水,而且有一股烟火味。装食物的盘子里空空如也。因此它知道"肉味"有麻烦了——他绝对不会忘记开饭时间的。他连喂莫莉都能忘记,天晓得他上次给自己吃饭是多久以前了。

莫莉站在放食物和水的盘子前,忽然注意到雨水依然落在它身上。不对劲。风也还在往它身上吹。暖气、灯光和无穷无尽的食物香味去哪儿了?它去找它的床,但床冷冰冰、湿漉漉的,而且奇怪地变得很平。它没法舒舒服服地躺下,它也讨厌在雨里睡觉,于是它跑到屋子外面,找到地板下那块空间的入口,有时候它不想被打扰就会钻进这里。底下暖和而干燥,没有风。它蜷在土地上躺好,开始打瞌睡,心想等"肉味"回来,它会允许他也来底下睡觉。

光线照进它睡觉之处的入口，莫莉本能地往暗处缩了缩。但它随即意识到"肉味"还没回家，他很可能躲在什么地方又饿又怕，等待莫莉去搭救。

莫莉出去狩猎。寻找"肉味"无疑应该从它最后一次见到他的地方开始，也就是他经常去买辣味肉卷的那栋小建筑物。它在早晨的阳光下沿着街道向前走，很失望地发现人类睡了一觉也还没有冷静下来。很多人依然穿着同样的衣服，将巨大的罩子盖在脑袋上，朝身穿不同衣服的人吆喝，也许是告诉他们也应该穿相同的衣服。"砰"的一声巨响，莫莉不禁畏缩。这么响的声音不会出现在正常的世界里，只有人类才会弄出这种怪声。一个穿不同衣服的人倒在地上，立刻没有了生命。

莫莉跑开，与呼喊的人拉开距离，最后扭头又看了一眼。它见到了一些怪事，不得不再次回头。穿不同衣服的那些人里有一个其实不是人。他看上去像人，但他是其他的某种东西，只是假装扮成人。穿相同衣服的那些人里也有一个是这样的，但它觉得穿相同衣服的其他人并没有发现。这个现象对莫莉来说并不新鲜，但它总会记在心里，因为这似乎会给"肉味"和他的朋友们带来巨大的烦恼。

莫莉快步跑过街道，来到卖辣味肉卷的小建筑物前。时间还早，这儿没人，但各种气味从此处喷发而出——不仅仅是这地方烹制的大堆奇异肉食的气味，还有人类的气味。莫莉嗅着地面，绕建筑物周围冰冷坚硬的土地走了整整一圈。它分辨出了"肉味"、一个企图伤害"肉味"的愤怒男人和约翰的气味。

它跟着这些气味走向那道窄门，窄门此刻敞开着。它又跟着气味走进一个小房间，小房间里塞满了不是食物的许多东西。它闻了又闻，立刻知道了一只负鼠充满戏剧性的漫长故事，几天前它在附近死去，身体里淌出液体，有人踩在液体里，然后走进这个房间。不到一天以前，还曾有一只猫在这儿睡觉。

狭小房间地上的剧情吸引了莫莉的注意力，它没有注意到太阳已经消失。它转过身，回到外面，却发现它已经不在小建筑物里了。此刻，它眼前是一段平坦的路面，新鲜的气味在它的鼻子里爆开。血。汗。烟雾。恐惧。

莫莉闻了又闻，汲取所有信息，通过鼻子重现惊恐人类杀死其他惊恐人类的故事。

有了。

"肉味"来过这儿。气味指向许多身穿相同衣服的人类聚集之处。"肉味"不在他们之中。前方有一道铁丝网，向左右两侧延伸到目光所及的范围之外，它感觉到"肉味"在铁丝网的另一侧。因此它只需要找个办法进去就行。应该不成问题。莫莉找到一个阳光充足的地方，蜷起来睡了一觉。

它花了整整一个星期才找到办法进去。在这段时间里，它被几个穿相同衣服的人追，也被其他狗追过，险些被车撞到的次数更是多得记不住了。但它做到了，它进入了这座巨大的建筑物，此处充满了可怕的气味——古老的病痛和缓慢的死亡，一层叠一层。它终于蜷在"肉味"身旁躺下，他们没有淋雨，一切又恢复了应有的样子。它坠入深度睡眠。这座巨大的建筑物里挤满了焦虑而紧张的人类，但它注意到其中很多并不是真正的人类。

费尔斯救济院大屠杀前4小时

约翰已经不记得他连续多少天醒来时不知道自己身处何方了。这地方充满了人、回声、吱嘎作响的木板和霉味。有人吼他,叫他起床。他在简易床上坐起来,睁开眼睛就见到了一个可怕的达斯·维德手持冲锋枪。约翰心想,哦,好极了。还是这套狗屁东西。

两个穿防护服的男人扑上来,把约翰从床上拽起来,粗暴地拖着他走出活动室,扔进破旧的淋浴房。古老的破损瓷砖被霉菌固定在一起。约翰以为他会见到十几个只戴头盔的赤裸男人在互相甩毛巾嬉闹,但房间里只有他一个人。早已干涸的淋浴室里堆满纸箱,纸箱里装着橡胶手套、注射器、垃圾袋和其他物资。他孤零零地等了十分钟,直到一个人走进来——

"福尔克纳警探!你怎么不穿防护服?"

福尔克纳身穿便装——牛仔裤和黑色套头毛衣,腋下是个空枪套。牛仔靴。有点胡须茬。约翰觉得这家伙从一条街的一头走到另一头,身上就会扑满女人。

福尔克纳说:"防护服根本没用,对吧?"

"也许能争取几秒钟。埃米在哪儿?"

"谁?"

"大卫的女朋友——红头发,只有一只手。被他们带走了。我们两个都是。但我觉得她跑掉了,他们似乎不知道她在哪儿。我不知道她在镇上,还是……"

"没见过她。"

"大卫在哪儿?"

"我可以去问,但他们不会告诉我。"

"因为你不为疾病控制中心工作？"

"搞成这样，你还觉得是疾病控制中心吗？你没看见那帮人的装备，他们用什么武器？不，他们不是疾病控制中心的人，我也不是他们当中的一个。我和你一样，正在接受感染检查。我是主动进来的。我说服他们让我和你谈谈，因为我说你也许掌握了一些情报，但等谈完话，我们都会被送进铁丝网里面的医院。听他们的说法，那地方可是有去无回。"

"你是主动进来的？警探，你肯定有什么了不起的计划。"

"我正在尽量克制脾气。你不明白吗？这些事会发生，都是因为你们这两个蠢货。"

"老兄，去你的吧。我不认为大卫活下来了。你不知道吗？我很确定镇上混乱的时候，他被人一枪崩了脑袋。就算没有，他也落在了那些暴民手上。无论如何……"

"呃，假如真是这样，那我就说声抱歉吧。不过我也不知道是不是真是这样。有些人在第一轮骚乱中被害，但我没听说他是其中之一。"

约翰耸了耸肩。

"不过这不是我的重点。"福尔克纳走到一个能看见活动室的地方——确定附近没有人能听见他们的交谈。

"我的重点是，我已经见到了我需要见到的一切。因此我觉得，与其在他们的隔离区里腐烂，还不如去查清真相、拯救世界。"

约翰站起来。"这话我爱听。"

"别兴奋。要是我觉得你能帮忙，就会把你也弄出去。但你首先要证明你能帮助我。"

约翰又坐下。"哦，好的。要我表演一下空手道或者——"

"我看着你们两个走进卷饼铺子的一道门,然后再也没出来。你们去了哪儿?"

"小镇外的一个建筑工地。"

"怎么做到的?"

"魔法门。不,我说真的。你别生气。那道门有魔法。不是我的错。"

"但对我不起作用。铺子里负责烤东西的非法移民走进去,也不会在小镇外冒出来。"

"没错,绝大多数人都不行。我和大卫可以,镇上还有另外一些人也可以。是他们建造了这些门,我们只是凑巧发现了。"

"'这些门',是说不止一个?"

"对,到处都有。"

"建造它们的那些人是谁?"

"我们也很想知道。他们资金充足,有权有势,搞一些古怪的名堂。几乎可以肯定,应该为这场爆发负责的人就是他们。正如大卫想告诉你的,爆发的源头是隐形怪物。我认为那个田纳特和他们是一伙的,他有那种气场。"

"事情发生后过了几天,疾病控制中心、军队和其他人全部撤走,这个叫 REPER 的新机构进场。他们有合适的装备,为这件事情做过恰当的训练。而且在此之前,没人听说过他们。"

约翰耸了耸肩,像是在说:"听着就像他们干的。"

"这些人,你所谓的幕后黑手,除了建造魔法门和放出怪物,他们还做了其他事情吗?我不太明白他们怎么靠这种勾当挣钱。"

"大卫认为这些怪物是个意外,是某种副作用。他认为他们在暗地里用门做实验,量子传输、虫洞或者天晓得什么东西,结果扰乱了时空结构或者维度，稀奇古怪的玩意儿就钻了过来。来自——你明白的，其他空间维度或者谁知道哪个鬼地方。但别以为钻来的那些玩意儿只有会跑来跑去咬人的动物，有一些拥有智能，甚至是超级智能。暗影，就像幽灵。"

约翰从福尔克纳的表情看得出他没听懂。

"警探，我刚刚说的这些话并不是我们用想象力捏造出来的。我们在不同地方遭遇过从他们的行动中溜出来的东西。我们看上去只是一对浑球，但大卫费了很大的力气去拼凑线索。你来这儿以后也见过不少怪事，所以能稍微放开一点怀疑的口子吧。"

"这些人，你认为他们来自政府吗？"

"我认为政府来调查这儿发生的怪事时，这些人打几个电话就能让事情消失，永远结束。另外，他们在这儿待了很长时间。这座小镇的往事能追溯到历史书的第一页，甚至更遥远。"

"这座小镇有什么特殊的？"

"不知道。也许电磁场条件使得它特别适合做他们想做的事情，也许只是他们买了块便宜的土地。谁知道呢。"

"你和大卫为什么特殊？你们为什么能使用那些门？为什么能看见怪物？"

"短一点的答案是我们有魔法；长一点的答案是他和我摄入过一种魔法药剂，它给了我们特殊能力；更长的答案是街头出现过一种药物，看上去像糖浆或十几年没换过的机油，卖家叫它'酱油'。你用了以后就会立刻发生改变。它能掀开遮蔽感官的帘幕。用药之后的头几个小时，你会觉得自己是半个神，能穿过时间和空间，解开宇宙等谜题。然后劲头过去，你恢复正常。但有些作用是永久性的。你因此成了俱乐部的成员。"

"这药就来自那些人,对吧?所有古怪玩意儿都来自他们?"

"对。"

"那种药,你还有剩下的吗?"

"你最好别去碰它。它会杀死百分之九十九的接触者,绝大多数死得很惨。卖给我的人,被别人发现他的内脏溅得拖车里到处都是。不过,回答你的问题,对,我们确实还存了些'酱油'。"

"在哪儿?"

"我带你去取,不开玩笑。但咱们首先要离开这儿。"

"同意。"

"不过我掐指一算就知道他们不会同意释放咱们,你朝守门那家伙挥舞警徽也没用。"

福尔克纳说:"你偶尔也有蒙对的时候。不过不知道你有没有注意到,这些浑球挑了一百英里范围内最糟糕的建筑物充当临时总部。他们把发电机装在停车场里,将电缆挂在窗户上,纸箱也被堆得到处都是。我觉得他们没时间考虑出现意外状况该怎么办。比方说失火。"

"咱俩完全想到一块去了。咱们烧了这个鬼地方。"

福尔克纳闭上眼睛,徐徐吐出一口长气,说:"不,我们只需要弄出些烟雾,足以让他们出于谨慎将所有患者、人员和各种东西撤出大楼就行。那些人的密封防护服太笨重,很容易被电缆绊倒,患者会尝试逃跑。咱俩趁混乱溜走。那么,假如我现在出去,用诡计尽可能吸引工作人员的注意,你有足够的智力悄悄钻出去,找个垃圾箱,生一堆烟雾腾腾但受控的火吗?不至于酿成大祸的那种。"

约翰盯着他的眼睛,说:"把橡胶手套扔到火里,闻起来和短路着火一个味道。"

费尔斯救济院大屠杀前 3 小时 45 分钟

我带着莫莉走进走廊,想问有没有人在附近见过它。见鬼,也许它从一开始就在医院里,我们只是彼此错过了一万次。我不需要问就知道答案了——我们刚走进走廊,就有十几个人围上来说:"你是怎么把狗弄进来的?"

莫莉不会说话,它只会喘气、摇尾巴和让大家摸它。它脏乎乎的,腿和胸口结着泥块。难道它能在铁丝网底下神不知鬼不觉地挖洞吗?哪里能穿过两道铁丝网?

消息只花了十分钟就传到了底下的院子里,欧文召集开会,根据《罗伯特议事规则》,他的角色显然有这个权力,因为他是唯一的配枪者。没多久,至少一百个人围着篝火聚集在院子里。晚风冷如刀割,因此大家全都挤在燃烧的木炭和熏黑冒烟的胸腔周围,我们搓着手,希望没人在偷拍照片。若你在一堆烧得发光的骷髅头前烤手的照片在坊间流传,恐怕就没法竞选任何公职了。

欧文拿着自动手枪,但没有用它威胁任何人。在这个场景里,它是个仪式性的道具,就像法官的木槌。他说:"我不喜欢这事,这不合逻辑。这是一条大狗,不像小松鼠能穿过那些传感器和探测器。这条狗至少重一百磅,既然它能穿过封锁线,人应该也能做到。"

我说:"嗯,太对了。能进来就肯定能出去,对吧?也许有个地方能让人在铁丝网底下挖洞,谁也看不见——"

"笨蛋,"欧文打断我,"我们绕着铁丝网走了无数圈。哥们,我们从早到晚只有这一件事可做。不,没有合适的地方能挖穿铁丝网。这里没有雨水道,也没有《肖申克的救赎》里的那种大口径排污管。"

我耸了耸肩。"呃,医院封锁之后,我亲眼见过我的狗在镇上吃卷饼。它确实在铁丝网的外面,而且不是跟着最后一辆卡车进来的。因此……"

"说到这个,"欧文说,"我们该怎么处理它?"

我说:"为什么要考虑这个?有一点要说清楚,没有证据能证明狗有可能被感染,对吧?所以我们用不着担心这方面的事情。"

TJ说:"对,狗不会被感染。动物和小孩都不会被感染。"

欧文说:"你们肯赌上自己的性命吗?赌上我们所有人的性命?"

我说:"好吧,我来查看它的嘴巴。"

"那也不是百分之百准确的。"

"所以呢,你打算直接消灭它?它是我们能离开这儿的保证。"

"我们离开这儿的保证是维持此处的安全和秩序,直到听见一切安好的信号。就算你的狗能领我们踏上魔法列车的站台,带着所有人前往霍格沃茨,我们也没有任何理由要越狱。"

所有人都盯着欧文看,直到他说:"我说过了,我有个孩子。别他妈瞪我。"

我说:"假如你不是在一堆燃烧的骨架前演讲,这套'咱们保持冷静,暂且按兵不动'的说法还挺有说服力的。那么,咱们杀了这条狗,因为它有可能不是狗,而是某种无法探查的新品种怪物。然后呢?用同一套标准处理下一个走进铁门的人?欧文,这种狗屁办法的尽头在哪儿?等政府人员来宣布一切安好,到时却发现只剩下你和堆积如山的骨头了。"

欧文无法反驳。实话实说,我在他的表情中觉察到了解脱感。他总算不需要射杀一条狗了。

"要是它变成怪物,那就是你的责任。"欧文把枪塞进衣袋,这大概是会议解散的信号。红衣服挤挤攘攘,绿衣服回到大楼里。

我和 TJ 一起走,我说:"事情没这么简单,但我不想直接得出结论。莫莉其实是我女朋友埃米的狗,我认为莫莉出现在这儿不是巧合,它是被派到这儿来的,是在向我传达信号。约翰和埃米——希望只有约翰一个人,埃米待在某个安全地点——我认为他们中的一个,或者他们两个就在外面,正在尝试救我出去或者告诉我该怎么溜出去。"

"所以这意味着什么?"

"意味着我必须想通他们的计划是什么。我认为他们肯定有个计划。"

铁丝网外的某处,爆炸映红了天空。

费尔斯救济院大屠杀前 3 小时 30 分钟

约翰跑过救济院的停车场,嘴里喊着:"该——死!"

活动室的墙上被炸出了一个屋子大小的窟窿,黑烟从洞口滚滚涌出。尖叫声和枪声追赶着他。他身旁一辆轿车的挡风玻璃碎了。又是一次爆炸,冲击波把约翰掀翻在地,柏油地面刮破了他的手掌。福尔克纳从背后揪住他的汗衫,把他拽了起来。

两人终于跑到一个街区外,跳上保时捷,十秒钟后就疾驰在不具名小镇的街道上了,他们吸引了路边每一个挎枪防护服的注意力。这样的人为数众多,每个路口似乎都有一小群。

福尔克纳吼道:"那是液氧,白痴!所以钢瓶上才贴满了橘黄色的警告标贴。那是火箭上用的。"

"我怎么知道?!天哪。"

"你不知道氧气能助燃?你上过学吗?"

"到了!你看周围!他妈的一塌糊涂!"

保时捷撞破街道中央的木制路障,来到了路障另一侧的鬼镇。

街上有碎玻璃,人行道上堆着垃圾,保时捷拐进一条小巷,约翰意识到轮胎嘎吱嘎吱碾过的东西看似是砾石,其实是机关枪射出的弹壳。

约翰说:"天啊,所有人都死了?"

"绿区之外全天二十四小时宵禁。我们刚刚撞开的路障内还有军队徒步巡逻。但这儿不一样,这里被彻底封锁,禁止步行,只有装甲悍马定时开过。你在街头游荡就会被视为感染者,被当场枪杀还是被扔进隔离区,取决于他们执行命令的力度。"

"我的天。这么做合法吗?"

福尔克纳摇摇头说:"我从生下来就没见过这种情况。你在镇上见到的人,那些穿隔离防护服的人,还有那些车辆——全都属于REPER。其他所有人都撤出镇区了。咱们右转往前开,终点就是REPER在镇界设置的警戒线。再往外是死亡区——一个直径五英里的区域,环绕小镇,禁止任何人进入。圆圈内的所有房屋全部撤空,商业设施全部关闭。REPER人员开装甲车巡逻。那里就像镇区和外部世界之间的真空密封圈。走到死亡区尽头,你会看见国民警卫队。我说的是坦克,排成一排,炮口指着镇区,就好像他们在等《丧尸出笼》随时扑向他们。"

福尔克纳开进一幢废弃房屋的院子,在车库后找了个从街上看不见的地方停车。

他继续道:"你看见他们在干什么了。外部世界对镇上正在发生之事的了解仅限于 REPER 告诉他们的,除此之外就没了。电话信号受到干扰。没有记者,也没有互联网。军队在五英里无人区的另一头。人们听到的所有消息,包括政府收到的所有消息,全都来自 REPER。这是他们的舞台。"

约翰说:"而我很确定至少有一个管事的人是疯子。"

"我同意这个看法。就这么说吧,我听说了一些关于救济院里在发生的烂事。"

约翰说:"好吧,现在该怎么办?"

"咱们等一等,确定他们还没追上来。希望你在那儿搞出的风波够大,降低了追捕咱们的优先级别。他们必须先恢复那儿的生物隔离。"

约翰说:"咱们能去大卫家吗?他家有人看守吗?"

"为什么会有人看守?"

"要是他们知道那儿有什么就一定会的。"

福尔克纳说:"你指的是那种药,'酱油'。"

"我先向你说声抱歉,警探,因为事情即将变得非常古怪。"

费尔斯救济院大屠杀前 3 小时 15 分钟

埃米快要爆发了。她很少会生气,想让她生气可不太容易。然而安全销一旦从手雷上拔出来,再想插回去那就千难万难了。这是她和大卫的共同点之一,只是大卫还没意识到。

埃米的母亲还在世时说过,上帝把所有的块头都给了她哥哥吉姆,但把所有的脾气都给了埃米。吉姆壮得像一头熊,但在争吵时永远扮演理性之声,她只见过一次他和人动手,而那是为了保护她。埃米的块头还不到他的一半,但体内藏着一颗手雷。她母亲说那是她身体里的爱尔兰人,她会说:"哎,你冷静一下,你的爱尔兰人要冒出来了。"但讽刺的是,母亲越是这么说,埃米就越是暴跳如雷。这难道不是种族歧视吗?然而此刻看着乔希的表情,她马上就要按捺不住她的爱尔兰人了。

"咱们现在必须得走了,咱们两小时前就应该出发了。好的,你不在乎大卫,不在乎他会不会被丧尸吃掉或者烧成灰,但谁知道里面还关着多少人呢?女人、孩子,谁知道?咱们必须救他们出来,尽可能多地救出来。"

乔希不敢看她的眼睛,说:"我完全理解你为什么激动,但我们必须谨慎一点。迈克和里基不在,他们去帮家里人撤离了,免得这儿也被隔离区吞掉。我说过扎克了,他食物中毒,没法起床。我们少了三把枪。但明天——"

"唉,老天在——你知道你们是什么吗,你们每一个人?小孩子,拿着玩具假装打仗的小孩子。你们痴迷于这种事情好几年了,现在真的发生了,出乎所有人的意料,就发生在大家眼前,你们却'明天、明天、明天'个没完——等明天,太阳升起来以后;等明天,天气暖和一点;等明天,咱们有了更多的帮手,情况没这么糟糕,所有事情都正好,不需要冒任何风险,不可能碰到任何坏事。"

"你冷静一下。"

"闭嘴!"埃米叫道,那声音在空气中撕开了一个洞。

手雷来了,埃米,当心。

"你只想坐在你小小的幻想之中,在你可怜的镇郊子宫里,抱着你的笔记本电脑，守着你的俱乐部，给枪上润滑油，恭维自己的勇敢和强大。可现在你脑袋里的丧尸战争幻想居然成真了。你不是男人，你只是个孩子。你们一个个都是。你们是小男孩，因为你们选择当小男孩。你们不会成为男人，直到某天早晨醒来，意识到今天就是全世界需要你变成男人的日子。乔希，帮帮我，假如你此刻不站出来成为男人，就会有许多人死去。就今晚，不要等明天。"

他没有回答。他抱着笔记本电脑，手在触摸板上划来划去，脸上正是拔掉埃米安全销的那个表情——假装冷淡的一张脸。你需要练习才能做出这个表情。这个表情的主人受到过无数次羞辱，他已经适应了，变得不会袒露内心，而不是不去做使他受到羞辱的事情。她想扇他耳光，一下一下再一下。

"埃米，我只是想说——"

"啊——"埃米俯身对着地面尖叫。她不知道她还能做什么。妈妈说得对，假如上帝给了她吉姆的块头，她会抓起这小子，扔出房车的挡风玻璃。

"好吧，"她说，"我只需要你送我一程，送我到路障那儿。我自己想办法进去。我会想办法找到大卫和里面需要帮助的所有人，想办法救他们出来，做不到无非就是个死。我不在乎，因为我死是为了救我爱的人，你回来躲进你的蜗牛壳，玩你的丧尸电子游戏，打手枪，我宁可死也不想看你过这种日子。"

房车的边门忽然被拉开。一个黑黝黝的矮个子男孩探身进来，埃米记得他叫弗雷多，他对乔希说："你听见了吗？"

"她在这儿，我什么都听不见。"

"丧尸在 REPER 指挥中心内部爆发了。天下大乱，爆炸，建筑物着火，他们的隔绝措施完全失效。感染者冲出了拘留区。"

"天啊。"

"OGZA 说消防车开往某个方向，十分钟后，REPER 开往另一个方向。撤离。离开绿区。扔下所有东西。"

"他们在撤出不具名小镇？"

"似乎是的。"

埃米说："这意味着什么？"

乔希说："意味着所有人力现在全都致力于阻止里面的人离开镇区，留下的那些人只能靠自己了。"

弗雷多说："OGZA 在呼叫救援，任何人，只要有枪就行。他们说丧尸爆发即将从二级升到三级。"

埃米说："到了三级，你们这些人就该做点什么了？"

弗雷多说："他们说能把我们弄进镇里。他们在封锁线上有朋友，但必须等到联邦人员更换警卫人员才行。"

乔希犹豫片刻，望着墙上那些凶恶得可笑的枪械，最后说："通知大家出发。联邦人员搞砸了，现在轮到咱们上。我们三十分钟后进去。"

费尔斯救济院大屠杀前 3 小时

约翰不禁注意到，尽管不具名小镇的其他地方都变得像是超级碗比赛骚乱后的底特律，但假如你在大卫家附近醒来，就不会注意到任何区别。还是同样的破玻璃窗，几个月前的垃圾袋依然在门廊上。约翰觉得这个景象令人感到欣慰。

当然，最大的变化就是大卫那幢一千一百平方英尺的小平房没剩下多少东西了，只有一层楼板支撑着两面烧毁墙壁的框架，还有湿漉漉、黑乎乎的成堆残砖废瓦，熏黑了的清水墙，长为二、宽为四英寸的木条，屋顶梁柱，歪七扭八的电线。

约翰对这个景象谈不上有什么感觉。不仅因为放火的正是他本人，更因为约翰对房屋毫无感情。原因也许是他小时候的颠沛流离，而那是一场又一场离婚的结果。但他更愿意相信自己天生不会依恋于外物。记忆不会随着房屋烧毁而消失，卖掉也不会转给新的房主。房屋只是木头和钉子。爱上房屋、汽车或鞋子都没有任何前途。你应该把爱留给能够用爱回报你的事物。

福尔克纳希望能把保时捷藏起来，免得 REPER 跑来找人或者撞见企图偷车载音响的毛贼。街道向前的一幢屋子敞着车库门，福尔克纳开了进去。约翰觉得把车留在能随时跳上去的地方比较明智，说不定他们需要疯狂逃命呢。然而在福尔克纳的世界里，只有其他人才会疯狂逃命，而福尔克纳紧追不放，告诉他们有权保持沉默。

福尔克纳停好车，约翰开门下车走进黑夜，感到此处依然是以前那个居住区的幻象顿时烟消云散。约翰在后视镜里看见街对面那幢黑洞洞的房屋的窗帘微微掀动。是感染者？还是有人躲了起来，害怕约翰和福尔克纳是感染者？天晓得。假如是某个惊恐的逃亡者抱着霰弹枪蹲在房间里，约翰希望看到保时捷能让他们安心——会开保时捷的丧尸还没生出来呢。

咦，你怎么也开始扯丧尸了？

他们轻轻放下沉重的车库门，把保时捷关在里面，走向人行道。这时约翰觉得他看见一个人影拐过了路口，但随即意识到他并没有看见。他觉得他听见了脚步声，但今晚刮风，那声音是一条圣诞彩灯——去年的——在敲打邻居家的窗户。

福尔克纳问:"屋子被焚毁时,'酱油'在屋里吗?"

"不在,我带你去拿。"

约翰担心福尔克纳会说:"很好,我在这儿等你!"但福尔克纳主动带路,大踏步走向大卫家的院子——随身携带一把大枪的人就该这么走路。福尔克纳左右张望,警觉但不害怕。约翰跟着他,绕到后院,发现工具棚没有着火。自从天下大乱那天晚上他抓起链锯,工具棚的锁就没被打开过。他把一只手伸进去,摸到一把铁铲,拿出来扔给福尔克纳。

"'酱油'在一个银色小容器里,尺寸和线轴差不多,里面装着一种非常黏稠的黑色液体。找到后不要打开,因为被这鬼东西碰到皮肤,它会杀死你,而且它还会跟着你走。看过《变形怪体》吗?就是那个模样,只是比较小。"

"你说'它会杀死你',这个'你'指的就是我。所以出于某些原因,你能应付得了。"

"唔,咱们会看见的。"

"嗯哼,看这把铁铲,我猜是你埋的。"

"对,就在这附近的某个地方。别那么看我,我需要你挖洞,你会明白的。并不深。嗯,容器就埋在后院的某个地方。我知道在哪儿,但我不能告诉你。我要你随便找个地方——总之就是你心中想的随便哪个地方——然后往下挖大约一英尺。"

福尔克纳站在原地不动。他把铁铲插进脚下的泥土里,挖了三下,然后——

"看,就在这儿。"

福尔克纳低头望去,他在月光下看见了拉丝钢的反光,容器在泥土里露出一个头。"好吧,你是怎么做到的?"

"不是我,是它——'酱油'。埋它的时候,大卫把铲子像投标枪似的扔出去,说落在哪儿就埋在哪儿。铲子就落在这儿,你站的地方。因为'酱油'希望它落在这儿。因为它知道一年后你会站在这儿。"

"它知道?所以'酱油'是活的?"

"是的,先生。"

"而你要我喝一口?"

"对,这是最不痛苦的法子了。"

"而你完全不知道它为什么能做到那些事情?"

"就当是魔法好了。"

"就当我需要你多解释几句好了,否则我肯定不会听你的。"

约翰叹息道:"好吧,听说过纳米科技吗?"

"当然。超微型机器人,对吧?"

"对,想象一下,有人制造了数以百万计的这种机器人,把它们混合在液体里,于是你就有了一种液体,它具备所有这些机器人的能力。明白吗?"

"明白。"

"好,现在你想象一下,假如不是微型机器人,而是魔法。"

约翰用手指拔出泥土里的小瓶子。

"你后退。"

"假如你用了这东西,结果心肌梗死、倒地抽搐,我就会把你扔在这儿。"

"警探,要是我用了这东西之后看上去像是嗑药出事了,你就快跑。"

约翰攥紧手里的瓶子。他觉得自己又听见了脚步声,但他不能再上同一个当了。他做了个深呼吸,说:"好了,开始。"

费尔斯救济院大屠杀前 2 小时 45 分钟

埃米坐在一辆拥挤的房车里,车向南隆隆驶过黑夜,她吓得魂不附体。她将脑袋埋在双膝之间,眼睛盯着肮脏的地面,默默地祈祷——她从刚学会走路就养成了这个习惯,她意识到自己这么做纯粹出于反射。假如你不大声请求,上帝就不会在食人怪物和你之间选择支持你,也就没法肯定上帝站在你这一边以后能有什么用处了。哥哥吉姆在世时,她从没去望过弥撒。她的信仰可以用"纳尼亚系列"里的两句话来总结。书里的一个角色在提到阿斯兰——象征耶稣的那头狮子——时说:

就算没有阿斯兰的统领,我也一样会站在阿斯兰这边。就算不存在纳尼亚,我也一样会尽我所能活得像个纳尼亚人。

埃米讨厌——真的讨厌——她父母周围的那些成年人,他们祈祷起来一个比一个快,但做起事来一个比一个慢。老妇人除了去玩宾果游戏外几乎不出家门,庆幸自己从不饮酒和说脏话,感谢上帝创造人类,每天待在家里看电视福音传道,消磨时间等死。唔,埃米觉得在这颗星球上顶多只需要待五分钟,就能参透我们知道的有关上帝的一项事实——也许是唯一一项——上帝青睐行动派。大卫也这么认为，只是他自己还没意识到。

她四周响起整理枪支的咔咔声。丧尸宅把各种各样的弹药塞进各种各样的枪支。有闪闪发亮的铜壳长子弹，有亮红色的霰弹。枪支设计得仿佛拥有运动轿车的优雅线条，金属部件上过油，带有纹理和曲线的塑料手柄能让你牢牢地抓在手里。乔希把杠杆式枪机插在枪身上，它"咔嗒"一声就位。别看错了这东西，她明白他的用意。她也明白你很容易就会将这些东西视为玩具。

乔希拿起一颗血红色的霰弹，说："龙息弹。锆基燃烧弹，扣动扳机的效果就像开了火焰喷射器。这是一把自动霰弹枪，弹鼓容量二十一发。我背包里有三个备用弹鼓。要是陷入困境，这东西能喷出地狱火的一道火墙，就看我扣扳机的速度有多快了。"他把子弹装进大号煎盘那么大的塑料弹鼓，"告诉你吧，这种子弹十五块钱一发。"

随你们的便吧。埃米忽然意识到，她更希望身边是手持棒球棒的大卫或约翰——随便哪个都行，而不是这些年轻人和电子游戏里的武器。如果事情出了岔子，大卫和约翰会露出某种眼神——哀伤，但视死如归。他们没有受过使用暴力的训练，甚至缺乏这方面的能力，但他们绝对不会吓得躲在角落里尿裤子。两人的原生家庭都不好，小时候挨过许多揍，也许这就是原因。也许他们已经明白了世界的真谛，早就为情况急转直下做好了准备。她没有在这些镇郊小子的眼睛里见到那种神采。

几个月前，埃米回家和大卫共度劳动节的长周末。星期五的午夜时分，一个疯子突然冒了出来。他敲门说有比萨外卖，但他们没点过比萨。他递给他们一个肮脏的比萨盒，就好像是从垃圾箱里扒出来的。大卫打开，里面是一坨狗屎。他们报警，但警察赶到时那家伙已经跑了。星期六夜里,他再次出现。这次旧比萨盒里是一只死松鼠。大卫撂下几句狠话,把门摔在那家伙脸上。凌晨两点,那家伙又来了,还是一个比萨盒。大卫甚至没去开门,直接打电话报警。然而还是一样,等警察赶到时,那家伙不见踪影了。

星期日傍晚七点,疯子开始每小时来敲一次门。他们不开门,他就站在门口按铃,一下一下又一下。第三次,大卫去开门,那家伙隔着门板对大卫说了些什么。天晓得他到底说的是什么,但大卫开了门。两人压低声音激烈争吵,男人把比萨盒扔在门廊上走了。大卫打开看了一眼,盖上盖子,扔进外面的垃圾箱。他没告诉埃米盒子里是什么。男人开车离开,大卫喊道:"你敢再靠近她一百英尺之内,我就咬烂你的喉咙!"接下来是一大堆骂人的话。

但那家伙又回来了,凌晨三点敲他们的卧室窗户。两人睡得正香,埃米慢慢醒来,听见低语声从离她耳朵不到一英尺处传来。那个疯子在低吟她的名字,一遍又一遍。

她尖叫。大卫一跃而起,抓起约翰在武器展上买给他的十字弓,冲出屋子。

大卫一箭射在那家伙的胸口上,他惨叫倒地。然而转折来了——那家伙拿着一盒刚出炉的比萨,来自镇上一家二十四小时营业的比萨店,他在那里工作。那家伙身穿崭新的干净制服,看上去神志健全,因为被顾客突袭而震惊莫名。比萨是隔壁一户人家订的。他说他只是敲错了门。

接下来是法律的疯狂旋涡,那家伙提起刑事指控,声称要为医疗费用提起民事诉讼。埃米问,要是那家伙某个夜里再来疯疯癫癫地敲门怎么办。大卫怎么回答?"下次我会瞄准致命部位。"

他确实会的。哪怕意味着要坐牢,他也会为她这么做。

车厢里有个小子在试戴夜视镜。房车里挤着八个人。弗雷多在开车。丧尸消息引起的恐慌冲击大学时，自称丧尸反应别动队成员的人有一百五十个左右，然而等真的到了要去直面危机的时候，只有七个人愿意前往，他们现在全都和埃米一起挤在车厢里，咔咔扳动枪械上的部件。

埃米吓得魂不附体。但她愿意克服恐惧，了结这件烂事。她希望身边的这些人也能做到。埃米读过四遍《魔戒》，刚开始读第五遍。有一段她印象很深，树人出发前去打一场似乎毫无胜算的硬仗（你只是一棵会走路的可笑的大树，所有胜算似乎都不在你这一边）。书里的演讲词浮现在她的脑海里，估计会一直滚动播放下去，直到他们抵达不具名小镇：

> 当然了，我的朋友，非常有可能，极有可能，我们正在走向我们的末日：树人的最后一次进军。但是，就算待在家里无所作为，厄运也还是会降临到我们头上，只是迟早而已。

对，埃米早就接受了这个事实，她确实是个暴躁的死宅。

"酱油"

约翰拧开银色的小瓶。它从正中央分开，那道狭缝合拢时根本看不见。他没有完全打开瓶子，他知道假如"酱油"醒着，这么做未必明智。

缝隙里流淌出一道黑色的细流，看上去像是一段有分量的黑色丝线在自行舒展。约翰把食指放在细流底下，接住它。

几件事情立刻同时发生——

约翰觉得他听见的脚步声变得更响也更快了。这个声音有某种空洞的音调，就像楼上邻居在使劲跺地板。约翰和福尔克纳转来转去，寻找声音的来源。某个东西从隔壁家的屋顶上一跃而下，像武器化的巨型飞鼠似的滑翔，径直扑向福尔克纳。

约翰的大脑只有十分之一秒去理解他究竟看到了什么，而"酱油"已经采取行动。与此同时，约翰的嘴唇比着口型，叫道：

"福尔克纳当心——"

"酱油"的黑色细流像蛇似的自行盘卷，顷刻间就绕着他的手指爬上去，翻过指甲盖，钻进最敏感的一块皮肤，也就是很容易形成倒刺的那个地方。剧痛侵蚀了约翰的那只手，一直扩散到胳膊肘。

"酱油"扎根，世界消失。

按照大卫的形容，使用"酱油"就像挖出为整个小镇提供网络服务的粗壮光纤，然后插进你的大脑，海量数据同时撞击你的神经元，又狠又快，你既无所不知又一无所知。约翰总觉得他自己的形容更加准确：就像一场疯狂小丑波塞乐队的演唱会，五万名观众各有各的麦克风和音响，然后同时开始现编最差劲的自由说唱。

约翰是在一场派对上得到这东西的，当时他勉强刚到合法饮酒的年龄（而他已经喝了八年的酒）。给他这东西是一个假牙买加口音的俄亥俄州黑人，后来人们发现那家伙的内脏溅满了拖车的内壁——狗娘养的死得倒是挺痛快。这次的感觉和第一次的感觉毫无区别。"酱油"不是你能培养出耐受性的东西。

一切停顿——约翰被拽出肉身，离开尘世，意识脱离了眼耳口鼻和万亿神经末梢的限制。陌生感官的知觉如波涛般淹没了他，就好像你赤裸裸地被压在一场狂欢的最底下，《星球大战》小酒馆一幕的所有角色都参与其中。

约翰发现他忽然来到了另一个地方。他站在遭受过轰炸的建筑物之间，砖块、木头和玻璃碎片如山崩般洒满街道，柏油地面的缝隙里长出了野草。他向前跳了一段时间，但不知道跳了多远。他环顾四周——更确切地说，他的视野环绕四周，而他似乎不需要用眼睛去看——遍地都是残垣断壁，这幅景象延伸到地平线的另一头。他发现废墟中有生物在爬，是一些动作飞快的小东西。

约翰走向——更确切地说，他的视野飘向——一座坍塌教堂的废墟。一个腐烂的人头爬过一堆乱糟糟的水泥块，寄生虫的长腿从下巴底下伸出来——寄生虫把朽烂的头盖骨当成了寄居蟹的壳。另一个脑袋骨碌碌滚过。然后又一个。然后几条蜘蛛腿跑过去，这次拖着一团缠结的内脏。

它们到处都是。约翰环顾四周——依然不需要扭头或用眼睛看——发现街上点缀着烧焦的破损尸体，苍蝇围着掉出来的肚肠嗡嗡欢庆。一个老妇人的脑袋——眼睛早就烂得掉出去了，颅骨上有一道钝器创伤——摇摇晃晃地爬过。里面的寄生虫张开嘴，发出震颤骨头的尖啸。片刻之后，另一对脑袋和寄生虫匆匆忙忙追上去。它们开始交配。

这个景象陡然消失，约翰从未来被拽回来，现在他飞在天上，树木和房屋在底下掠过。他看见成排的军用卡车在铁丝网内外组成密集阵型，那是围绕镇界的警戒线。他从镇界飞远，沿着公路疾行，忽然来到一辆房车里。埃米在车厢里，和一群带枪的年轻男人在一起。她把手伸进一盒黄金全麦麦片脆,就像吃薯片似的干吃。约翰尝试和她说话,但他其实并不在场。

他集中精神,把注意力放在回去上。

世界开始扭曲,在他周围流淌,景象拉伸掠过,他发现自己回到了大卫被烧毁的屋子前,回到了自己的肉体里,盯着福尔克纳和从屋顶上扑向福尔克纳的怪物。

这一幕凝固在他眼前。约翰看见扑击的怪物在半空中怪诞地改变形态,福尔克纳都还没来得及抬头去看。他们脚边的落叶不再被风吹动,世界变得无比寂静。时间就这么停止了。约翰低头看他的手,发现手指能动弹,随后意识到时间对他来说没有停止,只是除他之外的整个世界停顿了。约翰试着迈出一步,发现毫无阻碍。他环顾四周,双手叉腰,在死寂中说:"啊哈。"

约翰使用"酱油"后从没发生过这种事,然而这也在意料之中,因为同样的事情不可能发生两次。灵魂离体,时间旅行,跨维旅行,隐身,都有过了。时间暂停?还没有。他必须告诉大卫。当然,前提是他能记住——然而很可惜,"酱油"能帮你达到神祇一样的状态,无论多么短暂,都像是你喝多了啤酒后突然勃发的性自信:当时感觉好极了,但第二天你会忘个一干二净。他努力克服刚开始的震惊感觉,评估目前的局势。天晓得这个效果能持续多久,时间什么时候会突然恢复运行。

福尔克纳凝固在约翰前方十英尺处,塑造这个雕像似乎是为了纪念良好的衣着品位和困惑的面部表情。福尔克纳上方两英尺处,悬着一个怪物。

约翰花了几分钟(等一等,是吗?分钟这个概念还存在吗?)才分辨出那曾经是个人,只是被寄生虫改变了外形。怪物的双臂和双腿向外伸展，肢体和躯干构成了一个平放的字母 H。双臂和双腿的侧面形成了一个个锐利的骨突，因此四肢像餐刀似的带有锯齿。你很容易就能猜到它的攻击手段——再过半秒钟，它的四肢就会缠在福尔克纳的脖子和身体上，使劲一挤，福尔克纳就会成为彼此分离、血淋淋的三块碎肉了。福尔克纳根本来不及反应，若是没人帮忙，他不可能从偷袭中侥幸逃生。

约翰走向福尔克纳，觉得地面的感觉不一样了。他花了两秒钟才意识到草叶没有在他脚下弯曲，他就好像走在钛合金质地的人造草皮上。每走一步，他的鞋都会被粘一下，草叶像针似的扎进了鞋底。约翰抓住福尔克纳插在地上的铁铲，却发现无法移动它，甚至连前后晃动都做不到。

原来如此。不但时间停止，所有东西也都凝固了——约翰无法以任何方式影响这个世界。他无法杀死怪物，也无法把福尔克纳推出怪物的攻击范围。唉，该死，有什么用处？

说起来……

他可以去查清楚大卫是不是还活着。

不，他不能就这么走开。"酱油"的效用随时都会过去，等时间重新开始运转，福尔克纳就只能自己去应付向他俯冲的怪物了——更确切地说，他想应付也没用。他甚至不明白发生了什么，脑袋就已经掉在大卫家院子里的落叶上。他很厉害，但还不够厉害。这么一来，来取"酱油"的这趟冒险就是个巨大而愚蠢的行为了。逃出救济院大楼，一路跑到这儿来，有什么意义？等时间恢复正常，福尔克纳会血溅当场，而约翰只能孤军奋战，和昨天他在兄弟会窝点带着宿醉醒来时相比，他和解决问题之间的距离还是那么遥远。

唉，死马当作活马医吧。

约翰走到福尔克纳身旁，在他背后摆好姿势，双手按住福尔克纳的后背。约翰向前俯身，把全部体重压在福尔克纳的后背上（福尔克纳当然纹丝不动，感觉就像你在推一尊雕像），这样等时间恢复正常，福尔克纳立刻就会被推开，而约翰会趴在地上，希望这样能争取到足够的时间，让他们……做些什么。

约翰等待。他继续等待。时间依然停滞不前。

几小时（？）后，约翰气呼呼地坐在福尔克纳面前扎人的草地上，思考他该照顾这家伙多久，而不是主动出击，去做些其他事情。最后，他等够了，回到街上，走向医院隔离区。他还有什么可做的呢？

约翰穿过大卫家所在的住宅区，走进不具名小镇的等比例立体模型。时间停顿的那一刻，有张报纸被风卷起来飞到半空中，他的小腿磕在上面，撞得生疼。路上有几辆静止不动的车——为数不多，毕竟在宵禁。约翰猜想未感染者在过着战区内的难民生活，他们和孩子们躲在地下室里，希望所在街区天下大乱的喧闹声之后不会是自家大门被砰然撞开。

出于好奇，约翰走近一辆停在马路中央的破旧皮卡，一团静止的尾气悬浮在排气管外。车厢里装满了纸板箱、成袋的厕纸和尿布。司机是个年长的黑人，一把霰弹枪被斜放在他的大腿上。他一只手正伸向烟灰缸，拇指和食指之间拈着两英寸长的香烟，烟头上方凝固着一道弯弯曲曲的烟气。约翰把手伸进司机一侧的车窗，试着用手指触碰凝固的烟气。它坚实得像块石头。

古怪。

约翰大步穿过小镇，走向医院。他脚底下没有发出任何声音，周围不是图书馆里的那种安静，而更像是你戴上了耳塞。声波显然无法在空气中传播。约翰觉得他能听见血液在血管里流动和消化系统汩汩蠕动的声音。这么下去，用不了多久，他就会被逼疯。

医院现在成了战俘营。场地四周是只有在最高等级的监狱才会见到的那种铁丝网，连顶上的刀片刺网都一模一样。铁丝网外是水泥路障，摆在那儿是为了阻止某些人头脑发热，企图开着卡车闯关。不过，约翰没有在铁丝网外看见警卫人员。他们都在睡觉吗？但每隔两百英尺左右就有一辆无人驾驶的吉普车。每辆车的后部都是枪座，一个圆柱体的两侧各有两根细管，上面镶着一组镜片——电脑眼，配备雷达或红外线或热成像系统，就像《铁血战士》里演的。这地方完全由自动感应的武器守卫。厉害。

约翰希望他能看一眼院子里的情况——假如大卫活着，正好在室外，约翰能瞥见他一眼就足够了。但政府人员用防水油布贴满了整个铁丝网，而且天晓得为什么，油布上全印着拼写错误的广告（挡住他前方这段铁丝网的是个巨大的广告牌，写着：请品尝黑肛门超大汉堡包）。他该想到，事情没这么简单的。约翰绕着铁丝网转了一圈，花了他至少一小时，或者零秒钟，取决于你怎么看了。约翰的脑袋里出现了一个问题：时间到底还会不会恢复正常速度？要是时间永远这么停顿下去，他该怎么办？找个爱好培养一下？

约翰没找到能够进入隔离区的明显通道——他本来希望时间停顿那一刻有人刚好走进敞开的大门——在定格的情况下，翻越铁丝网并不比时间正常运转时更容易。事实上，变成绝对刚体的刀片刺网反而更加危险。约翰的脑海里出现一幅栩栩如生的画面：他从顶上失手掉下来，刀锋割破他的身体，切碎他的内脏，而他挂在刀片刺网上扭来扭去，无法挣脱，也不会死去。直到永远。

约翰绕完一圈，回到正门口。

约翰注意到一道凝固的烟柱随风从铁丝网顶上横着飘出来，他猜囚徒有可能在围着篝火烤香肠或者什么东西。要是他能爬到高处，看一眼铁丝网里面……

啊哈。他背后有几棵树，看上去很容易爬。爬到一半，约翰想，换到两个月前就没法爬了，凝固在时间里的树叶和刀片刺网一样锋利，随随便便就能将他开膛破肚。还好现在是十一月中，他可以抓着光秃秃的树枝往上爬。他爬得正开心，脑袋忽然撞上了某种隐形力场。上方悬着一片灰色烟霾，他好不容易才认出这是从篝火飘出来的一缕烟，被一股约翰显然不可能感觉到的风送出了铁丝网。他改变路径绕过去，来到一个摔下去肯定会折断脖子的高度——

然后躺在那儿扭动，在时刻之间的永恒中发出无人知晓的尖叫。

——他忽然意识到，从篝火飘出的那股烟形成了一座断断续续的桥梁，它越过铁丝网，通向隔离区内部。

约翰克制住内心全部的平衡感和求生欲，在灰色烟霾上站稳，走过铁丝网，眼睛尽量直视前方，不去看他踩在上面一点一点向前挪动的那稀薄得无与伦比的透明烟桥。不过脚下倒是踩得挺稳当，悬浮于空气中的细微烟尘粒子有某种粗糙的质感，他就像走在一条巨大的磨砂香皂上。

他离篝火越来越近，烟霾渐渐窄得令人不安。刚爬过那两道铁丝网，他就不得不双手、双膝着地，慢慢向前爬。他找了个地方跳下去，因为走进篝火将熄的炽热余烬似乎不是个好主意，时间凝不凝固都一样。他不知道这到底是怎么一回事。

他不再需要集中精神以防摔下去了，终于得到机会看一眼院子里的情况。这儿有几十个穿红色或绿色连体服的人。唉，见鬼，凭什么说这儿的局势比镇上更糟糕呢？没有怪物悬在人们的头顶，他们舒舒服服地待在铁丝网里，还有机器人保护。假如大卫在这儿，而且活着，那就是最好的结果了。这时约翰不小心看了一眼篝火里在烧什么，他心想：天啊。

约翰将视线从灰烬里的骨头上移开——他不由自主地在数火堆里的骷髅头，停下时已经数到了六十二——然后开始参观隔离区里这些蜡像的日常生活。站在院子里的人中没有大卫，于是他走向医院大楼。还好门开着，这样他就不需要想个离奇的办法爬进——

大卫！

看见了，他就在医院大楼的正门旁边。约翰险些漏掉他，因为他刚好蹲下，正在系鞋带。他旁边的地上有一罐煮豆子，罐头里插着一个塑料小勺。还有莫莉，莫莉站在他旁边，正想趁大卫走神的时候去吃豆子。

约翰内心的大坝决堤了，解脱感如洪水般淹没了他，他险些崩溃倒地。

大卫还活着！天晓得他是怎么做到的。

他的好朋友脸色苍白，看上去掉了些体重——许多磅的体重。尽管大卫掉些体重也没什么，但他掉体重是因为有人违背他的意志，把他关在集中营里，逼他吃冰凉的豆子罐头。他和到这会儿肯定已经令他很讨厌的人待在这个鬼地方，与外界切断联系，站在垃圾、碎玻璃和焚烧的尸体之间。因为他们把他扔在这儿。因为约翰把他扔在这儿。

约翰内心的又一道大坝决堤了，这次释放出的是自我厌恶的黑色潮水，威胁着要压垮意志这座沙堡。但他忍受住了，知道现在不是让大脑坠入黑色深渊的时候。他需要喝一杯，但那是以后的事。

现在他必须试一试。

"大卫?"约翰说,但这两个字似乎在他嘴边死去,被停滞世界的死寂吞没了。允许约翰四处活动的小时间泡似乎在他面前两英寸处截止,声音只能传出去这么远。于是他凑近大卫,说:"大卫,我不知道你能不能听见,但我会来找你的。做好准备。待在铁丝网附近。要是你能听见我的话,请牢牢记住。等着听狗屎撞上电风扇的声音。"

大卫自然没有任何反应。约翰努力思考他在这儿还能做什么,但他想到假如他傻站在这儿的时候时间忽然恢复运行,那么他这番折腾的结果将只是自己也被困在隔离区内,而埃米在外面尝试拯救他们两个,同时福尔克纳会变成血淋淋的几块。

约翰跑向烟桥,顺着它重新爬过铁丝网,从坚实的烟霾跳上树枝时险些摔死。不过他最后终于回到了地上,落在一动不动的草皮上时晃了一下,接着走上返回大卫家的归程。这条路带着他走过救济院,主楼的侧面此刻多了个大窟窿,黑烟从中滚滚涌出。这时他看见了某个东西,吓得他险些失禁。

暗影。行走的暗影。

这不是光线造成的错觉,这些是货真价实的影子人,和他在医院监控录像里见到的一样,和大卫不久前在卫生间里见到的一样,和不具名小镇自从书面记录存在那天起就时而有人报告的一样。它们在移动。往日的费尔斯救济院,现在的前 REPER 指挥中心,充满了影子人。它们蠕动着穿过空气,不像其他的东西那样凝固不动——约翰对影子人的了解包括一点,那就是它们不受时间的约束,因此具有无法形容的危险。哦,对了,还有一点就是它们一个个都是浑球。

约翰拔腿就跑。他跑出去两个街区,然后肩膀吃了一颗子弹,他转着圈摔倒在地。

总之,他感觉就像是中枪了。某种东西撕开他的汗衫,在他身上留下一道血糊糊的沟槽。他慌忙起身,环顾四周寻找枪手。最后他望向他来的地方,见到了袭击者——凝固在半空中的一只蛾子。它小小的,一拍就死,但完全不可移动。约翰继续跑向大卫家,但这次跑得比较慢,因为他频频回头,视线越过受伤的肩膀,寻找跟踪他的暗影。

他回到了大卫家的院子里,不幸的是,情况和他离开时完全相同:畸形怪物从顶上扑向福尔克纳,打算把他砍成几块。

真是令人难以想象的沮丧。他很想琢磨出一个计划,但他唯一能移动的只有自己的身体,这个优势毫无用处,除非他把自己扔向怪物的大嘴,替福尔克纳挡住它。此刻回头再想,他意识到先前企图推开福尔克纳的念头有多么愚蠢。他们两个会一起倒地,怪物压在他们身上。他的所作所为只不过是给怪物的大餐加道菜。约翰思考假如他在时间停顿前把某种武器装在口袋里,那么他此刻能够随便使用它吗?他的衣服毕竟和他一起移动——

啊哈,有办法了。他确实有一件东西。

在福尔克纳眼中,约翰站在他面前,开始拧开这个银色的小药瓶。然后约翰有一瞬间露出惊恐的表情,高喊:"福尔克纳,当心——"再一眨眼,他就突然消失了。与此同时,一个咆哮尖啸着的非人怪物挥舞着肢体跳到福尔克纳的背上,把他压在草坪上。

福尔克纳就势打滚,顺手掏出手枪。他认为眼前的画面只能用荒诞二字来形容。

曾经是人类的畸形恶心怪物满地打滚,因为挫折而嚎叫。它四肢边缘参差不齐,长满巨大的白牙,企图挥舞这些肢体,斩断身边的一切东西。然而它做不到,几件衣物从背后像手铐似的捆住了它的所有肢体。怪物在地上挣扎尖啸。约翰站在它面前,只穿一条黑色三角裤,他大喊:"哈哈!去你妈的!去你妈的!去、你、妈、的!"

福尔克纳踢着腿从怪物身旁后退,等他爬起来,约翰看着他吼道:"你在等什么?快开枪,打它的嘴!"

枪声吞没了最后的"嘴"字。

一分钟后,约翰累得气喘吁吁,心脏狂跳,他从还在抽搐的怪物身上解下裤子,重新穿上。福尔克纳在装子弹,他把六颗子弹打进了怪物的肚子,但约翰不知道这么做能不能杀死蜘蛛——他只成功地杀死过一只蜘蛛,是连同火鸡一起淹死的。约翰紧张兮兮地看着怪物,忽然想到了他逼着福尔克纳带他来这儿的真正原因。他说:"那个盒子。"

"什么?"

"那个绿盒子,在工具棚里,你去拿上,然后咱们快离开这个鬼地方。"

福尔克纳跑到工具棚前,说:"不在这儿。"

"该死!被他们拿走了。不,等一等。我烧屋子的时候,大卫把盒子放进凯迪拉克的后备厢了。咱们必须找到它。废弃车辆是怎么处理的?我们把我的凯迪拉克留在了卷饼铺子……"

"要是车辆妨碍交通,就会被没收并拉走。也许吧。谁知道呢。我们为什么需要那个盒子?"

"相信我,我们需要它。更确切地说,我们不希望它落在其他人手里。哦,等一等!该死!"

"怎么了?"

"我忽然想到我可以用自己的大便在墙上给大卫写一段话的!"

福尔克纳懒得要约翰说明这是什么意思,他跑向存放保时捷的车库,约翰跟了上来。这次约翰知道他确实听见了脚步声——跑得很快的脚步声,许许多多。约翰喘着粗气,咬牙道:"警探……"

"我听见了。快点。"

两人费了些工夫才打开车库门。门很旧,弹簧断了,没有升降系统的帮助,它沉重得像一座山。约翰把门撑在头顶上等待,福尔克纳跑进去发动车子。

脚步声。一整个人群。黑夜中,某些东西被惊醒了,也许是因为枪声。约翰扭过头,在夜色中眯起眼睛,紧张地吐出一口口白气。

一群人拐过路口。

挡住了街道。

几十、上百个蹒跚的人影,为数众多,密不透光。

"警探!"

丧尸快速接近,潮水似的席卷而来。约翰扭头再看,发现街道的另一个方向也涌来了一群,两者像铁锤和铁砧似的逐渐靠近。保时捷启动了,约翰计算着时间:福尔克纳倒车出来、停车、约翰上车、开上街道,在人群中撞出一条血路——

轮胎是瘪的。

车库里太暗,他几乎看不见。两个后轮胎都被划破了——事实上是被切碎了——约翰估计前轮胎也一样。约翰正要告诉福尔克纳,但就在这时,他觉得有东西碰到了他的脸。轻轻抚过,仿佛手指。但绝对不是手指。

不需要更多的证明了——约翰骂了一句,躲进车库。车库门轰然关闭,隔绝了所有光线。

"警探!车胎!该死!"

福尔克纳从车里答道:"什么?上车!"

"不!我们——"

福尔克纳打开车头灯,照亮了车库内部。

一只巨大的长腿蜘蛛趴在车库门的整个内表面上——直径足有八英尺。本来应该是蜘蛛身体的地方,现在是一张人脸。

怪物扑向他们。

费尔斯救济院大屠杀前 125 分钟

鞋带系到一半,一个念头无缘无故地跳进我的脑海。不知为何,我忽然知道了莫莉正在吃我的豆子罐头。

"喂!不许吃!坏狗狗!"我把它的鼻子从罐头前推开。它舔掉鼻尖上的酱汁,闻了闻空气,转身跑开,大概是去偷别人的食物了。我考虑要不要吃完剩下的豆子,尽管里面已经混了狗的口水,最后我觉得自己还没堕落到这个地步。我决定回床上躺着,刚朝大门里走了一步,就听见楼梯间传来了鼓点般的奔跑脚步声。TJ 在瓷砖地上滑行着停下,叫道:"屋顶!"

我以为他在朝我学狗叫[1],但见他跑向楼梯,我也跟着他一口气

---

[1] roof(屋顶)的发音与犬吠相似。

跑了上去。屋顶上已经有二十几个人了,他们像鸽子似的在屋顶边缘站成一排。我们刚走出屋顶连通门,霍普就迎了上来。她抓住我的胳膊肘,拉着我走向屋顶边缘,像是要把我扔出去。她凑近我,指着远处,压低声音说:"看,咱们先前听见的爆炸声。"

我说:"救济院。"

TJ 在我背后说:"看见那些车头灯了吗?就好像亚特兰大的高峰时段。所有车辆都在往北走。那是 REPER 在撤退,向着高速公路而去。"

"好极了。咱们越狱吧。"

"我可不会说'好极了'。这说明外面的局势已经恶化,几百个穿防弹衣、背突击步枪的士兵认为待在这儿并不安全。另外,我没看到任何理由会让他们取消其他的警戒手段。就算有变化,也是要加强安保,明白吗?我敢打赌,明天的无人机不再是两架,而是六架,甚至十架了。"

"另一方面,"我说,"假如他们就这么放弃隔离区,说明此刻在某处有一屋子满身奖章的家伙正考虑该用什么炸弹把几个街区化为乌有。然后给这次行动起个带劲的名字,比方说净化黎明行动。"

"天啊,哥们,真是个好名字。能在这么一个名字的行动中被烧成青烟,我备感自豪。"

"你不认为他们有可能在考虑这条出路?"

"我说不准,哥们。十分钟之前更加说不准。"

我说:"你别会错我的意思,但咱们现在都必须做出自己的决定。我怎么做?要是我能让我的狗帮我搞清楚该怎么离开,我立刻就走。只要有可能,今晚我就溜了。借助黑夜的掩护,趁着外面陷入混乱。"

"嗯哼。你去了铁丝网的另一头,然后呢?你手无寸铁地走在街上,明天去沃利店里打卡上班,就好像什么都没发生过?"

"我说过了,你愿意干什么就干什么。但对我来说,困在笼子里还是出去,根本不需要选择。"

真该死,我绝对不会想念这儿的楼梯。上屋顶要爬一百级见鬼的台阶,下去时感觉还要更多。当我走到九十二级的时候,下方忽然传来了霍普的惊叫。

等 TJ 和我来到底下,我们发现霍普惊恐地盯着莫莉。狗的嘴里叼着一个肉乎乎的长条形物体,形状非常可怕。我花了几秒钟才意识到那是一条看上去非常新鲜的人类脊骨。

该死,它确实饿了。

费尔斯救济院大屠杀前120分钟

约翰尖叫起来,一头撞向车库门,企图像酷爱人[1]那样破门而出。长腿老爹怪物落在保时捷的车顶上,用长腿抱住整个车身。

福尔克纳吓得足足半秒钟无法动弹,然后大喊一声:"卧倒!"他从车顶伸出握着枪的手,扣动扳机,封闭空间之内顿时充满了电闪雷鸣。碎肉从怪物身上飞出去,但它纹丝不动。

---

[1] 美国卡夫亨氏旗下的调味饮料品牌——酷爱饮料(Kool-Aid)的吉祥物。

"让开！"

约翰看见保时捷的后尾灯在面前不到六英寸处点亮。他向侧面窜出去，车轮飞转，保时捷向后撞穿了车库门。保时捷甩掉轮胎的残骸，几大块橡胶飞向四面八方。跑车晃晃悠悠倒退着驶上车道，拐进草坪，碾过信箱，掉进积满落叶的浅排水沟。

约翰立刻注意到了好消息和坏消息：

好消息是大蜘蛛不见了——被车库门刮掉了。

坏消息是他和福尔克纳死定了。街上全是丧尸，而且是行动迅速的那种。暗影幢幢，充满了拱起的肩膀、绷紧的四肢和狂乱的眼睛。保时捷无助地轰鸣着，空轮圈徒劳地企图在泥泞的沟渠里刨出一条出路。

不知为何，约翰胸中那一丁点希望的火苗偏偏选在这个时刻熄灭，奇异的冰冷、黑暗和死寂笼罩了他的整个内心。人群拥上来，粗暴地把福尔克纳从车里拽出来，像抓婴儿似的拖走了他。

对于约翰来说，这一切都发生得无声无息，绝望的尖叫和怒骂，整个世界分崩离析。

约翰还有时间想到——

我不是丧尸电影的主角。我是背景里的路人，在第一个蒙太奇里被活活吃掉。

——然后他从背后被一把抱住。

八条细长的恐怖手臂从脖子到脚腕抱住他，挤出他肺里的空气，压得肋骨开始劈裂。蜘蛛的尖啸充满了整个世界。

费尔斯救济院大屠杀前105分钟

埃米猛然醒来，脱离一个可怕的噩梦，她爱的那些人在梦中发生了某些恐怖的事情。她不记得详细的内容了，但她不需要回忆——从小到大她只做过这一个噩梦。

她震惊于自己居然睡着了。我们是生物本能的囚徒，假如你需要证据，那这就是了。此刻有可能是她活在世上的最后几分钟，身体却选择在睡梦中度过。乔希的手指在手机屏幕上划来划去，埃米确定他在玩游戏。

他们孤零零地开在高速公路上，没有车辆迎面而来，视线范围内也看不见车尾灯。埃米走到前面，坐进驾驶员弗雷多旁边空着的乘客座。弗雷多看上去比她还害怕。她陪他聊天。她得知他姓博雷利，念公共关系专业，但正在考虑更换专业，因为许多课程让他感到压抑。弗雷多的哥哥是海军陆战队的队员，他父亲和父亲的父亲也都曾经是。弗雷多的父亲参加过沙漠风暴行动，爷爷去过越南，哥哥上过阿富汗的战场。弗雷多却在上幻灯片技巧课。弗雷多特别喜欢日本动画，不，绝对不是色情的那种，他向埃米保证。他在不具名小镇没有亲友，但他希望大卫没事。他们聊了一阵《太空堡垒卡拉狄加》。时间就这么消磨掉了，正如埃米的预料，没多久，乔希叫弗雷多拐弯下高速公路，开上一条乡村公路，埃米知道这条路会带他们绕过小湖，穿过树林，经过火鸡场（恶臭作坊）。

"咱们要去哪儿？"

乔希说："我们必须在军队路障前下高速公路，这条路绕过小湖，从工业园背后通往镇区。和我们关系友好的检查站就设在那儿。咱们进小镇后和 OGZA 会合。"

"他们在哪儿?"

"他们在REPER弃用的那幢楼里扎营,REPER肯定留下了几吨设备和物资。但这意味着他们就在隔离区外,一旦隔离区被突破,首先沦陷的就是他们。因此现在最重要的是和他们会合,获取最新情况。那是一座要塞化的建筑物,我们所有人都必须携带武器。一切都会没事的。"

事实证明,在进镇这方面,乔希并没有吹牛——小湖以南把守乡村公路检查站的军人和弗雷多聊了几句就放房车通过了。向前开了几英里,他们遇到第二个检查站,这次的情况比上一次可怕十倍不止。吓人的黑色车辆排成一面墙,那些人身穿同样吓人的黑色防护服。他们戴着夜视镜,要么就是护目镜底下有什么东西会在黑暗中放红光。总之,他们看上去就像该死的魔鬼。

"乔希,这是搞什么?你在——"

乔希示意她闭嘴,但埃米觉得他怎么看都像在竭尽所能不拉裤子。挎着冲锋枪的黑衣军队包围了房车,一双双红眼睛悬浮在黑暗中。他们举枪瞄准,像是打算把房车的车厢漆成血红色。一名士兵走到驾驶座的车门旁,弗雷多单方面和他交谈。弗雷多向他报上OGZA过关口令之类的东西,但没有得到任何回应。士兵后退,和另外一个人商讨了片刻。紧张得令人肠子打结的几分钟之后,他挥手放他们通过。埃米和丧尸反应别动队的七名成员终于进入了原爆点。

小镇内的绝大部分区域似乎都断电了,所有商铺都关着门,然而此刻毕竟是深夜,商店本来就不会开门。她的手机依然没有信号。弗雷多说:"还有六个街区。OGZA还是没消息?"

乔希敲打着笔记本键盘,说:"没有。过去一小时内,所有链接都切断了。"

埃米说:"我们很可能只是离无线信号被完全阻断的区域太近了。也许他们只能发送消息,但无法接收。"

乔希说:"有可能。"语气听上去并不怎么令人信服。"事实上,我也不知道他们先前是怎么绕过阻断的。"

弗雷多说:"哇,就是那儿吗?前面的灯光那里?"

乔希答道:"那是隔离区。各种障碍物里面就是市立医院,它照亮了整个周界。你看那道铁丝网。"

"天哪,"弗雷多低声道,"就在那儿,他们就在那道铁丝网里面。天哪。"

埃米看得出弗雷多的想象力在驰骋,思考铁丝网背后有什么样的怪物在蹒跚行走。也许只是她的心理投射,因为这正是她在做的事情。

而大卫就在里面和它们在一起。

等一等,为什么铁丝网上贴满了广告?她在一盏水银灯下看见了麦当劳的烤肠广告。

车里有个矮胖小子抱着一杆长冲锋枪,埃米认出那是"越战电影里坏人用的那种枪",他说:"要是他们已经沦陷了,咱们该怎么办?"

乔希答道:"咱们就只能临场发挥了。"按照埃米的理解,他的意思是说:"咱们掉头就跑,然后庆祝自己有勇气做过尝试。"房车经过隔离区,驶向全镇最令人毛骨悚然的建筑物——旧费尔斯救济院。这是一幢压抑的古老大楼,看上去像是从沼泽地里捞出来的一大块煤渣砖,被搁在一模一样只是比较小的另一座建筑物旁边。两座建筑物脚下都是一片死树。

埃米说:"好吧,那地方看上去并不安全。"

比较大的建筑物被破坏了,一侧墙壁上有个大窟窿,黑烟滚滚涌出。院子里散落着许多设备。她看见一个木托盘上有好几箱物资,至少两个密封防护服的头盔落在草丛中。工作人员不是已经遇难,就是落荒而逃了,而这辆房车上的几名大学生宣布此处是他们的新安全屋。

乔希说:"我打赌这是全镇最安全的地点之一。联邦人员已经做好了所有门窗的防护工作,OGZA 说找到了他们留下的大量食品和物资。"

房车缓缓停下。埃米盯着墙上冒烟的大洞,脑海里浮现出一幅画面:大象那么大的怪物喷吐火焰,用拳头砸穿墙壁。

哦,沙利文小姐,你别跟我开玩笑了。

乔希说:"墙上开了个窟窿的地方是活动室,OGZA 已经封死了那条路,因此从那儿去不了建筑物里的其他地方。我估计是氧气瓶爆炸了。"

"他们想炸死鲨鱼?"

"什么?"

埃米没有回答。乔希问弗雷多:"信号枪呢?"

弗雷多一言不发地从杂物箱里取出一把枪管粗得可笑的橘红色手枪。他摇下车窗,对着天空扣动扳机。光线顿时照亮草坪,一颗白色小星升上天空,然后懒洋洋地落回地面。

乔希说:"他们应该从窗口打信号。他们有提灯之类的东西,一亮一灭就是信号。"

所有人都盯着暗沉沉的大楼。几分钟过去了,没有灯光。

"也许他们没看见。"

乔希说:"再发射一颗。你有红色的那种吗?也许他们没看见这一颗。"

又是一颗,再次等待。大楼里依然没有回应。

越战长枪说:"哥们,这不是个好兆头。咱们似乎应该回去。"

乔希说:"哎,唐尼,咱们就是为了这个来的。假如他们需要帮助,咱们就是帮手,所以咱们才带了这么多武器。现在是真刀真枪,不是在打丧尸电子游戏。所有人子弹上膛,咱们进去。"

埃米开口,说出了她两个多小时来一直想说的话。她知道这是白费力气,但她必须试一试。

"乔希……我觉得你们应该把枪留在这儿。"

越战长枪,也就是唐尼,说:"那我们用什么?脏话吗?"

乔希问:"为什么?"

埃米深吸一口气,说:"我不知道该怎么说才能不伤害你们的自尊心,但你在给子弹上膛的时候,枪口有四次对准了我的脑袋。乔希……我敬佩你愿意这么做,光是肯跑这一趟就已经很了不起了,但你根本不知道怎么使用那东西。我认为你只有百分之一的可能性会需要用枪,而剩下的百分之九十九,一只流浪猫从暗处跳出来,你们就会朝彼此开枪。还有我。"

乔希大笑。

"我不是在开玩笑。你不是屏幕上的像素,你是血肉之躯。假如你被吓了一跳,开枪打中你朋友,那他就死了,永远死了,或者余生坐在轮椅上,你会内疚一辈子。把枪留下。要是里面有怪物,比起你们站在那儿表演电子游戏桥段,咱们以最快速度跑回车上更有可能活下去。乔希,枪只会拖累你们。"

"我们会当心的,我保证。"

"不,你们不会的,因为你们没有受过训练,不知道'当心'是什么意思。乔希,算我求你了。"

"对不起,但——"

"你把枪留在这儿,等咱们回去,我和你睡觉。我可以写保证书,不开玩笑。你的朋友们可以看,你可以拍录像。"

"够了。我们不会在没有保护的情况下进去,就这么简单。这不是电子游戏桥段,你这么说是在侮辱我们所有人。"

乔希说完,把一个电子小部件安装在霰弹枪上。埃米猜测那是高级瞄准镜,但乔希敲了几下电脑键盘,屏幕上出现了一个视频画面。他摆动霰弹枪,画面随之转动。约翰有个枪载无线摄像头。

他把笔记本电脑递给埃米,说:"要是我们没能回来,请把里面的录像上传到 YouTube。全世界需要知道这儿发生了什么。"

埃米说:"什么?我不进去?"

"我们有武器——不,你听我说——我们会首先进去确定安全,然后回来接你。你别这么看我。这不是性别歧视,弗雷多也会留下,他当然是男的。他会坐在驾驶座上,让引擎空转,以防我们必须快速撤离。你可以通过我的摄像头看实时转播。万一情况不妙,我们看上去必死无疑,你们别犹豫,直接——"

"我不会犹豫的。弗雷多,你听见了吗?我说走,咱们就走,行吗?"

"当然,我听见枪声和尖叫就踩油门。"

乔希对埃米说:"好了,现在你的任务是确保弗雷多只在迫不得已的情况下才会逃跑。"

乔希对房车里的其他男人说:"辅助设备,装上。"

众人起身。一个小子把小手电筒装在枪身上并打开。后排的一个小子戴上笨重的夜视仪。

乔希说:"记住,节省弹药。这不是电子游戏,我们在路上不会捡到弹药。只做受控的点射。"他又转向埃米说:"我会回来的,我保证。"

乔希深呼吸,打开侧门。寒风立刻吹进车里。呼啸的寒风在墙上的窟窿中吹出哨音,埃米忽然只希望车门赶紧关上并锁好,让这个温暖的金属茧壳与整个外部世界切断联系。

够了。

几个年轻人鱼贯而出,走进黑夜,埃米听见乔希说:"堵住耳朵。"所有人取出护耳或耳塞。约翰说过,怪物会发出让人手脚酸软的尖啸声。

车门在他们背后关紧。埃米低头看笔记本电脑,看着摄像头传来的模糊画面——镜头中是救济院的场地,画面有点颤抖,底部能看见枪管。这给整个场景添加了某种不真实的感觉。她不是坐在荒弃闹鬼、怪物横行的费尔斯救济院的院子里,这一切仅仅是她在电脑屏幕上观看的傻乎乎的录像。

画面在场地内晃动前进,逐渐接近了古老大楼的正门。乔希左侧男人的枪身上有手电筒,光束胡乱扫过院前的草坪,就好像那家伙骑在疯狂公牛的背上。乔希来到巨大的木门前,镜头终于稳定了。拿手电筒的男人抓住生锈的黄铜门把手,拉了一下。门锁着。乔希敲敲门,说:"有人吗?我叫乔希·考克斯,我们有六名武装人员,都没有受到感染。我们是前来协助 OGZA 的。里面有人吗?"一片寂静。所有人都盯着上锁的门,就像一群黑猩猩盯着汽车引擎。"我们,呃,一直在关注你们更新的情况,直到不久前信号切断。你们还有人留在这儿吗?再生王子?恐怖狼?"

电脑屏幕上的画面忽然向下移动，乔希无疑将枪口指向了地面。拿手电筒的小子叫道："我会撬锁！"另一个声音喊道："不，打不开的！"他们塞住了耳朵，所以只能互相喊叫。乔希喊道："他们多半堵住了门！肯定还有其他通道可供进出，咱们绕到后面去！大家提高警惕。"

视线回到肩部高度，嬉皮丧尸别动队贴着墙根前进，手电筒的光束前后扫动，照亮了用木板钉死的窗户和被风吹到楼脚下的枯叶。他们在寻找另一个入口。

视频直播看得人很痛苦。手电筒光束扫到画面外的时候，视频窗口就会变成一片漆黑——无线小摄像头没有夜视功能。她从笔记本电脑上抬起头，透过房车的挡风玻璃望出去，看见那伙人绕过拐角消失了。走在最后的小子戴着夜视仪，看上去顶多十三岁，抱着枪在他们背后转来转去，替他们守住六点钟方向，就像他在电影里见过的那样，也可能是在动画片中见过。他绕过拐角，现在只剩下埃米和弗雷多两个人了。

"所以，"她问，"这辆车能开多快？"

弗雷多说："取决于我开车的时候你要我碾过什么东西。控制性和飞艇差不多。"

埃米低头看电脑，在视频窗口里看到别动队又停下了。摄像头的麦克风拾音能力很差，她在背景噪音中几乎听不清他们在说什么。每次有风吹过，惊涛拍岸般的巨响就会淹没一切。一阵噪音消退后，她勉强分辨出乔希在说："哪儿？"

她模糊听见拿手电筒的小子喊道："就这儿，哥们！独轮推车背后！"

她看不见他们在看什么。乔希有个让人讨厌的坏习惯，摄像头总是指着最无关紧要的地方,不是懒洋洋地对着他的脚,就是对着乌云密布的天空,甚至是某个伙伴的脑袋。等镜头终于转到该看的地方,拿手电筒的男人正双手双膝着地,仔细查看他前方的地面。隐形眼镜掉了?乔希凑上去,绕过一辆生锈的独轮推车——有人拉开了这辆推车。埃米发现他们找到了一扇地下室窗户。玻璃被砸破了,多半几十年之前就破了。以前曾用木板钉死,现在却被撬开了。

风吹进麦克风,湮灭了他们的对话片段。

"——他们不可能扔着不管——"

"——什么人都没看见——"

"——有人吗?能听见吗?我叫乔希·考克斯——"

"——不,咱们进去——"

手电筒光束从窗口照进去,越南长枪唐尼趴在地上,匍匐着钻进建筑物。碎玻璃的边缘参差不齐,他像是被砖石大嘴整个儿吞了下去。

接下来好一会儿,什么都没发生。埃米看着黑洞洞的地下室窗口在画面中上下起伏,觉得自己的膀胱拧了起来。唐尼的双手终于出现,用手势说一切安全。接下来轮到乔希,他把枪交给了另一个人,空出双手好钻进去,因此摄像头留在外面。霰弹枪换手,镜头转了一圈,片刻之后,视频画面中出现了一个昏暗的房间,这里似乎曾经是个餐厅,地上的红黑方格瓷砖已经褪色。视角回到窗户,然后是附近的地面,地上扔着一块古旧的三合板,上面有些变形的钉子。

约翰喊道:"他们确实堵住了这儿,但被人从里面撬开了。"

另一个人爬进窗户,镜头外的一个人说:"跟你说过了,哥们,他们已经撤了,多半和联邦人员撤离的原因一样。咱们很可能在走他们的老路。"

乔希说:"米尔斯,你像是松了一口气。"

"哥们,刚才没人回应的时候,我还以为咱们会发现这地方遍地尸体呢。"

"我也是。"

"哎,你是在建议咱们放弃吗?你快说服我了。"

乔希用响亮而清晰的声音说:"先把这座建筑物搜一遍再说。"埃米估计乔希忽然想起来了,摄像头正在录制他们的对话,说不定会在他们死后传到 YouTube 上。

六个人全都在餐厅里了。有人喊道:"好了,我们知道他们来过这儿,他们留下了一盏提灯!"

镜头找到了角落里的一盏绿色丙烷野营灯。有人喊道:"谁知道该怎么点?"没有人知道。他们折腾了足足十分钟,埃米忍不住朝着电脑屏幕大喊:"我的天,扔着别管了!"他们终于点亮了提灯。

他们拎着提灯,从餐厅来到走廊里。拿手电筒的男人走在最前面,乔希端着带摄像头的霰弹枪紧随其后,拎提灯的小子排在第三,将柔和的灯光和扭曲的阴影洒向四面八方。小队又调查了两个房间,每次都遵循埃米在电影里见过的可笑的特种警察部队流程——两个持枪男人靠在门框左右两边,乔希踹开房门。两次出现在眼前的房间都空荡荡的。埃米对特种警察部队一无所知,但从摄像头的画面看得出,乔希进入这些房间时从不看左右两侧的屋角,就连她这个没受过任何训练的人都知道这很容易导致他们受到伏击。这进一步坚定了她的看法:这些人并不比她更了解该如何持枪搜查建筑物。他们来到一扇标着"楼梯"的门前,又表演了一遍破门舞步,然后走下一段台阶,来到下层的地下室。他们走进一小段走廊,这里有几个办公室风格的空房间,还有一扇似乎很坚固的金属门——锁很大,窗户是金属格栅,就是你在监狱里见到的那种。

门敞开着。

他们穿过这扇门,走进一条走廊,埃米觉得这里很像牢房区。左右两侧都是生锈的金属门,有几扇门开着。每个房间里都有一张床、一个水槽和一个马桶。

埃米心想,这儿曾经恐怕不是肺结核患者住的地方。

镜头里有人说:"那是什么?"乔希的摄像头指向地面。在埃米看来,大概只有切断的小丑脑袋能比地上的那东西更加令人毛骨悚然了。

一只破旧的泰迪熊。

寒意顺着她的脊梁骨向上扩散,她第一次想问弗雷多有没有办法联系那些人,召唤他们回来,另外制订一套计划。

镜头外的一个人喊道:"哥们,这是什么味道?"

"也许是哪儿的排污管断了。"

手电筒光束沿着阴森的走廊起伏前进。有人试着推了推一扇关着的门。门锁着。他们往每一扇打开的门里看。没人,也没有丧尸。

埃米身旁一英尺外,一个声音说:"发现什么了吗?"

她险些跳起来撞破车顶。说话的是弗雷多,他从她背后看着电脑屏幕。

"他们进去了,找到一扇窗户爬进去的。目前什么都没找到。现在他们在地下二层。"

视频画面里有个人说:"哎,哎,那是什么?那儿,看地上。"

摄像头扫过地面,什么都没找到,最后落在一扇门上。门框底下正在渗出某些东西。

"我的天,那是什么?是血吗?"

"不是血,哥们。你闻一闻。"

"里面是排污管——"

"嘘——听。"

埃米没有在电脑扬声器里听见任何响动。唐尼——画面里唯一的人——抬起一只耳朵上的耳罩,像狗似的侧着脑袋听。

"里面有东西。"

所有人陷入沉默。

"听见了吗?有东西在挠门。"

另一个人说:"真是见鬼!"

乔希的摄像头——也就是霰弹枪——对准了那扇门,他说:"门没锁。看,有条门缝。唐尼,你去开门,拉开后立刻跳开。"

想必是属于唐尼的一只手慢慢地伸出去,抓住锁销使劲一拽。门荡开了,然后——

"我的天哪!"

惊恐。摄像头转来转去。

"那是什么,哥们,那是什么?那是什么鬼啊,哥们!什么鬼啊!它出来了——"

"它活着,乔希,它活着!它怎么可能还活着?"

"杀了它,哥们!杀了它!"

接下来是金属碰撞的声音。门荡回视野里——有人一脚把门踢回了原处。镜头向后拉——乔希在后退。有人呜咽道:"我的天,我的天!那是嘴吗?那到底是什么?那是人吗?他们对他做了什么?"

另一个人说:"那是 OGZA 吗?他是 OGZA 的人吗?真他妈见鬼!"

"我们不能就这么扔下他不管,哥们,不能。天哪……"

摄像头指着地上棕色的泥浆,然后转向侧面,顺着地面指向走廊前方的其他门。

所有的门都在渗出浆液。

镜头跟着浆液一直来到走廊尽头,这里有一扇紧闭着的门,门上有个部分污损的牌子,牌子最顶上能辨认出"维修"这两个字。

门上布满了弹孔。

乔希低声说:"弟兄们,注意了。"

手电筒转过来,照亮那扇门。镜头外的一个人说:"上帝啊,上帝啊,上帝啊……"

乔希说:"埃米,要是你还在看,请保存视频以供日后播放。要是我没回去,告诉我父母和我姐姐,我爱他们。现在,所有人打开保险。"

埃米说:"乔希!回来!回房车上来!快!"

弗雷多说:"他听不见。"

镜头晃晃悠悠地沿着走廊前进,标着"维修"的铁门在视频窗口里变得越来越大。乔希用不拿枪的手打个手势,唐尼和在此之前没进过镜头的另一个人按老样子贴在门左右两侧的墙上。乔希站在门前,两根枪管从他的左右两侧伸进视野。

乔希说:"数到三,一、二……"

镜头一抖。一只皮靴踹在门上,但门框劈裂的声音没有随之传来。皮靴又踹了一脚,然后是第三脚。门终于向内荡开。

镜头左右转动,所有人都冲进房间。房间很大,到处都是生锈的管道、机器、铁桶和货箱。

"地面!地面!"

镜头向下转动。埃米尖叫了一声。

一个人或一个东西在地上蠕动。手电筒的光束照亮了张张合合的双手。一张脸。地上的那东西正伸手来抓乔希的腿,乔希一脚踢开。众人尖叫,乔希尖叫。

"唐尼!你——"

"哎!不要!"

摄像头里传来了杂乱的声音——鞋底摩擦、喘息、喊叫。手电筒的光束乱转。镜头转过去,拿手电筒的男人被某种东西抓住了,把他甩来甩去。光束扫过房间的后墙——

丧尸。排满了整面墙。它们浑身烂泥,蹒跚逼近。

"它们从墙里爬出来了!它们从墙里爬出来了!"

拿手电筒的男人又转了一圈,他的冲锋枪开始怒吼。埃米先在电脑里听见,半秒钟后听见了从建筑物里传来的回响。她猛然醒悟,事情就发生在院子另一头的大楼里,与她之间甚至没有隔着一扇上锁的门。弗雷多也想到了这个问题,他跑回驾驶座上,系好安全带。

视频窗口变黑。手电筒熄灭了。尖叫声此起彼伏。

"米尔——斯——"

"我的天,快出去!"

"罗恩倒下了!他们抓住罗恩了!快出去!"

摄像头周围好一阵沙沙声和挤撞声后,光线终于重新出现。他们回到了走廊里。提灯依然在一扇渗出浆液的门前。画面上下起伏,乔希在逃跑。

镜头再次转回标着"维修"的门。没人跟上来。画面定格在门上,乔希剧烈喘息着,喃喃道:"我的天,我的天,我的天,我的天——"

门里传来尖叫声,然后是枪声。

镜头再次转动,乔希看着摄像头——看着他手中的枪的枪口。他看上去一下子老了十岁。汗水把头发贴在额头上,眼泪顺着面颊流淌,嘴唇上滴着鲜血。

乔希对着镜头说:"妈妈,爸爸,黑莉,我爱你们。全世界的人,我叫乔舒亚·纳撒尼尔·考克斯。我刚刚目睹了Z战的第一次交火。埃米,快走。我们会尽量拖住它们,但假如我们挡不住它们,它们就会来追你们——"

某个东西重重地撞在门上。乔希闭上眼睛,咽了口唾沫。镜头转回前方,视野快速拉近,乔希在跑向战场。他停下来,抓起提灯,然后踹开标着"维修"的门。他把提灯扔进一大团挥舞摆动的肢体之中。

提灯在半空中照亮了无比混乱的景象。身体倒在身体之上,枪口吐出频闪的火光。硝烟充满整个房间。

一个浑身血污的肥壮女性丧尸从混战中冲过来,缠结的头发使她看上去仿佛蛇发女妖。镜头和底下的枪口瞄准目标,释放出一股地狱火扑向怪物。怪物发出非人类的尖啸,倒在地上,稀烂的衣服上燃起火焰。

镜头转向左侧。一个黑皮肤丧尸企图抢夺一名别动队成员的武器。乔希再次释放龙息弹,击中了目标的肩膀,丧尸踉跄后退。乔希连放两枪,每一枪都像点燃了一根致命的罗马焰火筒。乔希在尖叫,他发出战吼。唐尼站在他身旁,用越战长枪开火。两人并肩而立,向房间内倾泻子弹。

"乔希！是我！别开枪！"

镜头一转，拿手电筒的男人出现在画面里，他踉跄爬过地上一堆冒烟的尸体，然后走到两人身旁，举起枪，把房间变成了射击训练场。

乔希喊道："米尔斯呢？"

"被它们抓住了。全都被它们抓住了，只剩下咱们！"

"打光了！我的子弹都打光了！"

乔希喊道："后撤！"

镜头指向地上的提灯。画面底部的枪管再次咆哮。提灯被炸成一团火球。

视频窗口变成一片白色，随后彻底陷入黑暗。战场的喧嚣声消失，变成三个人慌乱的脚步声和疯狂的喘息声。他们逃进了走廊。

"埃米！弗雷多！你们能听见吗？准备撤出！"

两小时前……

见到莫莉叼着那块血淋淋的肉骨头，TJ 尖叫："天啊，后退！快跑！"

我说："别怕，我真的不认为这段脊骨是它从活人身上咬下来的。"

"你怎么知道？"

"因为它的爪子和脸上没有血，我猜是它捡到的。所以，咱们去看看这到底是谁的脊骨。"

霍普已经沿着走廊向前走了，她经过一排停止运转的电梯，边走边看脚下的地面。

血。涂在地上的血迹，莫莉拖着脊骨跑过的路线。TJ 跟上去，一只手按住霍普的肩膀，自己走到最前面。我命令莫莉扔了骨头，抓住它的领圈。我拽着它一起走，跟着 TJ 前进，活像史酷比小分队。我们走下两段楼梯，来到地下室一扇标着"仅限员工"的门前。门里是一条黑洞洞的走廊，没有窗户，也没有灯。霍普一言不发，掏出手电筒点亮，递给 TJ。

血迹结束于走廊一半左右的地方，莫莉很可能叼着骨头走到这儿，然后发现骨头重得咬不住了。走廊里只有三扇门：员工卫生间、休息室和锅炉房。

卫生间里很干净。呃，不是真正的干净，只是没有尸体。休息室里有几个人在烛光下安安静静地吃饭。我们回到走廊里,望着锅炉房的门。

TJ 说他先去看一眼,因为他拿着唯一的手电筒,我觉得这是个好主意。他用肩膀顶开门,像端着枪似的举起手电筒,然后扭头对我说:"你不来吗,蜘蛛侠?"不知为何,我似乎成了 TJ 的打手,他自告奋勇时代表了我和他两个人。

霍普和莫莉留在走廊里。TJ 推开门,熟练地先照亮一个墙角,然后是另一个。我猜那是所谓的埋伏点。没人。我们右边有一台停止运转的巨大机器,两个厚重的巨大柱形容器侧躺着,从中伸出许多根足以让浣熊爬过的粗大管子——锅炉。TJ 慢慢走过去,查看容器背后,手电筒光束扫过水泥地面。什么都没有。光束落在对面墙上的另一扇铁门上,这扇门锈迹斑斑,边缘的油漆已经剥落,我意识到搜查还没结束。

这扇门开了一半,门缝足够一条狗进出。地上有几道血印子。TJ 慢慢走过去,我心想我们应该让欧文拿着枪走在最前面。要是蜘蛛控制着丧尸跳出来扑向我们,我们该怎么办?惨死,然后成为提醒其他人务必要当心的寓言?我们在这儿扮演的是这个角色吗?

TJ 向内推开门。手电筒重复相同的流程——墙角没人,门背后也没人。我们忽然走进了一个十九世纪的房间——煤烟熏黑了裸露在外的砖墙,到处都是蜘蛛网。这是建筑物原始的遗迹,被一次又一次的翻修埋在最底下。TJ 用手电筒扫过地面,光束照亮一双了无生气的眼睛、一张煞白的脸,血淋淋的缠结头发盖在脸上,是一个中年女人。她依然穿着绿色连体服,但从胸腔往下的身体只剩下白骨和猩红色的丝缕碎肉。

"该死,这是朗达。"

"好的。另一个是谁?"

TJ 还没发现另一具尸体,我指给他看,他用手电筒照过去,尸体脸朝下趴在对面的墙边。死者是个男人,屁股像是被手雷从内到外炸开了。他的身体像是泄了气,从底下被掏空了内脏,而且还少了一段脊骨。

TJ 叹息道:"卡洛斯干的。"

他走到俯卧的尸体前,用脚挑起脑袋。

"不认识。"TJ 又用手电筒扫了一遍房间,确定那位"卡洛斯"不在我们身边。

我说:"说起来,这个'卡洛斯'是谁?除了他喜欢从屁股吃人的内脏之外。"

TJ 耸了耸肩。"我也不知道他是什么人。小个子拉丁裔,脾气挺好。我们认为他受到了感染,但没显露出任何症状,他自己似乎也不知道。于是我们没告诉他。然后有一天,他在我们面前毫无征兆地变形,就好像是个肉做的擎天柱,变成一条恶心的螺旋形大虫子,钻进泥土不见了。当他饿了或者凑巧有人坐在地上时,就爬上来。你看。"

我顺着光束望去,看到后墙上有个窟窿,大得足以让一个人爬进爬出,碎砖块落在洞口底下的地上。TJ 走过去,说:"哎,我去叫欧文,这个活儿需要枪——"

"你肯定想看一眼这个的。快过来。"

我非常缓慢地走过去,努力望进边缘参差不齐的洞口。"里面是另一个房间,还是——"

"仔细看。"

一条隧道。内壁在渗水,脚下是烂泥,到处都是蠕动的昆虫。

红砖墙壁，拱形顶部，延伸到无穷远处。隧道的宽度和高度都是五英尺左右，古老的生锈铁管沿着墙壁铺设，占据了大部分空间。

他说："这是以前的蒸汽管道，服务另一幢楼的。"

"什么另一幢楼？"

"不知道。也许已经不存在了。爬进去就知道能去哪儿。"

"免了，谢谢。但我们知道它的终点在医院周界之外，也在人或机器人的巡逻区之外。"

"因为你的狗就是从这儿进来的。"

"对。"

为了让在走廊里紧张等待的女人安心，TJ 喊道："姑娘，这儿一切安全！我们这就出来！"

我走向房门，说："我能召集整个隔离区开大会吗？还是只有欧文有这个资格？"

"呃，你等一等，为什么要开会？"

我在门口停下脚步，转身面对 TJ。我压低声音，说："为了……看看都有谁想逃出这个该死的监狱。"

"你希望所有人都知道这个？"

"为什么不？"

"甚至包括红衣服的人？"

"TJ，我不认为按颜色分组在铁丝网外有任何意义。"

"我说的不是这个。我说的是带着一百五十个左右高危患者离开隔离区。"

"哎，别这样。所谓'红色等于高危'只对新人有效，对吧？在里面的人已经检查过有没有蜘蛛了。"

"欧文就没有，还有很多人也没有。他们要你检查所有新来的人,但原先那些人不受限制,因为我们一旦建议检查所有人,欧文就开始挥舞他的手枪。"

"但他们到现在还没有……呃,你懂的,变成怪物,那我们就该知道他们——"

"你能确定?我们根本不知道卡洛斯是什么时候被感染的。你险些看走眼的那个姑娘,她被寄生虫感染了一个多星期,却和你我一样行动如常。她自己不就是这么说的吗?这儿还有多少人和她一样?你仔细想清楚。你带着人逃出隔离区,就要为他们出去后做的事负责。"

"但假如把没感染的人留在这儿,等空军扔下核弹,他们被烧成灰,我同样要为他们负责。"

"没错。"

"真该死。"

"听我说。假设你是正确的,假设政府打算把这儿炸成一个环形山,就意味着必须有人说服他们改变主意。无论谁从这儿出去,他们的首要任务都是通知指挥链上的人,隔离区里有没被感染的无辜者。出去的人必须成为里面这些人的代表,必须树立隔离区的正面形象,让人们知道我们是干净的,他们要担任我们驻外部世界的大使,明白了吗?"

"但我们不知道我们还有多少时间——"

"我还没说完呢。然而另一方面,假如我们帮助感染者进入镇区,他们开始搞破坏,大肆增殖,然后还是指挥链上的那些人,他们会将地图上医院周围的小红圈变成包围整个小镇的大红圈,明白结果吗?还有,你觉得你女朋友就在外面,还有约翰,以及这座小镇你在乎的每一个人。"

"做古巴三明治的那家店。"

"对,解放古巴。你喝过他们的咖啡吗?咱们绝对不能让他们炸了那地方。"

"你见过他们的女招待吗?"

"嗯哼。那家店管招聘的人肯定对屁股情有独钟。"

"好吧,我懂了。所以应该谁出去?"

"唔,蜘蛛侠,咱们要做一个世上最艰难的决定了。"

锅炉房外的走廊里有七个人在等 TJ 和我。除了霍普,还有轮椅男,科里(上一辆卡车送来的卷毛小子),一个不知道名字的老家伙,伦尼(矮个子,谢顶,白人,很像《公主新娘》里的维齐尼)和两个女人(她们听见响动,从休息室过来看热闹)。

我们把隧道和两具尸体的事情告诉他们。老家伙漫不经心地问 TJ:"黑鬼,隧道穿过哪个方向的墙?"

TJ 连眼睛都没眨一下,说:"北面。"

老家伙若有所思地点点头,说:"我也这么想。以前同一个锅炉还服务另一幢楼,后来他们拆掉旧医院,在地基上造了现在这个。大概是在五六十年前。那会儿黑人在人行道上和一个白种女人擦肩而过,等天黑了就会被人举着火把吊死,现如今很多事情都不一样了。我和我的一帮朋友在六十年代组了兰草乐队——"

"我觉得三K党埃德说得对。"TJ 说,"埃德,从这儿到另一头有多远?"

"唔……你说的这条隧道有半英里长,门廊猴子。爬起来相当漫长。我这两个老膝盖肯定爬不完。知道吗,以前的工人有一辆你能躺在上面的小车,隧道里有个滑轮系统,你只需要舒舒服服地躺下,隧道尽头有一个黑鬼壮汉摇动曲柄——"

"可惜现在没有滑轮系统了,所以咱们需要做些膝垫,否则等大家从另一头爬出来,膝盖就会被磨成肉酱。假如三K党埃德没说错,那么这条隧道应该有七八百米长,在砖石和烂泥里爬这么远可不轻松。身体好的人估计二十分钟能爬完,身体不好的人必须爬爬停停,一个小时都未必能到终点。因此,我的第一个问题是,谁愿意去?请举起手。"

除了三K党埃德,所有人都举起手。

"一共八个,人数已经很多了。要问我执行这个使命的理想人数,我觉得这就可以——"

"没有特里我是不会走的,"谢顶男人说,"我宁可留下。"

"我还没说完呢!我想说的是,我不指望你们会把亲人留在这儿,但也就仅限于此了。"

轮椅男说:"咱们应该叫上丹尼斯和勒龙。"

霍普说:"凯蒂和达尼……"

TJ说:"你们看,这下已经十几个了。花点时间考虑一下,但别超过太多了,否则就不是一小撮人偷偷溜出去,而是一涌而出的大越狱,恐怕会引起武装镇压的。咱们绝对不能超过十五个人——"

"病人怎么办?还有医生呢?"霍普说。

TJ叹了口气,揉着脑袋,说:"他们怎么了?"

"凯蒂是护士。她说有几个病人情况危重,不去真正的医院接受治疗就撑不下去了。他们腹泻严重,濒临脱水。"

"亲爱的,既然他们病得那么严重,怎么能在隧道里爬半英里?万一爬到一半就爬不动了呢?到时候咱们没法把他们弄出去,他们会堵住所有人的出路。隧道很窄,非常窄。四周全是管道。你会看见的。"

"医生呢?必须通知他。"

"为什么必须通知他?"

"呃,首先,如果凯蒂不去二楼帮忙,而且我们不告诉他凯蒂的去向,等他发现凯蒂不见了,会浪费时间跑来跑去找她。其次,我们需要带上些东西。绷带等基本的急救用品,医生全都有。另外,我们用完了……漱口水。今天把最后一瓶也用掉了。我们需要带上这些,因此必须请医生帮忙。"

我说:"她说得其实有道理,其他人会注意到有人不见了。等欧文那伙人发现我们这帮人不见了,这儿会陷入混乱。人们会以为我们被吃了什么的。局势发展到人人自危的那一步,结果会闹得很难看的。"

TJ说:"行啊,咱们留一封信。"

"说什么呢?"

"我来想一想。该死,哥们。这样吧,咱们先出去,一小时后在走廊里集合。霍普,你去叫凯蒂,告诉她,我们只收连一天都坚持不到但还能在冰冷烂泥里爬半英里的病人。大卫,你去找医生,请他配一罐漱口水。但要记住,找个在隧道里撞来撞去也不会漏的容器。"

我说:"好的,你知道医生现在在哪儿吗?或者告诉我医生长什么样子,否则我怎么找他?"

TJ盯着我。"你不认识医生?马尔科尼?"

"等一等……他在这儿?"

"否则还能在哪儿——唉,你他妈就像洞穴人刚解冻。对,他在这儿。对,他不睡觉。你从地洞里回来没去找过他?我跟你说过的。"

"没……"

"你快去找他吧。他一直在问你怎么样了。"

"情况比我想象中还要糟糕得多。"马尔科尼博士说。

他伏在一个昏迷的女人身上,用手电筒照她的眼睛。其实面对面我只见过他一次,其他都是在电视屏幕或精装书的封套上。剪得整整齐齐的山羊胡,挂在鼻梁上的眼镜。此刻他就站在我面前,穿的不是红色或绿色的连体服,而是我在电视上见过他穿的那种三件套正装。唯一的区别是,衣服里的人似乎十年没合过眼了。

他抬头看着我,期待地问:"你发现什么了?"

"我……博士,我完全迷糊了。我在隔离区里的生活记忆仅仅从今天早些时候开始。再往前,我记得爆发时的混乱,然后再一睁眼,我在救济院醒来,不知道我在哪儿和我是怎么去那儿的。我不知道你在这儿,也不记得我们交谈过。"

马尔科尼从患者面前转过来,把所有注意力全放在我身上。"他们洗掉了你的记忆?"

"我……我不知道。你认为他们能做到?选取特定的一段记忆,然后像删硬盘文件那样抹掉?"

"哦,我确定不存在能做到这一点的安全方法,但我也不认为他们在乎你安不安全。"

"你指的是 REPER?"

他耸了耸肩。"随他们现在怎么称呼自己。"

"说起来,你怎么会出现在这儿?"

"爆发后的那天,你的朋友约翰带着你女朋友脱离危险后打电话给我。我飞过来，主动向这儿的反应部队提供帮助，他们欣然给我一个职位，为此还发了篇新闻稿。你要知道，当时已经有自拍录像流出，告诉大众这其实不是普通的疾病爆发或生物武器袭击。'丧尸'这个词满天飞。指挥行动的高层人员很高兴能用我的名字来灭灭火。你明白我的意思吗？"

我不明白。

"上周他们决定撤出隔离区内的全部人员，我主动留下，否则就没有人向被拘押的人员提供医疗帮助了。"

"等一等，你是那种医生吗？我以为你只是有个博士头衔……研究鬼魂什么的。"

他没理我，说："结果证明我的直觉没错，因为来找我的患者看似只有不起眼的症状，事实上已经被寄生虫感染了。"

"天啊，真的？"

马尔科尼朝身旁的小推车摆摆头，小推车上有一排透明的大玻璃罐，我望过去，吓得险些腿软倒地。每个玻璃罐里都有一只蜘蛛。有两只已经完全长成，有一只还不如我的大拇指大，最后一只介于两者之间。比较大的两只中有一只严重受损，缺了半个身体。

他冷静地说："已经死透了。"

"你能看见它们？"

他耸了耸肩。"有时候吧，必须得集中精神。我没有你们的天赋，但我知道一些技巧。不过要我说——希望你听了别生气——就算把你所谓的'天赋'装在礼物篮里，和一瓶格兰菲迪陈年威士忌一起送给我，我也不会接受。"

"你知道该怎么杀死这些鬼东西？"我举起我带来的空消毒水罐子，"这个……呃，漱口水配方是你想出来的？是什么毒药吗？

所以你接近了……"

"接近什么?治疗方法?在杀死寄生虫的同时残忍地杀死宿主,这算不上什么丰功伟绩。不,我离'治疗'寄生虫对人体造成的影响还差得远呢,它会从内部重建人体,违反了我们在人类生理学方面的一切知识。在目前阶段,我只是尽量完善侦测感染的手段。"

"我还是不明白这是怎么一回事。我是说,我见过这东西爬到人脸上,人根本看不见它,但它会和他们的身体融合,就好像它会显形,变得刚够——"

"大卫,其他人也就算了,你为什么会惊讶于眼睛会欺骗我们呢?人类的眼睛是大自然开的最残忍的玩笑。我们只能看见我们面部前方一个极小的锥形光场,而且还限制在电磁波频谱中一段非常窄的区域内。我们的视线无法穿透墙壁,看不见冷热、电流和电波,也看不了太远。这个感官太狭隘了,可能不如没有,但我们在演化中变得严重依赖它,其他感官都因此退化。假如我们无法看见某种东西,就会得出疯狂甚至致命的错误结论,也就是这个东西不存在。事实上,所有文明的败亡都能追溯到一个不祥的句子,'亲眼见到的,我才会相信'。我们甚至无法说服大众相信全球变暖有多么危险,为什么?因为二氧化碳凑巧是看不见的。"

"可是……我们只需要想出侦测的办法就行了,对吧?总有人会发明一台机器之类的东西吧?只要能侦测到它们的存在,我们就能杀死它们。"

"对于这个问题,我的回答只有五个字:恶性疟原虫。"

"我有可能知道这是什么吗?"

"答得很好。这个恶魔杀死了数以十亿计的人类,你却连它叫什么都不知道。这是一种极小的会导致疟疾的寄生虫。自从有记录以来,将近一半人类死于这种不可见的杀手,甚至可以声称,恶性疟原虫才是地球上的优势物种,人类文明仅仅为它提供了繁殖场地。然而,不久之前,我们还完全不知道它是什么。我们归咎于巫术、邪灵和神祇发怒,我们祈祷、开坛做法,在仪式上杀害我们认为应该负责的人。与此同时,人类继续死去,没完没了地死去。直到今天,你手上依然有可能就沾着恶性疟原虫,而你根本不知道。因为说到底,既然你看不见,那它就不可能伤害你。"

马尔科尼大步走出房间,说:"跟我来。"他领着我沿走廊前进,给我看六个病房,里面一共躺着九名丧失意识的患者。"我们的'流感'病人四十八小时前开始出现无法控制的腹泻。我觉得要是有电,能开动磁共振成像机器,我们就能发现他们体内正在发生剧烈的变化。当然也可能没有。也许需要等到蜕变期才会出现。"

"我的天,他们被感染了?"

"这就是我想告诉你的。其中有几个人在抵达时通过了你的口腔检查。事实证明,寄生虫进入人体的方法不止一种。"

"他们怎么会——"

"你没听见我说腹泻吗?"

"哦。哦,天哪……"

"对。"

"而……你只是把他们关在这儿,和病人待在一起?他们随时都可能变成蜘蛛怪……"

"应该不会。丙泊酚似乎能阻断这个过程。你看见了,我们还把他们捆在床上。在目前的情况下,我们顶多只能做到这一步。等镇静剂几天后用完,呃,我们就必须做出决定了。"

"什么决定?杀了那些鬼东西,博士。赶在它们失控之前。"

他没有说话。

我说:"我可以把你弄出隔离区,就是现在。我们找到了一条出去的路。"

"是吗?"

"地下室的旧蒸汽管道。REPER 或者天晓得是谁,他们不知道那条隧道的存在,因为隧道以前是用砖砌死的,直接通到封锁线之外。我们没有声张,但如果你想离开,就跟我走吧。"

"为什么要离开?除了这儿,我还能在哪儿近距离接触被感染的病人?不,我在这里能够发挥最大的力量。"

"随你便。"

"能问一句吗,你觉得出去能达到什么目标?"

"呃,自由?另外,我不想说得像个悲观主义者,但传闻说军队已经宣布这附近为沦陷区,即将丢一颗超大的炸弹下来。"

"我刚来的时候就和你谈过这个了。我猜你已经不记得我们那次谈话了。关于我的书,那本《巴别塔阈值》,有印象吗?"

"没有。听着像贾森·伯恩的小说。"

"我知道时间很紧,但……我认为关于这些患者,先前你弄错了很重要的一点。他们来找我看病,症状是腹泻,而不是噩梦般的自发畸变或暴力倾向。他们没有表现出其他症状,完全没有。而且我越来越相信还存在其他毫无症状的患者。我们也许再也无法侦测感染了,一旦发现就已经为时太晚。我认为寄生虫在适应,学习如何潜伏得更久和更有效。假如这个事实曝光,你觉得全世界会做出什么反应?"

我自己都不想听我大声说出答案。最后,我说:"所以你的意思是,假如军队计划从地图上抹掉隔离区,我是不是真的想要阻止他们?"

"你想一想。想一想炸弹能达成的目标,想一想万一失败会遂了谁的心意。"

"你为什么不直接告诉我?"

"那要我自己知道才行。"

我下楼,在大堂里向门外张望,确定我们没有引起怀疑。清冷的夜风里只有少数几个人聚集在南边铁丝网附近,他们看着天空的样子像是在等待龙卷风。

我走过去,找到一个穿绿衣服的人(年纪比较大,留大胡子),问他发生了什么。

他耸了耸肩。"有人在救济院发射信号弹。"

"信号弹?代表着什么?"

"多半什么都不代表,也许只是个孩子在玩剩下的烟火。但过了整整三分钟,谣言才开始在整个院子传播,说那代表着一群武装市民打算冲破铁丝网来解放我们。说不定还要一人发一辆凯迪拉克,补偿我们的精神损失。有什么不可能的呢?"

另一个人喊道:"看!快看!又是一发。这次是红色的。"

我转过身,刚好看见镁粉燃烧的火球熄灭,落向地面。人群喃喃交谈。

我说:"好吧,我去睡觉了。假如真是来救我们的,记得捡块石头砸窗户报个信,顺便给我留一辆凯迪拉克。"

我回到地下室,发现锅炉房里挤了二十七个人,满得只能站在走廊里了。这群人嘟嘟囔囔、交头接耳,尽管他们在进入隔离区时被没收了所有财产，却天晓得为什么一个个都有行李。背包、垃圾袋、各种各样他们认为有可能用得上的鸡零狗碎。他们东敲敲西敲敲，开门关门，咯咯笑，问问题，大体而言就是在上演有史以来最不偷偷摸摸的一场越狱。红衣服的人在睡觉，至少大多数在睡觉，但只需要有一个人发现这么一伙人排着队跳着康茄舞钻进锅炉房，整个行动就会告吹。

TJ气得屁股都快冒出蒸汽来了。霍普一边尽量安慰他，一边解决物资供应的问题。

"膝垫怎么办？"他边说边用电工胶带缠住两罐二元化学"漱口水"的盖子，"我们半个小时就找够了二三十个人用的膝垫？"

"没有，但我们有胶带。"霍普安慰他，"大家只需要脱掉鞋，用胶带缠在膝盖上。你明白的，就像多夫。"

"像谁？"

"没问题的，相信我。凯蒂和我试了试，我们在地上爬来爬去，从走廊一头爬到另一头再回来。肯定能行。"

"好的，所以我们的九百个难题解决了一个。"他对我说，"明智一点，我们应该派一个人单独进隧道，确定这条路走得通，或者卡洛斯没在另一头等着开饭。这个人带着手电筒爬过去，到尽头发信号表示一切安全，否则出了什么岔子，这一整条人体蜈蚣就要掉头往回走。但我们没法这么做，因为这群人在这儿闹哄哄地站一个小时就是等着被逮住。"

"除非其他什么人下来，偶然发现这条隧道。"

他摇着头说："三K党埃德留下，等最后一个人出去，他就搬些纸板箱堆在洞口。我已经清理掉了地上的砖块，希望这么做能瞒住欧文那个蠢货。"

TJ 掏出口袋里的手电筒，对我说："我让你选。咱俩一个打前锋，一个殿后。前锋第一个恢复自由，但也会第一个撞上等在外面的坏消息。要是情况不对，殿后的最容易逃脱，但也要花最多的时间等那些慢吞吞的家伙全走完。怎么选大概取决于你有多乐观了。"

"不，不取决于这个。你身体比我好，没必要让一大串人待在后面听我喘气。你先走。"

"你肯定看过很多恐怖电影，知道黑人从来撑不到最后。"

"TJ，我们所有人都会感谢你的牺牲的。"

"去你的。"

他大笑，我也大笑。

TJ 像说唱歌手图派克那样扎上头巾，把手电筒固定在耳朵上方，仿佛戴着矿工的头灯。他打开手电筒，和我握手后，钻进隧道。

我说："TJ，咱们在另一头见。"

霍普跟着他钻进隧道，然后是科里。行动开始。

接下来的三十分钟漫长得令人痛苦，越狱者一个接一个缓慢、笨拙且喧闹地钻进边缘参差不齐的墙洞。我在锅炉房里走来走去，劝告众人保持安静，演示如何把鞋变成膝垫，等待红色连体服踹开房门，问我们他妈的在干什么。

他们一个接一个钻进墙洞，锅炉房里的人越来越少。我们离"这还真的成功了"的节点越来越近，我肚子里的硬结也打得越来越紧。

真的，离成功真的很近了。

房间里只剩下五个人了。不久变成两个：一个老太太，我觉得她根本不想爬进墙洞（万一爬到一半，她忽然说想回去怎么办？）；

一个面相温和的男人,长得很像拉丁裔流行歌手马克·安东尼。三K党埃德守在走廊里,等我看着最后一个人进去,就过去敲两下门。他会等几分钟,然后进来用纸板箱遮住洞口。

最后一双鞋消失在砖墙里,锅炉房终于把房间里的所有人都排进了隧道。TJ应该已经从另一头钻出去了吧?我们没听见任何动静,这肯定是个好兆头。

肯定是的。

我快步走过去敲了敲通往走廊的房门,然后穿过房间,跑向隧道口。我伸出双手,按在洞口边缘上——

哇。

里面可真暗啊。我看不见最后一个进去的人,也完全找不到上下起伏的手电筒灯光。我只能看见顶多十英尺泥泞的红砖墙壁,再往前,黑暗就彻底吞噬了一切。在锅炉房闪烁的烛光之下,洞口仿佛巨兽的喉咙。我能勉强听见粗重的呼吸声和前方爬行者的响动,这些声音正在渐渐远去。

地牢里我走向电梯的那条黑暗走廊在我脑海里闪现。湿乎乎的拖拽声响。

沃尔特。

够了。我闭上眼睛,甩甩脑袋。三十个人已经在我之前爬进这条隧道,他们有男有女,年龄从十八岁到六十出头不等。我要是做不到,那才叫见鬼了呢。

我的两条腿不肯动弹。

红砖和烂泥。每一寸可见的表面都有蟑螂爬来爬去。蜘蛛网遍布生锈管道之间的空隙。真菌、发霉和腐烂的臭味扑鼻而来,这是坟墓的气味。顶上的砖缝之间滴着脏水。

鞋子膝垫的爬动声响已经彻底消失，连回声都听不见了。我磨蹭得太久了。现在只剩下我、极度的寂静和极度的黑暗。我想起自己看过的一段视频：一只黄蜂耐心地守在蜂巢外，咬掉钻出来的每一只蜜蜂的脑袋。在它停手之前，地上堆了几百个蜜蜂的首级。我想象一只庞然巨怪像黄蜂似的守在隧道另一头，等着一个个浑身烂泥、筋疲力尽的人爬出洞口，悄无声息且效率非凡地咬掉他们的脑袋，脑袋在旁边堆成小山。

够了。

我抓住洞口两侧边缘，大声说："走吧。"

但我的两条腿不肯动弹。

我低声鼓励自己，不料一双巨手落在我的肩膀上，抓着我转了过来。

欧文说："朋友，你这是想去哪儿？"

欧文把我按在墙上。三K党埃德从我身旁走过，尽责地把纸板箱堆在隧道口前，我不得不觉得他恐怕从一开始就没完全理解我们的计划。

欧文说："老弟，怎么说呢，你挺有一套的。这是什么，一条隧道？"

"放开我。"

"通往哪儿？"

"不知道。外面，外面某处。我们也不知道通往哪儿，但不管哪儿都比和你一起待在这儿强。"

"进去了多少个人？"

"浑蛋。"

他抓起我摔在墙上。"多少个人?"

"快……三十个。"

"三十个。你却不知道另一头在哪儿。没人先去侦察一下?没人爬过去确定一下另一头真是通的?"

"我们……我们没时间,我——"

"对。你们没时间,因为你们害怕被发现。因为你们必须保守这个小秘密。"

三K党埃德漫不经心地说:"哦,我知道通往哪儿。隧道直通旧救济院。"

我和欧文一起扭头看他。

我说:"你是说——"

枪声回荡在隧道里,打断了我的话头。

枪声,叫声。从隧道的另一头传来微弱的声响,我听见一个陌生的声音喊道:"它们从墙里爬出来了!它们从墙里爬出来了!"

费尔斯救济院大屠杀

埃米在座位上颠簸,她喃喃道:"快,快,快。"

枪身摄像头在破旧的餐厅里瞄准通往走廊的房门。另外两个人——手电筒男和唐尼——跑过镜头。摄像头转过来,看见唐尼正在帮手电筒男从窗口爬出地下室。

埃米对弗雷多说:"他们快出来了!准备好!"

时间变得无比漫长。手电筒男不知怎的卡在了窗户里,他使劲踢腿,却动弹不得。乔希将摄像头(也就是枪口)转向房门,看有没有丧尸追上来。

尖叫。

不是惨嚎，而是婴儿发出的那种叫声——还不知道该怎么用语言表达痛苦的婴儿。是拿手电筒的人在叫。他的双腿在窗口扑腾。有什么东西在另一头抓住了他。乔希和唐尼抓住他的腿，想把他拽回去。他们拽了又拽，但过了天晓得多久，另一头抓住他的东西才终于放开了他——更确切地说，放开了他的腿。

乔希和唐尼躺在地上，拿手电筒的人还在抽搐的下半身压在他们的大腿上，腰部以上的半截身子依然趴在窗口。要是乔希和唐尼没戴耳罩，肯定能听见埃米在房车里尖叫。

乔希爬起来，抬起枪身摄像头瞄准窗口，手电筒男的身体还在抽搐，但他已经不再发出声音。似乎有什么东西钻出草丛，从底下扯出了他的内脏，它仿佛是从泥土里长出来的，一下就把他撕成了两半。乔希朝它开枪，罗马焰火筒般的霰弹轰碎了手电筒男的内脏，火焰喷向窗外的夜空。

埃米吓得畏缩——她和弗雷多看见发光的弹道从挡风玻璃前划过。

电脑屏幕上的画面一片混乱。唐尼和乔希在争吵。乔希喊道："门！守住房门！"又是一阵枪声，刺耳的砰砰巨响划破夜空。

唐尼尖叫，直到他用来尖叫的器官从喉咙里被扯出来。

摄像头奔向地下室窗口——拿手电筒的人的残缺尸体依然堵在窗口。镜头飞出窗户——乔希把枪先扔了出来——在草地上旋转，最终埃米看见她所在的房车出现在画面里，杂草遮挡了部分视线。

通过摄像头的麦克风，埃米听见在装满水的水槽里拧海绵的声音。乔希尖叫，然后发出一连串难听的咕咕声。枪身摄像头依然一动不动地躺在草丛里。埃米从电脑上抬起头，望向建筑物，然后又低头看视频画面，来来回回寻找动静。任何动静都行。

电脑上的视频画面忽然动了，摄像头倒退着被拖过杂草。镜头调转，乔希的脸出现在画面里，他躺在地上，嘴里涌出鲜血。他抓住枪管，把枪拉近自己，另一只手在背后做了些什么。他大张着嘴，发出咯咯的怪声。有什么东西从他的喉咙里出来了。他瞪大眼睛，埃米有一瞬间看见了一团拳头大小的内脏从他牙齿之间被挤出来，然后他扣动扳机，轰掉了自己的脑袋。

埃米跳起来，电脑掉在房车的地上。她用手捂住嘴。

弗雷多听见了枪声。

"怎么了？发生了什么？"

"咱们快走，弗雷多，咱们快走，现在就走。咱们快走，咱们快——"

"怎么了？发生了什么？"

"走！弗雷多！他们死了！他们全死了！走！快！"

"你怎么可能知道！我们从不抛弃同伴！"

弗雷多挂挡，踩油门。但他没有倒车开上街道，而是向前穿过草坪，驶向大楼。埃米摔倒在乘客座上。

"你在干什么？"

"看！他们还活着！他们在动！"

房车滑行着在地下室窗口前停下。地上的阴影里确实有东西在动。

"不！弗雷多，快走！咱们必须离开这儿！"

弗雷多喊道："乔希！唐尼！还活着就回答我！"

房车和墙壁之间有个东西，一个似乎是人类的粗壮黑影。弗雷多眯着眼睛看它。埃米咬牙道:"别这样,弗雷多,别这样。倒车,求你了!快倒车——"

弗雷多从衣服里掏出一把看上去很凶恶的黑色手枪。他说:"唐尼?"

没有回应。弗雷多用枪瞄准黑影,他和目标之间隔着驾驶座车门的窗户。埃米能在玻璃上看见弗雷多面容的倒影,他瞪大着眼睛。他刚喊出"我的天——",一连串事情就发生了,迅速得连埃米都来不及一一看清。

弗雷多的注意力放在驾驶座车门上,有什么东西撞破他右边的挡风玻璃进入车里。这东西——粉红色,很长的一条——像鞭子似的伸进车里,抓住弗雷多的右臂,干净利落地卸掉了这条胳膊,胳膊连同依然握在手里的枪被那东西从挡风玻璃拽进茫茫黑夜。弗雷多都还没惨叫或扭头看发生了什么,这条胳膊又从破碎的挡风玻璃伸进来,这次枪口指着弗雷多。弗雷多自己的手——但控制它的是房车外天晓得的什么东西——扣动扳机。弗雷多的脑袋被轰掉了。

所有这些发生于仅仅二点五秒之内。埃米只看见玻璃破碎,听见湿乎乎的血肉破裂声和一声枪响,然后玻璃碎片和温暖的血滴就覆盖在了她的身上。

弗雷多倒地而死。

篝火审判

欧文用枪指着我的脑袋。临时的深夜法庭围绕着隔离区的篝火被组织起来。我瑟瑟发抖。这团篝火和营火的效果一样,让你前胸滚烫,后背冰凉。

欧文在锅炉房里等了一阵,希望有人能逃脱隧道那头突然爆发的暴力事件,爬回我们身边。他耐心地等待,听着霰弹枪开枪和尖叫的恐怖回声,等待冲锋枪和霰弹枪一个接一个地终结人们的尖叫。他耐心地等待着,而我朝着隧道尖叫,喊TJ,喊霍普、科里,随便什么人。他看着我在墙角呕吐,用双手捧着脑袋发呆,听着他们的惨叫声在脑袋里一遍又一遍地回响。

然后我感觉到枪口顶着我的额头,他拽着我站起身。

五分钟后,我站在一群红色连体服人之中。所有人都从床上起来了。枪声在几个街区外隆隆回响——与神秘的信号弹来自同一个方向——唤醒了所有人,让他们进入一级战备状态。

欧文在九毫米口径的手枪背后说:"来,现在所有人都来听你说了,你讲一讲那些枪声是怎么回事吧。"

我太疲惫了。这种独特的筋疲力尽感来自一次又一次的失败。徒劳无功的挣扎和连续搞砸事情能啃噬一个人的灵魂——我当然知道,因为这差不多就是我迄今为止的人生写照。我没有力气为自己辩护。

那些该死的惨叫声。

"你愿意做什么就做什么吧,欧文。别演戏了。"

"演戏?朋友,你以为这是演戏?"他摇摇头说,"行啊。请允许我为陪审团说明案情。你和TJ找到一条逃生隧道,你们没有告诉整个营地,而是偷偷摸摸纠集了绿颜色的一小撮人,企图趁其他人睡觉的时候偷偷溜走。你们扔下病人,扔下孕妇,扔下自从爆发就没见过孩子的母亲。"

"政府的无人机还在天上盘旋,要是这儿的人口忽然从三百变成零,而铁丝网外冒出来一个数量相同的人群,他们一猜就会知道发生了什么,然后弹药会像下雨似的浇在那群人头上。所以,要么出去一小伙人,要么一个也别走。"

"当然了,决定权在于你们,只有你们能做这个决定,对吧?因为我们这些人都不如你们聪明,想不出既能出去又不至于危害整个隔离区的两全其美办法。是的,只有你们可以。"

我耸了耸肩。"欧文,你肯定会阻止我们,你自己也知道。你会用枪指着所有人嚷嚷,就像现在这样。"

"而我为什么会这么做呢?因为我是个浑蛋,对吧?来,给大家说一说,你那些朋友爬进隧道后都发生了什么。"

"我们……未必真的知道,我们听见枪声和——"

"我说过我们企图逃跑会发生什么,他们遇到的正是那个下场。要是我早点发现,我还是会这么解释给你听。从隔离区关上大门的那一天起,我就说过出界的人必死无疑,因为在铁丝网外的人看来,我们这些在里面的人全都被感染了。要不是有铁丝网拦着,我们早就被杀得血流成河了。这意味着我们里面的所有人必须团结一心,但你、TJ 和其他那些绿衣服的人就是不明白。"

我摇摇头说:"不。区别在于我们找到了机会获得自由,我们愿意抓住这个机会。和你不一样。"

"嗯哼。咱们把话说清楚,要不是我早来了五秒钟,你本来也会和他们一起越狱的,对吧?"

"妈的,当然。"

"你甚至都不明白我在说什么,傲慢的小杂种。只有你一个人能区分感染者和非感染者。要是你出去了,下次有辆卡车把几个人送进铁丝网,你留给我们的唯一的选择是什么?我们是不是只能烧死他们所有人？你爬进那个墙洞，朋友，以后被送进那道铁门的男男女女就只有死路一条了。而你会谴责我为了保护隔离区里还活着的另外三百个倒霉蛋而杀人不眨眼。我会永远记得我用那把枪杀死的每一个人最后的表情，每天夜里我都能闻到他们皮肤和头发燃烧的焦味，这辈子都不可能忘记。我敢说，你甚至没停下来花三秒钟考虑一下。"

"我不知道。我……埃米……"

"假如你们真的逃出去了，而联邦人员开始血洗隧道的这边，你们只会长出一口气，绝对不会为我们多考虑一秒钟。你们只想救自己的小命。因此我知道，你们会抓住所有机会破坏隔离行动，不放过你们傲慢且愚蠢的脑袋里想到的任何一个自私点子。这意味着我们无法继续信任你作为'蜘蛛侠'的判断了，也意味着只要你活着，还能四处走动，隔离区里的另外三百个人——抱歉，是两百七十个人，就有生命危险。在场的任何人，包括你本人在内，能说服我相信事实并非如此吗？"

没人吭声，包括我在内。风声呼啸。篝火噼啪作响。我望向火里，二十几个骷髅头喷火的眼窝瞪着我。

我说："没有。"

扫 尾

埃米转身跳下座位，爬进房车的车厢，膝盖和手掌嘎吱嘎吱碾过安全玻璃的方形碎块。她撞开翻倒的笔记本电脑，膝盖压碎了一盒果酱馅饼。她一直向前爬，终于逃出了房车。

她转过身，紧靠在车厢后壁上。她抬起膝盖，尽可能缩成一小团。寒风从挡风玻璃上的破洞吹进车里，她觉得眼泪和汗水像是要在脸上结冰。

她蜷缩在寒冷和黑暗之中，盯着弗雷多毫无生气的残缺尸体。他的右脚还在抽动。她无法从他的尸体上移开视线。

驾驶座的车门猛地被打开，埃米尖叫起来。

弗雷多的尸体被拽进茫茫黑夜。她再次尖叫。她紧紧地抱住膝盖，用手指绞着头发，紧闭双眼，希望这一切能立刻消失。

外面传来撕扯和拍击肉体的声音，应和着房车的开门提示声。

叮……

叮……

叮……

她必须出去，逃跑，躲起来，或者跑到驾驶座上，把油门踩到底。但她什么都没有做，而是将身体蜷缩得更紧，闭上了眼睛。

非人类的大脚嘎吱嘎吱走过她前方的草地。温暖的感觉顺着大腿蔓延，自从五岁以来，她第一次尿了裤子。

脚步声越来越近，越来越近，穿过破碎的玻璃，直到她感觉到温暖的气息打在面颊上。

叮……

叮……

叮……

第三部

自由共和网站的帖子

由用户达里尔隆巴德上传，十一月十一日，下午一点三十分

他们嘲笑我。我储存罐头食品，他们嘲笑我；我储存弹药，他们嘲笑我；我说暴风雨即将来临，他们嘲笑我。就像他们嘲笑诺亚那样。洪水滚滚而来，他们一样来敲我的门。对不起，你们忙着嗑药、看真人秀的时候，我在建造方舟，这就是原因。

感谢过去一周以来诸位的祈祷和关切（向不知情的朋友解释一下，我住在不具名小镇内离原爆点三英里之处）。我们很安全，因为我们做好了准备：食物足够支撑一年，我们有自家水井提供用水，燃料能坚持三年。我们有枪，而且所有家庭成员都受过训练。

爆发当天，我儿子（那个"音乐家"）的一个毒虫朋友带着他的小女朋友跑来了。我不需要描述你就能想象他的样子——长发，浑身刺青，胳膊上有针孔，已经出现艾滋病病毒感染的早期症状。车上贴着宣扬无神论的车贴。

他想住进我们家，吃我们的食物，喝我们的水，在我们的保护之下睡觉，逃离外面横行的瘟疫和邪恶。我抓着他枯瘦的胳膊走到一边，说："你能做什么？"

他用下巴松弛的愚蠢表情看着我说："老兄，你是什么意思？"

"我问的就是你能做什么？你能在五十码内用步枪准确射击吗？你知道怎么开膛清洗猎物吗？你会制作渔网，整理渔获吗？你会给田地施肥吗？或者净化水？你会修小型马达吗？甚至更换火花塞？你会给插座接线

吗？修理漏水的屋顶？接上折断的骨头？给自己做衣服？拆开并清理步枪？给空弹壳重新填火药？消毒和缝合伤口？"

当然了，他说这些事情他一样都不会做。

他把整个人生都浪费在玩电子游戏和嗑药上，至少生了五个靠社会福利养活的孩子，整天要这要那，健保费用全靠我们买单。水管漏水，他打电话给房东（还算好的）或者（更有可能）就让它漏水，让下一个房客去发现地板已经腐烂，所有墙壁都长满霉斑。他的小女朋友就是哭喊动物权利的那种人，因为她以为肉是杂货店折价柜台里长出来的。她抽大麻，士兵打完恐怖分子后归来，她还要朝他们吐口水，因为她活在用我们的血汗与泪水建造成的小茧壳里。

我对他说："想象一下，有颗流星要掉下来毁灭世界了，但富人积蓄资源，建造了一艘大飞船，带着人们离开地球。飞船上不可能容纳所有人，但你想上船。你上船就意味着其他人不能上船。空间有限，食物有限。你打算对挡在门口的人说什么？你如何说服他牺牲另外一个人，给你一个座位？你能做出什么贡献，换取你将会消耗的食物、饮水和药物？"

他对我说："我怎么知道？老兄，我没看见这儿有飞船。"

而我说："你没意识到的是这就是你一直以来的处境。地球就是飞船，你的创造者为你建造了它。你有一生可以用来证明你为什么有资格留下。而你却吸毒、玩电子游戏和浪费社会福利。不，先生，这艘飞船要起飞了，但你不能上船。"

他离开了，一个字也说不出来。

也许我还会见到他和他的小女朋友，但他们将在得病和挨饿的人群中，躲避骚乱和暴力。而我会说："你得到过机会。在你的一生中，那些'发疯的'牧师一直在尝试告诉你，清算的日子迟早会来。而你选择无视。现在已经来不及了。"

这就是应有之道。世界上有两种人：生产者和寄生虫。一个社会有了太多的寄生虫，我们就需要一场灾难——海啸、地震、战争、洪水、瘟疫，用来清洗垃圾，扫除把安全网当吊床用的鼻涕虫。让他们坠入烈火吧，让强壮的、信神的和有力的人留在世上，重建和更新人类。

> 那一天已经逼近了。
> 我储存食物、燃料和弹药的时候,他们嘲笑我。
> 请问现在是谁在笑?

轰炸不具名小镇前 12 小时

霰弹枪的轰然枪声,喷在头发上的温暖脑浆,这两者将约翰从昏迷中唤醒。

几只手从四面八方抓住他,拉扯蜘蛛老爹的恐怖长腿。约翰终于从怪物的魔爪中挣脱出来,他翻个身,看见一个牛仔相貌的人站在面前,他身穿紧得难以置信的裤子,手持冒烟的双管霰弹枪,戴着耳罩。

站在约翰周围的这群人太像人类,不可能是感染者,而且他们的衣着过于体面,也不可能是丧尸。牛仔说:"小伙子,你没事吧?"

约翰不知道该怎么回答这个问题。他肋骨剧痛,呼吸困难,后脖颈湿乎乎地沾满了怪物的鲜血。他已经鼓起全部勇气去面对死亡,却发现结果刚好相反。他非常需要喝一杯,如果附近有供应乙醇燃料的加油站都行,不知道有没有安全的法子能让他爬进地下储油箱。

三名魁梧大汉在和蜘蛛怪物搏斗。霰弹轰碎了正中央的人头,但里面的寄生虫还在为活下去而挣扎。一辆装着双排车轮和外置后保险杠的重型皮卡倒上街道。车厢里装着某种机器,那东西带马达、进料口和转轮。一个人发动了机器,听声音像是割草机。等他们把使劲挣扎的长腿大蜘蛛塞进进料口,约翰才意识到那是一台木材削片机。

随着一声恐怖的尖啸,红色肉酱喷洒在邻居家的院子里。看着怪物八条腿中的最后一条消失在机器的巨颚之中,约翰心想,唔,这倒是个好办法。

约翰想站起来,但牛仔用霰弹枪指着他,说:"哎,不介意的话,请稍微多坐一会儿。"

福尔克纳在约翰背后吼道:"我是警察,妈的!看见我腰带上的东西了吗?那是徽章。"

他们把福尔克纳押过来,按着他坐在约翰身旁。天哪,他看上去可真生气。

牛仔拉下耳罩,说:"把话先说清楚,我对执法人员一向敬重有加,警官——"

"警探。"

"警探,但此时此刻,我确定站在你眼前的就是目前这座小镇里全部的执法人员了。联邦人员躲到镇那头的路障另一边之后,在街道上维持秩序的重任便落在了我们肩上。既然他们已经彻底撤出去了,我们相信这座小镇就属于我们了。除非有人出来表示反对。"

福尔克纳说:"我明白了。现在请告诉我,我究竟要怎么做,你们才能允许我继续做自己的事情?"

"你必须说服我们相信你不是丧尸。"

约翰说:"我们看上去像丧尸吗?"

"你没听说吗?丧尸看上去和其他人没什么区别。"

福尔克纳说:"这整个儿就是个大型恶作剧,对吧?有人在拍摄我的反应,准备放到网上去?"

"闭嘴。"牛仔说,"感染首先在口腔扎根,这个大家都知道了,然后扩散到大脑,之后是全身的其他部位。因此,我们可以做一项很简单的测试:我们从口腔内取出某样东西。假如你被感染了,你不会有感觉,因为那其实不属于你的身体。假如你是干净的,就会疼得要命。所以我让你们自己选。"

牛仔从后袋里掏出一把大力钳。

"我们可以拔一颗牙……"

他从另一个后袋里掏出一把六英寸长的修枝剪。

"……也可以剪舌头。"

轰炸不具名小镇前 11 小时 45 分钟

我被锁进一间储藏室,等待红衣服开会决定处决方法。我不在乎。事情出了大岔子,欧文甚至都无法正确理解情况到底有多糟糕。否则他就会明白,他即将给我一个痛快的死法,而全世界绝大多数人在接下来的几周、几个月或几年内都不可能有我这么幸运,包括他在内。

埃米是我心中唯一的悔恨。我衷心希望自己能知道她平安无事,假如她确实没事,我还希望能告诉她千万别来找我。就算埃米已经逃出了小镇,她也不可能扔下这个局面不管。她和我在这方面有共通之处。我们无法忍受待在铁丝网的另一边,而不去心中想前往的那一边——尤其是其他人将其横在我们面前的铁丝网。

真希望我有办法能亲口告诉她。拥抱她,感受她的体温,闻她头发里的水果香波气味。假如我能做到,假如我能最后再听见一次她的笑声,带着这样的记忆走向来生,我也就无怨无悔了。

我一直在努力回想自从我被蜘蛛咬醒后发生的所有事情，努力思考我应该做些什么不一样的事情。很蠢，我知道。问自己假如没有做那些错误的选择，我的人生会过成什么样子，这就好像问一条鱼，假如它认真追求打 NBA 的梦想，"鱼生"会过成什么样子。我不会因为已经做出的选择责备自己。我的羞耻线路早在多年前就因为过度使用而烧坏了。

等一等。蜘蛛还没在我床上出现时，事情就已经开始发生了。

明白吗？线索一直都在，就摆在我眼前。自从那天夜里开始，我就忙着东跑西颠，始终没找到机会停下来，把所有的碎片拼到一起。有一条共同的线索将所有事件串在一起，能够追溯到那天夜里之前。

田纳特。

该死的鲍勃·田纳特医生。他以法庭指定的心理医生的角色出现在我的生活中，治疗我的偏执妄想。他问我怪物的事情，尝试让我讲述所有的倒霉遭遇。然后蜘蛛冒出来，感染开始扩散。哪一个人一直都在，甚至出现在隔离区内？田纳特医生。监控局势，关注事态发展，在电脑上打字，记录他的观察结果。

总而言之，我有两件事希望能在被处决前完成。人们的遗愿清单通常比这个要长得多。

我把脑袋靠在墙上，希望自己在闻红发里的水果香波气味，而不是医院里令人绝望的化学药剂。我打起了瞌睡。

轰炸不具名小镇前11小时40分钟

约翰真的开始权衡"牙齿或舌头"的选择,福尔克纳却对牛仔说:"老子是个流着滚烫热血的正宗美国人,没有被任何非人类的有机生物寄生,你给我听好了。你敢拿着那两样工具中的任何一样靠近我的嘴,我就把你的脑袋塞到土里去,用力之大,以至于中国人会看见一颗人头从火山口喷出去。"

牛仔还没来得及回应,约翰抢先开口:"等一等。你知道我身边这位是谁吗?这是兰斯·福尔克纳警探。"

牛仔像是听说过这个名字,但不记得具体是谁了。约翰又说:"你不可能没在新闻上见过他吧?是他抓住了波特兰杀人魔。"

牛仔背后的一个女人说:"我的天,真的是他!"

"警探,给他们看你的证件。"

福尔克纳亮出徽章。那位女士大为折服。

约翰说:"你们出现的时候,我们正调查这个大阴谋到一半。"

紧身裤牛仔说:"真的?"

约翰说:"对,当然是真的。看上去幕后黑手就是政府。"

紧身裤牛仔骂道:"狗娘养的。我从第一天开始就这么说了,第一天。"他对身边的男人说:"对吧?"

福尔克纳说:"我要站起来了。"

他站起身。没人反对。人群中的一个年轻人说:"在火车顶上和人搏斗是什么感觉?"

"风很大。"他又对紧身裤牛仔说,"你说联邦人员撤出镇区是什么情况?什么时候发生的?"

"他们的总部被破坏后,有什么东西爆炸了。你们没听见?"

"哦,"约翰说,"我们……呃,还在想那是什么声音呢。"

"军队正在护送他们撤出镇区,因此我们只好来收拾他们没法收拾的烂摊子。事情到最后总是这样。所以从第一天开始我就在那么说。联邦人员围绕镇区拉起警戒线后不到两个小时,我和我兄弟就挨家挨户敲门,召集有枪和有卵蛋的伙伴。让秩序恢复控制的是我们,而不是身穿太空服绊来绊去的大兵。是我们阻止了劫掠,是我们在联邦人员设立的所谓绿区外,每天不间断地轮班,上街巡逻。我们现在有近两百人了,二十四小时三班倒,喂丧尸吃大号铅弹,送它们进那台碎木机。确保医院外的所有人不被感染,确保感染者被清除,确保医院保持封锁,直到总统长出卵蛋,发射几十颗巡航导弹炸了它。"

这话吸引了约翰的注意力。"等一等,什么?他们要发射巡航导弹?什么时候?"

"我说过了,等他们长出卵蛋。"

"长卵蛋有更具体的时间表吗?"

"你这么问是希望它发生,还是不希望它发生?"

"呃,医院里没被感染的那些人怎么办?咱们要把他们救出来,对吧?"

"哥们,任何人只要进去待一天就会被感染,现在都五天了。里面就算还有活物,也肯定不是人类了。我们对于感染能确定的只有这一条。一旦得病就不可能治好,就变成了活死人。假如里面有你在乎的人,你就当你已经亲眼见到他们入土为安好了。想象一下泥土盖在棺材上的景象。花点时间哀悼,该怎么做就怎么做。但你必须克服悲痛。为他们感到惋惜,就像看着大火烧毁你家屋子。被感染者什么话都能说出来,为的就是让你放松警惕。他们看上去和你我毫无区别，说话和你我也毫无区别，他们可能是你的邻居，你最好的朋友，或者你老妈。但你不能犹豫，就当他们是模仿人类说话的鹦鹉——听上去确实是人在说话，但声音里没有灵魂。面对面见到了他们，你、绝对、不能、犹豫。"

他身旁的另一个人说："太对了。"

福尔克纳说："听你这么说，我更生气了。那帮狗崽子做了坏事居然想全身而退。他们打算把受害者烧成灰，扫到地毯底下盖住。必须有人为这件烂事负责。"

十几个人喃喃说出"太对了"或差不多这个意思的话。

紧身裤牛仔说："警探，告诉我你需要什么。"

"如你所见，我需要搭个车。除非你们知道哪儿还有修车店在营业。"

"咱们还磨蹭什么？来，上卡车。"紧身裤牛仔对另一个人说，"叫鲍比跟着我，其他人完成扫尾工作。我们已经落后进度了。别忘记看看伊芙·巴特利特，确定她打过胰岛素了。"

人群开始散去。约翰坐在院子里一动不动。

福尔克纳说："你不来吗？"

"大卫还活着，之前我用'酱油'的时候看见他了。我要去找我的车，然后看看我能做什么。"

福尔克纳的表情说明他觉得他在看一个死人，但他知道企图劝说约翰放弃是毫无意义的。福尔克纳没有劝说他放弃，而是握住约翰的手说："别彻底搞砸一切，行吗？"

轰炸不具名小镇前3小时10分钟

有人突然拉开储藏室的门,我醒来后看见了欧文和他的副官,手枪先生。他们押着我来到院子里,我发现天已经亮了——疲惫终于战胜了我,我在拖把和水桶之间睡了几个小时。红衣服的人群相比昨夜扩大了,他们聚集在篝火四周,等待法庭向我宣判。

欧文对我说:"老弟,我们决定给你一个选择权。你可以去爬蒸汽隧道,该发生什么就发生什么,也可以让我在这儿毙了你,把你的脂肪作为给篝火添加的燃料。对我来说都一样,只是后者会消耗我的一颗子弹。"

我摇摇头说:"算了,隧道闻上去就像坟墓加狗屎。能给我纸笔吗?让我给女朋友写封信,万一她还活着呢?我不知道她有没有机会读到,但要是不尝试一下,我会很难过的。你应该知道那种感觉,就像母亲节忘了给家里打电话。"

欧文没有回答,因为他在看我背后。我的鼻腔深处觉察到烟雾里多了一种更加优雅的香味。除了烤肉的焦味和三合板焚烧的辛辣烟味,我忽然闻到了烟斗烟草的醇厚甜香气味。我转过身,看见马尔科尼博士站在我背后,他抽着烟斗,一只手插在条纹正装的上衣口袋里。他看上去与环境格格不入,简直像个全息投影。

马尔科尼说:"我能问一问大家聚集起来是要干什么吗?"

我说:"我被判处死刑,但欧文答应让我写封信给埃米,然后再枪毙我。"

马尔科尼点点头说:"我明白了。大卫,你有没有发现,其他人不会像你这样频繁地陷入生死困境。我开始觉得这会不会是你的爱好了。"

他对欧文说:"能等十五分钟吗?我想占用一下王先生,带他去我的楼层。我相信我的侦测研究已经来到了突破边缘,但我需要他最后再发挥一次他的技能。"

欧文没有吭声。马尔科尼说:"事实上,假如我成功了,对咱们所有人都有好处。如果你觉得这是帮他逃跑的诡计,你可以守在我的门口,不过我本人无法想象这么一个计划如何能够成功。同时也能给他一个机会忏悔他的罪孽,就当我向你求个人情了。我做过神父,要是我连这个机会都没法给他,良心会很过意不去的。"

欧文用枪指着天空,说:"假如是除你之外的任何人,博士……"

"你知道我不会轻易开口求人。"马尔科尼对我说,"你愿意利用这个机会让我向你展示一些东西吗?顺便放下内心的负担,准备去见你的造物主?"

轰炸不具名小镇前 3 小时

约翰忽然惊醒,发现他盯着一把霰弹枪,而霰弹枪被握在他最大的敌人手上,也就是他自己。

他在凯迪拉克里睡着了,把霰弹枪搁在大腿上。他肯定在睡梦中换了个姿势。要是他咳嗽一下,就会轰飞自己的脑袋。太阳在挡风玻璃外怒视着他。约翰眨眨眼,打开乘客座的车门,他要下车小便。他险些掉下去摔断脖子——凯迪拉克悬在离地六英尺的空中。这时他想起来了。

昨天夜里,他和防丧尸民兵分道扬镳,提心吊胆地从大卫家走到卷饼铺子,却发现凯迪拉克不在他们先前停车的地方。想要重新找到它，他唯一的希望是车被拖走了，当时世界末日才刚开始，一辆车堵在路中间在某些人的待办事项上还拥有优先级。约翰跑了十二个街区，来到拖车公司的扣车场，一路上觉得随时都有可能被怪物咬掉脑袋。

好消息是他没有。更好的消息是凯迪拉克确实在这儿，而且几天前就有劫掠者或破坏分子剪开了高耸的铁丝网。坏消息是凯迪拉克是拖车公司歇业前扣下的最后一辆车，它还停在卡车的车厢里。这是一辆平板卡车，整个车厢向下倾斜，形成供车辆上下的坡道——之所以发明这个办法，多半是因为老式车钩在从残疾人停车位拖出车辆时拉坏了太多条保险杠。

约翰跳上车厢，打开凯迪拉克的后备厢，以为会发现所有东西都被偷走了。然而看起来，连扫荡扣车场的劫掠者都懒得多看一眼这堆生锈的废铁，认为后备厢里的东西不可能值得撬开来看一眼。对不具名小镇的市民和执法人员来说，这大概都是一件好事。否则他们会在后备厢里发现前面提到的霰弹枪（定制的三管短筒霰弹枪）、两百发子弹、血迹斑斑的链锯、来自大卫工具棚的神秘绿盒子、大卫的一袋衣服、一瓶灰雁伏特加、一幅难看的黑底耶稣植绒画和一支天杀的火焰喷射器。

拖车的钥匙还在车上（事实上，驾驶座的车门敞开着，司机尖叫着落荒而逃，躲避汹涌而来的天晓得是什么暴徒或渎神魔物）。约翰花了二十分钟研究该怎么放下坡道，却一直没有成功。他只有两个选择，要么干脆开走拖车，要么走路。因此，十天来的第三次，他为了执行任务而强征车辆，向自己保证等办完事一定还回来。先前的两次他做到了一次。

于是，约翰开上拖车，载着他那辆凯迪拉克在镇上转悠了一个晚上。一路上他注意到了一点改变,那就是街上有人。许许多多的人。REPER已经撤退,宵禁停止执行,每个路口都忽然冒出来了成群结队的人,他们拿着猎枪、霰弹枪、左轮手枪和开山刀。刚开始五秒钟,约翰还觉得挺安心的,但等他看清这些不堪折磨、疲惫受冻、走投无路的人们的眼神,才意识到只要他打哈欠的声音太像呻吟,这些人就会把他剁成肉酱。

快天亮的时候,约翰开车经过隔离区,隔离区看上去比时间暂停时更加牢不可破。水银灯全力照射,武装无人机盘旋巡逻。约翰开得很慢,免得撞上乱穿马路的持枪暴民。他缓缓地驶向救济院。那儿有一群人在忙碌。民兵组织的几十名成员围着一辆停在院子里的房车。载着木材削片机的皮卡停在院子里一道新挖的长沟前,削片机正在运转。

约翰尽量靠近,但没有从拖车上下来(他绝对不会这么做),他很快就看见了尸体。民兵把尸体拖出地下室的窗户,在草坪上摆成一排。另一组人抬起尸体,一具接一具地塞进木材削片机。机器反过来将尸体化作鲜红色的血泥。

我的妈呀——

这时约翰听见了一声尖叫,他看见一群民兵从街上过来,拖着一个浑身刺青、不停咒骂的男人。他使劲挣扎,怒斥抓住他的人,坚称自己是清清白白的人类。抓住他的那些人和紧身裤牛仔商量了几句,后者显然是丧尸处置行动的指挥官。刺青男人的审判只用了四十五秒,牛仔便用两颗霰弹轰碎了他的脑门。尸体被塞进木材削片机。

约翰一溜烟似的跑了。

他尽量朝小镇外走，同时避开 REPER 设置的路障。最后他把载着凯迪拉克的拖车停在一片玉米地里，这儿离水塔建筑工地大约一英里远，REPER 的路障现在隔开了工地和他最后一次与大卫交谈之处。他昏昏欲睡，于是爬上凯迪拉克，要是在睡梦中遭遇袭击，待在高处能带给他一定优势。

约翰坐起来，活动僵硬的关节。他把霰弹枪扔在乘客座上，枪"哐当"一声碰到了灰雁伏特加的空瓶。这把定制霰弹枪是他在定期参加的一个枪展上买的，不好看，但很好用——同时打空三个弹仓，能干翻一棵小树。他把零零号猎鹿霰弹装进两侧的枪管，把实心子弹装进中间一根，让目标尝一尝丰富多彩的弹头的滋味。

他必须进入隔离区，但不是以病人的身份。他必须带着凯迪拉克后备厢里的破坏性装备进入隔离区。约翰想象自己开着拖车撞破铁丝网，但随即想到设置水泥路障就是为了阻止人们这么做。

好吧，傻坐在这儿毫无用处。约翰跳下车，花了几分钟小便，然后跳上拖车。

轰炸不具名小镇前 2 小时 45 分钟

马尔科尼领着我来到二楼，欧文跟着我们。他请欧文待在大楼内的临时医院门外，并告诉欧文这里的病人有可能把恐怖的肠胃型流感传播到整个隔离区。

刚关上门，马尔科尼就低声说："我们的时间比预计的还少。"

"什么？在欧文枪毙我之前？"

"不是。信不信由你，但这并不是我们现在最紧迫的问题。"

他拉着我走到窗口,说:"看铁丝网外面。"

我走过去,看见铁丝网外聚集了一大群人。"我的天。博士,那是什么人?"

"似乎是所有人。"

数以百计的人。铁丝网外,车辆像玩具似的停得横七竖八。人们坐在引擎盖上,或者三五成群地交谈。所有人似乎都有枪。我发誓,甚至有个人拿着干草叉。

马尔科尼说:"你的邻居,你的同事,替你修剪草坪的人,给你送信的邮递员。"

没人替我修剪草坪。

"我不明白。"

"临界点,王先生。他们要来实现他们的目标了,而我完全不知道该怎么阻止他们。"

"谁?谁要来实现谁的目标了?你说的那些暴民?"

马尔科尼直视着我的眼睛,说:"在私下里交谈,我觉得咱们不妨撕掉所有伪装。要是到这会儿还必须隔着怀疑一切超自然事物的面纱说话,那么这场交谈就会浪费太多的时间,而咱俩至少有一个人就快没有时间了。既然我已经看到影子人在附近活动,那么我相信你也看到了。"

我叹息道:"是的,博士。"

"因此我说有个不可见的'他们'在密谋反对我们,你就别浪费宝贵的几秒钟时间问'他们'是谁了。影子人,还有为它们效劳的那些人——知情或不知情另当别论。"

他们。

我经常会想"他们"会不会在某处也有一幢办公楼,他们围坐在黑色花岗岩的长会议桌边，台面上还刻着五芒星。或者他们的总部建在一座空心火山里，就像007电影里的反派。或者他们的科技能毫不费力地穿越时空，在火星表面或公元前两亿年的泛大陆的一座平顶山顶上召开股东大会。

约翰和我对他们略有了解，比起完全不知道他们存在的普罗大众来说，我们可以算是专家。他们是人，至少他们拥有人类的外形。他们很有钱，至少能够动用大量金钱，或者有能力视我们眼中的金钱为粪土。消失在卷饼铺子里的矮个子亚裔无疑是他们之中的一员，去年夏天我们见到的黑色卡车车队的人应该也是。

但我知道的仅限于传闻，还有约翰从互联网上挖掘出来的报道，撰稿者知道的情况甚至比我们还少。有人说那是个有钱人的小集团，从几百年前开始将财富投入神秘学实验。按照传闻的说法，他们在某个阶段接触到了一种暗黑能量，他们将其视为又一种可供利用的资源，就像后来的人类学会如何分裂原子一样，用来向电视和吹风机提供电力。然而，传闻说涌出的暗黑能量侵蚀了他们，腐化了这些人，等他们知道使用能量的代价是他们剩下的全部灵魂时，已经来不及挽回了。反正故事是这么说的。呸，要我说，连这个版本的故事也有可能是他们书写的，真相被埋藏在三层谎言之下。这就是他们的处世之道。

要是你请约翰总结一下他们是谁，你现在能得到的答案只有一句："唔，他们不是该死的吸血鬼，这一点我敢保证。"然后他会使劲瞪你足足一分钟，直到你败下阵去。

马尔科尼敲了敲装有蜘蛛标本的一个玻璃罐。它毫无反应，但我还是希望他别这么做。马尔科尼说："这一直是在下象棋，而不是跳棋。我不确定你是不是真的理解。"

我说:"田纳特,你知道这个名字吗?据称是精神病学家,忽然摇身一变,成为这个机构的顾问,而且还是一个没人听说过的机构——REPER。"

"哦,他确实是精神病学家。搜索他的历史,你会发现他在这个领域拥有二十五年辉煌的职业生涯,是致病性恐惧方面的专家。然而与此类似,假如他必须是水管工才能占据一个有利地位去观察和影响局势,那么你就会发现他有四分之一个世纪的管道工作经验,等等等等。情况需要他是什么,他就会是什么。"

"就没人能调查他吗?假如他的执照和所有身份都是伪造的,那么——"

"我说的不是他会使用假证件,而是他会真的拥有二十五年工作经验,无论什么工作。你还不明白吗?我再说一次,象棋。高明的棋手会看到许多步以后的局面,从而把棋子放到恰当的位置上去。"

马尔科尼边说话边检查一名休眠患者的生命体征,吧嗒吧嗒地抽着烟斗。我不禁再次思考马尔科尼对医药到底有什么程度的了解。

他说:"就田纳特医生的例子来说,他不但从八十年代就开始治疗暴力倾向和偏执妄想的患者,而且在这方面写了好几本著名书籍和几十篇科研论文。与目前局势更相关的是,他在群体妄想和危机环境下的人群动力学领域也有大量著作。他不需要渗透政府。'爆发'开始后,政府自然会去找他。明白了吗?棋子早就摆在需要他们去的地方了。"

"好吧。另外,那些'他们'是浑球。"

"但我们不能止步于此。我们必须问一个更大的问题:他们想要什么?"

"想要……杀了我们所有人?"

"哈!假如敌人的野心竟然如此淳朴,那我们肯定是得到了上帝的祝福。不,战争的目的永远不是杀光敌人。战争是为了重塑世界,让世界按照一个强大群体的奇思妙想发展,而不是另一个强大群体的念头。死亡只是他们抛光表面时喷溅的火花。"

轰炸不具名小镇前 2 小时 40 分钟

约翰无法接近医院隔离区的三个街区之内。到处都是人。就像国庆日的下午,所有人成群结队地走进公园,准备欣赏焰火表演。但今天人们不是带着毯子和躺椅,而是武装到了牙齿。约翰从拖车的驾驶座向外看,见到了熟悉的牛仔帽和紧紧包裹臀部的牛仔裤在附近走过。约翰停下拖车,紧身裤牛仔在人行道上朝什么人吼叫下令。约翰摇下车窗,听见紧身裤牛仔说:"是汉克派你来的吗?我们还缺四个人。"

约翰说:"呃,不是。福尔克纳在吗?"

"那位警探?他一个人走了,说必须追查一条线索。"

"该死,这都是在搞什么?"

"这是世界末日啊。你这个星期去哪儿了?"

"什么?"

"你叫什么来着?"

"约翰。你呢?"

"吉米·杜普里。很高兴认识你。我们在保证隔离区的安全,等空军来把这儿炸个天翻地覆,大概再过……"

轰炸不具名小镇前 2 小时 35 分钟

马尔科尼说:"我之前提过我的一本书,《巴别塔阈值》。"

"对,我说过我还没读过。我通常等着看电影。"

"请尽量集中精神。你明白书名的寓意吗?你知道巴别塔,对吧?你去上过主日学校吗?"

"对,当然。远古时代,地球上的所有人都说同一种语言,他们决定修建一座高塔直达天堂。然后上帝诅咒工地上的所有人,让每个人都说不同的语言,这样就无法成事了。"

"没错。'耶和华降临,要看看世人所建造的城和塔。耶和华说:看哪,他们成为一样的人民,都是一样的言语,如今既做起这事来,以后他们所要做的事就没有不成就的了。我们下去,在那里变乱他们的口音,使他们的言语彼此不通。'王先生,原文就是这么说的。上帝的动机是他害怕。他限制我们的交流能力,因为他担心我们万众一心就能挑战他的权威。"

"哥们,希望你不是要告诉我,这场烂事是上帝的诅咒,就因为我们把楼盖得太高了。况且这个小镇简直一马平川,这么教训我们似乎不太对劲。他应该去找迪拜的麻烦才对。"

"不,这只是个类比。你知道邓巴数的概念吗?"

"不知道。"

"你应该了解一下,它统治了你清醒生活的每分每秒。它就是我们的巴别塔。人类野心的限制并非来自缺少统一的语言,而是邓巴数。这个名字来自英国人类学家罗宾·邓巴,他研究灵长类大脑和灵长类的群体行为。他发现的结果能改变你思考世界的方式。他发现灵长类的新皮质越大,灵长类能组成的社群也就越大。你要明白,处理复杂社会中的诸多关系需要大量的脑细胞。假如灵长类动物发现所处的群体大得超过了大脑的处理能力,体系就会崩溃。群体之内会出现摩擦,会爆发战争。那么,请仔细听好了,因为我接下来的话至关重要——观察灵长类动物的大脑,你不需要知道它来自哪个物种,就能推断出它们的群落大小。"

"欧文有表吗?因为你跟他说的是十五分钟,我不确定他是会等真正的十五分钟,还是……"

"咱们等会儿再应付他,但我明白你的意思。目前的关键问题是每一种灵长类动物都有自己的邓巴数。"马尔科尼指着铁丝网外的人群说,"包括那些灵长类动物,也包括你和我。根据人类的新皮质尺寸,我们的邓巴数大约是一百五十。我们能够有效识别的其他人就是这么多,再多就会超过最大连接数了。当然了,个体之间略有差别。这是我们有能力共情的最大人数。"

我盯着他,说:"等一等,你说真的?我们的大脑真有这么一个部位?由它决定我们能容忍多少个其他人,再多我们就会变成浑球了?"

"恭喜,现在你知道为什么世界是现在这个样子的唯一原因了。你立刻就看到了问题——我们做的所有需要超过一百五十个人的群体合作事情,政府、企业、作为一个整体的社会,我们从生理上说就没有处理能力。因此,每时每刻我们都在企图把世界上的所有人分成两个群体:我们共情圈之内的和之外的。黑皮肤对白皮肤,自由派对保守派,穆斯林对基督徒,湖人队支持者对凯尔特人队支持者,我们的拥护者对反对者,感染者对洁净者。

"我们的记忆只能提供有限的空闲槽位,因此我们将几千万彼此不同的个体简化为一个刻板印象,这样他们就只需要占据一个位置了。关键就在这儿——存在于圈子之外的根本不是人类。我们缺乏认可他们是人类的能力。比起阿富汗的一场地震夺走几十万条生命,你女朋友割破手指会让你感觉更加难过,因此种族屠杀才有可能发生,公司总裁才有可能签署命令,向马来西亚的河流排放有毒废物,造成几万名婴儿畸形。承载我们心智的硬件有缺陷,因此那些马来西亚人和蝼蚁毫无区别。"

我望着铁丝网外的人群,揉着额头说:"或者怪物。"

"现在你开始明白了。道理相同,铁丝网外的人群并不将我们视为人类。镇界外的整个美国并不将镇界内的人视为人类。美国外的全世界并不将美国内的人视为人类。偏执妄想像涟漪似的向外扩散,最终吞噬整个地球。这种感染、这种寄生虫会把宿主变成非人类,但绝对不可能被检测出来,它的设计完美地利用了我们的根本缺陷,也就是我们的硬件局限性。那才是真正的感染。"

马尔科尼找了个便盆,倒空烟斗,又掏出一袋烟草。

"回到巴别塔的话题上。人类的合作能力有这个缺陷,我们生来就注定要受到它的荼毒。发展到某个阶段——取决于地球人口总量和其他一些因素——我们必将毁灭自己。这就是巴别塔阈值。人类共情能力的全物种级耗尽会在这个阶段达到临界点。"

"你认为这整件事——开始于我在床上发现一只异形大蜘蛛——就是他们用来引发这个事件的计划。"

他点了点头。"寄生虫有能力无限期地潜伏,感染者不会显露出任何症状……它正在自我完善。任何人在全世界任何地点的任何时刻都有可能受到感染。假如你想知道地球人的未来生活是什么样子,看一眼窗外就知道了。"

我找到一把椅子,瘫坐下去。有人使劲拍了一下我背后的门。

欧文在门外大声说:"医生,谈得够久了。"

"巴伯先生,再给我们五分钟也不会改变任何事情。"

我压低声音说:"等一等,你在事情发生前就写了一本书预测这件事?该死,你怎么不寄一本给我?"

"你不需要看书也能预见到这个未来,任何人都可以。自从人类文明开始,他们就在朝着这个方向努力,离终点越近就越是加快速度,就像沙漏里落下去的最后几颗沙粒。你看看现在的孩子都在玩什么游戏,一个普通少年在上高中前就会在电子游戏中杀死几万人。每次按下按钮都会加深这个印象:你枪口另一头的东西只是几何形状,不是人类。感染的消息扩散出去,全世界立刻叫感染者什么来着?"

"丧尸。"

"正是如此。我们文化中最完美的创造物之一——一个敌人,你杀死它拥有绝对的道德正确性,因为它已经死了。哎呀,你砸烂它的脑袋算是送了它一个人情。我们这个物种就像等待爆炸的雷管,他们只需要擦出一个最微小的火花就行。事实上,事情发生得比我预想中更快,但是……"

他耸了耸肩,点燃烟斗,像是在说:"唔,我不可能样样都对嘛。"

我说:"呃,你花了很长时间说我本来就知道的事情,也就是咱们完蛋了。简而言之,我们只能等着挨炸弹,对吧?否则就不可能满足偏执妄想,让政府电视直播把我们炸个稀巴烂,外面的暴民看得欢呼雀跃。"

马尔科尼吧嗒吧嗒地抽烟斗,望着窗外。

我说:"我是说,我们绝对不能把这部分消息泄露出去,对吧?我们无法确定一个人是不是丧尸,直到它扑上来吸你的脑浆。这个事实必须和隔离区一起消亡,否则全世界都会开始随便抓人并处以私刑。因此,我们必须确保这些感染者无法逃出去,哪怕在过程中不得不杀死无辜者。糟糕归糟糕,但我们只能这么做,宁可错杀一千,对吧?"

马尔科尼说:"镇静剂快用完了。有一名受感染的患者已经苏醒了。"

我说:"天哪。真的吗?你——"

"我和他谈了一个上午。他依然被绑在床上。我冷静地向他解释了目前的局势,他请我别解开拘束带。他说这是唯一负责任的做法。你从中能得出什么结论?"

"我……我不知道,但你不能就这么扔下他——"

"你说得对,我不能。"

"我是说,这仅仅是个时间问题,对吧?怪物迟早会冒出来,杀死天晓得多少个人。"

马尔科尼上下打量我。

欧文再次拍门。马尔科尼说:"来了。"

轰炸不具名小镇前 2 小时 30 分钟

约翰对"紧身裤"吉米·杜普里说:"现在有确定的消息了?

他们要轰炸这儿?"

吉米点了点头。"原来是你,之前问隔离区里的无辜者怎么办的那个人。"

"里面有我一个朋友。"

"不,你没有。轰炸算是慈悲为怀。就这么简单。你必须想通这个问题。"

约翰隔着挡风玻璃望向街道尽头的铁丝网,点了点头。

杜普里说:"不知道你有没有听见昨晚的枪声,隔离区爆发了一场越狱。一群丧尸找到了一条古老的公用工程隧道,我们聪明过人的政府却没能在建筑蓝图上发现。几十个丧尸企图逃出来。有几个民兵似乎想坚守阵地,却在过程中被撕成了碎片。没人知道有多少丧尸在逃,不过我花了一整夜处理掉了三十具尸体。要是政府不对隔离区采取措施,肯定还会有更多的丧尸逃出来。这就像是托儿所的一口袋活蛇。总而言之,守镇界的联邦人员总算传来消息,宣布中午开始轰炸。我们只需要保障安全到那个时候,然后这场该死的噩梦就会结束。要是到中午还没有任何动静,我们就包围医院,向铁丝网里倾泻子弹,直到里面没有任何东西喘气为止。"

轰炸不具名小镇前 2 小时 25 分钟

我注意到欧文让红衣服把篝火烧得更旺了。他们似乎在某处又找到了几个木托盘。篝火烧得那叫一个旺。

我对欧文说:"对了,我一直没找到机会坐下,给我女朋友写遗书。马尔科尼占用了全部时间,结果只教了我一个墨西哥辣酱菜谱。你想要吗?"

欧文没有回答。这是个美丽的早晨,但乌云正在笼罩天空。我能听见鸟儿在某处喳喳叫。鸟才不在乎什么世界末日呢,就像我们不在乎亚马逊雨林的某些鸟类即将灭绝。光是这一个上午,这种事很可能就发生了两次。

红衣服全都醒来了,他们站在我周围。我扭头望向医院大楼,看见少数几个绿衣服站在门口。我抬头望向屋顶,看见了其他的绿衣服,他们在屋顶上站成一排,俯视底下。

马尔科尼在我背后说:"巴伯先生,我不知道你能不能听见铁丝网外面的骚动,我们似乎面临着更严重的问题。"

欧文说:"恕我直言,医生,我他妈不是白痴。他们打算冲进来杀人了,因为他们发现隔离并不保险,这都要归功于昨晚的越狱。请问这都是谁的功劳呢?"

"杀死大卫无法缓解他们的恐慌,事实上只会证实他们对我们最大的恐惧。"

"请注意。"

公共广播系统里忽然响起一个震耳欲聋的声音,所有人都扭头望向扬声器。

"请撤到隔离区围栏的一千英尺以外。为了你们的安全,请从隔离区周界撤到至少一千英尺之外。"

轰炸不具名小镇前 2 小时 20 分钟

约翰听见铁丝网外的公共广播系统开始播音,但他坐在卡车里，听不清外面究竟在说什么。多半是警告人群要远离隔离区大门。他开着拖车穿过聚集在隔离区外的人群，慢慢碾过一个"根据 REPER 的命令，请勿越界——高度传染性——擅闯者格杀勿论"的标牌。前方是四英尺高的水泥路障，再过去是一辆架着重机枪的无人吉普车，约翰猜测它会射杀碰到铁丝网的所有人。再望去就是铁丝网了。估计大卫和铁丝网的另一侧顶多只隔着五十英尺。找一把最便宜的断线钳，用不了两分钟就能穿过铁丝网，然而它像地核一样遥不可及。他需要喝一杯。再过两小时多一点，军队就会把这儿变成一个大火球，否则全镇居民也会冲进去大开杀戒。两个多小时，他能做到……什么呢？

他吃惊地发现人群真的在向后撤，随后意识到军队希望让围观者离开他们打算投下的天晓得什么东西的爆炸半径。他心想要是靠得太近，从天而降的炸弹也许会连他一起带走。他挂上停车挡。

公共广播系统重复地播放那段话。约翰点燃他最后两支烟里的一支，摆弄控制台上的各种拉杆。他听见背后响起嗡嗡声，一团黑影一点一点越过车厢。啊哈，他搞清楚如何操作这该死的斜坡控制系统了。要是他能在不得不偷走拖车前搞清楚就好了，但眼前的局面也是一步一步走到如此不可收拾的境地。拐弯稍微慢了半拍，晚了一秒钟得出正确的结论。他该死的人生故事。

约翰想到，他至少应该把那个倒霉蛋的拖车开出爆炸半径，既然他已经用不上拖车了，把它就这么扔在路边实在过于混账。约翰下车，爬上倾斜的车厢，松开拴住凯迪拉克的钢缆，坐进驾驶座。他转动打火钥匙，唤醒了引擎盖底下的猛兽。他倒车开下斜坡，落在底下的路面上。清水乐队扯开喉咙，用最大的音量告诉他恶月正在升起。

轰炸不具名小镇前 2 小时 15 分钟

马尔科尼还想继续反对,但欧文不肯听了——他目不转睛地盯着我。马尔科尼说到一半,他打断话头道:"医院里有这么多人,这么多绿衣服,你看,只有一个人愿意维护你。你抬起头,看看那些绿衣服,他们在屋顶上看着你。你没发现吗?他们没有一个愿意下来替你说句好话,没有一个愿意挡在你面前,说:'若要杀他,你必须连我一起杀!'知道为什么吗?因为他们每一个都知道你不会为他们而死。"

轰炸不具名小镇前 2 小时 14 分钟

约翰开着凯迪拉克倒车,一直向后倒。他沿着街道越开越远,拖车和倾斜的车厢在后视镜中变得越来越小。他停车,思考。

他把烟头弹出车窗。

他系上安全带。

轰炸不具名小镇前 2 小时 10 分钟

欧文说:"老弟,这话你多半听不懂,但我还是要说,因为我们都死定了。别以为我不明白,我知道联邦政府不会允许我们离开这儿,所以就让我说完吧。自从联邦人员夹着尾巴逃跑,我就一直在维持隔离区内的秩序。无论如何,我都必须说这是我这辈子做过的最好的一件事,也许是我做过的唯一正面的事情。正是如此。因此无论炸弹落在这儿,还是外面的暴民冲进来撕碎我们,我都会站在上帝面前,说我尽量长久地让众人团结一心。我最后做的是宣布你有罪,因为你害死了三十个人,很可能还会害死另外两百七十个人。你有罪,因为你犯下了耶稣请求我们不要犯的唯一一项真正的罪行——不在乎除你之外的任何一个人。医生,你让开。"

欧文背后有人说:"外面在开派对呢,听。"

"什么?"

"他们在放音乐,清水乐队。"

音量还越开越大。《恶月升起》在不远处变得越来越响。音乐声底下是另一种声音,一种可怕的噪音,就像机械楚巴卡掉进了碎石机。

就在这时,约翰的凯迪拉克划破长空飞了进来。

它越过第一道铁丝网,几乎也越过了第二道——刀片刺网挂在后轮上,被凯迪拉克从铁丝网顶上扯了下来,拖在车后,就像风筝底下的彩旗。

人群四散奔逃。凯迪拉克的进气格栅径直撞进篝火中央,浓烟、火星和骨头随风飘扬。凯迪拉克弹了几下,最终停稳,燃烧的人类颅骨如雨点般落在车上。

约翰·弗格蒂的歌声戛然而止。驾驶座的车门打开,约翰跳下车,手握一把短管霰弹枪。他喊道:"有人点了他妈的越狱加霰弹枪套餐吗?"

转录自无人机驾驶员沙恩·麦金尼斯上校（守护者）和劳伦斯·伊格尔森中校（扬基79）于11月15日09:55的交谈

守护者： 请注意，有一辆车突破了隔离区的西侧围栏。我重复一遍，有一辆车突破了围栏，似乎是一辆平民轿车。

扬基79： 守护者，你认为我们正在目睹隔离失效吗？

守护者： 不，呃，扬基，围栏似乎完好无损。

扬基79： 好的，守护者，我需要你说明一下，我认为你前面说的是有车辆突破了——

守护者： 对，确实有一辆车进入了隔离区，驾驶员已经下车。

扬基79： 那么围栏怎么可能还完好无损？

守护者： 呃，车似乎是飞进去的。

扬基79： 你说什么？

守护者： 扬基，我认为他搞了个斜坡飞车。外面停着一辆某种卡车，车厢是个平台，我认为他把它当作斜坡。

扬基79： 好吧，你的意思是你能直接射击驾驶员吗？

轰炸不具名小镇前2小时5分钟

约翰抓住我的肩膀,朝着我的脸尖叫:"大卫!你在里面吗?是我,约翰,我是你的朋友!你能听懂吗?"

"你为什么要这么说话?"

我往凯迪拉克里看。约翰是一个人来的。

"埃米呢?"

"不知道!应该在小镇外吧。"

"哦,谢天谢地。"

"也可能不在。我真的不知道。"

欧文大步走过来,踢开一个冒烟的骷髅头。他举起手枪。

约翰举起霰弹枪。两人对视。

约翰说:"欧文?你在这儿干什么?"

"约翰,你真是个狗娘养的疯子。"

约翰对我说:"他被感染了?"

"应该没有。"

欧文说:"我们没有任何人被感染。"

我说:"这个……就未必了。"

约翰说:"好吧,无所谓。所有人都必须立刻离开这儿!中午这儿就会变成一个弹坑。欧文,你没听见刚才的广播吗?"

我说:"等一等,你们俩认识?"

"当然,记得我说过我为他做场地吗?这是DJ奥放克。"他对欧文说,"见鬼,我以为你在达里尔的农场躲风头呢。"

"我本来在,结果来小镇买啤酒时被联邦人员逮住了。我打翻了一个穿太空服的家伙,估计他们以为这是被感染的症状。"

我发现其他囚徒都惊魂未定地盯着我们,而我们在坠毁的凯迪拉克旁、四散冒烟的人类遗骸之间交谈。我终于回过神来,抬头望向盘旋的无人机,琢磨他们是不是正在瞄准我们的脑袋。我隐约觉得我们该找地方躲起来,但医院大楼的正门在一百英尺之外。沙漠基地控制屏幕前的操作人员可以慢悠悠地连开几枪。我们可以躲进车里,但无人机也装载了导弹,能把凯迪拉克变成两吨火花四溅的金属碎片。

说真的,他为什么还没打死我们?

马尔科尼医生走过来,约翰看见了他。"博士?你难道一直在这儿?"

"约翰,我很想问你在干什么,但我担心你未必会说实话。"

"我来救大卫。来,跳上我的凯迪拉克,看我在铁丝网上撞出一个凯迪拉克形状的窟窿。你们其他人可以跟着走出去。只要出去,你们就欠我一箱啤酒了。一人一箱。"

欧文说:"你没看见外面有那么多大口径枪械等着开火吗?我们在两秒钟之内就会变成肉酱。"

"我没看见大口径枪械,只看见了一堆小口径手枪。我不认为他们能想到丧尸会开着凯迪拉克冲出去。不过无论如何你们都必须找到办法离开,在他们轰炸医院之前。"

约翰钻进凯迪拉克,说:"对了,欧文,这一切发生前,你有没有把薪水支票寄出来?"

欧文看看我,又看看约翰,说:"你俩还真是天生一对。"

约翰问我:"你来不来?"

我坐进乘客座。凯迪拉克似乎有点倾斜,蒸汽从引擎盖底下冒出来。但发动机还在运转,这就足够了。

约翰说:"马尔科尼!后座还有空位。"

马尔科尼把脑袋探进车窗,说:"我猜你并没有考虑过此刻以后的计划。"

"我做事喜欢一步一个脚印。"

马尔科尼望向我,说:"记得我说过的话吗?"

"当然,巴比伦规程。"

他想纠正我,但改口道:"有办法能克服它。但上帝作证,我不知道我们之中有多少人能得到那个机会。"

"告诉我要怎么做就行。"

"你从头到尾想一想。想一想我们凝聚在什么符号之下,想一想是什么把人们团结在一起。"

"你他妈就不能告诉我——"

"我猜你已经知道了。大卫,必须有人牺牲。"

"牺牲?为什么?"

"你从头到尾想一想。"

"什么?必须有人去死吗?我们之中的一个?"

马尔科尼退开,说:"走吧,免得无人机驾驶员终于想明白底下在发生什么,开枪干掉你们。"

我们系上安全带。约翰猛打倒车挡。他开着凯迪拉克后退,碾过篝火,撞翻轮椅。他转动方向盘,让凯迪拉克对准大楼背后的一个地方,离约翰和我在爆发第一天晚上逃跑的那片树林不远,当时那里还没有铁丝网挡住去路。

我们前方的囚徒像红海似的分开。

约翰把油门踩到底。后轮吃进了泥地。我们开始冲锋,前方的铁丝网上贴着标语:火烤星期五,就在乡村厨房。我用双手按住仪表盘,听见自己在尖叫。

铁丝网毫无胜算。引擎盖撞开第一层铁丝网,撕碎了那块塑料布。铁丝网还在刮后挡风玻璃的时候,我们就撞上了第二层铁丝网,凯迪拉克把一根木柱撞成两截,扯破铁丝网冲了出去。我们干净利落地打通了隔离区与外部世界之间的屏障。然后——

轰隆

——随着金属与塑料撞在混凝土上四散分离的一声巨响,凯迪拉克一头扎进了铁丝网外的路障,在此之前我们把它忘了个一干二净。

惯性像金刚似的一拳打在我的后背上。在失去知觉前,我最后的记忆是脏兮兮的挡风玻璃离我的面门只有一英寸左右,而安全带将我粗暴地拽了回去。我很快醒来,引擎盖已经变成了起皱的废铁,约翰正在摇晃我。"趴下!"

我一时间忘记了我们在哪儿,因此也就不清楚他究竟要我躲什么了。我迷迷糊糊地扭头望向驾驶座的窗外,看见一辆无人驾驶、涂着迷彩的吉普车。我一眼就认出了它是干什么的。它顶上有个枪座,摄像头闪闪反光,左右两侧各有一根粗大的枪管。

机械呜呜运转,枪管转向我。它的动作并不机械,而是迅速、平稳和有目的性。我无法动弹,只能盯着两个黑洞洞的枪口,偏偏在这一刻,我想起了马尔科尼提到的"牺牲"。

八小时前……

叮……

叮……

叮……

房车的开门提示声飘荡在寒冷的夜风之中。

这是埃米人生最后时刻的配乐。她面前的怪物在呼吸,气息散发出死肉的异味。黑暗且冰冷的车厢里,她意识到了一点:在地球上诞生的几乎所有活物都是这么死去的——被牙齿咬碎肌肉和骨骼。我们人类有电脑、肥皂和房屋,但无法改变一个事实,那就是所有会走路的东西都仅仅是其他某种动物的盘中餐。

舌头舔过她的额头。埃米本能地抬起手,想要挡开袭击者,却抓住了一把皮毛。

埃米睁开眼睛,发现莫莉在黑暗中盯着她。

莫莉又闻了闻她,转过身,查看玻璃碎片之间的果酱馅饼,然后跑到房车的边门前,扭头看着埃米,使劲摇尾巴。在狗的语言里,这是在说:我需要你替我开门,因为我没有手。

说来奇怪,埃米的腿忽然又能动了。莫莉要出去。埃米成百上千次地回应过犬科动物的这个肢体语言。她快步走到门口,提起勇气,推开车门。莫莉跳进黑夜,仅仅几分钟前,凝滞的空气中还飘荡着垂死的尖叫声和致命的枪声。黑暗之中，牙齿和没有意识的肠胃在等待，一小时前还和她有说有笑的那几个年轻人，他们的内脏正在被缓缓消化。

别吓唬自己了，动起来。

莫莉转过身，期待地看着埃米。埃米走进黑夜，她猫着腰，盯着莫莉，借此控制恐惧。狗并不害怕。埃米做好了逃跑的准备，尝试决定该往哪个方向跑。她望向莫莉，希望能得到提示。

莫莉径直走向地下室的窗户。

不！

莫莉跳过曾经属于乔希和唐尼的两堆内脏，钻进埃米在摄像头画面中见过的餐厅后消失了。

不！

莫莉在底下汪汪叫。埃米认为她宁可死在上面，死在院子里，死在开阔的天空下，也不愿意死在黑洞洞的地下室里。莫莉又叫了一声，但埃米随即听见从她背后黑夜中的某处传来了窸窸窣窣的脚步声，而且是许多只脚。这儿有什么东西。地下室里，莫莉还活着，没有受到任何伤害。然而埃米依然有点想跑进茫茫黑夜，但她能去哪儿呢？

她趴在地上，用单手和双膝爬过滑溜溜、黏糊糊的草丛，血液和其他不该离开所属器官的各种体液流淌在草丛上。她的膝盖压在洒了一地的内脏上，最后她笨拙地半爬半摔进了窗户。

埃米在黑暗中什么都看不见。提灯和手电筒都不知去向。莫莉立刻来到了她身旁。埃米伸手摸到它，抓住它的项圈。莫莉带着她向前走，充当埃米的导盲犬。

埃米被一具尸体绊了一下，她好不容易才站稳，因为她实在不想再在尸体中爬行了。莫莉领着她走出房间,穿过走廊。埃米想拉着莫莉远离楼梯的方向,她知道底下就是维修室,那里已经变成了屠宰场。莫莉不肯让步,硬是拽着她走向楼梯。

不。

埃米不在乎莫莉在想什么,她绝对不会去下层地下室。现在不会去,永远不会去,给她一百万美元都不去,就算生死攸关也不去。埃米朝一个方向拽莫莉。莫莉站住不动,朝相反的方向拽她。

好吧。

埃米松开手,跑进黑暗的走廊,逃往相反的方向,只要能够远离另一头的楼梯和底下充满抽搐尸体和蠕动内脏的坟墓就行。她抬起手放在前方,一直向前走,最后来到了一扇铁门前,这扇门和她想逃离的那扇门毫无区别。

但它锁着。

她摸着门把手和锁销,希望能找到拉杆,却只摸到了钥匙孔,而她没有能开门的钥匙。背后传来爪子挠地的声音,这是莫莉在说:"明白了吧?"

埃米无法动弹,她在颤抖。她的裤子湿了。其他人的鲜血沾在她手上。莫莉汪汪叫。埃米抓住它的项圈,让狗带着她穿过走廊。他们来到走廊尽头,走进楼梯间。

一人一狗向下走。他们来到牢房区,这里散发着下水道和硝烟的气味。他们走过一扇扇铁门,门里传来抓挠的声音。埃米将这一切都挡在脑海之外。莫莉拉着她向前走,埃米知道他们要去哪儿。他们来到维修室的门口。莫莉在黑暗中摸到那扇门,感觉着弹孔的弧度。她闭上眼睛,吐出一口气,在心中祈祷。

她推开那扇门。

门里是人间地狱。烟雾充满了房间，在生锈的水管和通风管之间飘荡，宽敞的维修室看上去像是遭到了巨型机械章鱼的袭击。火药燃烧、衣服着火和炙烤血肉的气味扑面而来。一支手电筒掉在房间中央，向上射出一根细细的光束。光束只照亮了一小部分噩梦般的景象，但埃米这辈子都不可能忘记。毫无生气的眼睛睁大，瞪着天花板，还有张开的嘴，抽搐的手指。所有尸体都穿同一种颜色的制服。她觉得胃里在翻腾。

莫莉挣脱她的手，跨过一具具尸体，跑过那根光柱，来到光束另一侧的暗处。它在对面的墙边停下，扭头看着埃米，使劲摇尾巴。

埃米把注意力放在光束上，她决定将噩梦景象中的其他一切都挡在脑海之外。只要她能走过去，只要她能捡起手电筒，那么情况就会变得稍微好一点。她小心翼翼地跨过肢体和黏糊糊的东西，她的脚踩爆了某些东西。一步，两步，三步——她终于能捡起手电筒了，她努力忘记尸体用三根手指抓住手电筒的事实。她拔出手电筒，然后走向莫莉。有毒的烟雾开始产生影响，刺痛了她的眼睛。

墙上有个洞。煤渣砖被砸碎并推到了一旁。怪物的隧道就是从这儿进入房间的。她用手电筒往里照，发现这个猜测并不完全正确——隧道原本就存在。这是一条砖砌的隧道，有点像欧洲城市地下的老式排水道。古老的管道已经生锈。难道丧尸就住在这里？小镇的地下？

莫莉挤开埃米，跳进隧道向前跑。

"莫莉！等一等！"

她的叫声还不如一声耳语。隧道里到处是虫子，泥泞的脏水在往下滴。但她知道这些都不是在其中出没的最可怕的东西。莫莉跑进黑暗中，爪子挠地的声音消失在天晓得的什么地方。

"莫莉！"

埃米用手电筒照进隧道，看见两只眼睛瞪着她。莫莉停下来看着她，但待在原处不动。

不，不，不，不，不，不——

埃米爬进隧道，意识到空间不足以让她猫腰行走。她必须趴下，单手双膝着地爬过砖砌的地面。她爬了一步，发现手电筒拿在手里几乎毫无用处，她向前爬的时候，光束疯狂地扫来扫去。她犹豫要不要把手电筒叼在嘴里，但想到它曾经被握在尸体的手中，还是决定放弃。

她继续前进。

埃米爬了很久。砖砌的地面在啃噬她的膝盖、左手的断桩和右手的指节——她握着手电筒，让指节充当前爪。莫莉已经跑远了，爪子着地的声音刚开始还回荡在隧道里，后来连回声都听不见了，埃米琢磨着这条隧道到底有多长。

她继续爬。膝盖骨每次碰到砖块，摩擦骨头与牛仔裤之间薄如纸的皮肤，疼痛就油然而起。她觉得自己爬了几英里、几小时。水滴在她的头发里和背上。她穿过蜘蛛网，手掌压死虫子，她觉得自己看见一只老鼠飞快地跑过手电筒的光束。

她不得不停下休息。膝盖和手指疼得令她无法忍受。爬行在拉扯和扭动她自从学会走路以后就没用过的肌肉。

她停下来，抬起膝盖，靠在生锈的管道上。她用手电筒照亮来路，几乎看不见隧道的入口。她照亮前方，视线内看不到终点。裤子的膝盖处湿了，颜色变深。血。她要把膝盖磨成肉糜了。一只蟑螂爬过大腿，她抬手拍开。一个念头忽然跳进脑海，就在此时此地，她深信不疑：她其实死在了房车里，现在来到了地狱。这就是地狱的样子，一条狭窄、黑暗、冰冷的隧道，你会永远在这条隧道里往前爬，磨掉皮肤、肌肉和骨头，首先是手，然后是胳膊和腿，永无穷尽的砖块慢慢吞噬你的身体，直到你变成血肉模糊的一团，供虫子和老鼠享用。

她听见一个声音。声音来自背后充满死亡的维修室。有什么东西来了。这逼着她重新动了起来。她向前爬，比先前更快了，她不顾疼痛，希望追逐者的身体和她一样不适合爬行。

时间仿佛停顿了。存在的只有砖块、黑暗和进出之间撕扯肺部的冰冷呼吸。在砖块上爬行的窸窸窣窣声响从背后传来，但听不出究竟离她多远。她想爬得再快一点，但这毕竟是爬行，爬得再快也比不上慢速步行，她在隧道里一英寸一英寸地挪动，越来越相信这是一场噩梦，每个人都会做的那种经典噩梦——你在黑暗中受到追逐，你想逃跑，但做不到。

莫莉忽然出现在左前方，它汪汪叫。前方是隧道的分岔口，你可以继续向前，也可以向左转。莫莉想拐弯，埃米没有资格反对。

埃米沿着岔道又爬了几英尺，前方是个死胡同。发霉的古旧木板挡住去路。莫莉在挠木板。埃米爬过去，推开莫莉。她坐在地上，使出全身力气踹木板。木板没有立刻折断，而是反弹回来，但发出了断裂的声音。

她又踹了两脚。

追逐者越来越近了，蠕动着爬过砖砌的地面。她听见了它的呼吸声。它随时都有可能拐过转角——

她发出空手道大师的喊叫声，举起疲惫的双腿踢出去，沾满烂泥的网球鞋踹在木板上。忽然间木板不在原处了，它一整块飞了出

363

去,"啪"的一声落在里面的瓷砖地面上。

埃米连滚带爬地钻出去,她站起来,立刻又倒下,大腿肌肉痉挛,刚才的爬行像是持续了几个星期。她强迫自己起身,用手电筒照了一遍房间。她刚刚爬出来的隧道出口旁是一台自动贩卖机,里面有各种各样的食物,袋装薯片、饼干和巧克力条一应俱全。贩卖机的另一侧再过去三英尺就是墙壁。她走过去,用后背顶住贩卖机,双脚抵在墙上,使劲向后推。贩卖机向侧面轰然倒下,巨大的声响像是爆破拆楼。它没有完全封死洞口,但基本上挡住了。

她爬起来,捡起手电筒。有一扇门能离开房间,她确定门肯定上锁了。但实际上并没有,她走过去拉开门,沐浴在了灯光之中。

就这样,她突然来到了一间宽敞、光线充足的办公室里。房间里有十几个电脑工作台。电脑很新,但办公桌是旧的。房间里没人,似乎仅仅几分钟前才撤空;桌上有喝到一半的咖啡,椅背上挂着冬季大衣。地上扔着一个牛皮纸档案袋,打印的表格散落了一地。一盒甜甜圈被碰翻在地上。

所有人都在慌忙中离开。

埃米转向她刚刚进来的那扇门,竖起耳朵仔细听。门里没有任何响动。她看了一眼,确定莫莉和她在一起,然后插上了锁销。她又站了几分钟,等待某个人或某种东西推开贩卖机的声音。但她只听见了她的心脏在怦怦跳动。

她在隧道里真的听见了什么声音吗?还是她在被自己的回声追赶?或者那是一只浣熊?

埃米把注意力重新转向办公室。这儿比隧道里暖和,但还没到正常的室温。她在房间里走了一圈,找到一对燃油取暖器,人员在撤走时没有忘记关掉。她打开取暖器,感觉到暖风吹拂身体。她站在那儿瑟瑟发抖,希望有一身替换衣服。她散发出汗水、霉菌和尿的气味。

有两扇门能离开这个房间。她发现其中一扇锁着,决定不去管它。另一扇里面是个狭小的卫生间,她吃惊地发现拧开龙头就有水。她钻进去,花了几分钟完成一项虽然毫无必要但极其重要的任务——清洁身体。水槽上有抗菌洗手液,她脱掉裤子,清洗膝盖上磨破的皮肤。她洗手、手腕和眼镜,甚至把头发整理得勉强有了个形状。她又能认出药品柜镜子里的那个人了。她深受鼓舞。

她走出卫生间,大声问莫莉:"咱们在哪儿?"

但其实很容易搞清楚,对吧?她在脑海里调出建筑物的地图,那条隧道向南朝着医院而去。她向左转弯,因此她应该在救济院背后那座小建筑物的地下室里。它曾经应该是行政楼,办公室和其他机构都在这儿。

埃米扫视四周的电脑工作台,忽然看清了真相,她觉得自己就像《黑客帝国》里第一次意识到自己有能力阻止子弹的尼欧。

在政府弃守之前,此处就是隔离区的神经中枢。他们甚至没有带走电脑。

她很容易就找到了她想找的那个工作台——这台电脑连接着三个显示器。她屏住呼吸,按下电源按钮。电脑启动,她思考着它还剩下多少电力——办公室应该靠发电机供电,但往发电机里加燃油的人离开了。她无法解决供电问题,因此只能加快速度。

系统完成启动,屏幕上出现了网络密码输入框。此刻的问题是这套系统需要多少组密码。猜中一组密码和猜中三组是完全不同的两码事——后者要容易得多。

她毕竟就坐在工作台前,而不是企图远程入侵(她做不到,但认识能做到的人)。在电脑安全的世界里,一个人能记住的密码数量其实很有限。给他们一组,他们肯定能记住。两组,应该也还凑合。但要是三组——比方说电脑本身一组,网络一组,他们使用的程序再一组——他们就肯定需要写下来了。她拉开一个个吱嘎作响的抽屉,发现中间的大抽屉里只有一盒圆珠笔和一张即时贴,即时贴上写着一列无意义的单词和字符串。第一个应该是用户名,其他的应该是密码。

就这么简单,她登录了网络。她想先看一看桌面上都有什么应用程序,然后注意到了一个细节,她忍不住欢呼起来。

这台电脑通互联网。

我的天哪。她都不知道应该先做什么了。

她紧张兮兮地去检查两扇上锁的门——门外依然没有任何响动——然后坐在工作台前。她决定,首要任务是搞清楚系统提供了哪些功能和她到底能做什么。她找到了他们的电子邮件程序,看见收件箱里有无数带附件的邮件,如事态报告、装备请求和其他各种制式表格——官僚垃圾,还有关于声音的大量往来邮件,如关于频率和调性的报告和实验结果,其中有一些她闻所未闻的术语——"次声波"。工作人员来回发送音频样本和浩若烟海的分析文本,全是她看不懂的技术内容。她必须先把这些东西放在一边,在其中理清头绪需要耗费她几个星期的时间。

接下来她找到了一个程序,点开后,监控摄像头传来的监控画面呈方格状铺满了三个显示器。其中绝大多数毫无动静——要不是偶尔有垃圾被吹过镜头,你都无法确定这是不是实时拍摄的——但无疑是医院隔离区的外部监控画面。

她退出程序，发现另一个程序能让她从空中俯视整个医院，镜头缓缓旋转，看上去很像乔希先前传送的枪身摄像头画面。她正要按"退出"按钮，忽然产生了某种非理性的恐惧：要是她按错按钮，就会看见导弹从画面底部发射，把所有人送上西天。她又研究了一阵，发现无人机由其他人控制——这当然符合逻辑。你不可能用键盘控制这种东西，至少得有个操纵杆之类的。她只能像个旁观者一样看视频画面——

大卫。

她看见了大卫，因为镜头转动，对准了他。她无法控制镜头，是不知道在何处操纵无人机的人转动了镜头——画面一闪，镜头拉近，又一闪，再次拉近。

就是大卫，毫无疑问，他在和一个看上去非常愤怒的壮汉对峙。四周是人群，旁边有一堆篝火，乔希说那是某种仪式（她横看竖看都觉得火里有骷髅头和长骨）。视频伴随着无线电中的往来交谈，但信号微弱，埃米听不清具体在说什么。她从只言片语中拼凑出的结论是，无人机操作员在向上级请求开火许可。埃米意识到她不但在通过摄像头观看现场直播，而且还是枪身摄像头，甚至枪还瞄准了大卫。

"不！别开枪！"她傻乎乎地对着显示器喊道。她肯定能够联系上他们，对吧？这里有固定电话。但她该怎么说呢？说她是个普通女孩，偷偷溜进REPER指挥中心，希望他们别打死她的丧尸男友？这么做只能让他们发觉内部网络上有一名无权限的入侵者，他们必须远程关闭这里的所有系统。

视频画面上，壮汉举起枪对准大卫。镜头微微转动，准星对准了壮汉。

"对！毙了他！"

但他们没有开枪。从无线电通话中听到的片段告诉她，对方请无人机驾驶员（代号为"守护者"）做好准备，等待进一步的命令。折磨人的几分钟过后，大卫被人拖走，带进了医院大楼，镜头重新拉远，画面里是整个院子，寻找企图翻过铁丝网逃跑的任何一个丧尸。然而，以她对大卫的了解而言，接下来最有可能翻过铁丝网逃跑的就是他。但大卫不是丧尸。对她来说，这可不是她所抱着的幻想——大卫和持枪壮汉交谈时，他的肢体动作、说话方式都和她最后一次与之交谈时一模一样。两周前大卫不是丧尸，现在也不可能是，埃米相信无人机驾驶员并不知道这一点。无人机驾驶员相信了乔希相信的同一番鬼话，也就是隔离区里都是被感染的嗜血非人类。那样的怪物确实存在——埃米在不久前刚刚目睹了和她一起来救济院的那些年轻人被吃掉——其中之一随时都有可能闯进这条隧道。但铁丝网内的那些确实是人类。

而军方即将把他们炸个稀巴烂。

埃米花了一个小时才搞清楚联系。她这个黑客尽管还是新手，但知道入侵任何一个系统的最有效的方法就是黑客所谓的"社会工程"。安全网络中最大的弱点永远是使用者。不管设置了多少道防火墙，使用多少组密码，到头来使用系统的永远是人类。懒惰、忙碌、烦闷的人类，他们无论如何都只会走阻力最小的那条捷径。

搞清楚无人机驾驶员的操作地点很简单，在谷歌上搜索一下，她就知道了军队的无人机驾驶员都在一个地点工作，也就是内华达州拉斯维加斯郊外的克里奇空军基地。接下来她在电子邮件系统里筛查，希望运气足够好，能找到来自"无人机驾驶员@克里奇空军基地.军队"的邮件，可惜她的运气还没好到那个地步。但她找到了前一天的一系列往来邮件，其中有各方人员阐述对待隔离区内的"祖鲁人"的"ROE"（她估计这个缩写代表的是"交战规则"）。看起来无人机射杀了企图翻过铁丝网的一名人员，埃米读了五十几封邮件，得出的结论是，他们应该等对方翻出第一道铁丝网后再开火。她在无数表格中找到了一份"仅供阅读"的文件，收件人是这个工作台的操作者，文件算是这次开火事件的行动报告，其中提到了无人机驾驶员的名字——沙恩·麦金尼斯上校。

一系列邮件在数个 REPER 邮件地址之间发来发去。关注点在于中枪的那个年轻人：二十二岁，男性，在报告中仅仅被称为患者 2027。她浏览了许多份"仅供阅读"报告的扫描件，终于找到了用于隔离的登记表格。所有内容都用术语和缩写表述，但埃米拼凑出的结论是，那个年轻人之所以被拘押，仅仅因为他与一名感染者有过近距离接触——年轻人用棒球棒杀死了那名感染者。报告里关于年轻人本人的相关内容只有登记表末尾的七个字："未呈现感染迹象。"

患者 2027 不是丧尸，他仅仅是个普通年轻人。但现在他死了。

围绕这个话题的后续往来邮件说明了一个问题，即只有 REPER 内部极少数的一小群人知道这个事实。

埃米低头看时间，凌晨四点，而此时内华达时间是凌晨两点。射杀事件发生于昨天下午三点。操纵无人机的显然不可能一直是同一个人。他们按固定时间表轮班吗？假如是的，那么麦金尼斯上校到早晨就会回到操纵杆前。不过其实也无所谓，她需要的只是这个名字。

好了，先从简单的开始。沙恩·麦金尼斯上校有脸书吗？她搜索了一下。他确实有，但设置为私密，对他从事的行当来说，这么做符合逻辑。她可以入侵账号，脸书的密码重置申请表很容易绕过去，但入侵账号未必能让她得到她想得到的东西。她继续用谷歌搜索，先搜索空军基地附近的学校，然后组合搜索学校名称和"麦金尼斯"同时出现的页面。

啊哈。内维娅·麦金尼斯，中学篮球队的控球后卫。想打赌那是麦金尼斯上校的女儿吗？十三岁——埃米知道她肯定有脸书账号。十秒钟后，她的脸书主页出现在显示屏上。她公开了所有信息，包括照片（其中有她身穿礼服和父亲的合影）和朋友列表（老爸列在"家人"的分组底下）。内维娅有一百三十二位脸书好友。埃米向她申请加好友，心想不知道内维娅早晨几点起床看手机。但内维娅显然是个夜猫子，因为尽管当地是凌晨两点，她立刻就接受了一个比她大十岁的陌生人的好友申请。

少女，唉。

五分钟后，埃米就和内维娅·麦金尼斯聊上了，她明白自己必须谨慎行事。

内维娅·麦金尼斯：请问你是哪位

埃米·沙利文：你好，娜维娅，这话听起来肯定很古怪，但我找你有急事，我们没多少时间了

内维娅·麦金尼斯：内维娅

内维娅·麦金尼斯：不是娜维娅

埃米·沙利文：哦，抱歉

内维娅·麦金尼斯：是将天堂（heaven）倒过来拼（nevaeh）

埃米·沙利文：哦，很好听的名字

内维娅·麦金尼斯：我睡不着

内维娅·麦金尼斯：正在和我的台湾朋友聊天

埃米·沙利文：总之我不是骗子，我不会问你要钱或者账号密码，好吗

内维娅·麦金尼斯：好的

埃米·沙利文：也不会发裸照什么的

内维娅·麦金尼斯：我有个朋友叫泰勒，她只比我大一岁，有个男人发邮件给她，说要签她当模特，然后她老妈开车送她去洛杉矶拍照，你猜结果发生了什么

埃米·沙利文：内维娅，事情真的很重要。我此刻就在不具名小镇。你明白这代表着什么吗

内维娅·麦金尼斯：我的天，你是丧尸

埃米·沙利文：不！不过问题就在这儿

内维娅·麦金尼斯：哇，你别告诉别人，我老爸是空军，他驾驶无人机打丧尸

埃米·沙利文：我知道

埃米·沙利文：这就是我联系你的原因

埃米·沙利文：我就在小镇内，还有我的男朋友

埃米·沙利文：而且我们不是丧尸

埃米·沙利文：但你老爸不知道

内维娅·麦金尼斯：他在床上

埃米·沙利文：好的，明天他要去操纵无人机

内维娅·麦金尼斯：他总是很疲倦

内维娅·麦金尼斯：我想也是

埃米·沙利文：内维娅，我非常害怕

埃米·沙利文：我们在镇上的人都很害怕

埃米·沙利文：因为我认为他们会杀死我们所有人

内维娅·麦金尼斯：他们不会这么做的

埃米·沙利文：我要你做的就是确定他们真的不会

埃米·沙利文：我要你和你老爸谈一谈

内维娅·麦金尼斯：我不能和他谈工作的事情

内维娅·麦金尼斯：他们不允许他谈

内维娅·麦金尼斯：而且他会生气

内维娅·麦金尼斯：而且他会不说话

内维娅·麦金尼斯：他总是很疲倦

埃米·沙利文：那你必须让我和他谈

内维娅·麦金尼斯：他在床上

埃米·沙利文：给我他的邮件地址就行

对方沉默良久，一直没有回应。只要年轻的内维娅对互联网上的陌生人还有一丁点警觉性，这会儿她脑袋里的警钟就该敲响了。埃米努力想象两千英里之外网线另一头的女孩。她想象女孩合上笔记本电脑，在床上蜷成一团。她想象女孩去父亲的卧室，尝试叫醒父亲。她又想象女孩打电话报警。

终于，聊天窗口恢复生机，一个邮件地址出现在屏幕上。

事情很简单，她调出附件是患者 2027 情况分析表的那封邮件，转发给无人机驾驶员沙恩·麦金尼斯上校的个人邮箱。"未呈现感染迹象。"埃米的邮件内文简明扼要，直截了当：

请阅读这封邮件。你射杀的年轻人不是丧尸。隔离区内的那些人没有受到感染。他们是正常人。他们是美国公民。有人欺骗了你。

接下来有一百万种出岔子的可能性——邮件有可能被当作垃圾信息删掉,他早晨上班前未必会检查邮箱,他会以为这是个恶作剧而不去理会。但除了这么做,埃米也想不到其他办法了。

好了。然后呢?除了无人机,铁丝网外还有一道由无人枪械把守的防线。埃米调出先前的摄像头画面阵列,她猜这些镜头就来自那些枪械。铁丝网外依然没什么动静,一系列一动不动的画面被夜视仪染成绿色。接下来的半个小时,她到处点来点去,研究该怎么操纵这些武器。它们名叫角斗士(全称为角斗士级无人驾驶战术地面车辆,简称TUGV)。车上有柴油发动机,既在需要移动时驱动车辆,也为保持系统运行的车载电池供电。她想找到能控制这些角斗士的应用程序,却和无人机一样碰了壁。真是糟糕,她本以为自己能抢占到其中一辆的控制权,开着它沿铁丝网转一圈,干掉其他的所有无人车辆。然而她太天真了,这些杀戮机器属于军队,而这个房间属于REPER。无论她如何尝试,都找不到究竟是谁在操纵它们。

到这时,她觉得走投无路了,但她知道这么想毫无用处。这是一套系统,由人类构建的系统,因此必定存在缺陷。那么,缺陷在哪儿呢?

柴油。

这些角斗士需要燃料,那就意味着需要有人给它们加油。哪怕人类操作者远在日本的基地里,加油的工作依然需要本地人员完成,所以说那些人就在现场,以这座建筑物为行动基地。因此,肯定存在某种机制,运行后能使武器失效,否则他们拎着油桶走近车辆时就会被射杀。她需要做的就是搞清楚这个机制。而她一定能成功。

她背后的房间里传来了金属与地板摩擦的声音。

有东西正在推开挡路的贩卖机。

埃米一跃而起。她不能惊慌失措。房间对面还有一扇门,她可以打开门锁逃出去。尽管她不知道那扇门通往何处,但她会使出吃奶的力气跑向终点。

莫莉跑过来,望着挡在他们和入侵者之间的那扇门。它发出低沉的吼声。摩擦声持续了一阵。等摩擦声停下,响起的是某种东西跨过贩卖机的声音。然后是嘎吱嘎吱踩过碎玻璃的声音,埃米推翻贩卖机时撞碎了上面的玻璃,此刻那东西就走在碎玻璃上。

埃米跑向对面那扇门,拉开锁销。莫莉站在原处不动。埃米正要叫它,却听见了——

"有人吗?"

一个细小的声音,来自入侵者所在的房间,听上去像个小女孩。埃米有一瞬间产生了一个疯狂的念头:内维娅·麦金尼斯不知怎的从内华达州瞬移到了这儿。

细小的声音说:"你能给我开门吗?你好?"

埃米小心翼翼地走过去,问:"你是谁?"

声音回答了,但埃米没有听清。然后她用更响亮的声音说:"你叫什么?"

"我叫埃米。你迷路了吗,小姑娘?"

"我不小,我八岁了。"

"你和谁在一起?"

"只有我。你能让我进去吗?我很害怕。"

埃米扭头看莫莉,莫莉尽一条狗的所能露出怀疑的表情。

埃米打开门锁,拉开一条缝。"呃,你好。你是谁?"

细小的声音说:"安娜。"

轰炸不具名小镇前2小时

我伏下身子,脑袋撞在凯迪拉克的车窗摇把上。我以为我会听见开枪的巨响和子弹在车门上打洞的声音。随后我意识到自己什么声音都不可能听见,因为约翰显然低估了这些警戒枪械的口径。枪座上的两根枪管粗得足以容纳我的大拇指,射出的子弹能够毫不费力地撕碎薄薄的金属车门,一毫秒后,在我黏糊糊的内脏里开出一条康庄大道。

但武器没开火。

约翰尖叫道:"饶命!饶命!"

"什么?别喊了!"

"我们迷惑住了他们,咱们快跑,否则等他们想通了,就会把咱们打成肉馅!"

他打开车门,拖着我下车。他从后座抓起一个东西——我家工具棚里那个神秘的绿盒子。

我们猫下腰,让凯迪拉克替我们挡枪——尽管另一侧还有一把一模一样的枪对着我们——然后拔腿就跑。我们跃过水泥路障,树林出现在前方。树林外是个便利店,钻进卫生间,就能送我们离开这儿。

似曾相识。

但这次追赶我们的不是士兵,而是一群全副武装的市民,他们手持霰弹枪、猎枪和开山刀,其中有一半在奔跑,另一半举起武器瞄准我们。与危机刚开始时乱哄哄的国民警卫队不一样,这些人知道突破铁丝网意味着什么。我冒险扭头看了一眼,看到我们在铁丝网上撞开了一个大洞。红衣服聚集在洞口的内侧,他们傻乎乎地望着外部世界,就好像有人忽然在天空中开了一个大窟窿。

随后我看见了聚集起来的人群,铁丝网外侧的围观者——他们一个个都全副武装,脸上带着相同的表情。镜子内外,同样的念头钻进人们的脑海。

铁丝网破了。

警戒枪械没有开火。

一切都改变了。

有人开枪。我们跑进暗沉沉的树林,连滚带爬地冲过泥泞的排水沟,从另一侧上岸。我们奔向 BB 便利店。

希望 BB 便利店还在原处……

便利店还在。这次我们根本不在乎厕所的魔法门会在哪儿把我们吐出来,反正只要能离开这儿就行。要是这扇门失效,要是主持这一切的鬼祟浑球关闭了跨维度虫洞网络或者天晓得的什么东西,那我们就死定了。暴民会把我们撕成碎片。

我们一头撞进卫生间,关上门。就在关门的一瞬间,子弹在门上打出了一个窟窿。我们向前翻滚——

这是一种无可名状的怪异感觉。整个世界都在旋转,就好像我们坐在游乐场的大转盘上。我落在约翰身上,我们两人忽然平躺在地上。前方的门此刻位于上方,我们仰望着它。我从约翰身子底下挣脱出一条腿,踹开那扇门。我在仰望阴沉的天空。我爬出去,发现自己是从地下爬出来的,就像吸血鬼在日落后爬出棺材。木板、砖块和碎玻璃落在我周围的草丛里。我接着爬,发现我在旧费尔斯救济院的脚下。墙上有个大洞,从洞口炸出来的瓦砾散落在我的四周。我们只传送了不到半英里的距离。此刻这儿只有我和约翰,但能听见街道不远处暴民的叫喊声。

我跌跌撞撞地走上废墟,约翰从我背后爬出来。他低头看我们爬出来的地洞,困惑地关上被我踹开的门。我注意到门和门框其实就落在地上,是当爆炸摧毁墙壁时从原处甩出来的。约翰再次打开门,发现底下只有枯草了。

约翰说:"该死,我把霰弹留在车里了。"

我做了一次深呼吸,说:"呃……你记得咱们和埃米看《星球大战》那次吗?她说,'那两个男人去救莉娅公主,她为什么态度那么恶劣?'这会儿我不想当莉娅,而且非常感谢你做的斜坡特技飞车表演。但你到底有没有任何计划?"

"我这不正在想吗?"

"因为咱们要没时间了。"

约翰仰望古老的建筑物,使劲盯着长满青苔的砖墙。

我说:"怎么了?"

"早些时候我用了'酱油'。"

"什么?"

"对,然后我来了这儿。"

"好的……"

"当时……这儿有暗影。"

我顺着他的视线望过去。发霉砖墙上的成排窗户用卷了边的古旧三合板钉死，弄得这幢楼看上去像是得了白内障。我没看见影子人。

我说："你现在看见了吗？"

"没有。"

他转过身，却看见了其他什么东西，说："拿着。"他把神秘的绿盒子递给我。他从我身旁跑向建筑物的拐角。我看见那儿有一辆房车的车屁股。我跟上他。武装暴民微弱的叫声变得越来越响。

"约翰！你到底——"

我说不下去了，因为我看见血迹斑斑的草坪中央有个刚填满的大坑。像个万人坑。约翰掏出他可笑的定制霰弹枪（他把枪插在了裤子的后腰上），钻进房车。挡风玻璃碎了。我跟着约翰钻进司机一侧的车门，看见驾驶座上的茶褐色其实是一大摊血迹。

我的天。

约翰举着霰弹枪，飞快地搜查车厢。对面内壁上有几排钩子，我花了几秒钟才意识到那是枪架，但现在全都空了。约翰打开几个手提箱，发现里面至少装着四种弹药。

"好运气。"他说着，抓起霰弹塞进口袋，"你看，天无绝人之路。我们需要弹药，这儿就有弹药。"

我环顾四周。地上有一台摔坏的笔记本电脑。车厢尾部的地面湿漉漉的，有一股尿骚味。除了子弹，这儿似乎没什么有用的东西——

我愣住了。

"哦，不。他妈的不，不，不，不……"

约翰走到我身旁,说:"什么?我以为这是……"他说不下去了。他看见了我看见的东西。

两样东西,假如我拒绝承认现实,肯定会当它们毫无意义:一包几乎吃完了的红藤糖,一个腰痛人士使用的矫形靠枕。

埃米。

它们只是说出了我已经知道的事实。她来找我了,因为这就是她会做的事情,她找到了办法进镇,因为她太有本事,不可能进不来。

约翰紧张地望向侧面车窗外,暴民随时都有可能席卷而来。他说:"好了,我们并不能肯定这是她的东西。而且就算是,我们也不能确定驾驶座上的血就是她的,埃米没法开车……"但我已经跳出了房车。来到外面,我立刻看见了一摊比较小的血迹,血迹位于地下室敞开的窗口前的草地上。一只鞋躺在血迹中央,男鞋。

我说:"埃米找了个人开车送她进镇。他们停下车,某个恐怖的东西从底下那扇窗户里飞出来,他们和它殊死战斗。你看,就在窗户旁边,那里有用过的霰弹弹壳。也许它先抓住了驾驶员,然后房车车厢里的其他人——还有埃米,假如她和他们在一起——冲下车,钻进了室内,很可能这会儿还在里面。后来有个流浪汉路过,在车里小便——"

"大卫,他们为什么要——"

我没有理他,把脑袋凑近地下室的窗户,喊道:"埃米!喂!埃米?是我,大卫。"没有回应。"有人吗?底下有人吗?"

有人开枪,一颗子弹打掉了一块墙皮。我们猫腰闪躲,约翰抓住我的袖子,拽着我绕过转角,跑向救济院的正门。我和他根本没有浪费时间讨论要不要卧倒,便爬进地下室的窗户。这么做违反了不具名小镇的两条生存准则：第一，绝对不要让自己置身于缺少畅通且迅速的逃生路线的地方；第二，不要进入前方有一大摊血迹的任何出入口。

我们来到救济院的正门口，约翰说："捂住耳朵。"他举起枪瞄准门锁，在木门上轰出一个葡萄柚大小的窟窿。我们冲了进去。

轰炸不具名小镇前105分钟

看样子，联邦人员离开时留下了需要超过五分钟时间装上卡车的所有东西。他们扔下了成箱的医疗物资、生化防护服、生化防护服的过滤器和其他东西，它们被整整齐齐地摆放在主走廊里。到处都摆着带支架的工程卤素灯，其中几盏还开着，发蓝的明亮光束射穿了仿佛庞然巨尸的建筑物的幢幢暗影。我们关上正门，拖了一个大号金属文件柜过来堵住。

我气喘吁吁地说："我们可以重新锁上门的，可惜有人在门上轰了个窟窿。"

"非常抱歉，我的公主。"

"还有一点，房车里的霰弹。它们在这儿不是为了等我们，不是因为你需要帮助，所以有个守护天使把它们从天上扔了下来。它们在这儿是因为其他人，信奉要随时随地做好战斗准备的人，自掏腰包带着它们过来。下次你再陷入困境，有人付你的保释金，或者带你回家睡沙发，请你千万记住这一点。这不是天意，而是慷慨的人在辛苦做事，买东西供你使用。"

我们沿着主走廊向前跑进建筑物的深处。约翰说："看看那些板条箱,说不定能找到该死的抗抑郁药呢。"

"好的,好的——"

"我说真的,非常紧急。我要把药片塞进枪管,直接打进你的脑袋。"

我们沉默下去,跑了一阵,然后我说:"约翰,咱们是不是把事情彻底搞砸了?"

他摇摇头说:"咱们总能找到办法的。"

走廊里有一堆翻倒的塑料桶堵住了去路,我们不得不停下来爬过去。我说:"该死,联邦人员走得这么急,他们受到了攻击吗?来自感染者?"

"不完全是。我说过了,福尔克纳必须救我离开这儿,我们只好在墙上炸出一个窟窿。他们把我们关在一个大活动室之类的地方,我们看见墙边有几瓶液氧,于是心想,'咱们炸了那玩意儿,从这儿逃出去。'我们成功了,但我估计在混乱中,被关在这儿的一群感染者逃了出来,于是他们决定干脆弃镇而去,留下这个烂摊子自生自灭。"

"等一等,联邦人员弃镇逃跑的原因是你?约翰,我的天啊。"

"呃,我觉得企图扣留我就是他们的错。他们应该知道做坏事会造成后果的。"

约翰把三颗霰弹塞进形状怪异的三管霰弹枪,紧张地扭头望向正门。没人破门而入。等一等,愤怒的武装暴民是不是不敢进来?这他妈绝对不是个好兆头。

"埃米?有人吗?"

回音在发霉的墙壁之间弹跳。建筑物内部比从外面看似乎大五倍。救济院的平面布置和所有医院一样混乱纠结,设计师似乎相信,欣赏困惑的访客毫无头绪地在走廊里乱转能够治疗病患。指示标记不是已经褪色或被偷走,就是被涂鸦覆盖。我们来到一个丁字路口。

我说:"怎么走?"

"上次来这儿的时候,我——喂!"

约翰忽然跑向右侧。我跟上去,神秘的绿盒子沉甸甸地磕在我的腿上。我有点想扔掉这个愚蠢的玩意儿。

"怎么了?约翰,你看见什么了?"

我们在走廊尽头滑行着停下。

"我看见了一个人。"

"真的是……人吗?"

他摇了摇头,意思是他不知道。

"你确定看见了?"

"那是电梯吗?"确实是。就在走廊尽头。电梯门关着。"不过应该没电,对吧?"

我说:"我觉得未必。我坐过这部电梯。我被他们在地下室关了一段时间。"

"是吗?你没告诉过我。底下有什么?不过应该没什么值得抱怨的,不然你早就唠叨个没完了。"

"我不知道。他们一直给我用镇静剂,然后套了个黑口袋在我的脑袋上,从这儿送我回隔离区。我不想动摇你对政府的信任,但我觉得这个REPER算是某种隐秘组织。咱们去找楼梯吧。"

我们不需要讨论该不该上电梯,参见我不久前才说过的第一条规则。上电梯就意味着你进入了一个封闭空间,你去哪儿全由其他人控制。我们的行为规则都来自惨痛教训。

约翰说:"啊哈。楼梯,就在那儿。"

我们跑到楼梯间的门口,约翰刚抓住门把手,我们背后的电梯就"叮咚"一声响了。我们听见电梯门徐徐打开。

一个细小的声音在我们背后说:"沃尔特?"

轰炸不具名小镇前90分钟

我险些尿了裤子。约翰看见我的表情,端着霰弹枪转过身。他走在前面,我们一点一点蹭到打开的电梯门前。电梯里有个小姑娘,长长的黑色直发,穿着脏兮兮的睡袍。

约翰说:"我的天,你在这儿干什么?"

我说:"约翰,后退……"

小女孩看着我,说:"别害怕。"

"安娜?"

她点了点头。

约翰说:"你认识她?"

"约翰,别放下枪。"

"要么换你拿着?我可不会用霰弹枪指着一个小姑娘。"

安娜说:"这把枪上的洞为什么这么多?"

我说:"你要干什么?"

"我可以带你去找埃米。"

"她在这儿?"

安娜点了点头,没有说话。

约翰和我交换了一个眼神。

他压低声音说:"好吧,我承认她很吓人。"

我压低声音说:"哥们,假如这是恐怖片,观众应该都在尖叫,让咱们快他妈跑。"

"呃,他们只会这么想,不会喊出声的,除非他们——"

"她在楼下,"安娜打断道,"你的狗也在。进来吧。"

约翰说:"呃,不行。就算要下去,我们也要走楼梯。"

安娜摇头道:"楼梯间没有灯。我们应该远离黑暗。"

我咽了口唾沫,说:"因为影子人。"

她点了点头。约翰嗓音嘶哑地说:"我的天。"

我对约翰说:"我让你来做决定。"

他显然不知如何是好。这明显是个陷阱,但我们明显没有其他地方可去。

约翰问安娜:"她在哪儿?哪一层?"

"地下二层。熊先生也在底下,负责放哨。"

"好的,熊先生是——"

"是一只毛绒玩具熊。"我替安娜回答。

"好的,"约翰对我说,"咱们这么做。你在这儿等着,等两分钟。我走楼梯。要是底下有埋伏,我让它尝尝猎鹿弹的滋味。然后你乘电梯下去,咱们底下见。要是她……呃,袭击你,你只需要坚持两层楼。毕竟只是个小女孩。"

安娜说:"我觉得咱们应该一起乘电梯下去。"

约翰已经走向楼梯了。我深吸一口气,鼓起勇气,走进电梯。我把手指悬在地下二层的按钮上,数了一百个数。我竖起耳朵等待枪声、尖叫声或任何响动。

无声无息。

我按下按钮。

门关上了。

安娜站在我左边,一动不动,直视前方,就是人们坐电梯时的标准模样。电梯隆隆运转,我们开始下降,一直下降。一只柔软而温暖的小手抓住了我的手。我低头看安娜,她抬头对我微笑。

电梯忽然一抖,停下了。

灯光熄灭。

细小的手指抓紧我的手指。我使劲拍门,喊道:"约翰!喂!"

无人回应。安娜的手抓得更紧了。力气很大。太大了。

我乱按控制面板上的按钮。毫无反应。我踹门。我想把手从安娜的手里抽出来,但做不到。

手指变形。我感觉到它们在我的手里变软,融合在一起,形成似乎是蛇或触手的东西——

照明灯一闪,又亮了。我转向安娜,她只是个普普通通的小姑娘,长着一双女孩的小手。

她说:"灯有时候就是这样。"

我使劲瞪着她。她的眼睛里写满了天真。电梯门开了,约翰站在门口,霰弹枪指着我的脸。

我说:"别开枪。那个……呃,灯灭了。这儿安全吗?"

"安全。"

安娜领着我走出电梯,她停下脚步,捡起一只泰迪熊,它看起来在过去二十年里经历了三场不同的车库大甩卖。她抱着泰迪熊,顺着走廊向前走。

我认出了这条走廊、锈迹斑斑的铁门和排泄物的气味。我跟着安娜，约翰跟着我。霰弹枪的枪口贴着他的耳朵，指着天花板，他尽量同时盯着每一个方向。

我们拐了个弯，又经过几扇门，来到走廊尽头，前方是维修室弹痕累累的铁门，这扇门的这一侧被堵死，钢筋横在门上，能看见不久前的焊接痕迹。走廊里散落着几个空水泥袋和泥瓦匠的工具，我猜打开这扇门就会看见刚用砖块和混凝土封住的蒸汽隧道的出口。

安娜向左转，走进另一条走廊。这条走廊穿过一扇标着"附楼"的门，进去后是一条长得不可思议的通道，这条通道不可能位于建筑物之内。我们向前走，脚步声在两个方向永无尽头地回荡着。墙上有褪色的壁画，微笑的大脸不知属于小丑还是喜剧演员。时间和潮气使得涂料成块剥落，色彩缤纷的巨幅风景遭受侵蚀，微笑的居民不知道他们所在的世界正在分崩离析。涂鸦者画下了签名、无政府主义的符号和阳具。我左边的墙上用大号字体喷着几句话：

> 末日并非临近
> 而是已经发生
> 我们只是不在乎

安娜扭头看我，微微一笑。看不见的蚂蚁爬上我的后背。

我扭头看约翰，他的表情告诉我，他已经明白了，在前面等着我们的东西无论是什么，都不可能是埃米。在前面等着我们的是坏消息，关键只在于我们该如何应对。我们无法控制局势。控制权从一开始就不在我们手上。最后一盏还亮着的应急灯位于走廊一半之处，到很远的走廊尽头，灯光就暗淡得看不见了。我们自己的回声尾随我们走向黑暗深处。安娜放慢速度，我再次感觉到温暖的小手抓住了我的手。我们一起向前走，来到暗沉沉的走廊尽头。我看见了一扇关着的门，光线从门底下照出来。这感觉就像人们描述的濒死体验：漫长通道的尽头有一扇发光的门。

"埃米就在里面。"安娜悄声说。这时我得出了结论，她的话很可能是正确的，但不能以字面意义理解。我几乎可以肯定，在那扇门背后等待我的将是见到埃米最快的一条路。或者更确切地说，是与她团聚最快的一条路，因为"见到"这个概念对彼方而言未必存在。

我们来到门口。安娜松开我的手，说："门锁着。只有她能打开。你叫她。"

我说："埃米？"我的声音似乎太轻了，连安娜都不一定能听见。我清清喉咙，大声叫了一遍。

这时我似乎闻到了某种气味，在这座被遗忘的朽烂建筑物里，这种气味显得格格不入。那是我闻到过上百次的一种气味，它点亮某些记忆，触发了一阵哀伤。

我听见另一侧的锁销打开了。

轰炸不具名小镇前70分钟

那是微波炉热爆米花的气味。

门打开了，埃米站在门口，没有手的左臂抱着散发出香味的那袋爆米花。她的眼睛在眼镜后面忽然瞪大，胳膊随即搂住我，两个人的身体挤压着夹在中间的爆米花口袋。她哭了,使劲把面颊贴在我的胸口,碰歪了眼镜。我搂紧她,抚摸她的头发,悄声对她说一切都好,一切都非常好。

我不知道我们在门口站了多久,约翰和安娜守在一旁观看。我脑子里只有一个念头,我多么希望(再一次地)我们能定格在这个画面,然后开始放片尾鸣谢名单。

约翰说:"不好意思,你们抱够了吗?再这样下去,我就要开始砸东西了。"

埃米松开我,擦了擦眼睛,说:"我的天,你们都没法相信我刚刚做了什么。我饿了,用微波炉热爆米花,结果烧了连着发电机的保险,要是电脑也连在那根保险上,那咱们可就损失了一切。"

她镇定下来,对约翰说:"我从没怀疑过你。"

约翰说:"别骗人了。不过我不怪你。"

我说:"见鬼,我都还在怀疑他呢。"

埃米低头看安娜,说:"你和熊先生干得很好。咱们这下团聚了。连莫莉都在这儿。"

莫莉确实在,它正蜷在一张桌子下面。我的天,这条狗可真能跑。

"它怎么——"

我已经在和埃米的背影说话了。她飞快地穿过房间,走向一张办公桌,桌上摆着至少五个电脑显示屏和三个键盘,还有一盒甜甜圈和半壶咖啡。她看上去已经在这儿工作一个星期了。

埃米说:"好吧,看上去有点夸张,不过我终于搞明白了,他们把安全系统的不同部分安装在几台电脑上,如果想监控整个系统,就必须在房间里跑来跑去。我趴在地上,重接了网络线缆,现在——总而言之,隔离区外的所有安保机器人都离线进入维修模式了,而就我所知,他们无法远程重置系统,因此这个问题已经解决了。无人机应该也不碍事了。我——解释起来会很复杂——总之,我发电子邮件给某个人,解决了这个问题。以上是好消息。坏消息是——等一等,还有个好消息,我知道他们是如何阻断手机信号的了,不是从电信服务提供商的层面,而是在某处——应该在镇界外——放了一台干扰器,很大,术士级干扰器 TRJ-89,在一辆卡车的车厢里。坏消息是我没法从这儿关掉它,现场有操作人员,因此我才认为它在镇外。REPER 的所有人员都撤到了镇界以外,而且他们还能控制干扰器,这一点非常重要,他们不允许小镇内的任何人呼叫外界,直到扔下炸弹。"

埃米抓起一把爆米花塞进嘴里。

我说:"对,他们要在中午轰炸隔离区。"

她使劲摇头,动作太大,头发啪啪拍打面颊。

她边嚼爆米花边说:"不,他们要轰炸整座小镇。"

轰炸不具名小镇前 1 小时

约翰说:"连那家古巴三明治店也不放过?"

她点了点头。"一个小时后。"

我说:"胡扯。轰炸一整座小镇,他们逃不掉这个责任的。他们打算怎么说,宣称掉下来一颗小行星?"

埃米似乎吃了一惊,说:"大卫,你不明白外面是什么样子,真实世界在怎么说。这座小镇的所有消息都被切断了。全世界对不具名小镇发生之事的全部了解都来自 REPER 的宣传。他们不需要宣称任何事情,全国都在恳求他们这么做。你看,这是二十分钟前的新闻。"

她转过去,在一个显示器上调出某个新闻网站的一段视频。画面中是几个面容憔悴的中年男人对着一排麦克风讲话,我的心理医生鲍勃·田纳特赫然在列。

第一个男人介绍称他是爆发特别工作组的首脑,发言证实美国总统已经授权他们使用军事手段为原爆点地区"消毒",等军方和 REPER 的所有人员撤离上述地区后,他们将立刻采取行动。

我指着站在后排的田纳特说:"看见后面那个家伙了吗?留着恺撒发型的那个。他是我的心理医生。"

"但他为什么会——"

"完全是阴谋的一部分。他为他们工作。"

"谁?哦,你说的是那个组织。"

约翰说:"他要发言了。"

视频画面里,田纳特走到麦克风前,字幕显示他是田纳特医生,REPER 的顾问。

"谢谢,国务卿先生,我来简要地介绍一下情况。在过去这段难熬的日子里,想必诸位都已经认识我了,我不得不在目前难以想象的局势下,向大众陈述这场威胁的严重特性,我希望诸位能够赞赏我们的坦白、诚实和公开,同时尽量不让谨慎转变为恐慌。我从第一天爆发前就在说的话到今天依然正确,甚至变得更加正确:恐惧是最危险的传染病。

"鉴于此,我想讨论一下先前所说的轰炸将导致多少人死亡的问题。费尔南德斯国务卿已经提到,对感染地区的高热消毒工作将于当地时间正午开始。我们必须解释清楚，不但为了在场的各位，为了正在观看新闻节目的各位，也是为了我们的子孙后代，他们将通过历史书理解我们此刻采取的行动。据我们所知，不具名小镇界内已经没有人活着了。如各位所知，国民警卫队和包括疾病控制中心、联邦紧急措施署和REPER在内的多个机构共同采取断然措施，围绕镇区建立了一个缓冲带，我们称这个宽度为五英里的环形区域为'黄色地带'，但新闻媒体不幸地将之称为'死亡地带'。这个步骤取得了成功，我们永远也不可能知道，通过迅速且果断地隔离感染区域，多少条生命获得了拯救。

"然而，旨在阻止这种俗称为'祖鲁寄生虫'的疾病在镇界内扩散的种种努力均告失败。镇界内的感染率已经达到或接近百分之百。这次行动的目标是处置和消毒数万具拥有高度传染性的尸体。关于这种寄生虫，坊间流传着诸多非常荒谬的谣言，这一周以来，我一直在竭尽全力辟谣，我的余生大概也会献给这项事业。我们称之为偏执妄想的传染病生性如此。然而局势是这样的。不具名小镇内的居民，即便还在行走和移动，但无论从哪个意义上说，都已经是不折不扣的死人了。我们解释过这个令人作呕的事实：这种寄生虫能够彻底破坏和重组患者的脑组织。患者能够保留一定的基本行动控制能力，但随着寄生虫进一步破坏中枢神经系统，他们会变得极度暴力。接下来，在彻底失去行动能力之前，他们会产生极强的感染性。非常不幸，疾病的这个阶段引发了一些最为耸人听闻的'丧尸'谣言。我想在此澄清一点：这些患者在死后并不比普通尸体更加危险、具备行动能力和传染性。"

约翰说："好得很，大家听了肯定很安心。"

我嗤之以鼻。

埃米说："我没仔细听，我在想象你和他做爱。"

约翰说："什么？"

田纳特还没说完："……因此，假如我们不使用一切手段彻底消灭威胁，局势就会变得异常危险。这个过程恐怖但必要，其景象和声音将会令人震惊，任何人都不希望这种事在一个美国小镇发生。但请允许我把话说清楚——我们只是在处理死者，仅此而已。谢谢大家。"

约翰指着显示屏，说："注意到了吗？他们连给寄生虫起名都用'Z'字开头。还不如干脆叫它'丧尸病毒'呢。"

我摇了摇头。"狗娘养的，马尔科尼说得对。恐慌情绪只会向外扩散，就像把石块扔进池塘。"

约翰说："我们该怎么做？"

我说："咱们逃出去，另外找个地方过日子。我家毁于轰炸，不知道保险公司赔不赔……"

埃米说："大卫，我们不能允许他们这么做。"

"宝贝，我不认为我们有得选。他们安排得明明白白，这是唯一的选择。只要他们不把这座小镇从地球表面抹掉，人们就不可能满意。人们会在街头自相残杀，每次有个看似正常的人变成怪物，就会引发新一轮的恐慌情绪。他们得到了他们想要的东西，非常糟糕，但……他们将军了。要是他们不毁灭不具名小镇，世界就会被毁灭。"

约翰说："'他们'真是一群浑球。"

安娜走到埃米身旁。

"能给我吃点爆米花吗？"

"整袋都给你，亲爱的。对不起，有点压碎了。"

"没关系。"

该死,这孩子让我毛骨悚然。

约翰对埃米说:"你在这儿能用电子邮件?你不能发封信给《纽约时报》或者谁吗?告诉他们这里在发生什么。"

"哦,我发了。我还发现所有新闻频道和重要报纸每天能从丧尸爱好者、末日狂人和其他疯子那儿收到几十万条留言。我这条只会被埋在最底下,六个月后也许会有个实习生打开看看。对人们在这座小镇的灰烬上建造的新家来说或许意义非凡。"

我说:"该死,姑娘,过去这两周你怎么变得愤世嫉俗了?"她没有笑。我看到了她的表情,接着说:"等一等,你是怎么来的?你在那辆房车上?"

她点了点头。"我和几个男生一起来的。他们是嬉皮士,认为自己要来打丧尸,未来的高中会以他们的名字命名。"

"他们……呃,没活下来,对吧?"

她摇了摇头。

"天哪,埃米。一个都没活下来?"

她又摇了摇头。

我走过去,再次拥抱她。"你是怎么逃掉的?"

她无法回答。她从我的怀里抽出身子,说:"他们安排得真的很完美。他们的宣传引出了人们内心最深处的恐惧,政府无论说什么,都只会让情况变得更糟糕。他们无处不在,大卫。藏在表面之下。他们悄悄地过来,刺破所有人的气球。"

我说:"对,但没有改变任何事情。我们的任务是逃出去。假如他们扔下炸弹,那当然很糟糕,但我们能做的是把我们知道的告诉全世界。"

埃米起身，拍掉大腿上的爆米花碎渣。

她说："那我们还在等什么？"

我指了指安娜，说："咱们该拿她怎么办？我们没时间去找——"

"她去哪儿了？"约翰在房间里左顾右盼。

我说："她不就在——"

灯光熄灭了。

"该死！我就知道她是怪物！约翰！埃米！听着！快捂住屁股。"

我听见约翰碰掉了旁边桌子上的东西，他在盲目摸索，寻找霰弹枪。

一片漆黑之中，埃米说："冷静，应该只是发电机停了，多半是燃油烧完了。"然后她喊道："安娜？亲爱的？你没事吧？"

我听见门锁"咔嗒"一声打开。

莫莉叫了起来。

"有人要离开！谁在离开？我听见门响了！"

约翰说："我找到霰弹枪了。谁去找手电筒？"

"安娜？你在吗？没事的，亲爱的，别害怕。"

我说："是的，小姑娘，一切都很好。过来……到约翰的霰弹枪前面来。"

有个黏糊糊、暖烘烘的长条东西滑进我的手掌。它皱巴巴的，凹凸不平，就像一条蚯蚓。它滑过我的手掌，然后绕上我的手腕和前臂。

我尖叫，使劲甩我的手，但那东西——安娜，露出了本来面目——抓得很紧。它绕着我的胳膊肘蠕动，最后落在我的腋窝下。然后另一条触须缠住我的膝盖。我惊慌失措，咒骂着踉跄后退。

"大卫！喂！你在哪儿？"

我摔倒在地。黑暗中传来"哗啦"一声，大概是约翰想来救我，结果被椅子绊了一跤。

埃米喊道："大卫！"

"它抓住我了！它抓住我了！"

我又踢又打，富有弹性的一团触手缠在了我身上，然后缠上我的脖子。

我跳起来，想找一面墙往上撞，压碎这个怪物。结果我被一个箱子绊了一下，飞到了半空中。

怪物在我耳边尖啸。我抓住缠着脖子的那条触手，但它很强壮，太他妈强壮了。

所有人都在喊叫，但我身旁的尖啸声变成了刺进耳朵的冰锥，我听不见其他人的声音。这时，隔壁房间传来了金属碰撞和玻璃破碎的巨响，那是某个沉重而巨大的东西被撞翻的声音。埃米在尖叫。莫莉在狂吠。

我再次起身，安娜像个会蠕动的背包似的缠着我。我找到一面墙，用后背使劲撞上去。

怪物不为所动。有人在喊我的名字。

我听见一扇门被猛地踹开。

"安娜！"

一个我没听过的声音，男人的声音，带点口音。

一道强光照进房间，所有人都停下了。

站在门口的是个拉丁裔男人，我觉得他很像马克·安东尼。我知道我见过他，但在惊恐之中想不起究竟在哪儿见过他。他拿着巨大的手电筒，在房间里扫来扫去。光束先照到埃米，埃米依然站在宕机的电脑旁,正眯着眼睛看这突如其来的灯光。然后他照到了约翰,约翰的霰弹枪指着我的脸。

然后光束照到了我,我感觉到我脖子上的触手松开了。安娜蠕动着爬回地上,在光束照出来的分明阴影中,我看见一件脏兮兮的睡袍缠在一团仿佛噩梦的触手上,那些触手像是由打结的成团黑发组成的。那堆东西中央有一双眼睛,眼睛位于一张朝向侧面的嘴巴两侧,嘴巴里长着咔咔作响的口钩。

拿手电筒的男人说:"安娜,你没事吧?"

触手开始扭动和收拢,它们软化、融合、变形。几秒钟后,小女孩再次出现。她拉直睡袍,抽着鼻子哭了。

男人又问:"你没事吧?"

安娜摇了摇头。

"不,你没事。"

我看见约翰在阴影中来回扫视,看我,看那男人,看安娜。他意识到霰弹枪还指着我,连忙放下枪,指着地面。

男人对我说:"你没事吧?你是大卫,对吧?"

"她……变成了一个……东西……"

"我知道。她伤害你了吗?"

"灯一灭她就缠到我脖子上……"

"她伤害你了吗?"

"没有。"

安娜抽噎道:"他弄疼我了!"

男人说:"我说,安娜,你吓坏他了。你变身,吓坏他了。"

"我不是存心的!灯灭了,我……我忍……忍不住……"

"安娜,你必须向大卫说对不起。"

安娜不乐意。

"安娜……"

她不情愿地说:"对不起。"

男人对我说:"你接受她的道歉吗,尽管你心里明显不愿意?"

我语无伦次。"我……她变成了……一个……东西……"

安娜再次委屈地哭了起来。埃米说:"唉,大卫。"我转过身,一个东西从黑暗中飞向我。我躲开,举起双手,尖叫。脏兮兮的毛绒玩具熊打在我的肚子上。

我从地上捡起玩具熊。我单膝跪下,把它递给安娜,感觉就像拿着一块肉靠近老虎笼子。

她扑向我,用的是她小女孩的超自然速度。我还没来得及反应,她就冲进我的怀里,用双臂搂住我的脖子。她用湿乎乎的面颊贴着我的脸,拥抱我,说:"对不起,我吓坏你了,沃尔特。"

"呃,没关系。"我也搂住她,本周以来至少第十次觉得现实荒谬得令我不知所措。

安娜从我怀里挣脱出去,抢过我手中的熊先生,穿过一片狼藉的房间,跑向拿着手电筒的男人。他单膝跪下,搂住女孩,亲吻她的额头。

我说:"我……不明白,她是……"

"这是我女儿,安娜。她八岁。"

"而你是……"

"我叫卡洛斯。"

轰炸不具名小镇前50分钟

约翰看见我的表情,说:"你们俩认识?"

卡洛斯替我回答他:"我们曾经一起待在隔离区里。"

我说:"所以你……你和她一样,对吗?"

"不,不一样。我是说,她和我不一样。她不会伤害你,不会伤害任何人。和我不一样。"

"所以你就是那个——"

"别当着她的面说。不过,是的。"

"但你想让我们相信我们是安全的。我是说,在你面前。"

"关于眼下的局面,你还有很多不明白的。在隔离区里,他们利用你来分辨感染者和非感染者,对吧?但你其实做不到,不像我那样能做到。我能认出感染者,轻松得就像分辨男人和女人。一眼就能认出来。"

"好的。但我不明——"

"没时间解释了,就这么说吧……我可以把我知道的告诉你,但你未必真想知道。我说的是谁被感染了和谁没被感染。我说你未必想知道的时候,并不是想制造悬念。我的意思是你并不想知道。知不知道都不会让你更容易做你该做的事情,也不会让你在这个世界上过得更轻松。"

我想提问,但阻止了自己。我努力理解他的意思。最后,我说:"马尔科尼博士……呃,向我暗示过,感染者其实比所有人想象得都多。"

"就当他没说错吧,就当他非常正确好了。说到底,我们必须扪心自问,'感染'这个词究竟是什么意思。是像我这样的感染,还是像我女儿安娜这样的感染?"

我无法回答。我试图理解其中的含义,却不知道该从何开始。莫莉走到安娜身旁,小女孩在挠它的耳后。

"或者像鲍勃·田纳特医生那样的感染。"

"你是说他——"

"他完全是另一码事。我看着他的时候,你知道我看到了什么吗?一团乌云。我甚至看不见人形。你明白我在说什么吗?他不是人,或许我也不是人,然而是不是人已经没有意义了。但我必须告诉你,大卫,还有你的朋友们——田纳特比我危险一百万倍。他,还有他为之效力的那些人,他们找到了办法,利用听不见的声波信号影响我这样的人。他们转变我们,让我们失去控制。我告诉你,假如只有我自己,我能控制住它——寄生虫在我耳边低语,但我能制伏它。只要你有意志力,就能管好那只蟑螂。"

我说:"所以我们应该不管你,转身走出去。明知道有很多人被——"我低头看一眼安娜,"——被,呃,离开,因为你。我应该忘记那一切。而你,怎么说呢,下周会回去继续上班?所有事情会恢复原样?"

"她母亲去世了,我是她的全部世界。除此之外,她还必须应付她的……情况。对,她应该拥有自己的人生,一个小女孩理当拥有的人生。她要学会该如何与其共处。还有谁能教导她?还有谁能理解?"

他朝约翰点点头说:"所以,你打算让你的朋友用他的短筒霰弹枪轰了我?然后安娜要么被政府抓走,在实验室里被切片研究,要么被外面的暴民撕成碎片?不,你不会那么对待她的。我知道你不会。"

我揉着脑门呻吟。

约翰说:"好吧,哪位能飞快地为霰弹枪老兄总结一下,我到底该打谁,不该打谁?"

卡洛斯说:"朋友,这个世界没那么简单。"

我说:"是啊,假如有人打算根据这个局面制作电子游戏,我现在就敢说我肯定会买。"

卡洛斯起身,抓住安娜的手。

我说:"但我还是不……我是说,我以为儿童不会受到感染。"

"白痴,她和其他人一样都没有被感染。她这样已经好几年了,这不是新鲜事。其他人也就算了,你怎么可能不知道?"

"我……我猜我……"

约翰说:"呃,我迷糊了。"

我说:"马尔科尼在研究几名患者,他有个理论,说其中一些永远不会转变,寄生虫只会……与他们共存。"

约翰说:"所以,怎么,我们就只能接受?隐形的虫子在人们体内增殖,我们只是耸耸肩,然后该干什么就干什么?直到随便哪一天,任何一个人都有可能杀光一屋子里的其他人?"

卡洛斯耸了耸肩,说:"这个情形已经持续很久了,超过你的想象。非常久。你需要问自己的问题是,你能不能确定你们都没有受到感染?"

埃米说:"我们确定。"

"真的吗?你的男人在镇上、在隔离区、在这地方的地下室都待了很久,他甚至不知道上星期自己在什么地方。你百分之百确定这么折腾下来他还是干净的?"

约翰耸了耸肩,说:"呃,他本来就不怎么干净。大卫,别在意。"

"滚你的吧,约翰。"

卡洛斯对埃米说:"我不是开玩笑,你明白的。你怎么能真的知道——"

我说:"她知道我有没有被感染。"

"但假如你被感染了,肯定会否认——"

"卡洛斯,她真的知道。"

沉默。然后他点了点头,说:"那好。所以你们要让我的安娜,还有和她一样的其他人,都在他们即将洒下的地狱火里被烧成灰?"

埃米说:"我们必须阻止轰炸。"

我揉着眼睛叹息道:"这怎么就成了我们的责任呢?"

约翰说:"有个办法。田纳特在发布会上说的每一句都是屁话。外面才不是满街脚步蹒跚的丧尸呢,而是满街的美国莽汉,他们扛着步枪,准备保护妇女和儿童。田纳特不得不撒谎,因为他知道他绝对不可能让公众相信这些人是丧尸。我们必须让公众看到这一幕。"

我说:"然后,这些美国莽汉冲出去,其中有一些变成他妈的怪物,到时候会发生什么?"

埃米说:"到时候咱们还是站在阻止人们被杀害的那一边。你只能选择你面前的道路,然后尽可能选择不杀人的那条路。"

我说:"所以我才希望你待在家里。"

约翰说:"我们必须关掉手机信号干扰器。两万个手机、摄像头和互联网终端会突然活过来,然后人们可以打电话、发邮件和上传视频,这就够了,整个阴毛上的盖子都会被掀开。"

我花了几秒钟才想通约翰在说什么,因为他把"阴谋"说成了"阴毛"。

埃米说:"然后总统就会意识到,假如他轰炸这座小镇,下次选举就会丢掉许多选票。"

我说:"先不说咱们只有不到一个小时的时间去完成这项任务,我们只要走出这座建筑物,就会被乱枪打死,你们有办法搞清楚干扰器装在什么地方吗?"

"唔,我觉得只可能装在一个地方。它需要开阔的视野,对吧?"

"对。"

"而且必须装在足够高的地方。最好在他们能找到的最高的地方。"

"那是哪儿?"

"因此只可能是水塔附近的某处,对吧?和水塔选址的理由一样。"

"水塔需要开阔的视野?"

"水塔需要建在最高的地方。"

"哦。"

"因为水往低处走,否则水就不会从开关里流出来了。"

"嗯,对。我当然本来就知道。"

约翰说:"该死,我们见过。有一辆超大的黑色半挂卡车停在那儿。他们从第一天就准备好了。很好,咱们去干掉那东西。"

埃米对卡洛斯说:"你能带我们离开这儿吗?我们没有手电筒。"

轰炸不具名小镇前 45 分钟

我们在一楼走出电梯。卡洛斯和安娜没有出来,卡洛斯挡着电梯门。

我说:"你听了别认为我是缺乏信心,但你最好考虑一下离开这儿。只是……你明白的,以防我们三个无法阻止全世界最强大的武装力量的军事计划。"

卡洛斯摇摇头说:"这儿有些我无法抛下的人。我们全都指望你了,包括小安娜。"

该死。

我们转身走向前门。我注意到莫莉留在了安娜身旁,也许它做出了正确的选择。

来到大堂里,约翰说:"停下。"然后他对埃米说:"我们需要你帮我们打开那个盒子。"

我说:"不行。唉,不行。"

"大卫,我们别无选择。"

"约翰,绝对不行。我们带着这东西跑来跑去只是为了确保它不落在坏人手里。我们不能不负责任地——"

"做什么?冒着毁坏东西的危险?大卫,他们要把这儿炸个稀巴烂了。假如说还存在应该使用……它的机会,那就是现在了。"

我不情愿地把神秘绿盒子放在地上。

外面雷声隆隆。

我对约翰说:"我看不见锁销。你能看见吗?"

"嗯,现在能看见了。"

先前我说过盒子上没有可见的锁销或锁扣,这是真的,但盒子上有个不可见的锁销。我盯着盒子的正面，集中注意力。只要我足够聚精会神，一个简单的搭扣就会浮现在眼前。上次我用"酱油"已经是在很久以前了。我猜约翰应该能看得很清楚。

你也许听说过截肢者能在断桩外感觉到幻肢的存在，神经系统向大脑输送虚假信号，造成肢体依然存在的假象。假如约翰去看埃米失去的那只手，他会看见真正意义上的幻肢———一只透明的手。她闭上眼睛，集中精神在开合那只手和活动手指上，约翰和用过"酱油"的任何一个人都会看见她的手指在活动。但埃米本人大概看不见。埃米的能力时有时无，她从未用过"酱油"，我猜她在……呃，交换体液的过程中受到了我的影响。

她眯起眼睛，说："我能看见锁销，但很勉强。只是微弱的闪光，就像铁血战士。"

埃米以前对盒子上的搭扣使用过她的能力。她弯下腰，在一般观察者眼中，她将左腕的断桩凑到离盒子只有几英寸的地方。在约翰看来，她的幻影手抓住了隐藏的搭扣，轻轻一拉。

"咔嗒"一声。盒盖自行缓缓升起。

盒子里的东西看似是个足球大小的灰色毛球，但它实际上是金属的，所谓的毛发其实是数以千计硬直的金属丝，它们比针还细，根根竖起。第一次看到的时候，我说它像只钢针豪猪，约翰说它像是机器人的假发。整个装置上只有一小块地方不被金属毛发覆盖，那是个简单的金属把手，位于装置的一侧尽头，你可以抓着把手把它拎起来。把手上有个扳机。

这是一把枪。它有什么能力？这个嘛……

夏天时，我们从车上拿走盒子后回到家里，花了好几天才搞清楚隐形搭扣的奥妙。然后,我们盯着里面的东西看了一阵,讨论该怎么办。约翰给它起名叫"毛球枪",因为我们认为它是某种武器,而且上面确实有一层金属毛皮。

一天深夜,约翰和我喝多了,带着毛球枪去野地里试射。约翰在一截木头上放了三个喜力啤酒瓶,举起毛球枪瞄准,扣动扳机。

装置发出某种雁叫声,一些人擤鼻涕时也会发出这种声音。空气中掀起奇异的波澜,就像炉火上方的蒸腾热气。最右边的啤酒瓶忽然变得比原先大了五倍。约翰欢呼雀跃,宣称这个装置能释放变大光波。他说对准玉米地开几枪,就能搞定全世界的饥荒。他瞄准第二个瓶子开枪。瓶子依然是原先的形状,只是变成了白色。我们走过去,发现啤酒瓶变成了瓶子形状的土豆泥。约翰说这依然可以用来搞定全世界的饥荒,但更重要的是,他说他扣动扳机时脑袋里就在想土豆泥,枪不知怎的能够根据你的念头做出反应。他朝第三个瓶子开枪,啤酒瓶立刻变成了双头假阳具,黑色的。约翰说这证明了他的推测。

他把毛球枪递给我,我朝第一个酒瓶开火。

酒瓶、假阳具、那截木头和地面全都被一个火球吞噬,火光无比明亮,就像一个微型太阳落在了荒地中央。爆炸太剧烈了,约翰和我失明了半小时,一直眼冒金星。等火光熄灭,我们前方有二十英尺直径的一圈泥土被烧成了黑色玻璃。报纸报道说六英里外都有人见到火光。

第二天早晨,在我家餐桌前,我感觉脑袋里像是有人在砸墙。我们吃着埃米做的通心粉和奶酪芯煎蛋卷,盯着面前的绿盒子。

约翰说:"今晚我想再试一试。"

埃米摇头道:"别玩了,会有人受伤的。"

我说:"对,明显不好用。"

约翰说:"这就不一定了。我们只是需要学会该如何使用。"

我摇头道:"不,你想一想那辆卡车和保护这东西的那些人。这个鬼东西是他们制造的,但连他们都没法控制……唔,拿在我们手上,还不如把火药和轴承滚珠塞进自己的屁眼呢。"

约翰说:"你看,我有个不同的推测。我不认为这是他们制造的。我认为是他们发现的,不知道该拿它怎么办。但有件事情很好玩。你在水塔上往下小便的时候,我在想我这辈子收到过的最好的生日礼物。那年我九岁,我叔叔路过一场车库拍卖会,十块钱买了一纸板箱《特种部队》手办。所有东西都齐全,包括枪支、背包,等等。箱子里有三十几个手办,某个人的全套收藏。然后,你看见卡车里那些人的下场。是我导致了这个结果,大卫。用我的意念,从一千英尺外。我们可以掌控这东西,只是需要练习。"

埃米说:"你们险些点燃森林大火。"

"那是大卫。下次我们会当心一些的。"

埃米把盘子放在他面前,说:"算了吧。你刚把一车士兵变成了玩具。祝你们好运气,反正别找我开锁了。"

不消说,盒子再也没有被打开过。直到今天。

我抓住把手,拿起毛球枪。约翰说:"呃,不。"

"什么?"

"我其实赞同枪在你手里不安全,给我吧。"

埃米说:"我来拿着吧。"

她拿过枪。我说:"那我用什么?"

约翰说:"理论上,我们不需要任何武器。我们找到一扇门——

你明白的,那种虫洞门——直接前往水塔,然后破坏干扰器,让所有的手机恢复工作,让全世界看见这座小镇并非充满丧尸。到时坏蛋别无选择,只能取消轰炸。田纳特进监狱,我们去华夫饼屋吃早饭。"

我朝毛球枪点点头,对埃米说:"要是碰到什么人,你就拿枪指着他,想象某种非致命性的东西。就想象……你是邓布利多,用咒语打掉敌人的武器,但不伤害他们。"

她叹息道:"你以为我五岁,对吧?"

约翰说:"好吧,我想 BB 便利店的门是没法用了,因为那儿多半聚集了一群暴民,我今天不打算用霰弹枪干掉二三十个红脖子。第二近的门在哪儿?"

"不。你想一想,约翰。我们走进一扇门,从这儿出来——就是我们应该来的地方。是你让这件事发生的。因为'酱油',所以你能控制,你能像他们那样控制这些门。咱们去咱们出来的那扇门那儿,就是草坪上的那扇。你集中注意力——我知道你能做到——去想水塔底下的移动厕所,那扇门就能带咱们去那儿,对吧?"

外面雷声隆隆,刮起大风,吹得老朽的建筑物吱嘎作响。

约翰点点头说:"对,肯定能行。"

我们跑到正门口,拖开我们用来堵门的文件柜。我深吸一口气,打开正门,十几个黑洞洞的枪口立刻出现在眼前。

武装市民已经蜂拥而至,埃米喊道:"别开枪!"

我举起双手,对我面前的行刑队说:"我知道你们都很激动,但请听我说。联邦军队要轰炸的不是医院,而是整个小镇。也就是说,咱们都在同一条船上。在全世界其他人看来,我们所有人都被感染了。"

离我最近的是个大块头黑人,有着中后卫的体形,他尖叫道:"放下武器,趴在地上!我们只警告一次。"

然后我看见所有人都戴着耳罩。我深吸一口气,喊道:"他们一小时后要轰炸全镇!"我试着打手势比画飞机扔下一颗大炸弹,但这套动作恐怕更像在提醒他们鸟要在头上拉屎了。

没有任何反应。我对约翰和埃米低声说:"我看咱们应该回去。"

约翰低声说:"一、二、三——"

我们转身跑进庞大的木门——

——我一肚子撞上了一辆生锈的福特轿车。埃米撞在我背上。我环顾四周,发现我们不在救济院的主走廊里。我们周围是枯黄野草丛生的荒地,停着一排又一排的破烂车辆。

约翰欢呼道:"哈!成功了!去他的那些白痴!"

埃米说:"这儿不是水塔。"

这里是小镇南边的废车场。

约翰和我同时转身,看见蓝色的移动厕所立在背后的野草中。

"该死!"约翰说,"他们搬走了厕所。这是哪儿,废车场?我们跑到市区的另一头来了。"

最初的几颗雨点开始掉落。我吸了一口气,让自己冷静下来,然后说:"没关系。你集中精神,咱们从厕所回去,你直接送咱们去水塔。那里肯定有一扇门能出去,你送到那扇门就行,水塔附近的任何一扇门。千万别送回救济院。可以吗?"

光线发生了改变,就好像一团阴影从我们头顶上飘过。我抬头望去,今天第二次看见一辆车破空而来。

我们尖叫着跑向三个方向,一辆生锈的轿车把移动厕所拍成碎片,发出金属断裂的轰然巨响。我被绊了一跤,吃了一嘴干草。我爬起来,喊埃米,发现她躲在一辆两厢轿车背后。

约翰尖叫道:"背后!背后!"我和埃米转过身,看到一个皱缩干枯的老男人,他看上去足有九十岁,站在二十五码外,身旁有一尊二十英尺高的褪色玻璃纤维塑像,塑像是个微笑的男人,手持一块比萨。老男人的外表完全正常,只有两点除外:腹股沟长出一条壮硕的手臂,背上长着巨大的皮质膜翼。

老男人弯腰,用裆下臂从泥土里拔出一台旧引擎。他发出一声尖啸,像低手投垒球似的把引擎抛向我们。四百磅重的金属块在空中旋转,从汽缸里喷洒出细微的水珠。我们再次躲避,半秒钟后,引擎砸在两厢轿车的车顶上,车窗化作一团玻璃碴的云雾。

约翰的霰弹枪在我身旁响起,但没有对老男人造成任何影响——天晓得是他没打中,还是老男人对子弹免疫。约翰打开枪膛,拿着三颗霰弹哆哆嗦嗦地往里塞,其中两颗掉在了草丛里。

"埃米!打他!"

埃米转过身,举起毛球枪,闭上眼睛,扣动扳机。

毛球枪发出雾号般的低沉雁叫声。空气掀起涟漪。老男人退缩,举起双手捂住脸。等他拿开双手,我发现他多了一副浓密的白色大胡子,就像巫师那样。

约翰喊道:"该死,埃米!你让他长胡子有什么用!"

老男人向前走。埃米再次开火。他的大胡子又长了一倍。

我喊道:"埃米!这次必须致命!"

"我在努力!"

老男人跑了起来,摆动着手臂,速度快得恐怖。他径直跑向我们。我们逃跑。埃米边跑边转身开火。这一枪打偏了,手持比萨的男人塑像忽然长出了一脸大胡子。

我喊道:"给我!"

埃米把毛球枪扔给我。我还没来得及转身瞄准老男人,背后就挨了一下,打得我手舞足蹈地飞了出去,疼得无法呼吸。我摔在草地上,使劲喘气。我翻过身,看见老男人准备再次挥舞汽车保险杠揍我。我举起毛球枪瞄准老家伙,扣动扳机。

毛球枪发出惊天动地的"轰隆"一声,随之而来的冲击波足以让人内脏翻腾。老男人变成了一团红色的细密雾气。他所在之处的草丛烧了起来,土壤则被熏黑了。

约翰走过来,说:"我的天,大卫。你还是把枪还给埃米吧。"

埃米说:"厕所!那辆车压平了厕所!"

"我们不需要厕所,"我望着约翰说,"只需要约翰集中精神就行。"

"哎,上次能行是因为他们把厕所搬到——"

"我知道,我知道。你做得很好。现在咱们找个能钻进去的门。这些门不是随机的,对你来说不是。你能够控制它们。"

约翰顺着成排的车辆向前跑,雨点噼里啪啦地打在车厢盖上。他来到一辆没有窗户的厢式货车前,花了几秒钟集中注意力,然后拉开车门。

约翰说:"我觉得我能看见了。我真的能看见它通往哪儿……"

"好,很好。是哪儿?"

"不确定,但那头停着一辆军用卡车。"

"很好!走。"

我们钻进车门——

——从另一辆厢式货车的车尾掉了出来,这里是某家餐馆背后的停车场。百分之百不是水塔。

轰炸不具名小镇前 40 分钟

我对着空气挥拳头,喊道:"真该死!我们为什么这么倒霉?"

附近确实停着两辆军用卡车,因此约翰也没说错。但视野之内没有其他人。

埃米说:"回去——"

约翰说:"不,我们必须走另外一扇门。这扇门只能带我们回废车场。"

约翰跑向餐馆,走进一扇敞开的"仅限员工使用"的门。我们跟着他走进空无一人的厨房,这儿只有不锈钢厨具和被油烟熏成棕色的墙壁,散发着清洁剂和动物脂肪蒸发的气味。我们走进摆满了小圆桌的用餐区。整座建筑物悄无声息,餐馆已经关门,很可能从爆发开始就歇业了。我们能听见雨点打在屋顶上的柔和咚咚声。一面墙边是酒瓶林立的吧台,假如这会儿不是大灾难期间的周一清晨,两台大屏幕电视应该在播放体育节目。对面墙上有一幅壁画,卡通野牛在笑嘻嘻地吃汉堡包。

"哦,野牛汉堡。"约翰毫无必要地补充道。我们都在这儿吃过饭(对,汉堡包是野牛肉做的),但看起来也要被烧成灰了。

"找一扇门,约翰。咱们——"

玻璃忽然破碎。我们一起蹲下躲避。一个五十来岁的光头矮胖子站在外面的人行道上,他戴着护耳。他刚刚用霰弹枪的枪托砸烂了餐馆的玻璃正门。

"妈的!"

矮胖子弯腰钻进玻璃门的破洞,往枪膛里塞了一颗霰弹。

"喂!我们没有武器!我们没被感染!"

矮胖子把枪举到肩膀高度。他很清楚我们是谁。

我们躲到吧台背后。弹丸打碎了三个酒瓶,烈酒和玻璃碴像雨点般溅落。埃米盲目地把毛球枪举到吧台上,然后扣动扳机。一个小奶酪圈落在吧台上,弹了一下掉在地上。

"该死,埃米,要致命的!"

霰弹枪弹丸打在吧台上,木屑在我们之间飞溅。埃米举起毛球枪,拧着眉头集中注意力,扣动扳机。

毛球枪发出雁叫声。

空气掀起涟漪。

一团巨大的黑影从我们头上飞过,它足有一辆小货车那么大,毛茸茸的,还发出了某种低沉的吭哧吭哧的声音。这东西在空中悬停了半秒钟,我大致看清了它究竟是什么——一头野牛。我说的是真正的野牛,巨大,浑身黑毛,散发着狗毛打湿的臭味。

野牛飞向矮胖子,悬空的蹄子在半空中乱蹬。它砸在矮胖子身上,撞得他飞向一旁,然后砸穿了矮胖子背后的门,把门从铰链上撞了出去。

"好!"约翰得意扬扬地叫道,"活该!你活该!"

野牛转向我们。它喷鼻息,打嗝,放屁,打喷嚏。它重新冲进餐馆,踩着瓷砖地面狂奔,蹄子每次像大锤似的落下,我的五脏六腑都能感觉到冲击力。埃米发出尖叫。巨兽在用餐区犁出一道沟,餐桌和椅子像玩具似的飞上半空。我们爬起来,企图逃跑。我刚从吧台背后出来就被一把椅子绊倒,带着埃米一起倒下。她就地打滚,举起毛球枪瞄准巨兽,扣动扳机。

野牛退缩,在半路上停下。它忽然长出了浓密的大胡子,胡子黑里带灰,比一个男人的身躯还要长。

"快跑!"

我不记得是谁喊了这一嗓子,但我们根本不需要有人下令。我们缩着脖子,穿行于桌椅之间,跳过不省人事的矮胖子,绕过野牛,跑向街道。野牛跟着转身,在这过程中撞翻了六张桌子。

我们跑出被撞坏的那扇门,逃到镇上的人行道。雨点拍打路面,打湿了我们的衣服。两秒钟后,野牛冲出我们背后的那扇门,顺便在左右两侧各扯掉了一英尺长的门框。

我们横穿过四条车道,寻找能够躲避的地方,或者更好一点——一扇门。我转向埃米,喊道:"来!给我!"

我接过毛球枪,扣动扳机,刚开始的一秒钟什么都没发生。巨兽冲锋,蹄子敲打柏油路面。然后一辆半挂卡车不知道从哪儿冒出来,撞在野牛身上。卡车撞碎嘶鸣的巨兽,四面八方以及三十英尺范围内洒满了野牛的内脏。卡车滑行着停下,把半吨牛肉涂在路面上,猩红色的血肉和内脏绵延了足足一个半街区远。

我们傻站了几秒钟,厌恶地看着这一幕。

埃米说:"恶心。"

约翰说:"那儿!"

他跑向一条小巷里的垃圾箱。他站在一个板条箱上,花了一点时间聚集精神,然后掀开盖子。

"啊哈!这就对了!狗娘养的,我看见水塔了!"

约翰爬进去,然后我扶着埃米进去。

我站在板条箱上，低头往里看。我看见了。我看到的不是垃圾，而是开阔的地形，以及湿漉漉的绿色草丛，泥泞的水洼。继续低头往下看，却在脚的位置见到地平线，这个景象让我头晕。雨点落在我的后脖颈上，垂直于垃圾箱里的那个世界。

我翻过箱沿，跳了下去，重力的方向发生改变，我的肚肠像是坐上了过山车，然后——

我踉跄了一步，地面向上抬升，撞击我的手掌。忽然间，我双手双膝着地，趴在泥水中，冰冷的雨点敲打我的后背。我爬起来，从头到脚泡得透湿，烂泥糊在我的膝盖和鞋子上。我眯起眼睛往滂沱大雨里看。头顶上雷声隆隆。

水塔就在正前方。我环顾四周，寻找约翰提到的卡车，一眼就看见了。一辆黑色的半挂拖车。它旁边是一辆黑色军用运输车。再旁边是一辆黑色悍马。再旁边是另一辆黑色悍马，然后是三十四辆黑色悍马。

约翰说："哦——糟了。"

水塔建筑工地现在是 REPER 的临时指挥中心驻地，视力所及范围内全都是黑色军用车辆、移动式房屋和帐篷。另外，几十甚至上百个穿黑色防护服的士兵端着突击步枪围住我们。他们都在声嘶力竭地嚷嚷，命令我们放下武器，趴在地上。

一个穿白色防护服的男人走过来，胳膊底下夹着头盔。雨点像炮弹似的落下，他的花白头发不知怎的依然梳得一丝不苟。

田纳特医生看看手表，说："我还以为你们赶不上了呢。"

轰炸不具名小镇前 37 分钟

我们被拖进一顶能看见乡村风景的开放式帐篷里。这儿摆着两张长折叠桌,帐篷里面刚好淋不到雨的地方有一排推车,推车上放着一些不锈钢容器。

我们背后有两个穿防护服的士兵,他们手里拿着我不认识的武器瞄准我们。枪身粗大,末端是某种斜向的透镜。我有点希望他们给我来上一发,让我知道它们究竟有什么作用。帐篷外五十英尺处还有十二名士兵,他们拿着普通的军用突击步枪。我非常确定他们得到的指令是万一我们制伏了身边的两名士兵,他们就把帐篷里包括这两人在内的所有人打成《雌雄大盗》的最后一幕。

田纳特走到我们面前,递给埃米一块毛巾。约翰和我不知为何没得到相同的待遇。

田纳特说:"我有好消息和坏消息。好消息是我们在轰炸半径之外,但距离还是很近,因此声音会非常响,当然了,除非空军指挥部的那帮人在计算中犯了什么不幸的错误。C-130 运输机将从机舱投下一组两万五千公斤当量的炸弹,从镇中心开始向外构成一组同心圆。每一颗炸弹的冲击波都能毁灭十个街区,液化一千英尺半径内的一切有机生物。所有建筑物都被炸为瓦砾后,B-52 轰炸机编队将投下一组千磅级的 CBU-97 燃烧弹,释放出的可燃气雾剂引爆后将把镇中心加热到超过太阳表面的温度。产生的烈焰将吸走周围的大量氧气,我们在此处的感觉就像遭遇季风,风速能达到每小时五十英里。据说空气涌向巨型开放式焚化炉的声音就像地球在怒吼,肯定值得一听。"

约翰说:"让我猜一下,你会对着这一幕打手枪,还要逼着我们看你。"

埃米在用毛巾擦头发,我觉得她应该就让头发湿乎乎地晾着,借此表达团结精神。

田纳特没有理会约翰,继续说:"这是好消息。坏消息是这次心理治疗还是要收你的钱的。"

他走向成排的金属容器,挨个打量它们。"当然了,我是开玩笑的。"

我说:"你到底是怎么加入超级反派阵营的?是一步一步被拉进去的,还是一天早上醒来,忽然就决定要去干坏事了?"

田纳特说:"告诉你一个小秘密吧,不过我要先说声对不起,因为知道了这个秘密,你超长期的童年就不得不结束了。斗争的任何一方参与者都不会自认反派。考虑到我即将拯救数十亿条生命,我觉得我配得上一个英雄的称号。当然,你们过于短视,不可能理解。"

我说:"呵呵,所以谁是坏蛋呢?"

"每一个人,具体要看日子。就眼前的事例来说,我不知道谁要为寄生虫负责。更确切地说,我不知道他们的名字。这是你们无法理解也不愿理解的。你们在汉堡里发现一只蟑螂,你们问是谁放进去的,只想要一个简单的答案。唉,事情并没有这么简单。是负责烤肉的小伙子没有检查牛肉吗?是连锁经营商从品质不良的供应商那儿买了牛肉?是屠宰场没能严格遵守检疫程序?是政府没有向食品药品监督管理局拨款,强制执行这些标准?还是你———一名顾客———支持低税率,因此导致拨款削减,从而享受了鼓励偷工减料的消费者文化?唔,在这个案例中,你不妨认为我是一名苦恼的副经理,不得不向不满意的顾客道歉,努力避免餐厅被迫停止营业。

只是现在的'餐厅'变成了整个人类文明。"

我说："好的,我……等一等,所以汉堡代表什么?"

"我的重点在于,这是我的一份工作,和你一样,我领薪水,读备忘录。和你一样,我有我的上级,而他们又有他们的上级,规定不允许我直接和他们交谈。命令从最高层一级一级下发,到我这一层时已经扒光了所有的前因后果和正当理由。命令到我手上时不带解释说明,只告诉我它们如何为组织的总体目标服务。和其他工作毫无区别。有人蓄意释放了寄生虫吗?假如是的,那么是为了什么呢?我的工作不是去了解真相。我只知道假如它传播出去,我们所知道的人类文明就会危在旦夕。自从爆发开始,我就在马不停蹄地工作,尝试以不影响整个世界的方式控制局势。我可以自豪地告诉你,我离成功只有一步之遥了。"

埃米说："通过杀死所有人。"

"不,不是所有人。只是一个中等规模的小镇。为了帮助你们理解,我来普及一下知识吧。全世界每天会有十五万人死去。他们死于自然原因、事故或战争。比起整个世界在一个月内死去的平均人数,这座小镇的人口只是九牛一毛。你认为自己是拯救这座小镇的英雄,但此时此刻,在目前的局势下,你实际上在扮演反派。我知道你认为自己不是,但其实你就是。"

我说："那你为什么在念超级反派的大段独白?"

他回到银色的容器旁,背对我们,开始鼓捣天晓得的什么疯狂科学家在那儿安装的某种装置。我听见液体流淌的声音。我们没有被捆在椅子上,但指着我们的枪太多了,我只要挠一下鼻子,枪声过后,我就会变得像是有人打翻了一大份千层面。我望向埃米,埃米一脸漠然;我望向约翰,他似乎和我一样,也在脑袋里盘算着该怎么逃跑。毛球枪还在我们落地时所在的草丛里,他们多半会以为那是个毛刷。我想象约翰从我们背后的两名士兵手上抢下一把未来派透镜枪,然后我想象他扣动扳机,结果从透镜枪里弹出来一个卡通拳头。

我望着田纳特从金属容器中倒出液体,心想他是不是要我们做出选择,要么在枪林弹雨中痛痛快快地死去,要么被他酝酿的天晓得的什么鬼东西以极其缓慢且可怕的方式弄死。他转向我们,冷静地走过来,把三个泡沫塑料的小杯子放在我们面前。

"我们有糖,但很抱歉,炼乳用完了。"

咖啡。我没碰我面前的杯子。他没问埃米,但埃米得到的是一杯热水和一个茶包。她把茶包扔进热水,问田纳特有没有蜂蜜。

她在这方面非常执着。

田纳特走回咖啡小车前,拿着小熊形状的蜂蜜瓶回来。

他说:"你们想一想,是谁导致了寄生虫爆发?是谁没有向任何官方机构报告寄生虫的存在?是谁阻止其他人隔离你的家?是谁破坏了 REPER 指挥中心?是谁破坏了隔离区的围栏?是谁一手造成了寄生虫的扩散?"

约翰说:"我们不是存心这么做的。我们只是……不怎么擅长做事。"

"但也可能是这样的,一个人做事时以为他有自由意志,实际上却在实现其他人的目标。"

他举起小熊蜂蜜瓶。

"你们认为蜂蜜是怎么来的?嗯?蜜蜂夜以继日地制造蜂蜜,是因为知道我们会从它们手中夺走,然后倒进我们的茶里吗?当然不是。因为我们的生命形式比它们高级,能够让它们为实现我们的目标而工作,同时让它们相信在为自己做事。你们就和蜜蜂一样。"他望向我,"我以前跟你解释过了。"

另一个穿防护服的人冒着大雨进来,去咖啡推车那儿倒了一杯咖啡。我琢磨着他打算怎么喝。

田纳特继续道:"别误会我的意思,我知道你们为什么会有那些念头。我有个二十几岁的儿子。信不信由你,况且我本人也年轻过。因为你们没有责任,可以游手好闲,上学,做些无关紧要的服务性工作,抨击成年人不得不做出的难以想象的选择。当然,换作你们,你们绝对不会开战,不会解雇一整个工厂的职员,不会协助某个嗜血成性的独裁者去阻止另一个比他更差劲的疯子。所有的道德选择似乎都很容易,只要做决定的不是你就行。"

埃米缓缓摇头道:"这么做无异于大规模屠杀,你不可能证明自己的正当性。另外,人们会知道真相的。"

田纳特说:"来,说一说你觉得人们有可能知道什么?"

"知道镇上的人只是普通人,知道情况没那么黑白分明。他们会知道的。"

"就算有人认为镇上的感染率不到百分之百,就算他们爬到山顶上喊给全世界听,又有什么意义呢?因为人们想要这个结果。他们希望自己的邻居是怪物。因此我们才会热衷于母亲残杀孩子的新闻,吹捧政府里充满了反社会贪婪狂徒的阴谋理论。就算怪物自己不出现,我们也会凭空制造出它们。"

约翰点了点头,说:"所以他们就有借口起诉汉堡店了。"

我说:"你……慢了好几步了。"

埃米喝一口茶,说:"除非迫不得已,否则外界是不会相信的。他们应该用自己的眼睛看清楚。"

田纳特平静地说:"我知道你们来是为了破坏术士级干扰器的。作为这个故事里的坏人,我知道你们肯定会这么做。所以我们才会有一整支军队保护它。"

埃米说:"说到军队,我们背后拿着枪的两位老兄,他们知道你会连他们一起干掉吗?这些人身穿防护服在这儿走来走去,他们知道你到底干了什么,你难道会让他们明天收拾收拾回家?肯定会有人说出去的,对吧?他们要么告诉老婆孩子,要么上网写博客,甚至卖书稿。他们知道你安排好了他们的结局吗,就像你对这座小镇一样?"

田纳特说:"我喜欢你,真的。但请想一想你这番话的前提。首先,你认为你背后的人能听见你说话;其次,你认为你背后的人有耳朵;再次,你认为你背后的人真的是人。你想知道密封防护服的头罩底下是什么吗?"

去后面倒咖啡的防护服转向我们。他把咖啡放在推车上,走向我们面前的桌子。田纳特没有扭头看他。防护服里的"人"抬起胳膊,打开红色单向头罩颈部四周的搭扣。

戴手套的手拉开拉链,然后抓住头罩两侧,抬起头罩。

轰炸不具名小镇前30分钟

我们都还没来得及看清那张脸,防护服里的人就掏出一把巨大的银色手枪,瞄准了田纳特的脑袋。

兰斯·福尔克纳警探说:"不许动,狗娘养的。"

田纳特叹息道:"你又是哪一位?"

"闭嘴。让轰炸机返航。"

"为了阻止你用子弹打穿我的脑袋而感染整个世界,要是这么做我就未免太自私了。"

埃米说:"算了,我们不需要他。"

约翰说:"他说得对,我们只需要关掉干扰器就行,然后他就别无选择了。这样会揭开整个屎坛的盖子。"

"别再说这种话了。"

田纳特直勾勾地盯着我说:"大卫,你还有什么想说的吗,在他爆了我的脑袋之前?我从你的脸上看出来了。"

我和福尔克纳对视,然后望着埃米的眼睛。

我说:"我……呃,不确定他肯定是错误的。"

埃米说:"大卫……"

我摇头道:"我不喜欢这样,真的不喜欢。埃米,你知道我不可能喜欢。但是……马尔科尼……他说得对。导火索已经点燃,此时此刻,这就是我们熄灭它的机会。必须有人牺牲。这是他的原话。"我望着约翰,"约翰,我告诉你,他预见到了这一切。马尔科尼知道他在说什么。要是我们能聪明一点,能处理得再好一点,我们就有可能阻止这一切,不需要有任何人——你明白的——被烧成灰。但我们一次又一次搞砸,结果……事情必须有个尽头,而且最好不是会被称为'世界末日'的那种尽头。"我用手指比画引号,"朋友们……咱们必须成长,看清事情的真相。这是咱们拯救世界的机会,以免它被自己毁灭。"

约翰听天由命地望向地面。我知道他同意了。

福尔克纳说:"废话,他们做了这种事,不可能逃掉。"

约翰摇头道:"他们能,警探,真的能。你送这个人上法庭试试看,你会明白的。证人会消失,或者你会消失。见鬼,连你这位嫌犯都会消失。他和咱们其他人一样,只是棋盘上的小卒。你难道不是吗?"

田纳特没有回答,他当然不需要回答。

埃米没有听我们的交谈。她扭过头,望向小镇,像是想要最后看一眼故乡。雷声隆隆。雨点敲打着帐篷。

埃米走进大雨,抬起手挡住雨点,抬头望向天空。十几根枪管跟着她。

我说:"埃米……你明白我们为什么必须这么做,对吧?"

她转过身说:"你们介意咱们到桌子底下去继续谈吗?"

"什么?"

帐篷外的防护服忽然警觉起来。其中之一望向天空,同时想引起其他人的注意。他们掏出步话机。黑色人影开始奔跑。我眯起眼睛,望向埃米背后的灰色天空。我看见了一个黑点,两天以来我第二次误以为那是一只鸟。黑点变得越来越大,逐渐现出了无人机的细长身形。

埃米单手双膝爬到桌子底下。我们其他人还没意识到即将发生什么。她叫道:"大卫!卧倒!"

无人机底部射出两道白烟,它们划破天空降落,飞向我们的右侧。我扭过头,刚好看见黑色半挂卡车化作一团烟云。震荡波把我们掀翻在草地上,我滚到桌子底下,压在埃米身上。一大块碎片——我觉得好像是一个车轮——呼啸着掠过帐篷,像尾迹似的拖着一道黑烟。

我躺在草地上,耳朵里嗡嗡直响。埃米的胳膊肘压在我的脸上。她的那杯茶打翻在我的衣服上。

埃米爬起来，向天空举起双臂，喊道："耶！沙恩，干得好！哇哦！"

轰炸不具名小镇前 27 分钟

福尔克纳拉着田纳特起身，枪口指着他的太阳穴。福尔克纳说："啊哈，这下不用吵了。"

埃米低头看我。"你知道这么做是正确的，尽管你不知道你知道。"

约翰说："太他妈对了，我现在是埃米的人了。"

我说："沙恩是谁？"

田纳特说："这么做无济于事。那位飞行员会被判处叛国罪。然而在他出庭受审之前，他们就会抓住他。没有任何我能做的事情。你们还不知道他们能做到什么吧？也许他们会给他注射六十六号化合物，那种血清能把人变成食人族，让他在被捕前吃掉自己的孩子。"

二十几个穿防护服的士兵赶到现场，他们举着枪，慢慢逼近。福尔克纳用胳膊勒住田纳特的脖子，拿他当人体盾牌。

福尔克纳说："呼叫轰炸机返航。已经结束了。"

"呼叫"这个词在埃米脑袋里触发了某种机关，她从口袋里掏出手机。"哎！有信号了！"

田纳特说："警探先生，你在这儿没有任何影响力。你打死我，我的人会把你切成碎片。炸弹会按时落下，什么都不可能改变。非常抱歉，你的超级警察梦想不会成真。你在这儿已经没牌可打了。"

福尔克纳重复他的命令，但田纳特连一个字都不肯说了。福尔克纳用富有创意的暴虐行径威胁他，田纳特毫无反应。几分钟就这么过去，我感觉到轰炸前倒计时的宝贵时间在白白流失。我紧张地望向天空，然后扭头望向镇区。

就在这时，不远处响起了噼噼啪啪的枪声。

轰炸不具名小镇前 19 分钟

我们跑出帐篷，望向枪声的来源。山坡下靠近公路之处，在爆发那天上午 REPER 就建起路障的地方，有一辆皮卡冲破了路障，侧翻在公路上。REPER 穿防护服的士兵在用子弹把它变成筛子。

一名防护服倒下了，然后是又一名。不具名小镇的愤怒暴民从路障的另一侧涌来，他们全副武装。

埃米说："大概有人猜到了他们即将遭受轰炸，在讣告中只会以丧尸身份出场。"

约翰说："哈！看见了吗？结束了。消息已经传出去了。医生，你们不可能继续掩盖下去。呼叫轰炸机返航。"

田纳特说："你们要是知道了他们能掩盖什么，一定会非常吃惊的。"

我说："你呼叫轰炸机返航，他就放你滚蛋，不会起诉你。你离开美国，换个名字去阿根廷享受退休生活，就像希特勒那样。"我望向福尔克纳，说："可以吧？"

福尔克纳说："行啊，没问题。"然而语气里连一丁点的诚意都没有。

田纳特对我们背后的防护服士兵说:"数到三,他不放开我,你们就开枪。要是能从我肩膀上打死他,那当然很好。但假如必须打穿我才能干掉他,那也无所谓。有些事情比我更重要。"

福尔克纳收回勒住田纳特脖子的胳膊,从口袋里掏出一个黑乎乎的小东西,举到田纳特面前。

"浑蛋,知道这是什么吗?"

我不知道,但田纳特点了点头。

"要是我按下这个按钮,你知道会发生什么吗?"

田纳特没有回答。但他知道,而且不喜欢那个结果。

"很好,我知道的比你想象中的多,对吧?"

福尔克纳对我说:"你往右边看,看见那辆轮子特别大的怪兽卡车了吗?咱们一起去走一程。"

福尔克纳又用胳膊勒住田纳特的脖子,拖着他走向那辆确实很像装甲怪兽的卡车。埃米和我跟着他。约翰去了另一个方向,然后拿着毛球枪跑回来。防护服士兵自始至终一直用枪指着我们,等待到最后也没等来的命令。

福尔克纳对约翰说:"你会开这东西吗?"他还没说完"东西"的"西"字,约翰就已经跳上了驾驶座。福尔克纳用枪逼着田纳特坐进乘客座,自己坐进后座,继续用枪指着田纳特的后脑勺。我绕到另一侧,坐在福尔克纳身旁,埃米跟着我上车,然后使劲关上车门。约翰发动怪兽卡车,引擎开始隆隆运转,一百英里外的地震学家都会看见观测仪器的指针抖了几下。

埃米嘟囔道:"设计这东西的人,我没法想象他的阳具长什么样。"

约翰说:"去哪儿?"

福尔克纳答道:"就那儿,开过路障,去轰炸区。看看能不能激励这个浑球拿起步话机,呼叫轰炸机返航。"

约翰毫不犹豫地隆隆驶向即将被炸弹化作焦炭的地区。查尔斯·达尔文的英灵在某处微笑,点了一支雪茄。

轰炸不具名小镇前16分钟

山坡上有一条路,但约翰存心不走,而是径直穿过玉米地,碾平已经割过的玉米秆,驶向一百三十一号高速公路路障前的愤怒人群。

穿防护服的士兵占了上风。他们人多势众,用车辆当掩体,朝暴民开火。我们开到离混乱现场很近的地方急刹车停下。我听见一颗流弹打在卡车的进气格栅上并弹开。

福尔克纳对我说:"看着点儿。"然后他对约翰说:"看见标着'扬声器'的按钮了吗?按下去,把音量旋钮往右转到头。"

约翰照他说的做。福尔克纳掏出口袋里的黑色小盒子。

"打开麦克风,按——对,你拿好了。"

福尔克纳把手伸向固定在控制台上的麦克风,按下他的小玩具上的一个按钮。我能模糊听见小玩具发出的声音。在怪兽卡车的车厢里,这个声音更像某种烦人的振动,就像你咬住一长条褶皱铝箔,然后用力拉扯。我看见埃米皱起眉头。

它对防护服士兵的效果却是立竿见影。他们有的畏缩,有的跪倒在地,有的扔下枪,有几个干脆崩溃了。这个声音播放得越久,他们就变得越衰弱。

有几个士兵调转枪口，朝卡车射击，子弹叮叮咚咚地被装甲弹开，在防弹挡风玻璃上留下了鸟屎般的印记。防护服士兵冲向卡车，其中一个爬上前保险杠，我意识到他看见了车顶上的扬声器。另外几个跑到车门前，抓住门把手。听见有人砸我身旁的车窗，我不由得缩了一下，扭头看见一名士兵举起突击步枪，再次用枪托砸向玻璃。他又砸了一下，玻璃上出现裂痕。埃米往我怀里躲。

与此同时，爬上引擎盖的士兵扑向车顶，用枪托去砸扬声器。但这些士兵的力气都不如平时的一个零头大。福尔克纳按住蜂鸣器不放，那家伙瘫倒在引擎盖上，脑袋就落在挡风玻璃的前面，磕碎了护面罩。

埃米惊叫起来。

两只毫无生气的眼睛瞪着我们。它们的颜色不同，一只棕色的，一只蓝色的。

其余的整张脸都没了，只剩下一个骷髅头，骨头由粉色的筋腱和正在朽烂的几条肌肉维系在一起。看上去像是意大利面的长条状东西遍布整个骷髅头，在骨骼和肌腱的缝隙之中抽搐、扭动和牵拉，我敢肯定它们向下一直伸展，遍及这具正在腐烂的身躯，像操纵木偶似的操纵他。

我旁边车门外的防护服士兵也倒下了——卡车周围的地上现在全是他们。福尔克纳松开蜂鸣器。战场变得一片寂静。

路障另一侧的暴民愣在那儿，困惑于他们见到的景象。他们甚至没有欢呼。尽管这一幕意味着他们的胜利，但这群人今天似乎已经看够了各种稀奇古怪的事情。

埃米打开车门，对他们喊道："我们是好人！别开枪！"

约翰说："看！那是在搞什么？"

他指着引擎盖上的防护服士兵，尸体的面部正在发生某种变化。一只眼睛在抽搐，然后这只眼睛慢慢挤出颅骨，像蛇似的游了出来。另一只眼睛也是一样。

埃米说："什么？那是什么？"

从颅骨里爬出来的是两只蜘蛛，它们只有小香肠那么粗，身上长满了腿，一头是一只没有眼皮的人类眼睛。

我听见卡车外传来玻璃破碎的声音。躺在地上的那些防护服士兵的护面罩纷纷破碎炸开，每一套防护服里都爬出来两只长眼睛的蜘蛛。

约翰喊道："妈的！田纳特，命令他们轰炸这个！就这儿！就现在！该死！"

蜘蛛从草地上爬向我们。埃米从敞开的车门向外看，视线却穿过了它们，因为她看不见这些怪物。

我从她身上扑过去，一把关上车门。一只蜘蛛跳起来，在车门完全关闭前钻进了门缝。埃米尖叫，因为现在她能看见了，那东西卡在门缝里挣扎，离她的脸还不到一英尺远。它的腿使劲摆动，发狂般地想挤进车里，人类的单眼抽搐转动，扫视车厢内部。

引擎盖上的两只人眼蜘蛛爬到了挡风玻璃上。其他的寄生虫跟着跳上卡车，跑过引擎盖和车窗，加入它们的行列。很快，十几只没有身体的人眼就在车外盯着我们，饥渴地寻觅新的颅骨充当栖身之处。

它们跑向埃米身旁的车门，第一只蜘蛛用身体撑开了几英寸宽的一条缝。长着人眼的黑色寄生虫围在门缝前，使劲往车里钻。我用尽全力拉车门，企图压碎这些狗娘养的小浑蛋。但它们的护甲太结实了，而我不够强壮。

有一只终于挤了进来,"啪嗒"一声掉在埃米的大腿上。她尖叫。另一只跟着爬进来。蠕动的小怪物很快如洪流般涌进车厢。

又一只跳向约翰的面门。约翰咒骂着抓住它。

福尔克纳看不见这些入侵者,但立刻猜到了正在发生什么,他喊道:"打开麦克风!快打开麦克风!"

约翰一只手和企图钻进他面门的寄生虫搏斗,另一只手打开了扬声器按钮。福尔克纳按下他的小玩具的按钮。嗡鸣声立刻开始震响。蜘蛛发出尖啸。

它们一个接一个爆炸,黄色浆液遍洒车厢。

痛苦的尖啸终于停歇,最后只剩下雨点敲打车顶的柔和咚咚声。

我从脸上擦掉人眼蜘蛛的内脏。

约翰说:"我说真的,就现在,就这儿。所有炸弹。立刻全投在这儿。我们可以等着。"

我说:"我同意。"

埃米依然惊魂未定,说不出话来。

福尔克纳对约翰说:"我们没时间了。开车。"

约翰踩下油门。

轰炸不具名小镇前 12 分钟

约翰碾过防护服士兵的尸体——他似乎是存心这么做的——然后穿过几分钟前还打得热火朝天的战场。他撞开 REPER 的车辆,穿过公路上已经损坏的路障。前方的暴民默默分开,目送我们缓缓驶入镇区。我们来到了轰炸区,很快就会落下的炸弹此刻被装在即将越过地平线的轰炸机的机腹里。

"够远了。"

约翰停车,福尔克纳拖着田纳特下车。他从车厢里拿出无线电的麦克风,把连接线拉到最大长度。福尔克纳用枪指着田纳特的脑袋说:"好了,浑蛋。这儿是原爆点。他们扔炸弹,你和我们一样被烤成焦炭。现在你给我打开无线电,命令他们取消轰炸。"

田纳特用不加掩饰的厌恶眼神看着他。"你说的是我任务失败时的最佳结果,你居然拿它威胁我。你怎么就是不明白呢?"

一辆巨大的加长型蓝色皮卡驶出我们前方的人群,它的车厢里是一台木材削片机。从驾驶座上走出来一个男人,他戴牛仔帽,牛仔裤紧得荒谬。从乘客座上走出来的是欧文,他依然身穿隔离区配发的红色连体服。牛仔拿着霰弹枪,欧文拿着他的手枪。他们看起来就像八十年代暴躁卧底警察剧集里的好搭档,片名大概叫《奥放克与牛仔》。马尔科尼博士从皮卡的后座走出来。我尝试想象他们三个人在来路上能聊些什么,然而大脑却只能吐出报错提示。

马尔科尼对我说:"我成功地说服了他们,双方尽管有矛盾,但共同利益更多。"

牛仔快步走向福尔克纳,说:"我的天,你逮住这个狗娘养的了。警探,我欠你一打啤酒。"

"事情还没完呢。他们要轰炸了,但这个浑球不肯呼叫取消行动。"

欧文开口说:"不如咱们把他的脚塞进削片机吧,看能不能改变他的想法。"

田纳特说:"好吧,好吧。把麦克风给我。"

福尔克纳将麦克风递给他。田纳特使劲一拽,扯断了麦克风与控制台之间的连接线,然后把麦克风扔在地上。

福尔克纳怒吼,用枪托砸田纳特的面门,把他放倒在地。福尔克纳骑在田纳特的胸膛上,一拳接一拳地揍他。

我说:"咱们要不要……呃,拦住他?"

约翰说:"才不呢。"

轰炸不具名小镇前 9 分钟

马尔科尼走过来说:"为什么我觉得我恐怕收不到这个活儿的咨询费了呢?"

我说:"今天怎么一个个都他妈这么风趣。"

约翰说:"呃,现在怎么办?"

马尔科尼对埃米说:"你用的是那种比较先进的手机,对吧?能拍视频?"

她说:"当然。"然后随手掏出手机。

"有信号,对吧?而且能上网?"

"当然,当然。"

人群中有人喊道:"看!来飞机了!北面!他们来了!"

我扭头望去。空中有个黑点,尽管还远在天边,我也看得出不是那架友好的掠食者无人机回来搭救我们了。当然,我也不确定无人机还能做什么。这是一架大型飞机,机翼上有螺旋桨,在新闻里经常见到它们运送士兵往返中东。

马尔科尼说:"能做流媒体直播吗?拍摄视频并实时上传?"

"对。你要我录什么？"

马尔科尼叹息道："我们的死亡。"

轰炸不具名小镇前 8 分钟

我说："什么？这就是你的计划？"

他把双手插进衣袋，在雨中哀伤地看着我。

"你女朋友脖子上挂的是什么？"

我不需要回头看就能回答他。埃米一直戴着那东西。

"什么，她的项链？十字架？"

"想一想它，想一想我在隔离区里说的话——"

"巴比伦人管理局。对。该死，我们没时间——"

"牺牲，大卫。人类就是靠这个克服巴别塔阈值的。我们的小小部族圈子，受到社会契约和自私的相互需求的约束。每个人都在努力满足贪婪的利己之心，靠拢所属的部族，与外部他们几乎不认为同属人类的他人开战。只有牺牲能够打破不信任的铁笼，释放人类的心智。烈士放弃一切，抛弃所有个人得失，为所在团体外的人们的利益放弃生命。他会成为所有人都拥护的一个象征。我们不可能让自私而暴力的灵长类动物与全世界共情，只需要让他们记住并爱戴这位烈士。一个烈士被遗忘，就必须有另一个顶上去。不幸的是，非常抱歉，今天就要轮到咱们了。"

地平线上的飞机越来越大，另外两架在它背后冒出来。我已经能听见它们的引擎发出的极为微弱的嗡嗡声了。说来倒是挺合适，这个声音很像蜜蜂，就像田纳特先前打的比方。一群蜜蜂前来袭击……一个汉堡。

埃米瞪大眼睛盯着我。欧文和牛仔大惑不解。福尔克纳站在不省人事的田纳特身旁,拳头沾着血迹,眼神桀骜不驯。

轰炸不具名小镇前7分钟

约翰说:"去他的狗屁。所有人都上车,咱们冲出去。"

马尔科尼说:"所以咱们逃出去,而待在镇上的几万人被活活烧死?然后呢?我们穿过路障外的缓冲区,再过几英里就会遇到另一道更结实的路障,由美国军队把守。当不当烈士不是你的选择,而是你的命运。"

埃米说:"哈!等一等!我的天,太简单了。咱们只需要——好的,咱们去找一块开阔地。在我们和飞机之间,保证飞行员能看见——玉米地!所有人都去玉米地!"

她对约翰说:"你去用……呃,卡车上的扬声器!命令所有人去玉米地!"

我们不需要向任何人下任何命令。几百个人从我们身边跑过,涌出被撞坏的路障,他们像水一样流淌着穿过高速公路。

我们跳进卡车,好不容易才掉了个头,没有压死十几个人。我们隆隆地驶向玉米地。

埃米在路上说:"飞机!我的天,真不敢相信我一直没想到!它飞得很低,在云层之下!我们能看见它!飞行员当然也能看见我们!"

"我不明白这怎么——"

"飞行员认为我们是丧尸,我们只需要告诉他我们不是就行了!"

轰炸不具名小镇前5分钟

我们在玉米地里停下,不具名小镇的逃难者超过我们,有的徒步,有的开车,有的骑自行车,他们逃向军队构造的第二道防线,我很确定他们中的绝大多数都没想到还存在这道防线。他们以为往外跑会遇到什么?小镇外的亲人带着半打啤酒等着他们?总统拿着花束来道歉?

约翰通过扬声器说:"我们有五分钟可以采取行动,所以请听好了。大家集合。我们要拼一条消息给轰炸机上的飞行员看。他不知道他要轰炸什么,而我们要帮他开窍。"

我们跳下卡车。蓝色皮卡挨着我们停下,欧文、牛仔和马尔科尼跟着下车。假如这是一部他们主演的警察剧集,我肯定会喜欢看。

我紧张地望向轰炸机,说:"狗娘养的,我们没时间了,没时间——"

约翰说:"必须拼个够简单的东西!'HELP'之类的!"

"约翰,我们没时间拼他妈的四个字母了!"

马尔科尼说:"大卫,没必要是字母。你需要一个符号,飞机上的人一眼就能认出来的符号。"马尔科尼朝埃米摆了摆头。

约翰说:"对!太对了!"约翰跑过去拦住一群女人,说:"站成一排!就这儿!快!你!就是你!站在这儿!过来,该死,我们至少需要一百个人!快!"

＊转录自莱帕德行动长机（一架 MC-130H 战斗爪 II 型飞机）驾驶员巴勃罗·巴斯奎斯上校（矛头）和副驾驶员劳伦斯·麦克唐奈上校（种马）于 11 月 15 日 11:59 的交谈＊

矛头：投弹员，我们离卸货还有六十秒。准备打开机舱门，等我的信号——

种马：哎，呃，你看一眼路障区域。公路上，呃，高速公路——

矛头：我看见了。

种马：我们看见，呃，人群在聚集，是 REPER 吗？

矛头：不。

种马：友军撤离应该已经结束——

矛头：不，他们不是 REPER。

种马：我的天，我们难道看见了祖鲁人？

矛头：肯定，我看见了瓦砾和被掀翻的车辆，看上去像是他们撞开了路障。

种马：爆炸能干掉底下的这群人吗？

矛头： 肯定。投弹员，我们离卸货还有三十秒。打开舱门。

种马： 看，呃，公路东边的那片区域，玉米地里。

矛头： 收到，玉米地里有一群人在集结——

种马： 看，快看他们的阵型。

矛头： 那是——

种马： 你看编队，他们排得非常整齐——

矛头： 他们组成的形状就像——

种马： 不是就像，而是就是，这个形状完全就是——

矛头： 好吧。这是……指挥中心，我是矛头，能收到吗？我们……呃，我不敢相信我真的看见了，我们在离目标地点不到一公里处看见了一群祖鲁人，他们组成了……呃，他们组成了人类阳具的队形。重复，祖鲁人在我们底下的开阔地上排出了酷似人类阳具的阵型。这是我们亲眼看见的。

种马： 他们不是祖鲁人。

轰炸不具名小镇前 30 秒

我们站在玉米地里,被大雨淋得瑟瑟发抖,组成约翰指挥我们排出来的阳具阵型。马尔科尼站在我的旁边,满脸不高兴。埃米在我怀里仰望天空,雨点打在她的眼镜上。她在祈祷。

运输机低吼着向我们俯冲,我担心它一不小心就会撞地爆炸。

埃米闭上眼睛,把脸埋在我的胸口,说:"我爱你。"

"我也爱你。"

"它转弯了!看!"

庞大的飞机开始侧飞,在空中画出一道和缓的弧线,转弯离开小镇。我们紧张地目送它驶向远方,兜了个大圈,然后沿原路返回。

周围的人群爆发出一阵欢呼。轰炸编队一共有五架飞机,我们看着它们一架接一架出列,掉头返航。

福尔克纳走过来说:"此时此刻我只有一句话想说,我这辈子都没掺和过这么愚蠢的烂事。"

约翰说:"哎,你不是非得喜欢我们的手段不可,但结果不容争辩。这不是顺利过关了吗?"

轰炸不具名小镇前 10 秒

埃米说:"那架飞机为什么不掉头?"

编队中的最后一架飞机并没有改变路线,而是呼啸着破空而来,俯冲越过我们的头顶。人群望着它缓缓前进,驶向镇上被改造成隔离区的那个地方。

机头压得越来越低,像是要尝试迫降。但它没有放慢速度,反而在加速。它扔下炸弹,然后跟着炸弹一起落地,炸弹和飞机先后撞上地面。远处立刻升起了一团黑烟,刚开始静悄无声,爆炸声在足足两秒钟之后才传进我们的耳朵里。巨响隔着两个州都能听见。

我们离现场太远,当时还不知道发生了什么。实际上,旧费尔斯救济院的两座建筑物被炸成两个弹坑,几千吨的水泥和砖瓦碎片随即填满了它们。航空燃料、楼板、旧家具和许多吨可燃垃圾将弹坑变成熔炉,忽明忽灭的火焰到十天后也没有熄灭。建筑物底下那些牢房里的畸形怪物在千分之一秒内便化为灰烬。隔壁行政楼的地下二楼,整整一个房间的电脑和硬盘上可用于定罪的大量数据融化成了一锅汩汩冒泡的黑色炖菜。

"酱油"失而复得

约翰说:"这位轰炸机飞行员够烂的。"

雨势逐渐小了下去。我深吸一口中午的凉风,说:"田纳特,我们的小镇还在这儿。你的牌打完了,而且你输了——等一等,他在哪儿?"

福尔克纳说:"唉,狗娘养的!"

我们排成阳具形状等死的时候,田纳特偷走了那辆蓝色皮卡,此刻正沿着高速公路向北而去。

我说:"无所谓。他会一头撞上陆军的封锁线,希望他们会逮捕这个蠢蛋。"

但福尔克纳已经跑向怪兽卡车了。他费了这么大周折才逮住犯人,绝对不会允许别人抢走功劳。我正想祝他打猎快乐,约翰却从我身旁跑过,跳上了乘客座。然后埃米也跑向卡车。我意识到除非看到尘埃落定,否则这些是不会令人满意的。我连跑带跳蹿上后座,卡车险些撇下我,拖着我的鞋底蹭过路面。

见到军队的封锁线围得水泄不通,立刻毁了我看过的所有丧尸电影。这些人并不愚蠢,擅长制订战略。他们评估敌人,相应地调整计划。就算真是丧尸爆发,他们也能应付。

因此,视野内看不见任何士兵,没有任何一张脸或一条脖子裸露在外,供丧尸啃咬和变成丧尸。满是士兵的装甲车辆(我后来得知,那是布雷德利步兵战车)组成密集阵型,士兵能从射击孔和车辆上方的炮台向敌人开火。车辆停在水泥路障背后,这些路障能挡住进行自杀式袭击的任何车辆。路障两侧都拉着刀片刺网。就算有五千个丧尸(而且是行动迅速的那种)来冲击阵型,也会被大口径子弹的交叉火力撕成碎片。这些人得到的命令是留意丧尸狂潮的疯狂袭击,他们准备好了像割草似的消灭敌人。

我们跟着田纳特穿过五英里的死亡区后,认为他会开着皮卡撞向绿色的死亡之墙,我猜到时候他会发现自己在以音速飞出挡风玻璃。这是想用装甲车完成自杀吗?为什么?就为了恶心福尔克纳?该死,这家伙真够浑蛋的。

不,田纳特并没有那么做,皮卡在刀片刺网前滑行着停下。我们在他背后停车观望。田纳特跳下车,走向装甲车里的士兵,挥舞手臂。他不是在示意投降,而是在命令他们让开。他大呼小叫,指指点点,就像一个疯子。

然后一个穿黑色防护服的怪物扑倒他，把他撕成了碎片。

我说："呃，这个倒是不错。"

我们欣赏着田纳特既活该又极具讽刺性的死亡，听见前方那排装甲车的重型机枪发射出第一轮子弹。

被感染的 REPER 人员，一群犹如噩梦的畸形怪物，从我们右方的水塔建筑工地蹒跚而来。他们连滚带爬，号叫尖啸，长出咔咔咬合的附肢。我突然明白了，这就是田纳特用死亡策划的阴谋。田纳特将他那群感染者引向负责封锁的军队，让后者见到他们所等待的丧尸末日，给全世界一个理由将这座小镇化为焦土，不管飞行员声称他见到了什么，都无济于事。

我喊道："咱们快离开这儿！"

感染者从我们右方席卷而来，扑向我们和我们前方的装甲车防线。越来越多的装甲车开始向丧尸群自由开火，炮塔和机枪向空中倾泻烈火和铅弹。

福尔克纳已经把怪兽卡车打到了倒车挡，他转动方向盘，卡车先开到与公路垂直的方向，然后他重新转动方向盘，让这辆巨型卡车驶向另一个方向。重型枪械在车厢外咆哮，听上去像是焰火表演的压轴大戏。我甚至听不见自己的心跳声。

卡车摇晃。埃米尖叫。我们被击中了。

福尔克纳怒吼，使劲扳方向盘。我们一动不动。我闻到了烟味。另一颗子弹击中车头，打歪了引擎盖。

挡风玻璃外蹿出火苗。

"下车！下车卧倒！"

福尔克纳打开车门，跳了下去。约翰在摆弄大腿上的什么东西。

毛球枪掉在了地上。我抓起毛球枪，爬过埃米，推开车门。怪物啸叫和机枪开火的声音包围了我们。我踏上沥青路面，听见福尔克纳大喊："排水沟，去排水沟！"

我看见了他要去那儿——公路西侧的排水深沟，就在我们前方不到十英尺处。约翰跟着我跳下车，我们用燃烧的卡车当掩护，遮挡雨点般的子弹。福尔克纳向前奔跑，尽量贴近地面，然后鱼跃跳进排水沟。

埃米尖叫："约翰！"

约翰转过身，看见一个大块头感染者从背后奔向他，拖着一件破破烂烂的黑色防护服。

我想举起毛球枪，但还没等我完全抓住枪柄，约翰就用三管霰弹枪朝"咱们暂且叫它丧尸吧"的怪物开火了。怪物从脖子以上忽然变得空空如也。

我对埃米喊道："弯腰！尽量趴低！快跑！"

我们从卡车背后跑到路边，滚进排水深沟。子弹噼里啪啦地击中我们头顶上的泥土和路面。卡车爆炸了，燃烧的碎片旋转着从上方飞过。过去半小时内，这是我第二次险些被着火的卡车零件击中，算是我的人生新纪录。

埃米喊道："他们要杀了我们！"

我说："卧倒！脑袋低下去！"

一排子弹击中我们脚下的积水，打进路基的泥土。

她喊道："我们必须让他们停下！"

约翰发疯般地想掏出口袋里的东西——大概是霰弹。有个东西呼啸着飞过我的耳畔。我身旁的福尔克纳滚进沟里的积水。他身子底下的水流变成了红色。

"福尔克纳！"

"埃米！不！"

我抓住她的胳膊，她挣脱我的手。

她爬上路基。

顶着雨点般的子弹。

接下来的事情似乎以慢动作发生。她站起来，迎着弹雨，开始挥舞手臂，就好像在示意迎面而来的车辆停下。她朝他们大喊，然而声音被她周围的地狱烈火吞没，就连我也听不见。

时间似乎停下了。我眼前是一幅定格画面：她站在路基上，铅灰色的天空勾勒出她的轮廓，她的裤子被水打湿，溅上了泥点，她举起瘦巴巴长着雀斑的手臂，衬衫下摆因此抬起，露出两英寸苍白脆弱的皮肤。这个瞬间仿佛永远不会结束，所有细节都刻印在了我的脑海里。

事实上，这个瞬间确实永远不会结束，因为时间真的停下了。

约翰在我背后说："终于赶上了，我的天。"

我们周围一片死寂。我脚下的水凝固了。一颗子弹在千分之一秒前打进我前方的路基，掀起的泥点悬在半空中。

我转向约翰，装"酱油"的容器在他手上。我说："这——"

"哦，大卫！你也进来了！我停下了时间。希望你不介意。"

"你……你现在能做到这个了？"

"对，自从昨晚用过'酱油'以后，我就像《救命下课铃》里的扎克·莫里斯。唯一的问题是时间停止以后，你其实什么都不能做。你自己能动，但是，呃，只能看看而已。"

我爬上路基，扫视我们周围凝固的战局，这一幕就像博物馆里的某种开放式巨型雕塑,只是其中的景象糟糕透顶。我望向埃米,她张着嘴凝固在那里,露出有点歪的门牙。

我耸了耸肩,说:"唔,这不算是用过'酱油'后最古怪的体验。"

约翰走到我背后。"甚至没法排进前五。我知道你在想什么,答案是'不',我们没法推开她。我们没法移动任何东西。我说的不是回到过去不要改变任何事情的意思,就好像有什么法则似的。我说的是你真的没法移动任何东西。我试过了。"

我说:"我能移动毛球枪。"毛球枪还握在我手里。

"对,你走路的时候裤子也会跟着动。我猜仅限于时间暂停时你接触的所有东西。"

"能持续多久?"

"不知道,我只干过一次。我没法主动让时间恢复运行,但……我觉得它会持续到你做完你必须去做的事情为止。无论你知不知道自己必须去做什么。不知道你懂不懂我的意思。"

"那我们必须去做什么?"

我望向燃烧卡车上方的那道烟柱,静止的火焰像是橘红色的吹制玻璃雕塑。就在这时,凝固的黑色烟柱之中有一缕黑烟动了起来。

我刚想到那是什么,就听见约翰大喊道:"哦——该死。"

影子人也在。

刚开始只是细细的一缕黑烟悬挂在半空中。它缓缓飘向我们。

然后我看见了另一缕,接下来又一缕。黑色的阴影从半空中逐渐变大,就像在现实的白色银幕上烧出了几个窟窿,底下的黑暗因此袒露。它们每次会出现三四个,黑暗凝聚成模糊的人形。每次我的视线聚焦在一个点上,会走动的暗影就会在我的视线之外浮现,感觉就像在数落在挡风玻璃上的雪花。

约翰和我向后退,随即意识到我们背后也有影子人,它们出现在排水沟的另一侧。

它们犹如黑潮,而我们是其中的一个小岛。

| 三百一十二页 | 科技的彼方 | 艾伯特·马尔科尼博士 |

我必须强调一点,我遭遇影子人的次数寥寥无几,就像不小心踩到狗屎的次数那样。言下之意,这个可能性永远存在。事情发生时,你觉得你永远不会忘记,但两次遭遇之间会相隔足够长的时间,使得你放下戒备。然而,每个人的身边都会有影子人出现,就像每个人的身边都有电流存在一样。它存在于你的周围,尽管不可见,却在你的感官边缘作祟。然后有一天,你不小心碰到了一段裸露的电线……

这些生物活在时刻之间、时间之外,能跨越维度空间,对任何一个确定的时空点来说,它们也许都不完全存在。它们曾被称为幽灵,人们在黑暗走廊里见到某些东西,凌晨三点在寂静的卧室里见到某些东西,在尝试理解的时候,想象力无疑会让它们长出不久前死去的他人的面容。在另一些人眼中,它们会化作灰色皮肤的小外星人。几百年前,影子人被称为仙灵或魅魔。人类大脑就是这么运转的,它看见一团无定形的云雾,会尝试从中发现形状或面容,或将其与某些在已知文化语境中符合逻辑的事物联系起来,就像人们在树桩纹理中或吐司横截面上见到的圣母马利亚。请不要误会,是观察者给它们加上了面容。

你从来不会听说影子人伤害或杀死任何人,就像你绝对不会遇到一个没能出生的活人。独特和受限的感知能力限制了我们,我们只能看见一个事件的一种或然结果。假如我们厌倦了一场冗长的谈话,我们无法像切换电视频道那样切换进入另一个平行世界,在这个现实中,谈话对象没能从小时候的一场肺炎中活下来,因此他在我们的这条时间线上不复存在。但影子人能做到。

互联网上有一些超自然现象的狂热分子声称每年全世界有成千上万人失踪,并推测是影子人劫持了他们。但我倾向于认为他们错误理解了影子人的手段。举个例子,假如影子人侵入你家,劫走你的妻子,接下来的一个瞬间,你根本不会记得你曾经结过婚。你顶多会产生一种异常难受的感觉,觉得自己失去了某种东西。你的生命中有个大窟窿,刚好能容纳某种东西,或者说某种东西能分毫不差地嵌进去,然而它并不存在。

我认识一个年轻人，他在书里描述了自己的经历，他声称他的一个朋友在遭遇影子人后消失，但他保留了有关这个朋友的清晰记忆。这个朋友的父母还住在同一座城市，但他们不记得有过一个儿子。公寓的出租记录里没有叫这个名字的人，公立学校系统的记录里同样没有提到叫这个名字的学生。我们的现实和这个年轻人记忆中的现实有可能无比接近，只有一个分子的差别——在一个现实中，一颗特定的精子没有能够让一颗特定的卵子受孕，但在另一个现实中，它成功了。有人推测称，我们会以既视感的形式感觉到这些改变引起的涟漪，还有一些令人恼怒的场合，我们坚持说我们记得一个事件或与一群朋友的一场对话，但这群朋友里没人记得。你听说某位名人逝世，信誓旦旦地说你在几年前就听说过这个新闻。

然而，当然了，影子人真正的力量在于我们无法感知它们的存在。

圣经 II

约翰和我向后退。我傻乎乎地举起毛球枪,但不知道它在这些生物身上会有什么效果。我们一步一步后退,后背撞在僵直的埃米身上,她依然凝固在原处。她伸展双臂,瞪大眼睛,在茫然无知中摆出了完全适合此时局势的姿势。

离我最近的影子人在不到十英尺之外。我用毛球枪瞄准它,因为我不知道自己还能做什么。人长着眼睛的地方,影子人是两团灼烧的橘黄色火球,就像两个点燃的雪茄烟头悬浮在黑暗中。就在这时,我意识到这不是随便哪个影子人,而是那个影子人,我在家里遇到过的影子人,出现在救济院地下室我牢房里的影子人,此时此刻,我意识到它一直待在我的身边。我无法鼓起勇气去想:你是谁?我此刻的感觉更类似于:怎么又是你。

我……曾经和它交谈过……

黑暗逼近我们,影子人之间不再存在空隙,它们冰冷的心智、恶毒而疯狂的毁灭天性凝结成有实质的黑潮涌向我们,就好像描绘我们这个现实的画家不小心碰翻了墨水瓶。我们无路可退,我和约翰只能靠在埃米的雕像上。

"大卫……"约翰咬牙道,"大卫……开枪,朝它们开枪。做点什么……"

但我盯着面前这个影子人的灼烧火球,我和它之间在传递信息。不是字词,但我们确实在交流。念头在瞬间之内传来传去,比字词能够做到的快无数倍,就像两台电脑之间在交换文件。假如要我把影子人向我传递的信息翻译成文字,那么内容大致如下:

人是什么？你以为人是什么？你以为我们是什么？你以为你们与我们之间的关系是什么？

你相信灵魂。你以为灵魂是什么？它存在于你的血肉之躯内，而你的血肉之躯能说话、吃饭、战斗、交配、繁殖，最终灵魂必须服从血肉之躯的冲动。那么，灵魂不就只是血肉之躯的囚徒吗？某种不灭的能量却遭到束缚和奴役，受困于持续朽烂的迟缓肉身和原始的冲动。你的出生就意味着一个灵魂被囚禁。你的繁殖，在呻吟、恶臭和喷洒体液中的交配，意味着奴役的加倍。

想到寄生虫，你会惊恐畏缩，这些生物违背你的意志，霸占你和世界之间的感官互动；囚禁你的意识，由可怖的畸形怪物指挥你的肢体，甚至你的思想，用它异常的欲望从所有角度毒害你的存在，直到再也无法区分你的人格和你体内那个蠕动魔物的冲动。直到原本的你不复存在。

现在你该明白了。

对我们来说，人就是寄生虫。

不知怎的，我能感受到它们的仇恨，这种能量无比巨大和冰冷，我不可能度量它的尺度，就好像你站在地上，弯曲的地球表面看上去和直线毫无区别。影子人继续逼近。慢，非常慢。黑潮涌向烂泥和青草的小岛，不到十英尺的直径变得越来越小。我们只能看见那些发光的眼睛，无数个光点悬浮在没有五官的黑色面目上。

约翰说："大卫……动手。大卫，快。"

"怎么动手？"

"集中精神！集中精神想象你能想到的威力最巨大的武器，然后扣动扳机。"

但这么做没有意义。核爆不可能起作用。焚烧不可能起作用。暴力不可能起作用。这正是构成影子人的能量。黑暗无法驱散阴影，只有光明才能做到——

那个影子人——我的影子人——飘向我，飘向埃米。我不由得尖叫："不！不！不！"我气息短促，同一个字喊了一遍又一遍。

我身旁就是埃米展开的双臂，影子人靠近她，飘向她的左手。我看着她的手融化、消失，胃都快翻出来了。现在只剩下一截残桩，她彻底失去了左手。不，不对，肯定是时间发生了错乱，因为她早就在车祸中失去了左手。

我举起毛球枪，瞄准这个影子人的"胸部"。她的左手在它的胸部。

我的意识一片空白。

我伸出手，抓住埃米另一只凝固的手，紧紧握住。我闭上眼睛。

我必须像埃米一样思考。

在我扣动扳机前的那个瞬间，一张脸忽然跳进我的脑海。百分之七十五的美国人在这个处境下都会想到这张脸。这张脸留着胡子，多半出自某位早已被人遗忘的意大利画家的想象，这张脸看上去属于一位中东犹太人。我忽然想到了我的养父母拉着我用录像机看的二三十部无聊的儿童剧，最后一幕，主角总会转向镜头，说什么"我知道我们该怎么解决这个难题了！用基督徒的精神"。

唉，他们的训导起了作用。恐惧将所有思绪挤出脑海之后，那张肖像画浮现在眼前，我能想到的只有那幅画，挂在我家墙上的那幅耶稣植绒画。要是我没记错，它应该还在约翰的凯迪拉克的后备厢里。

我扣动扳机。

我手里的装置喷出一道白光。白光凝聚成一个形状——小小的，四方的。

那幅愚蠢的植绒画忽然间悬浮在我们面前的半空中。

植绒画慢慢转动，面对黑暗的狂潮。植绒画上，耶稣的眼睛燃烧着白色的烈火，嘴巴张开，发出非人类的咆哮。

画中的耶稣面对我左侧的一个影子人，眼睛释放出激光。

影子人爆炸了。

那双眼睛重新变亮，再次开火。又一个影子人离开了这个世界。植绒画在半空中转动，我们卧倒在地。白色光束向左发射，然后向右，在暗影中犁出几条大道，刺穿黑暗的强光与黑暗一样可怖，光芒白得发蓝，我知道看得太久就会致盲。可怖的强光吞噬黑暗，其中蕴含的能量正义得令人厌烦，我不禁发自肺腑地怜悯暗影。我忽然知道了曼哈顿计划的科学家第一次见到核爆时的心情，他们看着自己亲手释放的威能，周围沙漠反射的光芒足以让戴着墨镜的人什么都看不见。威能过于巨大，甚至变得骇人。

然后只剩下了一个影子人，我的影子人，它悬浮在我的前方。它夺走了埃米的左手，也可能是它此刻的行为导致她在过去失去了那只手。

植绒画耶稣飞向这个影子人，然后绕到它的背后，发出动物般的尖啸，画中的嘴巴陡然张开。植绒画扑向影子人。

植绒画耶稣咬掉了影子人的脑袋。

影子人的身体像一团汽车尾气似的消散。

随后是一道光，它太强烈了，我无法闭上眼睛，因为我的眼睛已经闭上了，但强光刺透了我的眼珠，烧穿了我的整个存在。大地轰鸣，震荡波在现实中掀起涟漪。植绒画随即消失。毛球枪爆炸成仿佛微型超新星的一团蓝光。

我不知道最后自己怎么会躺在地上,等我回过神来,发现我在仰望静止的灰色云团,眨眼去掉眼前的亮斑。周围万籁俱寂。

约翰出现在我正上方,说:"要是有人写《圣经》的续集,绝对少不了刚才那一幕。"

我的耳朵在嗡嗡响。不知怎的,我的所有感官都在嗡嗡响。过载。约翰拽着我起身,说:"你看!看那个人的脸。"

他指着一名被感染的 REPER 士兵,世界停顿时我都不知道他站在那儿。他正在绕过燃烧的卡车跑向我们。要不是约翰及时用"酱油"叫停时间,他将在三秒钟内扑到埃米身上。我走向穿防护服的感染者。他的双眼变成了一对远光灯,烧得噼啪作响,释放出耀眼的白光。

寄生虫在燃烧。

所有寄生虫都在燃烧——至少我们周围的这些都在燃烧。噼啪作响的白色光点在感染者的脸上闪烁,蜘蛛被灼烧的刺刺声响填充了静止世界中异乎寻常的寂静。

光点一个接一个闪烁熄灭,肉体燃烧的刺刺声逐渐消失,玉米地里的最后一只寄生虫也死去了。它们的宿主不会忽然醒来,发现自己被治愈了——这样的欢快结局不可能发生在不具名小镇。等时间恢复正常流速,他们会倒地死去。但他们将获得自由,将不再对我们构成威胁。

我在随之而来的寂静中说:"哥们,我需要打个瞌睡。"

我环顾周围凝固的战场,没有一个参与者知道战局在时钟两次滴答之间已经逆转。"现在怎么办?"

约翰扫视着这一幕景象。"咱们只需要躲起来就行,对吧?等时间恢复运行,军队发现丧尸全都倒下,他们会停止射击,然后给咱们发各种各样的奖章。"

我说:"埃米还在开阔地上。我去摆好要推倒她的姿势,等时间恢复运行,我们会滚进排水沟,对吧?"

"对,应该是吧。当心别弄断她的脖子。"

"你去底下,准备接住我们。"

约翰跳进排水沟,查看福尔克纳的情况。福尔克纳身中数枪,无法动弹,看上去像是死了,然而此刻其他人都无法动弹,因此我们不敢确定。我走向埃米,她凝固的双臂伸向我,像是企图赶走我。

有什么东西撞在了我的胸口。

事实上是我撞在了什么东西上。一个东西悬在半空中,是一个尖头的小东西。

一颗子弹。

长一英寸,铅笔粗细。来自我背后那一排绿色车辆里伸出的无数枪管中的一根。

弹道确凿无误,子弹飞向埃米,确切地说是埃米的心脏。在兵荒马乱的丧尸大战之中,某个人——他入伍多半是为了挣大学的学费——朝排水沟旁一个挥舞手臂的人影开了一枪,而这一枪瞄得很准。这一枪会干净利落地撂倒她。

约翰看见我站在那儿,傻愣愣地盯着凝固在半空中的子弹,包着黄铜的死刑命令悬浮在离埃米仅仅八英尺远的地方。他来回看子弹和埃米的雕像,尽管毫无必要,但我还是说了出来:"直冲着她而去。"

他说:"好的,好的。咱们来想一想。要是我们——"

"我们之中必须死一个。"

"呃,这不一定——"

"子弹要么打穿她的心脏,要么你或者我站在子弹前面,让它打穿我们的心脏。"

"胡说,不一定非得是心脏。你可以……呃,侧过身来,用肱二头肌顶着它,把胳膊的大骨挡在前面。"

"这样的子弹……约翰,这东西秒速半英里,是用来打穿军用级头盔和护甲的。它依然会打穿骨头,撕碎肺部,带走你的心脏。"

"你怎么能确定——"

"我确定,因为马尔科尼说得对。我知道他说得对。这件事依然需要有人牺牲,否则就不可能结束。这是一张必须支付的账单,必须有人献出生命。"

"好吧,我来。"

"不,你不行。"

"大卫……"

"你还不明白这其中的对称意义吗?好吧,你想一想,必须是我。这样才正确,才对得上。你说过除非我们做了应该做的事情,否则时间就不会重新启动。假如你站在这儿挡子弹,那么你会一直站到天荒地老。时间会永远停顿,直到我站在子弹前面。"

他说:"行啊,那就让时间暂停好了。咱们可以为所欲为,想干什么都行。爬到自由女神像头顶上小便,徒步穿过大西洋,去巴黎折腾凝固的游客。全世界的所有时间都在我们手上,我们可以随便使用。你和我可以环游世界。"

我摇头道:"把她留在这儿,让子弹悬在她的心脏前面?知道世界随时都有可能忽然恢复正常?不,心里想着这个,我永远不可能放松。我们在世界的另一头寻欢作乐,她忽然在这儿孤零零地中弹而死?她会呼唤我,临终前还想着我去了哪儿。不行,我这一辈子都在逃避我必须去做的事情。到此为止了。"

"唉,去你的吧。"

"对。去我的吧。"

"等一等!你可以留个字条。呃,就像给她的遗言。"

"我没东西能用来写字。"

"用你身体里的东西。把字涂在街上,用粪便。"

我瞪着他。"好的,约翰,这就是埃米对我最后的记忆。我是说,等时间重新开始运行,这个景象会突然出现在她眼前。从她的角度来看,她刚站起来,然后一眨眼的工夫,我四仰八叉地死在她面前,同时路面上出现一行字——'我爱你,宝贝',而且还是用人类粪便写的。"

"我的天,还磨蹭什么!你会成为传奇的!"

他放声大笑,我也大笑。

我对约翰说:"再见了,好朋友。"

"呃……等一等。别着急嘛。我还有一大堆话要和你说呢——"

"不,没有了。没这个必要。无论你觉得你必须说什么,我都已经知道了。相信我。就是……要是你能活着离开,别再……"

我想了想,摇头道:

"别再浪费你的人生了。明白我的意思吗?"

他微不可察地点了点头。

我朝埃米摆了摆头,说:"帮我照顾她。"

"她能照顾好自己,难道你还没发现吗?咱们那头再见吧。"

"好。"这不是真心话,"你带手机了吗?"

"你的手机在我这儿,要我打给谁吗?"

"不,我要你拍视频。我说的是等时间重新开始运行。"

我有一种感觉,等我站到那个位置上,时间就会立刻恢复原有的速度。"好了,就这样吧。"

我做了一次深呼吸,这大概是我最后一次深呼吸了,我走到子弹前约一英尺处站好,闪闪发亮的子弹尖对准我的胸骨。我中过枪,相当疼。但我猜这次我什么都不会感觉到。我觉得子弹有很大的可能性会打穿我的胸骨,穿过后面的软组织,打穿脊骨,然后离开我的身体。但到时候子弹应该会完全偏离轨道,在半空中翻滚解体,不太可能击中埃米。

我绷紧肌肉,尽量让身体变硬,就好像这么做有用似的。我盯着子弹,等待时间重新流动。我开始不耐烦了,用手指做个转圈的手势。"来吧。该死,时钟你开始走啊。"

就在时间恢复运行前的最后一瞬间,子弹正要继续向前疾驰,我见到一团模糊的橙色影子连跑带跳地冲了过来。我扭过头——

牺 牲

各种声音顿时爆发,从四面八方涌向我。同一个瞬间,枪械开始咆哮,狂风开始怒吼,硝烟的气味钻进我的鼻孔。

那团模糊的橙色影子就在我面前,踢着腿飞上半空。紧接着是一声闷响和一声哀叫。莫莉落在我脚边,流淌着鲜血。

时间停顿之前，埃米正在朝士兵大叫："别开——"她没有喊完这句话，最后一个字消失在了困惑之中。眨眼间，我站在了她前方的路面上——在她看来，我直接被传送到了那儿去，然后我前方的地面上躺着莫莉。

我转身扑倒埃米，把她压在地上，撞飞了她的眼镜。枪炮在我们背后轰鸣，我扭头去看田纳特的感染者军队。不出所料，他们原地倒下，一动不动，仿佛一群牵线木偶被同时剪断了线绳。操纵木偶的寄生虫被烧成了灰。

漫长的几分钟缓缓过去，我们趴在地上，枪声依然在四周响个不停，热血沸腾的士兵努力证明着他们的价值。子弹在路面上弹跳，呼啸着飞过头顶。不过慢慢地，一支接一支的枪收到了停火命令。祖鲁人已经倒下。

埃米从我身体底下爬出来，真该死，她再次跑进开阔地，径直跑向莫莉。

她在莫莉身旁哭着跪下，把脸贴在它的脸上。

我慢慢起身，朝士兵挥舞双臂，反正埃米这么做没有招来一轮子弹。我看见旁边地上有一截被扯断的黑色防护服袖子，我捡起来当旗帜挥舞。

他们没有开枪。

我走向埃米和莫莉。狗没有呜咽或吠叫，感谢上帝，因为我不认为我和埃米能承受这些。它毫无声息，闭着眼睛，一动不动。它没有感觉到任何痛苦。

全世界都陷入停顿的时候，莫莉跑了过来，它和约翰还有我一样，也能在静止的世界里移动，我恐怕永远不可能知道为什么了，这只动物身上本来就有很多我不了解的谜团。时间停滞之后，它从天晓得的什么地方跑了过来,用尽了它小爪子里的全部力量,知道自己应该去哪儿和必须做什么。而它必须做的就是逗该死的英雄,抢走我的风头。

我们跪在寒风中,直到有人终于朝我们喊话。那是一名士兵,我猜他这么做是在违抗命令。他爬出一辆战车顶上的舱门,朝我们喊了些什么。我听不清他在叫什么,于是我给他看我空荡荡的手掌,说:"我们没有武器。"

即便我和在我脚边哭泣的女孩看上去依然像是丧尸,可约翰向士兵证明了他肯定不是,因为他在做只有人类才会做的事情,丧尸绝对做不出这种事情:他在用手机拍摄这一切。

士兵爬出战车,跳到地上,然后穿过路障走向我们。

知道吗?小子,在丧尸电影里,你就是这么被吃掉的。

我听见车辆从我们背后驶近,应该是不具名小镇的逃难者,他们跟着我们涌入死亡区,却听见第三次世界大战在前方打响。但他们还是来了,开着皮卡、越野车和全地形车,严格遵守交通规则,而丧尸只怕就没这么乖巧了。

路障对面的士兵没有惊慌开枪。魔咒已被打破。埃米对着莫莉低语,爱抚它的毛皮。我站在埃米身旁,一只手放在她的肩膀上,低头看着他们。皮靴出现在我身旁的路面上,我抬起眼睛,视线扫过灰色迷彩裤和黑色膝垫。一把模样凶恶的突击步枪指着地面,戴着手套的手抓着枪柄,手指放在扳机护圈之外。

士兵说:"先生,请表明身份。"

"我叫王大卫。我不是丧尸,没有感染任何会导致丧尸症状的疾病或者你们指挥官说的其他屁话。"

士兵指着驶近的车辆说:"你们是从镇上逃出来的?镇上还有

其他没被感染的人吗?"

我想了想,凝视埃米的面容。我咽了口唾沫说:"据我所知,镇上的所有人都没有被感染。这种疾病的效果被骇人听闻的夸大了。"

"先生,别拍了!先生!"

约翰听话地把手机放回口袋里。他说:"你要没收手机就没收吧。这份视频已经传到了我的网站上。我猜你们可以尝试删除文件,但文件寄存在乌克兰的一台服务器上。所以,祝你们好运。"

其他士兵小心翼翼地从背后接近第一名士兵。要是在丧尸电影里,莫莉此刻应该一跃而起,咬住其中一员,然后就是天下大乱了。然而现实不是丧尸电影,莫莉躺在原处一动不动,它流淌到人行道上的热血渐渐变凉。

冷雨又开始下了。约翰脱掉上衣,盖在莫莉身上,免得它湿漉漉地躺在地上。这是为了埃米,我知道。

第一名士兵背后有个看上去是医务兵的士兵问:"有人需要医疗救助吗?"

约翰说:"没有,我们挺好。"

这时我左边的排水沟里响起一个愤怒的声音:"喂,有人吗?我中了三枪,躺在他妈的冰水里。有人吗?"

当时我们没有意识到事后我们不得不远离电视。接下来的一个月,一个瘦小的红发姑娘浑身湿透,为替她中枪的狗而哭泣的那段视频,仅仅在 YouTube 就被下载了一千八百万次。CNN、福克斯新闻、BBC、半岛电视台、三大电视网和其他所有电视台都播放了它。埃米无法承受观看它的痛苦,然而有很长一段时间,只要打开电视就会见到它。

假如躺在地上的是我，恐怕谁也不会在乎。一个矮胖的男人，身穿绿色连体服，有着古怪的名声。有些团体在事后依然呼吁血洗，谈论无法侦测的感染和拘留（甚至消灭）全镇民众，他们很可能还会占据上风。假如是约翰、福尔克纳或欧文，结果也不会有什么区别。他们会往我们身上泼脏水，声称尸体属于一名感染者，声称我们在受死前屠杀了十几名孤儿。我们仅仅会是街头的一具尸体而已。

但谁能说一条狗的不是呢？

这条忠诚的狗牺牲自己，拯救主人，躺在雨中流血而死。再加上跪在狗旁边的瘦小姑娘——狗的主人，那颗子弹本来是冲着她去的——她看上去不可能更没有伤害性了，仿佛她是小猫咪一般。这幅景象像一桶冰水似的熄灭了全世界的嗜血渴望。它是一个完美而不容置疑的象征，代表着无辜者要为毫无约束的偏执妄想付出哪些代价。

颂　词

约翰用外衣裹着莫莉，把它放在田纳特开来的皮卡车后座上。人群开始聚集，车辆前保险杠贴后保险杠地在高速公路上排起长龙，应和着爆发那天的景象。但我们朝着相反的方向而去，返回镇区。远处，救济院化作炼狱，烟柱飘向天空。我们经过一幢房屋，一个男人正在卸下后备厢里的行李箱，他困惑地环顾四周，就好像刚度假两周回来，完全不知道他离开时都发生了什么。

我们开车去我家，或者更确切地说，我家烧剩下的废墟。看到残垣断壁，埃米变得很激动。约翰告诉她，事实上屋子是我们自己放火烧掉的。

我疲惫到了骨子里，但还有最后一件事必须去做，我们不可能逃避。我抓起院子里的铁铲，约翰和我轮流为莫莉挖墓穴，雨点拍打着我们的肩膀。气温已经降到五摄氏度以下，但埃米一直站在车外看着我们，瑟瑟发抖。

我把莫莉放进墓穴。约翰自告奋勇，为它致辞：

"躺在这里的是莫莉。它是一条好狗。我说'好狗'的意思和其他人说的不一样，他们的好狗只是不会在地板上拉屎或者咬自己的孩子。不，我说的这条狗为了拯救埃米的生命而牺牲。我大致数了数，这是莫莉第六次救我们三个中一个人的生命，有多少条狗能做到这个？唉，有多少人能做到这个？有一次，大卫困在一座着火的建筑物里，莫莉开着他的车破墙而入，救了他的小命。你知道这对一条狗来说并不容易。

"总而言之，莫莉的逝去和所有特别美好的事物的消逝一样，迅速，粗暴，没有任何理由。他们说尽管看起来上帝一点也不在乎人间在发生什么，但这其实是个假象，他非常在乎，让你觉得他不在乎只是他伟大计划的一部分而已。然而具体是为了什么，那就是我无从想象的了。我觉得上帝很可能只是想让莫莉去陪他，我没法为此责怪他。

"好了，上帝，你的狗回家了。我们再次欢送莫莉去狗的天堂。仔细想来，那地方应该比一般的天堂还要好。阿门。"

埃米和我一起说"阿门"。我注意到她又在哭了，我觉得非常无助，不可能止住她的泪水。她把脸埋在我的胸口，我爱抚她乱糟糟、湿漉漉的缠结红发。

我说:"咱们去找个能躲雨的地方吧。"

她说:"咱们去找张床睡一觉吧。"

我们离开我家的废墟,约翰说:"等一等,会不会这一切都是田纳特安排的什么超级复杂的心理治疗?"

尾 声

今天是十二月二十二日,用约翰烦人的叫法是"圣诞前前前夜"。我一个人望着厨房的窗外,这是一座便宜的移动式房屋,基本上空空如也,由联邦紧急措施署提供。我身旁的厨台上有一张圣诞卡,放在已经拆开的信封上。

拖车来的时候有家具,但沙发太难闻了,我们只好把它抬出去扔在院子里。我猜这辆拖车曾经在飓风后的新奥尔良使用过,然后就发了霉。我们的圣诞树被摆在起居室的角落里,这是一棵两英尺高的塑料圣诞树,它有一双圆滚滚的大眼睛和一张机械嘴巴。约翰在旧货店里发现了它,它底下有个发音盒,我觉得它原本会在有人走过时来一段圣诞幽默说唱。我们给它装上电池,机械嘴却锁定在张到最大的位置上,发出高亢的电子尖啸和混乱的反馈噪音,我们只好又拆掉电池。

约翰把礼物摆在圣诞树下,尽管包装很漂亮,但形状整个儿就是一把十字弓。

新闻媒体最终决定将这个事件命名为"祖鲁爆发",谎言如龙卷风般掩盖了事实,我觉得我要花好几年才能拼凑出真相。结果似乎是真正受到病原体感染的患者还不到七十人,专家认为这是牛脑海绵状病变的某个罕见变种,起因是食用了被某种突变蛋白污染的香肠。根据疾病控制中心的最终报告,共有六十八人死于该疾病,四百零六人死于群体歇斯底里引发的暴力事件。

镇上有许多人出面驳斥这些报告,也有许多其他人出面驳斥报告。上百种与其不同的报告冒了出来,因此大众只能默认相信官方人士宣布的结果。到了最后,他们根本不需要掩盖真相,而是用彼此矛盾的纷纭说法淹没了真相。全世界最终放弃,转向其他议题,就像"九一一"后炭疽信件攻击事件引起的波澜。

好吧,随便吧。现在只需要等着看会不会出现另一场爆发了,也许会换一个城市发生。不过目前还没有。

我们在莫莉的坟墓上插了个小十字架,十字架上的积雪已经有一英寸厚了。每次看见十字架,我都在脑海里把它替换成星星和月牙,好让邻居认为我的狗生前是一名虔诚的穆斯林。我在等埃米的电话,却听见有人敲门。我猜多半是记者,这让我挺高兴的,因为我正在培养一个爱好,也就是对每一个访问我的记者讲述一套完全不同的说法。凭什么只让别人享受这个乐趣呢?

我打开门,赫然发现来的是兰斯·福尔克纳警探,他穿着黑色高领毛衣,时髦得像是刚从《智族GQ》杂志封面上剪下来的。我过了一秒钟才注意到拐杖。

回到起居室里,我对他说:"你居然敲门了,平时总是直接进来的。"

"王,我在医院里待了五个星期,没那个心情。"

"祝你圣诞前前前夜快乐。"

"什么?"

"烤箱里有几个墨西哥卷饼,要来一个吗?"

"我都不知道那是什么。听我说,我就不浪费你的时间了。我刚接到经纪人的电话,我在谈一本关于祖鲁爆发的书,他说这个题目底下已经有至少十三本书了。"

"对,我知道。马尔科尼正在写一本,肯定会是最好的一本。不过我不得不承认,我最期待的是欧文那本。"

"而你也在写一本。"

"其实是埃米,她是我的代笔写手。他们只是想把我的名字印在封面上。"

"我想说的重点是,"他的耐心快用完了,"他们不介意有几本书,因为每本书的角度都不一样。但你和我的角度基本相同,因为咱们算是一起打到最后的。"

"哦,我明白了。"

"他们不想要我的,因为已经有你那本了。"

"哦,对。我是说,你争取合同的时候应该下手更快一点的。"

"我被该死的机枪打中了,躺在医院里康复呢。"

"哦,对,对。"

"我恐怕没法改变你的主意了,对吧?"

我说:"警探,请你使用一下你的推理能力。你看见我住在他妈的政府拖车里,音像店两周前才恢复营业,前面那段时间没有薪水。我回去上班,接待的第一个客人是吉米·杜普里来还《本能2》。我说,你要付滞纳金。今早我来的时候,碟片不在保管箱里。他很生气。"

"我以为政府会有受害者补偿金……"

"确实有,我填了至少八千张表格,有朝一日也许真能收到寄"

来的支票。但他们现在不会给我,要先看看我在书里写了什么再说。他们想知道我会怎么讲这个故事,你应该明白我的意思。"

"你打算怎么讲这个故事?"

"我要讲一个我能想到的最荒谬可笑的版本。人们合上书会心想:'我他妈刚刚读了什么?'"

他点了点头。"我有一些你接触不到的材料。比方说飞行员之间对话的抄录文本。还有其他你不可能拿到的东西。"

"欢迎你入伙。"

"要我合作,有一个条件。你必须把我描述得能有多酷就有多酷,一个百分之百的动作英雄。反正你要编故事,那就把我写成一个厉害人物。"

"没问题,我能做到。"

"给我起个最酷的名字,让我仪表不凡。"

"可以。"

"对了,说我开的是保时捷。"

"什么?你靠警察那点薪水怎么买得起保时捷?"

"因为我特别厉害。亚历克斯·克罗斯开保时捷,卢卡斯·达文波特也开[1]。"

"他们是你认识的两个警察?"

---

[1] 亚历克斯·克罗斯是美国作家詹姆斯·帕特森所著的犯罪、惊悚小说系列的主角;卢卡斯·达文波特是美国作家约翰·桑福德所著的"猎物系列"小说的主角。

他走向房门。他拄着双拐走路比我用两条腿走路都麻利。他在门口扭头说:"对了,别让我满嘴怪话,也别动歪脑筋,企图把我写得傻乎乎的。不好意思,现在我要去美容院拉直阴毛并染成白色,这样我的大屌看上去就像圣诞老人了。"他关上门,走向他的跑车,一路放着响屁。

我从烤箱里取出墨西哥卷饼晾着,然后回到厨房窗户前的老位置。福尔克纳闪闪发亮的新保时捷在我家院子里掉头,然后碾过积雪,消失在街道上。事实上,仔细一看,我觉得那是一辆法拉利。我吃了一个墨西哥卷饼。

就在我咀嚼食物的时候,我背后的光线发生了改变。一道阴影在厨台的表面上渐渐变大。

我刚注意到这道阴影没有左手,她就开口说话了。

"哎!"

我转过身,看见白皙的皮肤、雀斑和红发。

我说:"哦!嘿!我正在等你的电话。"

"你出去买东西的时候,约翰去公共汽车站接了我。"

"圣诞——"

埃米一把搂住我,使劲抱住我,像是想要碾平我,打断了我想说的话。

她说:"我买了蛋糕!放在——"

现在轮到她被打断了,因为我把她的衬衫从头顶上脱了下来。

"——门口了。咱们等会儿去喝古巴咖啡怎么样?"

"嗯哼,好,好的。"我说,开始解她的裤子拉链。

"我的天,大卫,他们就不能别打电话给我了吗?我换了号码,记者不到两天就发现了新号码。到底什么时候才是个头啊?生活什么时候才会恢复正常?"

谁知道呢。她说到最后一个问号的时候,我和她都已经脱光了。

我半梦半醒,贴着她蜷在床上。埃米穿着运动裤和T恤,这是她的睡衣。她在读厨台上的那张圣诞卡。

"什么时候收到的?"

我喃喃道:"几天前。"

卡片正面是欢快的圣诞节景象,底下用西班牙语写着"圣诞快乐"。打开,里面是用红色马克笔写的几个字:

祝沃尔特、埃米和狗狗圣诞快乐。

没有回邮地址。

"太可爱了!她和你一样记不住名字。"

"嗯。"

她说:"大卫?"

"嗯?"

"我不知道有没有说过,我在和一个人见面。"

"嗯,好的。他好看吗?"

"我说的是心理治疗师,为了治疗创伤后遗症之类的。"

"哦,好的。当然,好极了。万一他是,呃,超级反派,记得告诉我一声。"

我又打起了瞌睡。

"大卫?"

"嗯?什么?天亮了吗?"

"你有没有曾希望你完全不知道这些破事?就好像你能从大脑里抹掉它们,这样你就变得和其他所有人一样了。"

"当然，其实……不。因为假如有人给我这个机会，比方说吃一粒药就能忘记这一切，我也不会接受的。我会担心美好的东西也跟着消失。怎么说呢，就好像这一切都是我的幻想，但反过来，有可能你同样是我的幻想。"

"我说的当然不是这一切都是你的幻想。"

"假如你是我的幻想，你当然会这么说。"

"算了，你睡吧。"

"哎，是你说要起来的。"

寂静。我睡了过去。

她说："我在重新读马尔科尼最近的那本书，有一段文字特别打动我。他说，一个人类能够体验到的宇宙，从统计学的意义上来说，近乎百分之零。这个浩瀚的宇宙摆在你面前，星系之间隔着几百亿又几百亿英里的虚无，一个人类能够感知的仅仅是他眼前宽数英尺、长数英尺的一小截隧道。因此他说，我们并不是真的生活在宇宙之中，而是生活在我们的大脑里。我们只能通过眼罩上的一个针孔模模糊糊地窥视世界，剩下的全靠想象力去补全。因此，我们对世界的一切看法，无论你认为世界是残酷的还是美好的，是冷的还是热的，是湿的还是干的，是大的还是小的，都完全来自于你的头脑，而不是其他任何地方。"

我们在寂静中躺了一会儿，最后，我说："假如真是这样，岂不是很美好吗？"

埃米的回应是柔和的鼾声。

致　谢

创造"约翰"这个角色的是我的"朋友"和长期"写作伙伴",广受欢迎的网络专栏作家麦克·莱蒂。麦克允许我使用约翰这个角色,条件是让他在每本书里至少搞一次"斜坡飞车",还有我每在印刷文字中使用一次这个名字就要付他一笔固定费用(因此我在遣词造句时经常避免完整地使用这个名字)。你可以在幽默网站 Cracked.com 的 John Cheese 用户名之下找到麦克的专栏,他谈论的话题包括成瘾的问题、子女教育和他犯的愚蠢错误。当然了,也可能你正在一百年以后读这么一本积满灰尘的古书,我不敢肯定一般意义上的互联网是否依然存在。我只知道麦克和我还有参与本书出版的所有人应该早就死了,版权费会落在我那些不知好歹的继承人手上,他们肯定会拿去买什么未来的太空禁药。

既然说到这儿了,那么我想感谢一下杰克·奥布莱恩、奥伦·卡策夫和我在 Cracked.com 的其他上司,他们一有机会就向别人推荐这个小说系列,然而到了 2112 年,他们也只会是被遗忘的坟墓里的一堆白骨。

另外,感谢恐怖电影制作的传奇人物唐·柯斯卡莱利,天晓得他是怎么做到的,总之他把本系列的第一部作品《最后约翰死了》拍成了经典邪典电影,由获得奥斯卡提名的保罗·吉亚玛提出演,因此我和这几本小说才能拥有一席之地,而我也很可能再也不需要每天打卡上班了。万一几年后我自毁完蛋,请千万不要责怪他,这种事本来就会发生。

最后,衷心感谢我的妻子,她是我做所有事情的唯一原因。